KB072293

배니시드

배니시드

Vanished

김도윤 장편소설

팩토리나인

목차

아침이 되자 남편은 평소처럼 출근했다.
그리고 돌아오지 않았다.

프롤로그

여느 남녀의 만남이 그렇듯 우리 부부도 운명적으로 만났다고 다소 안일하게 생각하던 시기가 있었다. 모든 것이 완벽하게 맞아떨어지는 결혼 생활은 아니었다. 삐걱거리는 소리가 들려와 나사를 조이기도 하고 덜컹거리는 진동이 느껴져 못질을 해대기도 하며, 홈을 끼워 맞추고 틈을 좁혀가면서 사는 평범한 부부였다. 결혼 생활이란 그런 거라고, 다른 부부들도 그럴 거라고 여겼다. 돌이켜 보면 시작부터 잘못된 만남이었다. 결혼이라는 단어가 주는 안온함에 안주하려고 했던 건 우리 부부 중 나뿐이었다.

그날도 여느 날과 같았다. 세안, 식사, 배웅 순으로 진행되는 가족의 아침 의식을 마치고, 남편은 출근했다.

　　그리고 다시는 돌아오지 않았다.

1장

남편이 사라졌다

"아, 소름 돋아."

작게 중얼거려 본다. 누가 들을세라 크게 말하지는 못한다. 비록 살림만 하는 전업주부지만 4년제 대학까지 나온 교양 있는 여자가 아무에게나 들리게 욕을 할 수는 없는 노릇이니까. 대신 팔뚝에 닭살이라도 돋은 것처럼 손바닥으로 양쪽 팔뚝을 번갈아 가면서 문질러 본다. 그 여자가 내 행동을 보고 기분이 나빠지길 바라면서. 심술부리고 싶지 않아도 몇 년을 이 꼴로 살다 보니 이제는 나도 예민하게 반응하게 된다.

쓰레기 하나 버리면서도 신경이 곤두서는 것은 앞 동 여자 때문이다. 그 여자가 사는 동을 앞 동이라고 하면 나는 자연스레 뒤 동에 사는 게 되나? 혹시 나도 뒤 동 여자라고 불리는 건 아닌지 모르겠다. 벌써 햇수로 3년이 넘어간다. 익숙해질 법도 한데 날이 갈수록 껄끄럽다. 그 여자의 컴컴한 동공이 나를 뚫어지도록 쳐다보는 게 소름 끼치게 싫다.

'아, 징말 탈출하고 싶다.'

앞 동에 사는 여자들이 한둘은 아니지만 나에게는 밉살스러운 그 여자가 '앞 동 여자'다. 앞 동 여자는 언제나 쓰레기장 근처를 서성인다. 이유는 모른다. 내가 분리수거를 할 때도 쓰레기를 버릴 때도 언제나 스토커처럼 주위를 맴돈다. 넓은 평수에 사는 여자의 유세인 걸까. 대체 누가 쓰레기 내다 버리는 장면을 감시하는 권력을 저 여자 손에 쥐여줬을까? 움푹 들어간 뺨 때문에 두드러진 광대 뼈, 그 위에 자리 잡은 퀭한 두 눈. 그 늙은 여자의 눈빛이 싫다. 무엇을 버리는지 감시하는 침울하고 게걸스러운 눈빛이 싫다.

나는 앞 동 여자와 마주칠 때면 언제나 개구리가 된 기분이 든다. 뱀 같은 앞 동 여자가 소리 없이 다가와서 끝이 갈라진 혀를 날름대다가 개구리인 나를 냉큼 집어삼킬 것만 같다. 여자의 눈빛을 받으면 나도 모르게 잔뜩 주눅 든 채로 눈치를 보게 된다. 얼마나 잔뜩 움츠러드는지 쓰레기장에서 나올 때면 어깨가 결릴 지경이다. 무시하려고 해도 스트레스는 쌓인다. 대체 왜 저렇게 남의 쓰레기를 노려보는 거지? 나를 노려보는 이유는 또 뭐고? 여자의 눈빛을 받을 때면 나는 내가 버린 쓰레기와 동일 선상에 놓인 것처럼 느껴진다.

딩동. 딩동.

"하, 숨 돌릴 틈을 안 주네."

한숨이 나왔다. 현관에 발을 들이고 스니커즈를 채 벗기도 전에 벌써부터 딩동댄다. 난 잠시 갈등했다. 딩동. 열어줘, 말아? 내가 들어오자마자 초인종을 누른다는 건 내가 들어오는 모습을 봤다는 게 된다. 집에 없는 척을 하기엔 늦었다. 나는 심호흡하고 현관문을 열었다. 그리고 웃었다. 진심으로 반긴다는 표정이 아니라 미미한 웃음기 정도면 된다. 쓰레기장의 그 여자처럼 나 역시 다른 사람들에게 불쾌감을 주는 사람이고 싶지는 않기 때문에 짓는 미소다. 눈치가 조금이라도 있는 상대라면 내 미소 속에 드리운 반감을 읽었을 테지만, 눈치를 보지 않기로 작정하고 사는 사람에겐 다 소용없다.

"자영이 엄마, 왔어요?"

내 인사를 받는 둥 마는 둥 하고 자영이 엄마는 나를 지나쳐 우리집 거실로 먼저 들어가더니 철퍼덕 소리가 날 정도로 세게 바닥에 앉았다. 때가 찌든 연두색 크룩스는 보기에도 애처로울 만큼 납작하게 짜부라져 있다. 신발이라기보다는 밟힌 폐기물 같은 모양새였다. 그럴 수밖에 없는 게 자영이 엄마가 신고 들어온 크룩스는 자영이가 열 살 때, 그러니까 지금부터 3년 전부터 신던 것이다.

자영이 아래로 남동생 둘이 있고 사내놈들이어서 그런 건지 제 누나가 쓰던 걸 물려받으려 들지 않는다고 했다. 결국 딸이 쓰던 건 엄마가 물려받는 게 자영이네 집 질서였다. 분명 아이 용으로 나왔을 신발은 코끼리에게 밟혀 산 지난 몇 년간 웬만 한 성인 남성도 발을 넣을 수 있을 만큼 인심 좋게 늘어났다.

"하원이 엄마, 커피 한 잔."

옛날 다방에 온 꼰대처럼 나에게 주문을 해댄다. 하긴, '둘둘 둘, 둘둘셋'을 외쳐대지 않는 게 어디인가. 믹스커피를 개발한 커피 회사 상품 개발부 직원들의 노고에 오늘도 마음속으로 박 수를 보낸다.

나는 우리 집 현관에 아무렇게나 벗어 내팽개쳐진 크록스 두 짝을 가지런히 모아선 한쪽 귀퉁이로 몰아놓고, 내 스니커즈를 벗으며 거실로 올라섰다. 웬만해서는 모양이 변하지 않는 소재 이지만 본래의 형태를 알아볼 수 없게 변한 크록스와 뒤꿈치 부분이 다 해어져서 슬리퍼 대신 신고 다니는 스니커즈가 오순 도순 정답게 놓여 있는 모양새를 보니 자영이 엄마 신세나 내 신세나 거기서 거기다.

욕실로 들어가 비누 거품을 내서 꼼꼼하게 손을 닦았다. 내 새끼들 신발도 아니고 동네 여자가 신고 들어온 신발을 만진 탓에 싱크대에서 손을 씻을 수는 없다. 나는 손을 씻은 후에 세 면대에도 물을 뿌려가며 손 닦은 흔적을 지웠다.

"……그래서 말인데 엄청 넓더라니까!"

욕실에서 물을 틀어놓고 있었던 탓에 자영이 엄마가 하고 있는 말의 앞부분을 뭉텅이로 날려버렸다. 딱히 내용이 궁금하지도 않아서 가만히 듣는 척하며 커피를 탔다. 우리 집에 있는 믹스커피의 반은 자영이 엄마가 와서 먹었을 것이다. 한번은 그게 좀 아까워서 병원에 갔을 때 로비에 비치되어 있던 손님용 믹스커피 세 봉을 집어 온 일도 있었다. 그 커피가 집에 있는 것보다 고급이라는 걸 알고는 내가 타 마시긴 했다.

"좋았어요?"

나는 자영이 엄마가 하는 말의 내용도 파악하지 않은 채 추임새처럼 물었다.

"당연히 좋았지. 자기도 한번 가봐야 해."

자기는 무슨…….

"어디를요?"

"뭐? 내 말 뭐 듣고 있었어! 하원이 엄마는 남의 말 좀 귀 기울여 들을 줄 알아야 해. 어쩜 이렇게 사람이 맹하니 허공만 보고 살아?"

"……."

나는 대답 대신 커피 잔이 있는 쟁반을 자영이 엄마 앞에 내려놓았다. 자영이 엄마는 제 몫의 잔을 들더니 얼른 한 모금 마시고 할 말을 이어갔다.

"앞 동 사모님 집 말이야! 60평형 앞 동 사모님 댁!"

"음……."

딱히 할 말이 없어서 고개를 끄덕였다. 자영이 엄마가 말하는 '앞 동 사모님'은 앞 동 각각의 가구마다 들어앉은 안방마님 한 명 한 명을 일컫는 게 아니었다. 자영이 엄마가 '앞 동 사모님'이라고 부르는 단 한 명은 바로 쓰레기장을 감시하는, 내가 '앞 동 여자'라고 칭하는 그 뱀 같은 여자였다.

"아휴, 집이 얼마나 으리으리한지. 오늘은 피로 회복제를 한 알 주길래 먹어봤는데, 아주 그냥 먹자마자 정신이 또렷해지더라고!"

"그래요?"

그렇게 정신이 말짱해졌으면 여기까지 와서 믹스커피는 왜 찾는담.

"응, 박카스 열 병을 한꺼번에 들이부은 것처럼 눈이 맑아지더라. 부자들은 영양제 하나도 대충 안 먹는가 봐."

"그렇군요."

고함량 타우린이나 아르기닌 같은 걸 먹었나 보다. 약국 가서 센트룸이나 사 먹을 것이지. 내 나이대 여자는 센트룸이나 아로나민 골드 먹으면 적당하다던데. 과한 영양소 섭취는 영양 불균형만 초래한다고 들었다. 하긴, 삼만 원대 영양제 하나 못 사 먹고 있는 내가 할 말은 아니지만.

"모르는 사람이 주는 걸 막 받아먹어도 돼요?"

"모르는 소리 하고 있네. 내가 이래서 하원이 엄마 답답해하는 거여. 60평 사모님 댁 바깥양반이 약국 한다잖어."

"……."

어쩌라고.

내가 커피만 마시자 답답한 듯이 손바닥으로 제 가슴을 두어 번 친 자영이 엄마가 덧붙였다.

"오죽 좋은 걸 많이 먹고 살겠어! 그런 집에서!"

"아, 네."

좋은 것 많이 먹고 사는 여자치고는 눈 밑이 너무 거뭇거뭇하던데. 갱년기가 잘못 온 건가? 영양제 주워 먹기 전에 정신병원에나 가보는 게 시급해 보이는 초췌한 얼굴을 떠올리자 기분만 나빠졌다.

"정말이지 60평은 격이 달라, 격이……."

"음……."

자영이 엄마의 수다가 커피를 꼴깍대는 나의 소리 뒤로 페이드아웃이 되었다.

두 건설사가 함께 지은 이 아파트 단지 안에는 18평형, 22평형, 36평형, 49평형 그리고 60평형이 있다. 앞 동을 구경하러 가는 여자들도 있지만 나는 지금껏 단 한 번도 가지 않았다. 여러 평형을 한 단지 안에 구역을 나누어서 지은 것까지는 좋다.

다양한 사람들이 모여 사는 것도 좋다. 공동주택이란 그런 의미이니까.

하지만 왜 내가 사는 22평형이 가장 큰 60평형 앞 동과 가까운 건지 모르겠다. 내가 사는 동과 앞 동 사이에 있는 앙상한 몇 그루의 나무는 마치 신분별로 사람들을 나누는 제단 같아서 볼 때마다 부아가 치민다. 앞 동이 반 층 정도 높은 지대에 지어진 것도 나를 열받게 하는 요인이다. 22평형은 네모반듯한 땅 위에 지어진 것이 아니고 삼각형과 부채꼴을 닮은 모양의 부지 위에 비뚜름하게 들어앉아 있다. 두 건설사 중, 조금 더 돈이 많은 건설사에서 노른자위 땅에 60평형을 배치하고 그다음 평수, 동을 순차적으로 배치하다가 남는 자투리땅을 다른 건설사가 사들여 22평형을 한 동 더 지은 모양새다. 60평형과 가까운 자리에 꼽사리 낄 수 있도록 허락받았으니 고마워해야 하는 건가?

으리으리한 60평형 동과 비스듬하게 붙어 있어 매일 비교당하는 건 여간 거슬리는 게 아니다. 평수별로 입주자들의 태도가 미묘하게 다른데, 그게 또 우습지도 않다. 내가 사는 22평처럼 복도형으로 지어진 18평형은 아이들이 없는 커플이나 혼자 사는 젊은 사람들이 많아서 그런지 의외로 콧대가 높다. 또래와 비교해 보았을 때 전세든 매매든 원룸 오피스텔이 아닌 아파트에 살고 있다는 것에 대한 자부심이리라. '10년 후에는 꼭

60평에 들어가서 살 거야.'라는 야심이 보이는 36평형의 여자들. 60평형 때문에 은근히 자존심이 상하는 표정을 짓지만 다른 평수에 사는 여자들을 깔아 보는 49평형의 여자들. 그리고 피라미드의 가장 꼭대기에 있는 60평형 여자들.

60평형에 사는 여자들은 걸음걸이부터 다르다. 멀리서 봐도 각이 나온다. 높은 굽을 신어서 그런지, 허벅지 사이에 살집이 붙어서 그런지, 아니면 시간이 남아돌아서 그런지, 걸음걸이부터 느릿느릿하다. 자고로 나이와 구두 굽의 높이는 반비례해야 하는 법인데, 이 여자들은 나이와 아파트 평수, 구두 굽이 정비례로 상승해야 한다고 믿는 종족 같다. 가만히 보다 보면 조선 시대부터 이어져 내려오는 양반네들 걸음걸이가 저런건가 싶다.

유일하게 지하로 이어지는 주차장이 있는 동이다 보니, 지상에서 걸음마 하면서 다니는 작은 평형대 사람들과는 당최 섞이지 않는다. 동선이 다른 것이다. 높고 귀하신 분들의 용안을 뵐수 있는 건 그분들이 키우는 네발짐승들이 산보를 하실 때다. 양반가 네발짐승들은 수치심도 없는지 아니면 아파트 부지 전체를 해우소로 보는 건지, 구석구석 똥을 싸댄다. 그러면 그 뒤를 따르던 인간들은 따끈따끈한 똥을 잘 빚은 송편이라도 되는 것처럼 소중하게 들어 올려 작은 비닐 봉투에 담는다.

양반네들의 세련된 매너겠지만, 보고 있자면 똥 치우는 하인이 따로 없다. 똥을 잘 포장해 가는 마나님들은 그나마 인간적인 축에 속한다. 윤기 나는 구두나 산책용 명품 운동화 코로 누리끼리한 송편을 툭 쳐서 화단 안으로 굴려대는 모습도 종종 보는데, 한두 번 해본 솜씨가 아닌 건지 아니면 방금 쪄낸 송편 반죽이 찰진 건지, 단 한 번도 명품 신발에 반죽이 붙는 걸 본 적은 없다.

어쩌다 60평형대 여자들을 마주치면 나는 나대로 그들을 무시한다. 알량한 자존심인지 고고한 자존감인지 구분은 안 되지만 내가 그 여자들을 받들어 모실 이유는 없다. 아무튼 내가 사는 곳에서 가까이는 사십 보 정도, 멀리는 칠십 보정도 떨어져 있는 곳에 위치한 60평형에 사는 앞 동 여자가 나보다 두 배는 더 걸어서 매일같이 동 사이에 있는 쓰레기장으로 출근 도장을 찍는다.

하기야, 그 여자가 쓰레기장에 매일 오는지 확인할 길은 없다. 내가 매일 쓰레기장에 출근하는 건 아니니까. 그래도 내가 갈 때마다 있으니 매일 오는 게 맞을 것이다. 듣기론 60평형 집에는 음식물 쓰레기를 버리는 구멍이 싱크대 옆에 있고, 쓰레기도 각 층에서 처리할 수 있다는데, 그 여자는 왜 그러는 걸까. 딱히 뭔가를 버리러 오는 것도 아닌 것 같은데.

마음 같아서는 그 여자가 뭘 하는지 나도 감시하고 싶지만 우리 집에서는 쓰레기장이 잘 보이지 않는다. 참 다행인 건,

22평형 동의 비스듬한 뒤편에 있는 분리수거장이자 쓰레기장이 102호인 우리 집이 있는 쪽이 아니라 108호 쪽에 있다는 것이다. 평수도 작은데 1층에 사는 것으로도 모자라 쓰레기장까지 코앞에 있었다면 나는 지금쯤 돌아버렸을 것이다.

쓰레기장 앞에 모이는 사람들에게서 온갖 종류의 소문을 듣고 그것들을 재조합해서 원작과는 전혀 다른 신종 지라시를 창조해 내는 107호 자영이 엄마. 감기 바이러스처럼 말을 옮길 때마다 소문에 붙는 살이 달라지는 내 눈앞의 여자라면 108호에 살지 못하는 것을 내심 아쉬워할 수도 있겠다.

"내가 60평에 살았더라면 잡동사니만 끌어모으지는 않았을 텐데. 그 사모님도 참 돈 쓰는 방식을 몰라. 하늘도 무심하시지! 어휴……."

한숨과 원망 섞인 목소리가 귀를 자극했다. 늘 반복되는 패턴이다. 참 듣기 싫다. 저러면서도 자영이 엄마는 60평 여자네 집에 못 놀러 가서 안달이다.

"그 집에 갔다 오면 신세 한탄만 하는 것 같은데 왜 그렇게 거기를 가요?"

내 질문에 자영이 엄마가 한껏 눈을 흘기더니 말했다.

"하원이 엄마, 잘 들어. 뭔가를 갖고 싶으면 거기를 자꾸 가야 해. 거기를 가서 주문을 외워야 하는 거여. '요것 다 빼앗아서 나에게 주세요!' 하고 계속 주문을 외우라고!"

"네에?"

"그렇게 하면 그게 슬슬 나한테 오는 거여. 그게 바로 끌어당김의 법칙이라고!"

어디에서 사기꾼들이 해대는 말은 고이고이 잘 듣는 자영이 엄마 때문에 하마터면 실소를 할 뻔했다. 내가 이 여자를 거북해하면서도 계속 문을 열어주는 건 이런 맛 때문인지도 모른다. 믹스커피 한 봉에 볼 수 있는 파스*. 다음에도 또 보려면 절대 면전에서 웃으면 안 된다.

"남의 것이 왜 갖고 싶어요?"

"남의 것이 왜 안 갖고 싶은데?"

역시 대화가 안 된다. 그러나 늘 하던 대로, 자영이 엄마는 나를 훈계하려 들었다.

"하원이 엄마, 남의 것을 가지고 싶어 하면 안 되는 거라고 생각해?"

"……"

"이래서 한국이 맨날 중국에 뜯기고 일본에 치이는 거라고! 그런 마음가짐 뜯어고쳐. 착한 사람 병은 개나 줘버려야 해. 안 그러면 영영 이 거지 같은 20평대에서 못 벗어난다고!"

이론적으로 잘 알고 있는 것치고 자영이 엄마는 상당히 오래

◆ 파스(farce): 소극, 익살극, 웃음거리.

1부

이곳에 살고 있었다. 내가 이사 오기 전에도 이곳 터줏대감 노릇을 하고 있었던 것 같으니까.

"하원이 엄마, 하원이 엄마가 항상 요 모양 요 꼴로 살아서 잘 모르나 본데, 내가 옛날에 꽤나 잘살던 집 딸이거든?"

"그렇군요."

"그렇군요가 아니고 진짜여. 내 말 못 믿겠어? 나 이래 봬도 미술 전공하던 사람이여. 미술 전공자라고!"

"……"

"내가 대입 앞두고 있을 때 우리 아부지 가게가 망했어. 그래서 그림 공부도 다 중단했지, 뭐."

"……"

"살길이 없어서 허덕이는데 그림은 그리고 싶고 대학은 가고 싶고. 그러니 마음이 안 잡히는 거여. 직장도 못 구했어. 동네 오빠들하고 어울려서 디스코텍 다니느라고 허송세월 좀 했었지. 그러다가 국일관 웨이터 하던 자영이 아빠를 만났어."

"국일관이요? 중국집인가요?"

"어휴, 이 답답아. 내숭 좀 그만 떨어라. 나이트 크랍 말이여, 나이트 크랍!"

"그러셨군요."

"자영이 아빠 만나고 나서 마음잡고 음료수 공장 다니면서 돈을 모았어. 처음에는 집만 괜찮아지면 바로 헤어져야지, 부자 오빠 꼬시면 바로 헤어져야지, 하면서 만났지. 그런데 집이 계속 어려워지는 거여. 결혼해서 탈출하지 않으면 거기에 휩쓸려서 부모랑 같이 계속 무너지겠더라고. 시간 지나면 부모 빚 갚으라는 소리까지 듣겠더라니까. 그런데 때마침 딱 임신이 된 거여. 도망치는 셈 치고 결혼했지."

자영이 엄마는 내 생각보다 냉정한 여자였나 보다. 제 부모가 고생하더라도 자기 살자고 집을 나와버리는 여자였다. 아니면 똑똑한 건가? 아니면 약삭빠른 건가? 뭐가 되었든 어려운 상황에서 자기에게 최대로 이득이 되는 선택을 한 건 확실해 보였다. 푼수기 있는 수다쟁이 아줌마가 그런 면이 있는 줄은 몰랐다.

"문제는 속궁합이었어. 둘이 돈이 없으니까 어디 놀러 나가지 못하고 집 안에 틀어박혀서 매번 그 짓만 해댄 거여. 그랬더니 애가 계속 생기더라고. 애가 계속 생기니까 돈이 모이질 않더라. 아무리 노력해도 계속 가난하고 그날이 그날인 거여. 여차저차 이 아파트 장만해서 이사 왔을 때만 해도 살림 불릴 수 있을 줄 알았는데 말이여. 이 아파트 두 채 사서 한 채는 우리 가족 살고 다른 한 채는 좌악 세 줘버리는 게 내 계획이었거든. 그렇게 됐으면 하원이 엄마 전세금도 따악 낮춰서 세 줬을 텐데."

우리 집은 전세고 자기 집은 자가이니 같은 아파트 같은 동 같은 층에 살아도 천지 차이라는 의미다. 별다른 대꾸를 하지 않자 내가 자기 말뜻을 이해했다고 생각했는지 자영이 엄마는 계속 말했다.

"그런데 있지, 사는 게 녹록지가 않더라고. 처음에는 내 계획대로 될 줄 알았지. 그게 몇 년 살아보니까 절대 안 되겠더라. 영태한테 돈도 많이 들고."

영태는 자영이 바로 아래 남동생이었다. 한눈에 보아도 일반적이지 않은 외양의 아이였다. 자영이 엄마가 남의 부(富)를 탐하는 것이 자식의 안위를 위해서라면 그걸 탐욕으로 단정 짓기는 어려운 노릇이다. 더군다나 그 아이가 부모 없이 남겨졌을 때에 홀로 설 수 있다는 확신이 없는 아이라면 더욱 그렇다. 그래도 굳이 남의 것을 빼앗아 자기에게 달라고 하는 건 정상적인 사람의 사고는 아니다.

"막막하던 차에 책을 읽은 거여! 끌어당기면 당겨져서 온다는데 내가 왜 그걸 안 하고 있었나, 싶더라고."

"그런데 왜 하필 그 집이에요?"

"이왕이면 크고 비싼 게 좋잖아? 내가 우리 아부지 가게가 안 망했으면 대학도 갔을 거고 미대 졸업해서 대한민국에서 이름 날리는 여성 화백이 되었을 거여. 당연히 지위에 걸맞은 남자랑 결혼했을 테고 말이여. 그러면 아마 나는 지금쯤 60평 아파트에 살고 있었겠지."

비약이 심한 것 아닌가? 하지만 자영이 엄마는 계속 말했다.

"솔직히 그렇잖어? 당연히 내 것이었을 걸 빼앗긴 거여. 혹시 알어? 앞 동 사모님도 찢어지게 가난했다가 남의 거 빼앗은 걸 수도 있지."

자영이 엄마는 어딘가에서 무언가를 잃는 사람이 있다면 당사자에게서 직접 빼앗은 것이 아니더라도 그만큼을 얻는 이가 존재할 거라는 단순한 셈을 하고 있었다.

"그래서 틈만 나면 그 집에 가서 '이 집하고 이 집에 있는 거다 나한테 주세요! 고대로 다 나 주세요!' 하고 주문 걸고 온다니까."

"……."

"속는 셈 치고 해보는 거지! 손해 볼 건 없잖어? 돈 드는 것도 아니고."

자영이 엄마는 미지근해졌을 커피를 꿀꺽거리면서 넘겼다. 내가 물었다.

"물건만 오는 게 맞아요?"

"응?"

"그 집에 딸린 게 전부 다 오는 건 아니고요?"

"어머나! 오호호호! 사람 말하는 거여? 그 집 사장님이 잘생기긴 했지! 하원이 엄마 웃긴다. 응큼하네!"

자영이 엄마가 무슨 생각을 했는지는 몰라도 나는 사람을 의미한 게 아니었다. 뭐든지, 그 집 안에 있는 것을 그대로 갖고 싶다고 다 나에게 달라고 하면 결국 그 집의 불행이나 숨겨진 무언가까지 딸려 오게 되지는 않을까? 겉으로 번드르르해 보인다고 해도 집집마다 사연은 있다.

나는 쓰레기장을 뒤적이고 감시하는 퀭한 얼굴의 '사모님'을 떠올려 보았다. 그 여자가 뭐가 아쉬워서 자영이 엄마를 집으로 불러들이는 건지 이해가 되지 않았다. 쓰레기 버리는 사람을 감시할 정도로 스토커 기질이 다분한 여자라면 관음증 증세가 있을 수도 있다. 자기 눈에 보이는 것만으로는 만족되지 않아서 전용 리포터를 고용한 걸지도 모르겠다. 수다쟁이로는 아파트 단지에서 여왕으로 추대받을 자격이 있는 자영이 엄마이니 남의 집 이야기를 실시간으로 보고받기에 이만큼 적당한 인물도 없을 것이다.

어찌 보면 참 어울리는 조합이다. 자영이 엄마는 나에게 와서 믹스커피를 얻어 마시는 것처럼 그 집에 가서는 피로 회복제를 얻어먹는다. 본 목적은 주문 걸기라지만 그저 이곳저곳의 말을 옮기고 싶고 아는 체하고 싶은 게 주목적인 여자였다. 나는 앉은 채로 집 안을 둘러보았다. 다행히 자영이 엄마가 욕심낼 만한 것은 없었다.

앞 동의 그 여자보다 내가 더 가진 건 뭐가 있을까? 젊음? 내가 쉰 살이 넘었을 때 그 여자보다 훨씬 잘살 수 있을까? 턱도 없다. 이까짓 젊음, 10년이면 사라진다. 하지만 그 여자가 가진 것들은 내가 늙어도 그 여자가 죽어도 그곳에 그대로 남아 있을 것이다. 그러니 나는 그 여자보다 덜 가졌다. 그 여자의 것을 갖고 싶다는 게 아니고 내 주제를 안다는 소리다.

†

"엄마, 저녁 감사히 잘 먹었습니다."

하원이는 밥을 먹자마자 TV 앞으로 가서 앉았다. 만화 보는 시간이다. 난 아이들이 만화를 보는 것을 두고 뭐라고 하지 않는다. 어떤 방식으로든 만화는 아이들의 상상력을 키워주고 상상력은 성장에 큰 바탕이 되는 법이니까. 나도 어릴 때 만화를 좋아했다. 하지만 학교에 들어가고 난 후에는 아무리 재미있는 프로그램이 나와도 오후 7시 이후에는 TV를 보지 않았다. 누가 시킨 건 아니었지만 내가 나름대로 정한 규칙이었다. 하원이도 나를 닮았다면 언젠가 TV를 보는 시간 정도는 스스로 조절하게 될 것이다.

소녀풍 만화 주제가가 흘러나왔다. 나도 만화 주제가를 흥얼거려 보았다. 하원이용 만화가 시작된 지 10분 정도 되었을 때 상원이가 마지막 한 술갈을 입에 물고 일어섰다.

"잘 먹어쏨미다아아!"

전쟁이 발발할 때가 다가왔다. 상원이는 제 누나에게 다가가 다짜고짜 리모컨을 빼앗으려 했고 하원이는 늘 그래왔던 것처럼 버틴다. 나는 설거지할 그릇을 들고 싱크대로 갔다.

설거지는 귀찮다. 하루에도 몇 번을 하지만 계속해서 쌓인다. 쌓이면 씻어내고 쌓이면 씻어내고 쌓이면 씻어내고. 이만한 시간 낭비, 에너지 낭비가 어디에 있을까. 생활비가 들어오면 살림하고 생활비가 들어오면 살림하고 생활비가 들어오면 살림하고. 밥을 먹으면 화장실 가고 밥을 먹으면 화장실 가고 밥을 먹으면 화장실 가고. 어째 돌려 막기에 특화되어 버린 내인생의 축소판을 보는 기분이다.

그래도 설거지는 아주 좋은 피난처다. 특히 애들하고 있을 때는 이만한 게 없다. 물을 틀면, 징징대는 소리, 투덕대는 소리, 가끔 터지는 울음보까지도 물소리에 잠긴다. 등 뒤, 거실에서 벌어지고 있는 상황은 언제나 똑같다. 매일같이 벌어지는 풍경이라 안 봐도 눈에 훤하다. 리모컨 싸움을 벌이고 있을 것이다.

툭, 퍽. 상원이가 급기야 리모컨을 주지 않는 누나를 때리는 소리가 들렸다. 사내아이랍시고 주먹이 나름 매서운지 하원이가 소파에 리모컨을 던지는 소리가 뒤를 이었다. 나는 여전히 아이들로부터 등을 돌리고 설거지를 했다. 그렇다고 아이들에 대해 아무런 생각도 없는 건 아니었다.

'오늘은 야단을 좀 쳐야지.'

하원이가 리모컨을 집어 던지는 행동은 주의를 줘야겠다. 한 번은 짚고 넘어갈 문제라고 벼른 지 좀 되었다. 아무리 소파 위에라지만 물건을 집어 던지는 건 안 된다. 남자애가 여자애를 때리고 괴롭히는 건 '좋아해서 그래.'라고 포장되지만 여자애가 물건을 집어 던지면 '가정교육 못 받은 애, 돼먹지 못한 애'가 되기 마련이니까.

꼭 하려고 했던 일을 잊으면 찜찜하다. 그걸 미연에 방지하기 위해서 나는 생각을 곱씹어 갈무리하는 과정을 거쳤다. 찜찜한 건 싫으니까. 그렇지만 거품 섞인 물이 하수구로 흘러들기 시작하자 찜찜함도 흐려졌다. 설거지를 해서 뒤집어 놓은 그릇이 하나하나 쌓일수록 나는 아이들에게 주의를 주어야겠다는 생각을 서서히 잊었다. 급기야 굳이 오늘 야단을 쳐야 하나, 싶어졌다.

'내일 아이들이 똑같은 행동을 다시 할 테니 그때 주의를 주자.'

한결 가뿐해진 마음으로 그릇의 거품을 마저 헹구었다. 갑자기 시끄러운 로봇 만화의 소리가 들렸다. 상원이가 리모컨을 손에 넣었다는 증거였다. 곧이어 총소리도 들렸다. 아이들 만화에 폭력성이 두드러지지 않았으면 좋겠다. 하원이가 도저히 못 참겠다는 듯이 나에게 하소연했다.

"아, 엄마! 상원이 좀 어떻게 해! 나 애 때문에 만화도 못 보잖아! 내가 오늘 얼마나 힘들었는지 알아? 유치원에 학원에! 어린이집 졸업하면 놀 수 있을 줄 알았는데! 하루 종일 밖에서 고생하다가 이제 겨우 앉아서 TV 좀 보나 했더니 이게 뭐야!"

하원이는 씩씩거리면서 방으로 들어갔다. 아이들이 어른들처럼 말하면 귀엽다.

"상원아, 누나가 화났잖니."

내 목소리가 꼭 남의 목소리 같았다. 엄마로서 권위라고는 없는, 건성으로 하는 말을 아이들은 기가 막히게 알아채곤 한다. 방금 내 말에서도 분노라든가 자기를 혼낼 만한 의지가 없다는 것을 눈치챈 상원이는 대답이 없었다. 상원이는 오롯이 만화에 심취해 있었다.

"두두두두두두두!"

상원이가 기관총을 쏘는 자세를 취하고 입으로 소리 내면서 소파 주변을 뛰어다니자 하원이가 방 안에서 문을 쾅 하고 닫았다. 버릇없기는! 아주 혼쭐을 내줘야겠다. 내일은 꼭 짚고 넘어가야지.

"상원아, 그렇게 재미있어? 누나 생각도 해야지. 그만 뛰어다녀."

내 목소리가 들리지 않는지 상원이는 여전히 소파 위아래로 달리고 부엌 식탁 밑에 숨어들었다. 설마 얘가 가는 귀가 먹은 건 아니겠지? 나는 행주로 싱크대를 닦았다.

"1층이라 다행이지 쫓겨날 뻔했네……."

그릇을 정리하는데 뒤에서 인기척이 느껴졌다. 수저를 정리하는 척하면서 슬쩍 보니 상원이가 장난감 기관총으로 나를 조준하는 것이 시야에 들어왔다. 나는 못 본 체했다. 아들이 살금살금 다가오고 있다. 나는 아들이 내 곁에 다다랐을 때 깜짝 놀랐다는 듯이 아들을 쳐다보았다. 거의 동시에 아들은 나에게 장난감 기관총을 쏘는 시늉을 했다. 표정과 자세가 진지해서 절대로 웃을 만한 분위기가 아니다. 애는 지금 진짜로 나를 죽이려고 하고 있다. 그렇다면 내가 해줄 일은 한 가지.

"두두두두두두두!"

"아아아아아악!"

나는 비명을 지르면서 가슴과 머리 허벅지를 차례로 손으로 잡아가면서 바닥에 쓰러졌다. 방금 어미를 쏘아 죽인 패륜아는 제 몸 하나는 끔찍이 여기는 놈이었다. 재빠르게 소파로 달려가 TV와 소파 사이로 숨은 아들은 긴장한 표정으로 고개를 내밀고 적의 상태를 가늠해 본다. 내가 충실하게 시체를 연기하고 있자, 그제야 안심하고 포복 자세로 기어 나왔다. 과연 내 아들. 배며 가슴까지 바닥에 붙인 자세가 예사롭지 않았다. 나는 미동도 않고 쓰러져 있었다. 하원이가 방문을 열고 내다보았다. 상원이는 나를 겨냥했던 총구를 슬쩍 내리고 상체를 기울였다.

대세는 좀비다. 나는 눈을 부릅뜨고 상원이를 향해 달려들었다. 실감 나도록 양쪽 어깨 관절을 기괴한 각도로 꺾어 흔들어 보았다. 상원이는 재빨리 식탁 뒤로 몸을 숨기면서 총을 쏘았다.

"두두두두두두두! 죽어라! 적군! 두두두두두두!"

너무 근거리에서 맞았다. 이번 공격을 받고서 숨이 붙어 있을 수는 없다. 상원이는 필요 이상으로 총을 오래 쏘았다. 리얼리티는 생명이다. 나는 다시 한번 온갖 포즈를 취하면서 총에 맞는 연기를 했다. 가능한 한 처참하게.

"아아아아아아아! 고마 쏴라! 많이 묵었다, 아이가!"

"닥쳐라, 괴물! 두두두두두두!"

저런 말버릇은 대체 어디에서 배운 걸까. 총알받이가 된 나는 마침내 바닥에 쓰러지고 숨이 컥컥 막히면서 장렬히 전사했다.

"와아아아아! 승리다!"

실눈을 뜨고 보니, 하원이는 팔짱을 끼고 고개를 저으면서 엄마와 남동생이 노는 모습을 한심하다는 듯이 지켜보고 있었다. 상원이가 제 누나에게 외쳤다.

"누나! 내가 이겼어! 내가 적군을 죽였어! 우린 자유야! 탈출하자! 탈출! 누나랑 나랑 여기서 탈출하는 거야!"

"아휴, 시끄러워. 이 바보야, 우린 어려서 탈출 못 해!"

상원이는 총을 소파에 던지고 하원이에게 달려가더니 거수

경례를 했다.

"충성!"

하원이가 잠시 동생을 노려보다가 못 이기는 척 거수경례를 해줬다.

"충성. 이상원 일병, 이를 닦고 온다. 실시!"

하원이는 동생의 경례를 받을 때면 쓰리 스타급 군 장성이다. 저렇게 건방진 자세로 경례를 받는 건 대체 어디서 배운 거지? 애들을 키우다 보면 하루에도 열두 번씩 놀란다. 둘이니 망정이지 셋이었으면 깜짝깜짝 놀라는 빈도수가 높아서 지금쯤 나는 심장 이상이 왔을 테지.

"실시!"

씩씩하게 대답한 상원이는 각 잡힌 걸음걸이로 임무를 수행하듯이 욕실로 걸어갔다. 나는 주섬주섬 일어섰다. 하원이가 동생과 엄마의 모습을 보면서 말했다.

"내가 못 살아, 이놈의 집구석. 유치해서 정말!"

겨우 두 살 터울인데 딸과 아들은 달라도 너무 달랐다. 일곱 살짜리 딸이 다섯 살짜리 남동생을 상대로 어른 노릇을 하는 것을 보면 든든하면서도 안쓰럽다. 제 나이보다 조숙한 딸 덕분에 나는 아들의 놀이 상대가 되어주어야 했다. 부모로서 당연한 일이지만 아빠가 해주었으면 하는 놀이를 엄마가 상대해주다 보면 가끔은 너무 체력이 달렸다. 아들은 써도 써도 닳지 않는 건전지 같다. 그래도 낮에 신나게 뛰어놀고 정신이 쏙 빠질 만큼 난리를 피우는 것이 낫다. 그래야 아이들이 깊이 잘 테고, 밤에라도 내 시간을 보낼 수 있을 테니까.

싱글 맘도 아니고, 주말부부도 아닌데, 밤 시간에 꼭 홀로 있길 바라는 건 아니다. 하지만 나 혼자서 밤 시간을 보낸 지 오래되었고 더는 그 시간이 지루하지 않다. 아이들이 방에 들어가고 나면 나는 냉장고에 있는 사과를 하나 꺼낸다. 아침이면 예쁘게 깎여 아이들과 남편의 접시에 한두 조각씩 올라가는 사과. 나는 통째로 어석어석 씹어 먹는다.

†

달콤하고 따뜻한 공기가 아지랑이처럼 번진다. 아이들이 잠들었다는 신호다. 아이들이 잠든 것이 확실한지, 자기 전에 다시 한번 확인해야 한다. 먼저 딸의 이마에 그다음으로 아들의 이마에 살짝 입을 맞추는 행동은 절대 안 한다. 그랬다가 아이들이 깨면 낭패다. 괜한 접촉은 드라마에서 보는 것으로 만족하련다. 뽀뽀는 낮에 아이들이 깨어 있을 때 많이 해주면 된다. 잠든 아이들에게는 이불을 덮어주는 것으로 충분하다. 난 아이들 방에서 나와 살금살금 부부 침실로 갔다.

눈이 떠졌다. 휴대폰을 들어 시계를 보니 새벽 1시였다. 옆

자리는 여전히 비어 있다. 나도 늙어가는 걸까. 목이 까끌까끌 말랐다. 어릴 때 외할아버지가 작은 물 주전자와 컵이 든 쟁반을 머리맡에 두고 주무셨던 기억이 있다. 나도 그럴 때가 된 걸까. 하지만 난 아직 서른다섯밖에 안 됐는걸. 마흔이 넘도록 결혼하지 않는 여자들은 무얼 하면서 그 시간들을 보내오는 걸까. 하긴 내가 관심 가질 필요는 없겠지. 내 인생도 아닌데.

끼익, 스프링 소리를 내는 침대에서 나와 부엌의 냉장고로 향했다. 눈 떠진 김에 물 한 잔을 마시는 거다. 저녁에 병에 담아 넣어두었던 물이 시원하고 기분 좋게 목구멍으로 흘러들었다. 내 몸은 산이 되어간다. 몸 안에 흐르는 물줄기는 계곡물과 시냇물이 되어 구석구석 생명을 펼쳐나간다. 내년이 되면 텔레비전 광고 속, 정수기가 달린 냉장고를 살 수 있을까?

"살 수 있을 거야."

혼잣말로 다짐해 온 지 몇 년째다. 아쉬움을 달래면서 다시 방으로 들어갔다. 침대 안에 온기가 남아 있다. 방금 전까지 내 몸에서 나간 온기다. 내 온기에 의존해 다시 잠을 청하자니 초라한 느낌이다. 남편은 어디에서 뭘 하고 있는 걸까.

맞은편 방에서 인기척이 들렸다. 얕은 잠을 자는 둘째가 뒤척이는 소리다. 나는 본능적으로 숨을 참았다. 아이들은 엄마가 깨어 있다는 것을 귀신같이 알아채고 괴롭힐 궁리를 하는 것 같다. 둘 중 한 명이 칭얼대며 엄마를 찾으면 밤마저도 오롯이 아이들의 것이 되어버린다. 아이들을 사랑하지만 그 사랑이 내 몸에 축적된 피로까지 없애지는 못한다. 밤만이라도 제발 쉬고 싶다. 긴장되는 몇 초가 지나자 인기척이 줄어들었다. 둘째는 아마도 이불을 차내고 희한한 자세로 다시 잠에 빠져들었을 것이다. 아들의 귀엽고도 웃긴 모습을 상상하자 웃음이 났다. 난 소리 없이 입꼬리만 최대한 주욱 끌어 올리면서 웃었다.

"엄마……."

하아……. 하원이다. 하원이는 내가 깨어 있는 걸 알았다. 책임감 있는 엄마와 침대 위의 여자 사이에서 갈등이 시작된다. 불과 몇 초의 갈등. 늘 그랬듯 책임감 있는 엄마 승. 나는 웃으면서 딸에게 손짓했다.

"하원이, 깼어? 들어와."

딸은 눈을 비비면서 다가왔다. 그리고 당연하다는 듯 남편이 누워야 할 자리로 파고들었다. 오늘도 침대는 가족용이다. 남편은 아마 거실 소파에서 잔다고 하겠지. 늦어도 꼬박꼬박 기어들어 오긴 하니까 그걸로 됐다. 그나저나 딸을 사이에 두고 마주 보고 누워 자는 부부가 실제로 있긴 한 건가? 내가 확실하게 아는 게 있는데, 남편은 그렇게 잘 바에야 주저 없이 머리통과 양발이 삐져나오는 2인용 소파를 선택할 거다. 내 옆자리가 비어 있어도 소파로 가는 인간이니까. 함께 있는 넓은 곳보다 혼자 있는 좁은 곳이 편하면 결혼을 대체 왜 한 거냐고 따져

묻고 싶지만 나는 모른 체해 버린다. 밤이 되어 눕고 나면, 입 벌려서 소리 낼 에너지도 없다. 남편이 2인용 소파를 선택한 것처럼 나는 외면을 선택한 지 오래다. 그것만이 아주 조금이 라도 남아 있는 자존심을 지키는 방법이다.

나는 하원이를 품에 안았다.

"꿈꿨어?"

"응."

하원이는 내 품에 와락 안겨 들었다.

하원이가 나의 몸 안에서 살던 날들……. 그 시간은 너무나 짧았다. 부모라면 어떤 자식이든 간에 애착을 갖겠지만 나에게 하원이는 남달랐다. 나는 하원이가 몸 안에 착상되는 순간부터 그 존재를 의식하고 있었다. 아이의 심장이 자리를 잡고, 혈관 이 실을 치고, 뼈대가 서고, 눈과 코와 입이 형성되는 것을 나 는 온몸으로 느꼈다. 그 과정은 신비했다. 전능한 신이 된 것처 럼 나는 정신과 육체로 하원이를 빚어냈다. 방금 먹은 복숭아 한 쪽이 하원이의 새끼발가락으로 변하고 있는 것을 나는 알고 있었다. 저녁 식사 때 먹게 될 맑은 장국이 하원이의 빛나는 두 눈 속 수정체가 될 것을 나는 알고 있었다.

임신 기간 동안의 모든 과정은 나와 하원이의 밀접한 교류 였다. 영과 육이 긴밀하게 교류하는 관계. 하원이는 나의 보호 아래 자신의 형체를 지어나갔다. 나는 때로는 생각으로 때로는 감정으로 하원이에게 명령했고 하원이는 나의 통제를 순종적으로 받아들였다. 골반 뼈가 벌어지는 아찔한 통증도 사지를 뽑아내는 잔인한 고문도 하원이와 나 사이에 흐르는 강렬한 감정에 비하면 아무것도 아니었다. 나는 하원이가 몸 안에서 빠져나가 다른 이들과 공동의 소유가 되는 것이 끔찍이도 싫었다. 산통마저도 없는 듯 참아내면서 하원이를 조금이라도 더 몸 안에 품고 싶었다. 하지만 하원이는 겨우 3킬로그램짜리 아기에 불과하면서 독립을 하겠다고 기지개를 켜댔고 나의 몸에 있는 작은 문은 요나를 토해낸 물고기의 입이라도 된 것처럼 하원이를 뱉어내고 말았다. 사람들의 축하를 받으면서도 나는 하원이를 좀 더 오래 머금고 있지 못한 것이 억울해 그 밉살스러운 문을 향해 마음속으로 저주를 퍼부었다.

하원이가 좀 더 나의 품 안으로 파고들었다. 나는 하원이의 정수리에 코를 묻었다. 갓 구운 고구마에서나 날 법한 달콤한 냄새에 기분이 좋아졌다. 나의 가슴이 크게 부풀었다. 하원이는 나의 가슴에 얼굴을 대고 비벼댔다.

하원이가 두 살에 접어들 무렵 나는 둘째를 임신했다. 배가 불러올수록 하원이를 안아주는 것이 버거웠다. 나는 아직 얼굴도 모르는 둘째가 미워졌다. 하원이에게 좀 더 사랑을 주고 싶었는데 어쩔 수 없이 그 사랑이 둘로 쪼개질 판이었다. 하원이는 나의 복잡한 마음과 달리 동생을 볼 기대에 부풀어 있었다.

둘째는 나와 온전히 소통하지 못했다. 둘째가 무슨 생각을 하는지 나는 도통 알 수 없었다. 둥글게 솟아오른 배를 아무리 들여다보아도 그 애가 나에게 무슨 말을 하고 있는지 들리지 않았다. 소통이 안 되는 이유를 곧 깨달았다. 둘째는 내 배 속에 있지만 남편의 아이일 뿐이었다. 태어난 둘째는 남자아이였다. 첫아이 때는 어안이 벙벙하던 남편이 둘째 상원이를 품에 안고 기쁨에 어쩔 줄 모르는 표정을 짓는 것을 보면서 나는 남편과 새로 태어난 아들에게 왠지 모를 증오를 느꼈다.

저 두 남자의 결속을 위해 나와 딸이 멀어져야 했다는 것이 억울했다. 두 남자는 하원이와 나를 철저하게 조연 취급을 해버렸다. 둘째를 출산하고 집으로 돌아온 나는 침대 귀퉁이에 어색하게 앉아 있던 하원이를 품에 안았다. 하지만 남편은 상원이에게 젖을 먹이라면서 하원이를 나의 품에서 떼어냈다. 나는 하원이를 남편에게서 빼앗아 다시 내 몸속으로 넣어 삼키고 싶었다. 내가 앓았던 증세가 산후 우울증이라는 것을 그때는 몰랐다. 알았다고 하더라도 천 겹, 만 겹보다도 더 복잡한 감정의 이랑을 고작 '산후 우울증'이라는 간단한 용어로 이해받고 싶지는 않았을 것이다.

남편은 내가 감정의 파도에 휩쓸리고 몸은 만신창이가 되어가는 동안 나를 철저히 외면했다. 의도적인 외면은 아니었다.

그가 일부러 나를 모른 척한 것은 아니었다. 남편은 그저 순수하리만큼 나에게 관심이 없었을 뿐이다. 그는 평소처럼 살았던 것이고 나도 그것을 잘 안다. 그래서 더욱 비참했다. 나에게는 하원이가 의지할 전부였다.

"하원이 자니? 우리 딸 코 자는 거야?"

하원이에게서 대답은 없다. 잠든 이 특유의 숨소리만 들려왔다. 나는 품에 하원이를 꼭 안고 가만히 숨을 멈추어 보았다. 딸을 품에 안은 평화를 방해받지 않으려면 작은 방에서 자고 있는 아들이 깨어나지 않아야 했다. 다행히 상원이는 깊은 잠에 빠져 있다. 아마도 상원의 귀에 들리는 가장 큰 소리는 자신의 숨소리이리라. 철없는 아들의 깊고 깊은 숙면에 나도 모르게 웃었다. 그랬다. 시간이 흘렀고 나는 두 아이들에게 적응했다. 하원이가 나의 또 다른 자아라면 상원이는 나의 웃음이었다. 내가 웃자 가슴이 크게 일렁였고 그 바람에 하원이가 잠시 꿈틀하면서 움직였다. 내가 등을 살살 토닥여 주면서 자세를 바꾸어 안아주자 하원이의 숨소리는 다시금 깊어졌다. 서로를 꼭 끌어안은 모녀와 맞은편 방의 아들은 하나의 공기를 호흡하며 각자의 잠 세상으로 돌진했다.

삑삑삑삑. 삐리릭. 쉬릭. 철커럭. 쉬리릭.

남편이 돌아왔다. 실눈이 떠졌다. 시간은 1시 58분. 잘났다,

이 인간아. 이제야 기어들어 오니? 아주 밖에서 처잘 것이지. 하루 종일 처자식이 뭘 하고 사는지 관심도 없지? 어휴, 여기 까지만 하자. 너에게는 저주도 아깝다. 나는 다시 눈을 감았다.

쏴아.

웬일로 씻는 모양이네. 나는 일어나서 남편을 반기는 척할 것인지 그대로 자는 척을 해야 할지 갈등했다. 도대체 자는 동 안에도 몇 번을 갈등해야 하는 거냐. 하원이는 여전히 단내를 풍기며 잠들어 있다. 애교 있는 아내와 졸린 아줌마 사이의 갈 등은 길지 않았다. 졸린 아줌마 승. 나는 그냥 누워 있기로 했 다. 화장한 예쁜 얼굴로 웃으면서 반겨줄 아내를 원한다면 남 편은 좀 더 일찍 들어오면 된다. 고사용 돼지머리처럼 퉁퉁 부 은 얼굴이 베개 위에 놓여 있는 것을 보고 남편이 놀라 자빠지 든 말든 내가 무슨 상관인가. 그마저도 남편에게는 과분하다. 온종일 집 안에서 아이들과 살을 부대끼며 고군분투하다가 아 이들을 재우고 나서야 한숨 돌리는 밤. 야심한 시각에 언제 귀 가할지 모르는 남편을 위해서 굳이 메이크업을 할 수는 없다.

쏴아.

시끄럽네. 왜 이렇게 오래 씻지? 지그시 귀를 기울여 보았 다. 고로롱. 고로롱. 상원이의 고른 숨소리는 여전했다. 품 안 에 잠든 하원이도 눈뜰 기미를 보이지 않았다. 나는 온 신경을 남편이 있는 욕실에 집중해 보았다. 평소라면 거실과 부부 침실, 욕실을 몇 차례씩 들락거리는 남편이다. 밖에서 온갖 때를 묻히고 들어와서는 세수도 안 하고 덜컹대며 소변을 보고 양치도 안 하고 벌러덩 드러누워 코를 골며 곯아떨어지는 남자다. 아내가 잠에서 깰까 봐 조심하거나 아내에게 잘 보이려고 청결을 유지하는 배려 따위는 없다. 그런 그가 현관에서 욕실로 직행해서 물을 틀어둔 채로 한참을 뭔가 하고 있다.

쏴아. 첨벙첨벙. 헉헉.

잠이 확 달아났다. 남편이 숨을 몰아쉬고 있었다. 혹시 어디가 아픈가? 이른 나이에 심장마비라도 왔나? 아니다. 남편은 당황한 상태였다. 무슨 일인가 벌어졌다. 긴박한 어떤 일이.

나는 하원이를 살며시 품에서 내려놓았다. 바위에 붙은 굴처럼 단단하게 나의 몸에 달라붙어 있던 하원이는 어렵사리 품에서 떨어져 나갔다. 순간적으로 배 부분이 서늘해졌다. 아이의 얼굴과 목 뒤로 땀에 젖은 머리칼이 찰싹 달라붙어 있다. 나는 품에서 떼어낸 딸에게 이불을 덮어주고 살금살금 움직였다. 불 꺼진 집 안. 욕실에서 비어져 나온 빛줄기가 거실을 대각선으로 가로지르고 있다. 한 뼘 정도의 틈을 벌린 채 열려 있는 문 안쪽을 들여다보았다. 부산스럽게 움직이는 남편이 보였다. 남편은 완전히 벌거벗은 상태였다. 나는 손으로 입을 틀어막고 뒷걸음질 쳤다.

피! 온통 피였다. 세면대에도 욕실 바닥에도……. 변기 뚜껑

위에는 피 묻은 칼이 놓여 있다. 이게 무슨 상황이지? 그때, 건넛방에서 상원이가 뒤척이는 것이 보였다. 나는 움직임을 멈추었다. 안 돼! 상원아! 아늘을 저지하는 것처럼 허공으로 뻗은 내 팔이 보였다. 그대로 눈동자만 움직여 욕실을 쳐다보았다. 남편은 여전히 물을 틀어둔 채로 부산스럽게 움직이고 있었다. 상원이는 다시 고른 숨소리를 냈다.

나는 뒷걸음질해서 침실로 향했다. 하원이가 깨어나지 않도록 손가락 끝, 머리칼의 쏠림까지 주의하며 다시 침대에 누웠다. 난 덜덜 떨리는 두 팔로 딸을 품에 안았다. 따뜻했다. 다행이었다. 딸의 체온에 떨림이 잦아들었다. 자는 척해야 한다. 잔뜩 흥분한 상태인 남편이 무슨 짓을 저지를지 모르니 이상한 낌새를 보여선 안 된다. 아이들이 위험해지면 안 된다는 생각 하나만으로 나는 숙면에 빠진 연기를 완벽하게 해냈다.

테아트럼 문디◆. 우리는 모두 인생이라는 무대 위의 배우들이니까. 남편이 마치 한겨울에 빙하수에 빠진 사람처럼 와들와들 떨면서 소파로 가서 누울 때도, 이를 딱딱 부딪치면서 밤새 악몽 속을 헤맬 때도 나는 오로지 가슴으로 하원이의 양쪽 귀를 눌러 아이가 깨지 않도록 하는 데 온 신경을 집중했다. 이건 나쁜 꿈이다. 꿈일 뿐이다. 좋은 배우는 꿈속에서도 연기하는

◆ 테아트럼 문디(theatrum mundi): 이 세상은 신에 의해 창조된 무대이고 인간은 역할을 맡은 배우임을 인간 스스로가 깨닫고 있음을 의미하는 문학 용어.

법이다. 깨어날 때까지 계속 연기해야 한다.

†

이튿날, 눈을 뜨자마자 아침 식사를 준비했다. 평소와 전혀 다름없는 바쁜 아침이었다. 남편의 눈은 붉게 충혈되어 있고 피부는 창백하고 수염이 조금 자라 있다. 밤새 스무 살은 더 먹은 것처럼 그는 무척 지쳐 보였다. 하지만 나는 모른 척했다. 남편의 옷을 챙기고 넥타이를 반듯하게 매주었다. 남편은 현관에서 신발장 위에 놓인 전기면도기를 켜면서 신발을 신었다. 난 하원이의 아침을 준비하는 척하면서 싱크대 쪽으로 갔다. 평소에는 내가 직접 그의 손에 들려주던 서류 가방을 오늘은 못 본 체했다. 아마도 그 가방 안에는 어젯밤에 본 칼이 들어 있을 것이다.

남편은 신발장 위에 놓인 거울을 보고 선 채로 급히 면도를 마치고는 신발을 신은 채로 서류 가방에 손을 뻗어 직접 집어 들고 쏜살같이 현관을 빠져나갔다. 나와 남편은 단 한 마디도 나누지 않았고 서로 시선을 마주치지도 않았다. 나는 늘 하던 대로 하원이를 유치원 차에 태워 보내고 상원이를 어린이집에 보냈다.

후줄근한 면바지를 입고 목이 늘어진 티셔츠를 꺼내 입었다.

다 늘어지고 닳아버렸는데도 왠지 모를 멋이 있다고 생각되어 갖고 있던 티셔츠다. 처녀 시절 남편을 처음 만났던 날 입었던 옷이다. 아마 그날은 이 티셔츠 아래 청바지를 입고 있었던 것 같다. 스커트가 아니었던 것만은 확실하다. 거울을 본 내 입가에는 실소가 흘렀다. 날씬한 몸에 착 감기면서 흐르듯 몸 위에 걸쳐졌던 티셔츠가 지금은 울룩불룩 흐트러진 몸을 간신히 덮고 있다.

"거지가 따로 없구나."

아줌마 바이러스는 모든 것을 박살 내버렸다. 사람이 귀하고 예쁘지 않으면 아무리 좋은 옷을 걸쳐도 넝마처럼 보일 뿐이다. 그런데 곱지도 않은 여자가 넝마가 되어버린 옷을 입고 예뻐 보이길 바라다니 욕심이 지나쳤다. 이 옷을 입고 거울 앞에서서 나는 어떤 모습으로 보이길 바랐던 것일까. 남편을 처음 만난 날과 같은 모습으로 비춰지길 바랐던 것일까. 남편이 기억하고 있을 리 만무한데? 다 부질없다. 의미 있는 옷이랍시고 버리지 않았지만 지금은 그 기념비적인 옷을 입고서 남편이 친 사고의 뒤처리나 하고 있다.

착 가라앉은 마음과 달리 몸은 신속하게 움직였다. 일회용 마스크를 꺼내 썼다. 철이 바뀔 때마다 독감 걱정을 해대는 팔자 좋은 여자들을 비웃으면서도 혹시나 하는 불안감에 중고 사이트에서 정가의 10분의 1을 주고 샀다. 물론 정가의 10분의

1을 주었는지 바가지를 쓴 것인지 확인할 길은 없다. 거울을 보니 마스크를 쓰길 잘했다는 생각이 들었다. 기침도 한번 해 보았다. 나름 그럴듯한 감기 환자다. 이 모든 변장이 고작 버스한 정거장 반 정도 떨어진 천 냥 상회에 가기 위한 준비였다.

집을 나섰다. 길목에서 사람들을 마주치면 감기에 걸린 것처럼 한두 번 콜록콜록 기침을 했다. 하지만 나는 곧 이런 연기가 필요 없는 짓이라는 걸 깨달았다. 거리에는 사람이 없었다. 마스크를 벗어 던지고 걷는다고 해도 상관없을 거리를 보자 마음이 놓였다.

걷고 걸었다. 운동 부족인지 금세 숨이 차올랐다. 폐포가 오그라들어 숨을 몰아쉬는 상황이 되어 괴로웠다. 상원이의 장난감 총에 맞아 죽는 연기를 하루에 열 번이 넘게 하는데도 체력은 전혀 향상되지 않았나 보다. 천 리 길 같은 천 냥 상회 가는 길목에서 나를 스쳐 지나간 사람은 총 네 명. 모두 모르는 사람들이었다. 마침내 도착한 천 냥 상회에서 표백제 세 병과 하수구 세정제 두 병을 샀다. 사천오백 원을 현금으로 계산하고 세제를 검은 비닐봉지 두 개에 나누어 담아 양손에 들었다. 천근만근 무겁다.

그래도 다시 걸었다. 집으로, 집으로. 나를 기다리는 22평형 전세 아파트로 열심히 걸었다. 아파트 단지에 들어섰을 때 앞 동 여자가 걸어오는 게 보였다. 진짜 징글징글하다. '도둑이

'제 발 저리다'는 게 이럴 때 하는 말인가. 나는 갑자기 그 여자에게 소리 내서 인사를 하려다가 주책없는 몸을 간신히 통제했다. 인사를 하지도 않던 여자에게 자동으로 상체가 숙여지려는 건 저 여자의 아파트 내 계급을 알고 있기 때문일까, 아니면 내가 지금부터 집에 들어가서 하려는 일 때문에 긴장해서일까? 두 가지 모두 원인을 찾자면 남편 때문이라는 데 생각이 닿자 내 신세가 참 처량했다. 다행인지 아닌지, 여자는 나의 우스꽝스러운 몸짓에도 불구하고 눈길도 주지 않았다. 나를 알아보는 것 같지도 않았다. 뭔가에 홀린 것처럼 시커멓게 가라앉은 눈을 부릅뜨고 쓰레기장을 향해 잰걸음으로 걸어가 버렸다.

돌아오자마자 현관문부터 걸어 잠갔다. 신발장 옆에 있는 틈 바구니에 찔러 넣어둔 검은 접이식 우산이 보였다. 남편이 종종 가방 안에 넣고 나가는 것이다. 난 그것을 아무 생각 없이 휙 꺼냈다가 소스라치게 놀라 손에서 놓쳤다. 손잡이 부근에 굳은 피가 묻어 있다. 피를 잉크 삼아 도장이라도 찍어댄 양, 지문 모양으로 굳어 있었다. 기가 막혔다. 어제는 비도 오지 않았다. 이 미친놈이 밤에 피투성이로 기어들어 오면서 누가 볼까 봐 우산을 쓰고 들어온 것이다. 제 한 몸은 끔찍이 소중한 놈이다. 대체 뒤처리할 게 얼마나 더 남은 거지?

마스크를 벗으니 얼굴이 이제야 살겠다고 외쳐대는 것 같다. 욕실로 세제를 옮겨두고는 우산에 묻은 피가 내 손으로 옮겨왔을 것 같아서 손을 먼저 씻었다. 욕실을 둘러보았다. 샴푸와 린스, 보디 워시를 양껏 털어서 욕실 청소를 한 모양이었지만 기분 탓인지 피 냄새가 나는 것 같다. 역시 남편은 서투르다. 하수구 쪽과 수건걸이 아래 구석 쪽에 불그스름한 얼룩이 보였다. 남자들은 무디다. 무디고 무디다. 달에 한 번씩 피 구경을 하는 여자들의 눈에는 보이는 얼룩을 남자들은 못 보는 모양이다. 그렇다면 더욱 싹싹 닦았어야 하는 게 아닌가. 딱 봐도 내가 실수로 흘렸을지도 모를 생리혈은 아니다. 이걸 누가 본다면 우리 가족은 끝장이다. 화가 끓어올라 뇌가 익을 것 같았다.

나는 아이들 방으로 갔다. 보폭을 크게 걸으면 고작 서너 걸음이다. 서랍장을 뒤져 아이들의 물안경을 찾아냈다. 하원이가 쓰다가 상원이에게 물려준 것이었다. 남편은 상원이에게 새것을 사주고 싶어 했지만 내가 보기에는 낭비였다. 착한 하원이는 나이를 한 살 한 살 먹어감에 따라 자기 물건을 동생에게 물려주고 자기는 새것을 받는 게 미안한지 항상 파란색을 골랐다. 속 깊은 딸이 고맙다.

그러나 지금은 남동생을 위해 파란색 물건을 골라대는 딸에게 감동하며 눈물로 강을 이룰 때가 아니었다. 나는 벌거벗고 다시 마스크를 쓰고 물안경을 썼다. 작은 물안경이 두개골을 압박해 왔다. 옷을 벗었지만 몸에서 열이 빠져나가기는커녕 물안경을 쓴 얼굴로 피가 쏠렸다. 우산까지 들고 욕실로 돌아온 나는 표백제를 세숫대야에 전부 쏟아냈다. 맨손으로 표백제에 적신 수세미를 들고 우산을 먼저 세척했다. 불그스레한 갈색 물이 욕실 바닥에 퍼졌다. 무섭다. 하지만 무서움을 애써 무시했다. 욕조의 가장자리에 올라서서 욕실의 천장을 닦았다. 그리고 욕실의 벽과 바닥을 구석구석 씻어냈다. 얼룩을 지워냈다. 어젯밤에 본 끔찍한 기억을 지워냈다.

벌거벗고 양복을 밟아 빨던 남편의 뒷모습. 미친 듯이 날뛰던 그 뒷모습을 어릴 때 읽은 책의 삽화에서 본 기억이 있다. 식인종 토인이 모닥불 주위를 날뛰던 뒷모습. 그것과 똑 닮았다. 변기 위에 놓였던 피 묻은 칼은 부엌칼치고는 작은 편이었지만 과도보다는 큰 칼이었다. 오이나 피망, 양파 같은 야채를 썰기에 딱 적당한 폭과 길이.

물이 계속 흐르고 있는데도 붉은 핏물이 바닥에 고이면서 꾸르륵 꾸르륵 더디게 빠져나가고 있었다.

붉은 피가 지천인데 남편의 피부가 창백하게 질려 있어서 나는 순간 남편이 칼에 찔린 줄 알았다. 하지만 남편의 몸은 너무나 건강했다. 아이 둘을 낳고 기괴하게 변형된 내 몸과는 다르게 두 살 위 남편의 몸은 선이 조금 두꺼워진 것을 제외하고는 신혼 때와 별다를 것이 없었다. 밉살스러운 놈. 나 혼자만 나를 망쳐가면서 살고 있는 건가. 어딘가에서 누군가의 피를 잔뜩 묻히고 눈치 없이 집으로 들어온 남편. 가족이라고는 안중에도 없이 외부의 위험을 집안까지 끌어들인 남편. 생각 없는 행동을 향한 원망과 철없이 탄탄한 남편의 몸을 향한 혐오감이 불타올랐다. 벌거벗은 몸뚱이를 매질하고 싶었다.

하지만 내가 길길이 날뛰면? 그래서 남편이 나를 보고 욱해서 찌르면? 아이들이 깨어나서 남편이 나를 찌르는 것을 보고, 그래서 남편이 아이들도 찌르면? 아이들과 내가 운 좋게 살아남는다고 해도 경찰이 남편을 잡아가면? 나와 아이들은 어떻게 될까. 남편이 밖에서 무슨 일을 저질렀든 위험이 나와 아이들에게까지 미치게 해서는 안 된다는 생각이 머릿속에 차올랐다. 고민은 불과 몇 초였다. 난 그 몇 초의 마지막 초침이 채 움직이기도 전에 결심했다. 모르는 척을 하기로. 내가 모르고 아이들이 모르면 아무도 모르는 거다. 무슨 일이 있었든지 간에 그건 남편 혼자만의 일이었다. 혹시나 경찰이 들이닥쳐도 '우리는' 모른다. 남편을 제외한 우리는 아무것도 모르는 거다. 이건 정말이기 때문에 나는 양심에 걸릴 것이 없다.

나는 운동도 하고 지출도 줄일 겸 한 정거장 반 거리에 있는 저렴한 상점에 가서 세제를 사고 그 세제로 욕실을 청소하는 야무진 주부일 뿐이다. 욕실에 광이 나도록 표백제를 문질러대는 동안 나의 지문도 지워져 나갔다. 시계를 보았다. 한 시간 후면 상원이가 어린이집에서 돌아온다. 더 빠르게 더 부지런히 움직였다. 현관과 거실 바닥까지도 표백제를 묻힌 걸레로 청소했다.

그다음에는 식초를 뿌려서 다시 한번 걸레질했다. 욕조와 세면대, 욕실 바닥의 하수구에는 하수구 전용 세정제를 들이부었다. 청소를 마치고 나서 세제 냄새가 빠지도록 욕실의 환풍기를 가동하고 손이 잘 닿지 않아 어지간해서는 열지 않는 쪽 창문도 열었다. 내친김에 집 안의 창문을 닥치는 대로 열었다.

거울 속에 서서 나를 똑바로 쳐다보고 있는 여자는 땀범벅이 된 채로 물안경과 마스크를 쓰고 벌거벗은 모습이었다. 물안경을 벗자 옹골차게 남은 고무 패킹 자국이 눈 주위를 둘러싸고 있다. 둥그스름한 자국이 난 눈가는 마치 좌변기의 구멍 같았다. 막힌 변기를 뚫을 때 쓰는 막대기 달린 시커먼 고무가 쭉 빨아들였다가 밀기를 반복하면서 자국을 낸 것처럼, 양쪽 눈두덩은 물안경에 사로잡혔다가 뱉어지기를 반복하다가 눈알이 쏙 뽑히기 직전에야 풀려난 것처럼 보였다.

물안경의 밴드가 왠지 헐거워 보였다. 내 머리둘레를 견디지 못하고 완전히 늘어났나 보다. 상원이에게 꼼짝없이 새 물안경을 사주게 됐다. 불필요한 생각이 꼬리에 꼬리를 물었다. 그러다가 불현듯 생각났다. 남편은 분명 서류 가방만 들고 나갔다. 칼은 가방 안에 넣고 나가서 버렸을 테지만 양복은?

"세탁기……!"

고작 다섯 걸음이면 도착할 곳에 나는 잰걸음으로 달려갔다. 조만간 오스트랄로피테쿠스의 모형과 나란히 인류 문화유산이 되어 박물관에 전시될 게 확실한 낡아빠진 통돌이 세탁기가 나를 기다리고 있었다. 뚜껑을 열고 그 안을 들여다본 나는 순간 정수리에서 화산이 폭발하는 느낌을 받았다. 무식하게 꾹꾹 밟아 빤 양복이 던져져 있다. 깔끔하게 꾸며주고 싶다는 생각에 양복을 그렇게 드라이클리닝 해대고, 그래서 만만치 않은 세탁비가 나간다는 것을 이 머저리 같은 남편 놈은 전혀 모르는 게 분명했다! 내 기억이 맞다면 피투성이 양복 아래에는 내 팬티와 하원이의 흰 원피스, 상원이의 반바지가 있을 것이다. 양복을 꺼내보았다.

"이 멍청이가 피 묻은 옷 빠는 법을 알 리가 없지!"

이건 너무했다. 나에게 굳이 숨기려 들지 않는 건 나보고 알아서 처리하라는 게 아닌가. 아니면 설마 이게 정말 제대로 빤 거라고 안심하고 여기에 던져둔 건가? 생각할 새가 없었다. 아이들의 옷가지를 포함한 빨랫감을 걷어내고 양복만 세탁기에 돌렸다. 피 얼룩이 스며든 하원이의 원피스와 상원이의 바지는 얼룩 제거 비누를 발라 찬물에 손빨래를 했다. 20분짜리 급속 코스에서 한바탕 시달림을 당한 양복은 구겨질 대로 구겨졌다.

언젠가 마트에 갔을 때 영수증 이벤트에 당첨되어 받은 커다란 장보기용 가방을 꺼냈다. 백 원 단위로 돈을 쪼개 쓰는 내가 이렇게 큰 장보기 가방에 장을 볼 일은 없었다. 아직 빳빳하게 풀이 배어 있는 커다란 가방을 펼쳐두고 다시 티셔츠와 바지를 입었다. 훅훅 숨을 쉴 때마다 얼굴이 달아올라서 손으로 더듬어 보니 마스크를 그대로 쓰고 있었다. 껍질을 벗기듯이 마스크를 확 뜯어냈다. 양쪽 귀가 앞쪽으로 접히듯 당겨졌다가 되돌아갔다.

딩동.

'뭐지?'

딩동.

초인종 소리다. 연이어 현관문을 두드리는 소리가 들렸다. 열쇠를 잃어버린 지 좀 되었는데 번호 키만 잠그고 다녀도 별 탈이 없어서 그냥 쓰고 있었다. 혹시 몰라서, 아이들에게는 번호 키 여는 법이나 비밀번호를 알려주지 않았다. 어딘가에 가서 떠들고 다닐지도 모르니까. 콩콩콩. 소리는 문을 상하로 나누어 가로로 금을 그어봤을 때에 아랫부분을 통해 들려왔다. 상원이다. 정신없이 청소하던 탓인가. 어린이집 차가 들어오는 소리도 못 들었다.

'이 녀석……. 선생님보고 데려다달라고도 안 하고 또 혼자 달려 들어왔구나.'

아파트 단지 내 지상에 차가 다니는 데다가 상원이 녀석 역시 방방 뛰는 체질이다 보니, 하원 길에 내가 나가서 기다리지 않는 경우에는 어린이집 선생님이 집 앞까지 데려다주기로 되어 있었다. 하지만 제 아빠를 닮은 상원이가 선생이 데려다주는 걸 기다릴 리 없었다. 나는 인터폰을 열어보았다. 작은 손이 화면에 나타났다 사라지길 반복했다. 상원이가 만세 자세로 제자리 뛰기를 하고 있을 것이다. 가까스로 초인종 한 번을 누른 후에 제자리에서 팡팡 뛰기도 하고 문을 두드리기도 하는 상원이의 모습이 눈앞에 훤했다.

내 얼굴 위에 오늘 처음으로 미소가 지어지는 걸 느꼈다. 이렇게나 생생하게 얼굴 근육이 움직이는 것을 느끼다니. 아마나는 오늘 종일토록 꽤나 심각하게 얼굴을 굳히고 있었나 보다. 현관문을 벌컥 열었다.

"휘유우우우웅."

상원이가 장난감 비행기를 들고 달려 들어왔다. 엄마는 투명인간이다. 상원이는 현관에 아무렇게나 운동화를 벗어 던졌다. 두서없이 몰아닥치는 상원이의 생명력이 집 안에 평화를 가져왔다. 그래, 이 집은 본래 평화로운 집이다. 평화로운 집이야. 암, 그렇고말고. 나는 현관문을 닫고 땀에 젖은 머리를 대충 올려 묶었다.

"상원아, 집에 왔으면 '엄마 다녀왔습니다!' 해야지!"

"엄마, 다녀왔습니다!"

아들은 여전히 나에게 시선을 주지 않고 있다. 이 녀석 뭔가 일을 저지르고 시선을 피하는 건 아닐까? 제 아빠처럼? 괜히 불안해졌다.

"엄마를 보면서 인사해야지."

상원이는 나를 쳐다보는 대신 한마디를 했다.

"엄마, 냄새나!"

"뭐? 아직도? 욕실은 락스로 박박 닦았는데. 창문 다 열어뒀는데!"

깜짝 놀랐다. 피 냄새가 여전히 나나? 세제로 그렇게 닦았는데? 락스 냄새 때문에 코가 마비되어 아무런 냄새도 못 맡았던 걸까? 욕실로 달려가는데 상원이가 덧붙였다.

"아니, 아니, 앞 동 아저씨가 사주는 치킨 냄새가 나!"

"뭐? 아, 치킨 냄새? 앞 동 아저씨가 치킨 먹는지 어떻게 알아?"

"방금 나 어린이집 차에서 내리는데 치킨집 앞에서 앞 동 아저씨 봤어."

"그런데?"

잠깐, 치킨집이 꽤 멀지 않나? 상원이 걸음으로는? 얘가 그럼 설마 치킨집 앞에서 내렸다는 건가? 위험한 짓 하지 말고, 차 조심해야 한다고 말하고 싶었지만 상원이의 다음 말이 내 말문을 막아버렸다.

"내가 아저씨한테 치킨 먹고 싶다고 했어."

"창피하게 그런 얘길 왜 했어? 엄마가 밥 줄 건데!"

"밥보다 치킨이 맛있어."

"그래도 남한테 그런 말 하는 거 아니야."

"벌써 했는데!"

"어휴!"

상원이를 이해하는 것은 쉽지 않다. 밖에 나갔다가 들어오면서 엄마에게 시선조차 주지 않은 건 장난감 비행기에 정신이 팔려서라고 생각했다. 하지만 상원이는 분명히 어떤 냄새를 맡았을 것이다. 피 냄새는 아니더라도 락스 냄새 정도는 맡았을 것이다. 문제는 냄새가 아니었다. 앞 동 남자에게 치킨을 사달라고 조르고 나에게 혼날 것 같으니까 들어오기도 전부터 나의 이목을 돌릴 무언가를 찾다가 냄새가 난다면서 얼버무린 거다. 나는 휘말렸고 야단칠 타이밍을 놓쳤다. 엄마를 실컷 당황하게 만들고 난 직후에야 상원이는 치킨 이야기를 꺼냈다. 대체 이 아이의 머릿속에는 무엇이 들어 있을까?

아들은 순진무구한 표정을 지으면서 말을 이어갔다. 내용은 전혀 순진하지 않았다.

"아저씨가 치킨 사준대. 아저씨네 부자잖아! 자영이 누나네 엄마가 그랬잖아. 앞 동은 60평이라고."

"뭐? 그런 건 어떻게 기억하고 있어? 상원아, 엄마가 다음 주에 사줄게. 응?"

"아저씨가 조금 기다리랬어, 주문했다고. 배달시켜 준다고."

"뭐? 너 정말!"

대체 이 녀석은 얼마나 더 나를 망신시키려고 이러는 것일까.

띵띠리띵띵띵.

세탁기에서 세탁이 끝났다는 신호음이 울렸다. 어우, 정신 없어.

"너, 여기 가만히 서 있어. 엄마가 빨래 꺼내고 나서 너 혼날 줄 알아!"

탈수까지 마쳤지만 여전히 축축한 데다가 얼룩이 지워지지 않은 빨래 더미를 보자 스트레스가 더 쌓였다. 하지만 상원이와 옥신각신한 덕분인지 빨래 더미의 심각성이 반으로 줄어드는 기분이었다. 조금 남아 있던 세제와 표백제를 섞어 세탁기 내부를 문질렀다. 장보기용 가방 안에 양복과 빨랫감을 욱여넣었다. 혹시나 하는 마음에 싱크대 하부 장을 뒤져보았다. 날이 부러진 칼은 없는 걸 보니, 남편도 최소한의 양심은 있었나 보다.

다시 욕실로 가서, 청소를 위해 쓴 걸레와 수세미, 세제 통을 검은 비닐봉지에 담아 가방에 넣었다. 어느 정도 물이 마른 우산도 넣고서 어깨에 둘러멨더니 무게가 상당했다. 아마도 부담의 무게이리라.

가방을 메고 거실로 나가던 그때 초인종 소리가 들려왔다.

딩동.

"아, 진짜……."

맥이 탁 풀렸다. 다 내던지고 싶은 기분을 꾹꾹 눌렀다. 불과 몇 분 사이에 감정이 오르락내리락했다.

"내가 제명에 못 살지……."

인터폰을 들여다보았다. 문 앞에 서 있는 남자는 앞 동 남자였다. 상원이는 제자리에서 뛰어올라 인터폰 화면을 보더니 신나서 현관으로 달려갔다. 나는 상원이를 붙잡아서 뒤로 세웠다. 어깨에 멨던 가방을 내려놓고 현관문을 열었다.

앞 동 남자는 30대 후반 정도 되어 보였다. 하지만 자영이 엄마에게 들은 그의 나이는 그보다 훨씬 위였다. 그는 평상복으로 입는 바지와 칼라가 달린 반팔 티셔츠 차림이었다. 나이에 어울리지 않게 피부도 희었고 그래서인지 단추가 한 개 풀린 코발트블루 색상의 티셔츠와 톤 다운된 흰색 바지가 잘 어울렸다. 약국을 한다고 했었나? 듣자 하니 수입도 상당한 것 같은데, 이런 남자가 쓰레기장을 기웃거리는 늙은 여자와 살고 있다는 것이 믿기지 않았다. 중학교인지 고등학교인지 다니고 있다는, 아무튼 그 정도 나이의 아들과 딸이 있다는 소리를 얼핏 들었다. 의도적으로 앞 동 부부의 이야기는 흘려들었는데. 그들에 대한 무관심 역시 내가 자존심을 지키는 방법 중 하나였다.

앞 동 남자는 나를 보자 웃었다. 서글서글하고 맑은 눈가에 얕은 주름이 생겼다. 착각인지 몰라도 그는 나를 무척이나 반가워하는 느낌이었다. 부자들은 다 이런가? 하긴 당장 내일에 대한 걱정이 없으니 아무 상관 없는 타인에게도 진정성 있게 웃어줄 여유가 있을 수밖에. 나는 부끄러워졌다. 땀에 전 옷을 입고 축축한 머리를 한 움큼 손에 잡히는 대로 말아 쥐고는 노랑 고무줄로 묶어 올린 몰골이었으니까. 모르는 상대에게 어떤 모습을 보이는지는 중요하지 않았지만, 상대가 말끔한 복장으로 여유로운 미소를 짓고 있다면 얘기가 달랐다.

같은 시간대에 같은 단지 안에서 살고 있는데 남자와 나의 삶은 천지 차이였다. 그는 하루 내내 에어컨이 틀어진 거실에 앉아 있다가 산책을 나온 것처럼 보송보송하고 시원해 보였다. 반면, 나는 하루 종일 땡볕 아래 만 보 걷기를 하고 들어와서 막 냉수마찰을 하려던 찰나에 제동이 걸린 꼴이었다. 앞 동 남자의 눈에 나는 어떻게 보일까. 얼마나 추해 보일까. 생각이 거기에 미치자 나는 현관문을 닫아버리고 싶었다.

남자 앞에서 부끄러움을 느낀 것이 얼마 만일까. 앞 동 남자는 어린 딸을 보는 것 같은 사람 좋은 미소를 띠고 있었지만 짧은 순간 반짝이던 그의 눈빛은 험버트 험버트◆의 것처럼 야릇했다. 순간 이 사람이 어딘가 독특하다는 느낌이 들었지만, 곧이어 들려온 그의 목소리에 1초 전 내가 느낀 이질감은 잊혔다.

"안녕하세요."

중후하고 깔끔한 목소리였다. 아무런 악한 의도 없이 예의

◆ 험버트 험버트: 나보코프의 소설 《롤리타》의 남자 주인공. 10대 소녀를 보고 성애를 느낀다.

바른 어투로 듣는 사람을 안심시키는 편안한 목소리. 어젯밤 남편의 모습을 목격한 이후 처음으로 내 마음이 안정되었다.

"예, 무슨 일이신지?"

"이 댁 아드님한테 치킨을 사주기로 약속했거든요. 배달을 시키려고 했는데 불쑥 배달원이 오면 놀라실까 봐 제가 받아서 들고 왔습니다."

"어머! 아닙니다! 이런 실례를! 가져가셔서 잡수세요!"

오랜만에 듣는 가식적인 나의 목소리가 귓속의 북을 울렸다. 완벽한 음역대의 솔 톤. 내 목소리에 내가 민망했다. 남자는 나와 시선을 마주치고는 다시 한번 흐뭇한 표정으로 웃고 말했다.

"애들도 아직 안 왔고, 먹을 사람도 없습니다."

"사모님하고 드세요. 저희는 못 받아요."

'사모님이라니. 쓰레기장이나 어슬렁대는 여자를 내가 왜 그렇게 부른 거지?'라는 생각이 든 건 이미 말을 한 후였다. 앞 동 남자는 또다시 빙긋 웃었다. 아, 눈부셔. 나도 참 주책이다.

"집사람은 치킨을 안 좋아합니다."

'집사람'이라는 말이 마음에 걸렸다. 남편도 밖에서 나를 그렇게 부르고 있을까? 앞 동 남자가 상원이에게 치킨을 사준 이야기를 '집사람'에게 하는 모습을 떠올리자 자존심이 몹시 상했다. 치킨만큼은 되돌려보내야만 한다.

"아저씨! 치킨 왔어요?"

상원이가 끼어들었다. 애가 정말, 어른들 말씀하실 때 끼어들지 말라고 했는데 그새 잊었니? 나는 상원이 쪽으로 고개를 휙 돌렸다. 얼핏 신발장 위의 거울에 비친 내 표정을 보았는데 험하게 일그러져 있었다. 내 표정을 본 상원이가 일부러 끼어들었다는 생각이 들었다. 약삭빠른 내 아들.

"응! 그래! 치킨 왔다!"

앞 동 남자를 대하는 상원이의 어투가 버릇없게 들려 걱정했는데 상원이를 대하는 앞 동 남자의 태도도 마치 외손주를 보는 것처럼 자연스럽다. 뭐지? 둘이 친한가? 두 사람은 내가 알지 못하는 사이에 안면이 있었던 것 같다. 내 시야에서 벗어나 있을 때 내 아들은 어떤 아이일까. 내 딸은 어떤 아이일까. 내 남편은 어떤 사람일까. 꼬리를 무는 생각을 멈추려고 고개를 저었는데, 앞 동 남자는 그런 나를 슬쩍 보고는 다시 미소 지었다.

"상원아!"

서럽기도 하고 화나는 것 같기도 한, 이상야릇한 감정이 북받쳐 올라서 나는 상원이를 나무랐다. 앞 동 남자는 분위기를 빨리 파악했다. 그는 내가 화난 것을 눈치채고 있으면서도 눈치챘다는 티를 내지 않았다. 매너 있는 어른 남자다.

"아저씨가 여기 문에다가 걸어두고 갈게. 맛있게 먹어라!"

"와! 맛있겠다!"

"엄마가 그러지 말랬지!"

"아드님 혼내지 마십시오. 제가 사주고 싶어서 사주겠다고 한 겁니다."

비록 치킨 한 마리였지만 부모가 해줄 수 있는 것을 굳이 남에게 매달려 받아낸 아들이 창피했다. 하지만 창피해하면 지는 거다. 이럴 때일수록 의연하게 상황에 대처해야 한다. 지나치게 굽실대거나 미안해하면 상대방에게 우습게 보일 수도 있다. 그만 상황 정리를 하자. 일단은 남자를 내쫓는 게 순서다. 상원이를 야단치는 건 그다음이다. 나는 허리를 곧게 펴고 말했다.

"감사합니다. 제가 사실 지금 쓰레기를 버리러 가는 중이라서……."

"그러셨군요! 제 집사람도 오늘 분리수거 한다고 그러던데요. 제가 버려드릴까요?"

"아뇨!"

빨래 더미에 누구 것인지 모를 피가 묻어 있지 않았더라도 나는 앞 동 남자의 친절을 거절했을 것이다. 그런데 왜? 앞 동 남자가 쓰레기장에서 자신의 '집사람'과 마주하는 것이 싫어서?

"실례가 많았습니다. 나중에 뵙겠습니다. 상원이도 또 보자."

"아저씨, 나중에 봐요!"

"감사합니다!"

나도 모르게 구령을 붙이는 어투로 인사해 버렸다. 현관문이 닫히자 나는 상원이를 노려보았다. 상원이는 이미 예상했다는

듯이 시선을 피하면서 식탁으로 가서 앉았다. 저 천연덕스러움
은 어디에서 온 것일까.

앞 동 남자에게 치킨 한 마리 정도는 대수가 아니라는 것쯤
은 알고 있다. 그는 아파트에서 유일하게 벤틀리를 몰고 다니
는 남자로 유명했다. 벤틀리 옆에는 재규어 한 대가 늘 주차
되어 있다고 들었다. 조금 떨어진 곳에 주차되어 있는 아우디
A6는 그의 아내가 장 보러 갈 때 타는 차라는 이야기는 귀에서
피가 나도록 들었다. 같은 동 여자들이 그 얘기를 할 때에 관심
없는 척했지만 사실 그날 저녁, 슈퍼에 다녀오다가 혼자 주차
장에 가보았다.

이제 와서 생각해 보면 슈퍼는 핑계였다. 나는 슈퍼 카의 이
름으로 규정되는 그런 부가 실재한다는 게 믿기지 않았다. 홀
린 듯이 그 주차장으로 걸어가고 있으면서도, 그 거리가 결코
가깝지 않았음에도, 도착할 때까지 내가 그쪽으로 걸어가고 있
다는 의식조차 없었다. 지하로 통하는 60평형 전용 주차장 입
구에서 망설이고 있는데 경비원에게서 "뭐 필요한 거 있으세
요?" 하는 말을 듣고 굴욕감을 느끼며 되돌아설 때까지도 나는
거의 무의식에 지배당해 움직이고 있었다. 어딘지 모르게 60평
형은 경비원마저도 까칠한 것 같았다. 잔뜩 위축된 가슴으로
나는 그곳을 벗어났다. 내가 사는 22평형 동이 아닌 49평형 동
쪽으로 빙 돌아서 집에 들어왔다. 경비원의 시선을 털어내고

위축된 가슴을 다시 부풀리기 위해서는 그렇게 해야만 했다.

"엄마, 쓰레기 버리러 간다며?"

상원이가 불쑥 말을 던졌다.

"조금 이따가 갈 거야."

"왜? 앞 동 아줌마 때문에?"

"앞 동 아줌마가 무슨 상관이야?"

나는 속마음을 들킨 것 같아서 움찔했다. 이 아이는 독심술이라도 하는 걸까?

"엄마는 그 아줌마 싫어하잖아."

"그야 매일 쓰레기장에서 왔다 갔다 하니까 이상해서 그렇지."

"앞 동 아줌마가 부자라서 미워하는 건 아니고?"

이 아이는 왜 나를 탓할까? 치킨 한 마리 때문에 그 집 사람들 편을 드는 건가? 남편의 범죄를 은폐해 주는 긴급한 상황인데도 자식의 눈에는 쓰레기 하나 버리는 것도 마음대로 못 하는 엄마로 보이나 보다. 남편 때문에 아들에게 화풀이할 수는 없는 노릇이다. 나는 애써 감정을 숨기고 짓궂은 표정을 지으며 말했다.

"요것이! 못 하는 말이 없어!"

"나도 싫어."

아들은 새치름하게 말했다.

"뭐가?"

"앞 동 아줌마 말이야. 싫어, 쳐다보는 거. 소름 돋아. 싫어, 그 아줌마."

갑자기 아들이 천사로 보였다. 속없는 척하는 밉살스러운 녀석이지만 어쨌거나 다른 여자보다는 엄마 편이었구나!

"그 아줌마가 그렇게 싫어?"

"응. 정말 싫어. 막 나 쳐다보는 거 싫어. 무서워."

가만. 내가 애를 데리고 분리수거 하러 갔었던 적이 있나? 보통은 애들을 어린이집에 보낸 후에 분리수거를 하러 간다. 지금보다 좀 더 어릴 때 등에 둘러업고 갔던 일이 있긴 한데⋯⋯. 애가 생각보다 기억력이 좋은가 보다.

"그 아줌마가 너를 쳐다봐? 넌 쓰레기장 안 가잖아."

내가 놀리는 것처럼 말하자 상원이는 억울한 투로 답했다.

"그 아줌마, 막 이렇게 쳐다보잖아. 눈이 막 이상해. 시커먼 게 빙글빙글!"

눈까지 이상한 모양새로 부릅뜨며 말을 늘어놓는 아들을 뒤로하고 나는 현관 문고리에 걸려 있던 치킨을 들고 식탁으로 왔다. 나는 상원이가 먹기 편하도록 치킨을 식탁에 펼쳐서 놓아주었다.

"엄마 쓰레기 버리고 올 테니까 넌 얌전히 치킨 먹고 있어."

"응. 엄마, 접시 하나 줘."

"무슨 접시?"

"아빠랑 엄마랑 누나 거 덜어놓고 먹으려고."

순간 할 말을 잃었다. 아들은 내가 생각하는 것보다 훨씬 괜찮은 아이일지도 모른다. 나는 상원이의 눈높이에 맞게 몸을 숙이고 아이의 두 눈을 가만히 들여다보았다. 상원이는 시치미를 뚝 떼는 표정을 지었다.

"상원아, 괜찮으니까 너 많이 먹어. 아빠는 엄마가 저녁밥 해드릴 거야. 엄마는 아빠랑 같이 먹을 거고. 누나도 오면 엄마가 간식 만들어줄 거야. 그러니까 상원이가 먹고 싶은 만큼 먹어."

만 네 살짜리 아들은 잠시 제 엄마를 쳐다보다가 고개를 끄덕이더니 치킨 한 조각을 집어 들었다.

"엄마, 빨리 갔다 올게."

"응."

쓰레기장에 들어서기 전 주위를 둘러보았다. 다행히 아무도 없었다. 나는 가방 안에서 검은 비닐봉지를 꺼내 플라스틱을 모으는 곳으로 향했다. 봉지를 거꾸로 들어 그대로 자루 안에 털어 넣었다. 세제 통만 버려야 할 곳에 걸레와 수세미가 들어간 것은 조금 마음에 걸렸지만 그런 걸 따질 때가 아니었다. 비닐을 구겨서 비닐 버리는 곳에 던져 넣고 가방을 들고 옷 수거함으로 향했다. 남편의 양복은 왼쪽 수거함에 아이들의 옷은 오른쪽 수거함에 넣었다. 우산도 대충 쑤셔 넣었다. 그리고 커다란 마트 가방을 접어 수거함 한쪽 구석에 쑤셔 넣고 돌아섰다. 나는 오늘 여느 집에서나 주기적으로 하는 욕실 대청소를 하고 분리수거를 하는 아주 모범적이고 전형적인 가정주부의 하루를 보내고 있을 뿐이었다.

내가 돌아왔을 때 상원이는 소파에 앉아 비행기를 들여다보고 있었다. 식탁 위에는 먹다 남은 치킨이 상자에 있고 뼈는 비닐봉지 안에 있었다. 그리고 작은 접시 위에 치킨 세 조각이 놓여 있었다. 다리 두 개와 날개 하나. 미리 덜어두었나 보다.

"상원아, 치킨 상원이가 덜어둔 거야?"

"응."

"너 치킨 다리 좋아하잖아."

"응."

"그런데 왜 안 먹었어?"

"다리 하나는 엄마, 하나는 누나 거."

상원이는 여전히 비행기를 만지작거리면서 말했다.

"날개는?"

"날개는 아빠 거."

"아빠는 왜 날개야?"

"아빠 옷에서는 항상 치킨 냄새가 나. 아빠는 치킨 많이 먹는 거야. 그러니까 아빠는 작은 거."

그랬나? 남편이 치킨 냄새를 풍긴 적이 있었나? 나는 맡지 못한 냄새를 맡았다는 걸 보면 상원이가 그동안 어지간히도 치킨이 먹고 싶었나 보다.

"상원이가 더 먹어. 엄마는 안 먹어도 돼."

"배불러."

상원이는 장난감 비행기에서 눈을 떼지 않았다. 설마, 처음부터 엄마와 누나를 먹이고 싶어서 앞 동 남자에게 치킨을 사 달라고 졸라댔던 건가? 내가 낳은 놈이지만 참 미스터리다.

나는 욕실에 들어가 정수리부터 찬물을 들이부었다. 티셔츠와 바지는 욕조에서 밟아 빨았다. 그리고 탈수기에 비견할 만한 괴력을 발휘해 손으로 비틀어 짰다. 샤워를 마치고 수건으로 머리를 털어 말릴 무렵 하원이가 돌아왔다. 초인종 소리에 상원이가 달려 나가 문을 열어주었다.

"엄마, 다녀왔습니다."

거울을 보았다. 거울 속 나에게 다짐을 받았다. 어제 새벽 남편이 들어오고부터 남편의 양복을 버린 지금까지의 시간은 삭제했다. 일상으로 복귀했다. 남편은 아무런 일도 저지르지 않았다. 설사 남편이 무슨 일을 저질렀다고 해도 우리 가족 중에 남편이 저지른 일을 아는 사람은 없다. 아무 일도 없다. 우리 가족은 안전하다. 어젯밤 무슨 일이 밖에서 벌어졌든 간에 우리는 아무런 관련이 없다. 숨을 고르고 욕실에서 나왔다. 나는 하원이에게 웃어 보였다.

"하원이 왔니? 힘들지?"

그다음은 평소와 같았다. 저녁을 먹은 아이들은 함께 TV에서 해주는 만화를 보았다. 만화가 끝나자 한 명은 방으로 들어가 인형의 머리를 빗기고 나서 학습지를 풀었다. 다른 한 명은 소파 위에서 발차기 연습을 했다. 그동안 나는 뉴스 채널을 보았다. 특별히 사건 사고로 분류된 뉴스는 없었다.

삑삑.

"아빠다!"

문이 채 열리기도 전에 상원이가 현관으로 돌진했다. 말릴 새도 없었다. 남편이 일찍 들어왔다. 아이들은 제 아빠에게 달려들었다. 놀랍지 않았다. 나는 남편이 집으로 일찍감치 도망쳐 들어올 것을 예상하고 있었다. 이로써 남편이 어젯밤에 무슨 일을 저질렀다는 것이 더욱 명백해졌다. 그럼에도 그건 내가 모르는 일이었다. 그러니 벌어지지 않은 일이다.

"왔어요?"

"어."

나는 해동시켜 둔 동태로 매운탕을 끓였다. 샤워를 하고 나온 남편은 말없이 매운탕에 밥을 두 그릇 먹더니 거실 소파에서 반쯤은 누운 자세로 뉴스를 보았다.

상원이는 아빠의 어깨를 밟고 일어서려고 고군분투했고 하원이는 아빠의 가슴팍에 안겨 애교를 부렸다. 나는 우스꽝스러운 인테르메조*를 보는 기분으로 가족을 지켜보았다. 아빠 팔에 매달리기, 아빠가 공중으로 던지면 까르륵 웃으며 떨어져 다시 품에 안기기, 아빠 목에 두 다리로 거꾸로 매달리기. 그 모든 서커스를 남편은 소파에 비스듬히 기대 누운 자세로 받아냈다. 그 모습을 보자 기분이 좋으면서도 조금 허탈했다. 나는 아이들과 저런 방식으로 놀아주지 못한다.

8시 30분쯤 되자 아이들은 저마다 손으로 눈을 비볐다.

"안녕히 주무세요."

제 아빠에게 꾸벅 인사한 하원이는 방으로 들어가 잠들고 상원이는 아빠의 배 위에서 잠들었다. 남편은 상원이를 안고 아이들 방으로 들어가 눕히고 나왔다. 나는 아이들이 이를 닦지 않고 자는 게 마음에 걸렸지만 아무 말도 하지 않았다.

남편과 나는 둘 다 지쳐 있었다. 입을 열어 한 마디라도 나눌 힘이 없었다. 그런데도 마치 오래전부터 약속이나 한 것처럼 방으로 들어가 옷을 벗고 서로에게 팔다리를 교차하며 엉겨 붙었다. 여름밤 찐득한 땀의 불쾌함도, 어딘가에 여전히 묻어 있을 타인의 피도 다 남의 일인 양 행위에 집중했다. 단 한 마디도 나누지 않았고 단 한 소절의 신음도 내지 않았다. 오로지 어

◆　인테르메조(intermezzo): 연극이나 오페라의 막간의 연극이나 음악. 막간극.

젯밤에 있었던 일을 기억에서 하얗게 지우기만 하면 되었다. 서로에 대한 배려라곤 전혀 없는 얄미운 동작들이 묘하게 찰진 리듬을 만들어냈다. 세 번째 손님이 찾아오려는 걸까? 아, 깜빡했다. 세 번째 손님은 나의 집에 들어오기 전에 발이 묶여버렸다.

†

보름 전, 피범벅이 된 채로 식인종 춤을 추던 밤 이후로 남편의 귀가 시간은 앞당겨졌다. 저녁 7시에서 7시 30분 사이가 되면 남편은 어김없이 집에 들어왔다. 아빠가 일찍 귀가한다는 걸 알아챈 아이들은 아빠를 기다렸다. 남편은 귀찮아하지 않고 아이들과 잘 놀아주었다. 일상이다. 사생결단을 한 것처럼 청소를 했던 일도, 미친 연인처럼 서로를 탐했던 일도, 모두 일어나지 않은 일 같았다.

오후 뉴스 시간이 되었다. 뉴스 채널 위주로 바꿔가며 틀었다. 호프집 살인 사건에 대한 뉴스가 나왔다. 왜인지 몰라도 쓱 스쳐 지나가듯 비춘 그 호프집의 정경을 본 순간, 이거다, 싶은 불안한 감이 다가왔다. 손가락이 저절로 움직이면서 볼륨을 키웠다. 갓 사회생활을 시작한 티가 역력히 나는 여기자가 잔뜩 긴장한 얼굴로 악을 쓰듯이 현장 상황을 보도하고 있다. 조용히 좀 말하면 안 되겠니? 동네방네 소문나면 안 된단 말이다.

"미아동의 공사 지대 부근 외진 골목에 위치한 호프집에서 심하게 부패한 남성의 시신이 발견되었습니다. 복부와 흉부에 십여 개의 자창이 있고 뼈에 부러진 칼끝이 박혀 있던 것으로 보아 깊은 상처에 따른 과다 출혈로 사망한 것으로 추정됩니다. 부쩍 더워진 날씨 때문에 정확한 사망 시점을 예상하긴 어렵지만 보름 전쯤부터 가게 문이 닫혀 있었다는 근처 공사장 인부들의 증언에 따라 사망 시점은 약 2주 전으로 추정되고 있습니다. 호프집을 운영했다는 60대 여주인의 신병이 확보되지 않아 수사에 난항을 겪고 있는 가운데 경찰은 여주인이 외국 국적자였을 가능성에 무게를 두고 있습니다. 인부들의 증언에 따르면 여주인의 내연남인 목수 김 씨가 가게에 상시 대기하고 있었으며⋯⋯."

가게 여주인과 기둥서방으로 보이는 김 목수의 흐릿한 사진이 화면에 나오고 수배 중이라는 자막이 뜬다. 마음이 불편해졌다. 김 목수라는 사람의 추정 이름과 그를 용의자로 지정하고 수배하고 있다는 내용이 나와도 아무런 위안도 되지 않았다.

내 남편이 이 일에 얽혔다는 감이 있었다. 그 생각은 스멀스멀 나에게로 스며들어서 내 몸 안에 퍼졌다. 아이를 임신했을 때에는 작은 하나의 깨알에 내 몸의 모든 세포가 집중되었었다. 하지만 지금은 정반대의 느낌이다. 작은 점 하나가 사지를 옭아매는 그물이 되어 나를 덮쳤다. 걷잡을 수 없이 퍼져버린 검은 폐수가 내 몸 안의 붉은 물을 흑빛으로 뒤바꾸었다.

살인 사건이 일어난 현장이라는 허물어져 가는 호프집. 그 호프집의 외관과 내부가 생소하지 않았다. 얇은 미닫이문, 종이에 매직으로 쓴 메뉴판, 녹이 슨 입간판, 그 위에 쓰인 호프집의 상호. 가게의 상호를 본 순간 깨달아버렸다. 그날 밤에 내가 그렇게도 흔적을 지우려 했던 이유를. 나는 그 장소를 알고 있다. 눈앞에 펼쳐졌던 피바다 참상을 제외하고서라도, 뒤늦게 찾아올 기시감마저 예견했던 것이다.

"아빠다!"

"다녀오셨어요."

"그래."

"왔어요?"

"어."

"저녁 드세요."

"어."

"안녕히 주무세요."

남편이 귀가하고, 아이들이 달려들고, 남편이 저녁을 먹고,

아이들은 잠들었다. 나는 소파에서 남편의 다리를 베고 누웠다. 남편은 구운 쥐포 한 마리를 옆에 두고 소주를 마시고 있었다. 남편은 집안에 관심이 뜸했던 것인 언제였냐는 양, 내 머리통을 제 허벅지 위에 올려두고는 천연스레 저녁 시간의 여유를 즐겼다. 다른 집 부부가, 그러니까 아내가 남편의 허벅지에 머리를 올리고 눕는다거나 남편이 아내의 머리칼에 가끔 손가락을 넣어 훑거나 하면 서로 익숙하기에, 애정을 바탕으로 한 관계에서 비롯된 행동이기에, 둘 중 한 사람이 이런 행위를 해도 신경 쓰지 않는다고 할 것이다. 그런 부부 사이에서 '신경 쓰지 않는다'는 건, 자연스러운 행동이다. '습관화되었다, 거슬리지 않는다'와 같은 의미다.

그러나 우리 집은 아니다. 남편에게는 허벅지 위에 놓인 내 머리통이 개구리 수박 한 통과 별다를 바 없을 터였고 그래서 신경 쓰지 않는 것이다. 내가 베고 누운 남편의 허벅지 역시 나에게는 돌베개나 다름없으니 억울한 건 없다. 우리가 붙어 있는 이유는 딱 한 가지, 소파가 좁기 때문이다.

아내 머리통 보기를 돌 보듯 하면서 남편은 리모컨을 들고 채널을 돌렸다. 마감 뉴스에서는 당연한 것처럼 호프집 살인사건을 보도했다. 남편은 아무런 말 없이 텔레비전을 응시했다. 나는 죽은 듯이 눈을 감았다. 피해자의 신원이 확인되었다는 내용이었다. 피해자는 피의자로 지목되어 용의선상에 있었던 김 목수였다. 부패가 심하게 진행된 데다가 주민등록이 말소된 사람이라 신원 확인에 난항을 겪었다는 설명과 함께 호프집에 드나들던 손님들의 증언이 이어졌다. 두어 달 전쯤부터 하루가 멀다 하고 드나든 양복쟁이가 있었다는 것이다. 올 것이 왔다.

"피해자의 신원이 밝혀지고 새로운 용의자가 등장함에 따라 수사가 급물살을 타고 있습니다. 경찰은 이 사건을 회사원으로 보이는 용의자와 김 목수가 호프집 여주인을 사이에 두고 다투다가 저지른 치정 살인으로 방향을 잡고, 여주인 또한 살해되었을 가능성을 열어둔 채 수사에 임하고 있습니다. 경찰은 손님들의 증언에 따라 회사원으로 추정되는 용의자의 몽타주를 만드는 작업에 돌입했습니다. 다만, 가게의 특성상 음주를 위해 들르던 손님들이 대부분이었기에 몽타주 제작에 혼선이 생길 가능성도 피력했습니다. 시신 발견 초기에 용의자로 지목되었던 김 목수가 피해자로 밝혀지면서 초기 수사 방향이 엇나갔고 이로 인해 살해 용의자가 도주하기에 충분한 시간이 흘렀다는 전문가들의 의견이 있는 만큼, 경찰은 초동 수사 미흡에 대한 비난을 피하기 어렵게 되었습니다. 아직 살해 도구가 발견되지 않았기 때문에 경찰은 주변을 수색하는 한편, 시신에 박혀 있던 부러진 칼 조각을 통해 범행 도구인 칼의 정확한 종류를 추정하고 있습니다."

자기 일도 아니면서 격앙된 어투로 내뱉는 기자의 말을 끝으로 남편은 소리를 줄였다. 내 뺨이 닿아 있는 남편의 허벅지가 딱딱할 정도로 경직되었다. 오싹해졌다. 남편은 텔레비전 화면이 아니라 내 얼굴을 보고 있었다. 방금 전 텔레비전에서 나온 방송 내용을 내가 들었는지, 거기에 반응하는지 확인하고 있었다. 굳이 눈을 뜨지 않아도 피부 위로 내리꽂히는 시선을 느낄 수 있었다.

나의 생존 본능은 온몸의 근육을 풀어 편안한 자세를 만들고 긴장 어린 공기마저도 녹여버릴 만큼 표정을 달콤하게 바꾸었다. 나는 하원이의 정수리에서 나는 달콤한 아기 냄새를 떠올리고 그것에 집중했다. 아무런 상념 없이 잠든 척했다. 보름 전, 그날 밤처럼 나는 다시 한번 연기자가 되었다. 누군가의 몸에 꽂혔던 피 묻은 칼이 내 몸에 꽂히지 말라는 법은 없었다. 누군가의 피를 묻히고 있던 그 칼이 내 살을 가르고 들어와 그 피가 내 몸의 피와 섞이지 말라는 법도 없었다. 그렇게도 극도로 흥분해서 날뛰던 남편이 지금 이렇게나 고요하고 냉정하게 숨을 고르고 있다는 사실이 더 무서웠다.

남편은 숨을 내쉬고는 천천히 내 머리를 두 손으로 들었다. 허벅지를 내 머리 아래에서 빼내고 일어섰다. 설마 칼을 가지러 가는 것일까. 나를 죽이려고? 예상과 달리 허벅지가 있던 자리에는 쿠션이 들어와 놓였다. 남편은 쥐포가 담겼던 접시와 빈 소주병을 들고 싱크대 쪽으로 갔다. 나는 단 한 순간의 움찔 거림도 없이 아기처럼 자는 모습을 유지했다. 남편의 발걸음이 아이들 방 쪽으로 향했을 때 나는 잠시 갈등했다. 그러나 과도한 긴장은 내 몸을 쉬이 놓아주지 않았다. 결국 난 미동 없이 누워 있는 쪽을 택했다.

남편이 아이들에게 이불을 덮어주는 인기척이 들렸다. 하마터면 안도의 숨을 몰아쉴 뻔했던 그때, 남편은 나에게로 다가왔다. 그는 나를 마치 아기처럼 두 팔로 안아 올려 침실로 향했다. 침대 위에 나를 눕힌 남편은 이불을 덮어주었다. 남편은 샤워를 하고 내 옆으로 다가와 이불을 덮고 누웠다. 그의 숨소리는 내가 절대로 흉내 낼 수 없을 만큼 안정적이었다. 연기가 아니라 실제로 그는 숙면에 빠져들었다.

다음 날, 남편은 평소처럼 출근했다. 그리고 돌아오지 않았다.

2장

부부의 사정

대학교 2학년 때 나는 새내기 남자애와 사귀고 있었다. 이름도 기억나지 않는 그 남자애는 고등어 비린내를 채 씻어내지 못한 어린애였다. 사귄다고 해봤자 학식을 먹고 나서 노래방에 가고 서로의 몸을 더듬는 수준이었다. 지금 생각해 보면 연애도 아니었다. 그건 어설프고 유치한 탐닉에 불과했다. 아니다. '탐닉'이라는 청명하게 울리는 다소 이국적인 단어도 아깝다. 나는 그 애에 대해서 깊게 생각해 본 일이 없었다. 얼굴을 떠올려 보려고 노력해 보았지만 떠오르질 않는다. 기억해 봐야 뭐 하겠나. 어딘가에서 잘 살고 있을 텐데. 이미 죽었으려나? 죽었다 해도 나랑 무슨 상관인가.

그 애를 만났던 가장 큰 이유는 내가 컨트롤할 수 있는 존재였기 때문이다. 귀찮아질 때쯤이면 군대에 가라고 살살 꼬드겨 떼어낼 생각이었다. 그 애는 분위기에 휩쓸려 선배들과 곧잘 시위대에 끼곤 했다. 무엇에 대항한 시위인지 단 한 번도 말해 준 적이 없었다. 사명감에 들뜬 표정으로 시위를 하고 돌아오거나 나와 함께 있다가 시위하러 간다면서 뛰쳐나가는 모습이 그저 웃겼다. 그 애에게 시위는 취미 활동이었다. 코스튬플레이나 스카이다이빙 같은 모두가 알고는 있지만 모두가 실행하지는 않는 유의 취미 말이다.

《베르사유의 장미》의 열혈 팬이었던 누나들 틈에서 자란 그 애는 오스칼 프랑소와를 광적으로 좋아했다. 마리 앙투아네트에게서 등을 돌리고 시민들 편에 서는 근위대장 출신 오스칼. 오스칼이 실존 인물이 아니라고 아무리 말해도 그 애는 못 들은 척했다. 이상한 쪽으로 아집이 있는 놈이었다. 나는 그 애에게 고등어와 오스칼 프랑소와를 조합해서 고스칼 프랑소와라는 별명을 붙여주었다. 물론 그 별명은 나 혼자만 알고 있었다.

아무튼, 그날은 데이트하기로 한 날이었다. 치즈를 잔뜩 뿌려준다는 볶음밥을 먹기 위해서 함께 닭갈비집에 갈 생각이었는데, 고스칼은 나타나지 않았다. 고시를 준비하는 선배 한 명이 다리에 쥐가 났는지 뭘 잘못 먹은 건지, 휘청대는 걸음걸이로 지나가다가 교정에 서 있는 나를 보고는 고스칼이 시위하러 갔다고 알려주었다. 얼마나 급한 시위였으면 약속 취소도 없이 출동했을까!

저녁 7시. 저녁의 짙은 어둠이 하늘 꼭대기에서부터 서서히 내려오고 있었다. 강의는 이미 끝난 지 오래였다. 배가 고픈데 딱히 뭘 먹을지 생각나지 않았다. 나는 캠퍼스 안을 거닐다가 창문을 통해 불이 켜져 있는 빈 강의실을 보았다.

"……피아노네."

강의실 안에는 피아노 한 대가 덩그러니 놓여 있었다. 음악 대학이 있는 학교도 아닌데 피아노라니. 건물 안으로 들어가 보니 강의실의 문이 열려 있었다. 나는 강의실 안으로 들어가 보았다. 피아노뿐 아니라 여러 대의 책상과 걸상이 어지러이 놓여 있었다. 교양 과목 중에 악기를 사용하거나 반주가 필요 한 경우를 위한 강의실 같았다. 내가 그대로 뒤돌아서서 그 강 의실에서 나왔더라면 좋았을 것이다. 하지만 그날은 괜스레 건 반을 건드려보고 싶은 날이었다. 운명이 꼬여버리는 날이었다 고나 할까.

나는 어느새 건반을 두드리고 있었다. 조율이 잘 안 된 피아 노의 소리는 맑지도 깊지도 않았다. 슈만이었나 드뷔시였나 리 스트였나. 손이 가는 대로 연주했다. 평소대로였다면 'Claire de Lune'을 가장 먼저 연주했을 가능성이 높긴 했다. 어정쩡할 때 분위기 잡기에 그만한 게 없었으니까. 어떤 곡이었든 간에 연주에 집중하지 못했던 건 확실한데, 이유는 끼익, 문이 열리 는 소리를 들었기 때문이었다.

터버억, 터벅.

터벅, 터버억.

소음과 함께 열린 문으로 남학생이 들어왔다. 노크도 없었다. 하긴, 나 역시 그 강의실을 무단으로 점거하고 연주하고 있었으니 남학생에게 딱히 할 말은 없었다. 남학생은 나보다 두어 살 정도 많아 보였다. 안경을 쓴 모습이 눈이 툭 튀어나온 금붕어를 닮은 남자였다. 나중에 그 남자가 물고기자리라는 것을 알게 되었을 때, '그래서 그렇게 생선처럼 생긴 거구나.' 했다. 혹시라도 그 남학생이 강의실을 사용하려고 들어왔나 싶은 생각이 들어 피아노를 치던 내 손이 느려지다가 이윽고 연주를 완전히 멈추었다.

잠깐 사이에 두 눈을 스르르 감고 음악을 감상하던 남학생이 말했다.

"듣기 좋은데, 조금 더 쳐보지 그래요? 나는 신경 쓰지 말고요."

나는 남편과 그렇게 만났다. 내가 내리 서너 곡을 더 연주한 후에도 그 자리를 지키고 서 있던 그는 자신을 오원우라고 소개했다. 만날 시위대를 쫓아다니느라 땀에 젖어 있는 새내기를 보던 내 눈에 고학년인 오원우는 깔끔하고 단정해 보였다. 자기 앞가림을 잘할 것 같기도 했다. 순정 만화에나 나올 법한 정적인 이름도 마음에 들었고, 빼금거리면서 말하는 입은 순수해 보였으며, 안경 뒤에서 끔뻑대는 두 눈은 우수에 젖어 보였다.

　나는 고등어 냄새를 짙게 풍기던 '그 애'가 머지않아 '전 남자 친구'가 되어버릴 것을 직감했다. 고등어나 금붕어나 식용과 관상용의 차이일 뿐 다 같은 생선인데 그 둘을 다르다고 여겼다. 식용은 먹으면 배나 불렀을 텐데. 죽어서 둥둥 떠오르면 어항 밖으로 건져내어 버리는 것이 끝인 금붕어를 택한 건 다른 누구도 아닌 나였다. 지독히도 식견 좁은 과거의 나 말이다.

　비교문학을 공부한다던 오원우는 교내 영어 연극부원이었다. 피아노 방에서의 만남 이후로 그는 적극적으로 연락을 해왔다. 권유인지 명령인지 구분하기 애매한 어조로 피아노를 더 쳐보라고 했던 것이 생각나 음악을 공부했던 적이 있느냐고 물어보았지만 음악하고는 아무런 관련이 없었다. 음악에 대한 대화에 조금 짜증이 난 것처럼 대충 마무리한 그가 나에게 물었다.

　"내가 출연하기로 했었던 연극이 있는데 함께 보러 갈 생각 있어요?"

　"……."

　"싫으면 안 가도……."

　"'출연하기로 했었던'이라는 게 무슨 의미예요?

　"……아, 아하하. 그게 궁금했구나."

　"……."

"내가 유학 준비 중이거든요. 일정이 빠듯해서 어쩔 수 없이 중도 하차를 했어요. 연극이라는 게 합이 중요한데, 다른 부원들에게 폐를 끼칠 수는 없으니까."

그는 장황하게 설명했지만 나는 흘려들었다. 어차피 나는 연극을 보러 가기로 마음을 굳힌 후였다. 오원우는 연극을 보기 전에 기본 지식이 있어야 한다면서 간단한 연극의 역사나 지식에 대해 설명하기도 했다. 그러나 그런 건 나도 다 아는 것들이었다. 문학 전공자이자 연극부의 정식 단원이라는 사람의 연극 관련 지식수준이 생각보다 대단치 않다는 것 때문에 나는 속으로 조금 놀랐다.

초대받은 연극 공연 당일, 나는 한껏 차려입고 갔다. 오원우에게 잘 보이려는 건 아니었다. 며칠에서 몇 주를 연습해서 최고의 모습을 관객 앞에 선보이려는 연극부 부원들에 대한 예의였다. 타인이 최선을 다하는 자리에 성의 없는 차림으로 가서 시간만 때우고 오고 싶지는 않았다.

오원우에게 말하지는 않았지만, 나는 영어도 꽤 했던 데다가, 고등학교 3학년 봄까지 교내 연극 클럽 회장을 맡기도 했었다. 학교 지원이 거의 없는 클럽이었기 때문에 지원을 늘리기 위해 나는 묘안을 냈다. 영어로 된 연극을 공연하는 것이었다. 반응은 좋았다. 수험생답게 공부나 하라는 핀잔이 쏙 들어갔다. 한국어로 된 대본을 영어로 번역해서 무대에 올린다든가 영어로 된 대본을 한국어로 번역해서 각색을 거친 뒤에 올리는 것은 전적으로 내 결정으로 좌우되었다. 나는 연극부와 부원들, 그리고 우리가 만들어 올리는 연극을 보러 오는 관객들을 위해 최고의 작품을 선보여야 한다고 생각했고, 영어 원서를 들춰가면서 공부에 매진했었다. 연극을 한다는 이유로 성적이 떨어지면 빛 좋은 개살구가 되어버릴 것이기에 성적도 유지하기 위해 시간을 분초 단위로 쪼개 썼던 기억도 있다.

처음에는 미지근한 반응을 보이던 교사들도 축제 때마다 가장 많은 티켓을 파는 게 우리 클럽이 되자 점차 우호적인 반응을 보였다. 그러나 아무리 열심히 하고 학교의 전폭적인 지원을 받아 연극을 올린다고 한들, 일반계 고등학교의 학생들이 만든 작품에는 한계가 있었다. 적잖은 아쉬움이 있었던 나는 대학생 선배들의 연극을 본다는 데 내심 기대가 컸다. 미국 유학까지 준비하고 있다는 오원우가 몸담고 있는 동아리인 데다가 역사적으로 가치가 있으면서도 대중적인 영미권 연극을 영어 원서 그대로 공연한다니, 정말 궁금했다.

혜화동에 위치해 있는 150석 정도 되는 작은 극장이었다.

"꽃을 맡길 수 있나요?"

"아니요, 직접 들고 입장하셔야 합니다."

"예, 감사합니다."

오원우가 미리 준 티켓을 보이고 입장했다. 자유석이기에 앞에서 다섯 번째 줄에 위치한 계단 같은 객석에 앉았다. 등받이는 없는 객석이라 허리를 꼿꼿하게 펴고 앉아서 무대 위를 훑어보았다.

〈로미오와 줄리엣〉. 모를 수도 없고 싫을 수도 없는 작품이다. 약간 어설프긴 해도 무대 아래쪽에 위치한 발코니 세트를 보는 것만으로도 기분이 좋아졌다. 이윽고 객석이 어두워지고 연극이 시작되었다.

예상은 엇나갔다. 연극은 고역이었다. 아무리 영어로 연극을 한다고 해도, 중요한 건 연기력이었다. 연기력 위에 영어 실력이 씌워져야 영어가 어설퍼도 연극이 어설퍼 보이지 않는다. 대학 영어 연극 동아리의 공연을 보러 오는 관객들 역시 배우들의 영어 실력보다 영어로 연기되는 연극을 보러 오는 것이었다. 영어에 대한 기대치가 연극 자체에 대한 기대치를 넘어서는 게 아니라는 의미다. 하지만 이 연극은 주객전도가 된 채로 '떠들어지는' 연극이었다. 셰익스피어 특유의 톤과 리듬, 강세를 살리지도 못한 채 장담컨대 태어나서 처음 들어볼 법한 언어를 교대로 내뱉고 있었다.

대체 이런 연극은 왜 만드는 것이며 왜 모여서 연습하는 것일까. 차라리 시위를 하러 다니는 1학년생이 나은 것 같다는 생각마저 들었다. 이런 걸 보러 와주는 사람들은 뭘까. 이런 모임을 만들어서 모이는 사람들은 뭘까. 영어 공부를 핑계로 연애를 하고 싶은 걸까. 단합을 핑계로 술을 마시고 싶은 걸까. 자기만족을 위해서 만드는 연극과 죽을 맞춰주러 온 사람들. 초등학교 학예회만도 못한 공연을 선보이고도 무대에 섰다는 것만으로 스타가 된 것처럼 착각하면서 들뜨는 사람들. 축하를 하면서 자기들도 무대 위의 '특별한' 사람들과 일행이라는 것을 은근히 드러내고 우쭐함에 취하는 사람들.

아마추어 배우들은 연말 시상식에서 톱스타들이나 할 법한 제스처를 취하고 있었고 그들의 행태를 부추기는 이들이 있었다. 이런 사람들이 졸업을 하고 나서 사회에서 세력을 형성하면 서로 끌어주고 밀어주는 관계가 만들어지겠지.

연극이 끝난 후, 나는 혹시나 극장 안으로 반입하게 될 경우 공연 관극에 방해가 될까 봐, 소리 나지 않는 부드러운 순면 느낌 포장지에 준비해 온 작은 꽃다발을 들고 오원우를 찾았다. 오늘의 출연진은 아니었지만 그는 부원이었고 연극 준비 과정에는 함께했다. 애매한 상황에 있는 오원우가 사람들 사이에서 혼자 꽃도 못 받고 서 있게 하고 싶지는 않았다. 게다가 그가 나를 초대했으니 꽃다발 정도 가져다주는 게 뭐가 나쁜가. 사람들은 저마다 선물을 받고 꽃을 받고 포옹을 받고 있었다. 대체 왜 유럽에서나 할 법한 포옹을 해대는 것일까. 몇몇은 볼 키스마저 하고 있었다. 유교 국가에서는 벌어져서는 안 될 장면을 보는 기분이었다.

아, 맞다! 이 사람들은 방금 전 셰익스피어의 연극을 마쳤다! 지금 이 장소가 작은 유럽이라도 된다고 생각하는 모양이었다. 셰익스피어는 알고나 썼을까? 약 450년 후에 자기는 듣도 보도 못했던 한국이라는 나라에서 동네북 극작가가 된다는 것을. 아니, 생존 당시에도 인기가 대단했고 유명세를 즐기는 씨어터 맨이었으니 도리어 좋아했을 수도 있겠군.

두리번. 두리번. 나는 다시 그를 찾아다녔다. 다시 두리번, 두리번. 내가 발견했을 때, 오원우는 무대 근처에서 어정쩡한 모습으로 서 있었다. 예상대로 빈손이었다. 내가 내민 꽃다발을 그가 받아 들자 연극부원들이 우리를 쳐다보았다.

지난 두 시간 동안 속으로 비웃으면서 사람들 사이에 끼어 있었는데 나 역시 비슷한 수준의 속물이었는지 주목받는 기분은 꽤 괜찮았다. 다만, 사람들의 표정과 눈빛이 어딘가 꺼림칙했다. 그들의 얼굴에 나타난 의아함을 목격한 순간 내 기분이 조금 이상해졌다. 반면 오원우는 의기양양한 표정이 되었다. 그는 사람들이 나를 의식하는 것을 즐기고 있었다. 그는 연극부원들에게 나를 소개했다.

"자, 이쪽은 연정하."

사람들은 어정쩡한 표정으로 나에게 인사했다. 그때 저쪽에 주연 배우들 틈에 서서 사진도 찍고 말도 하던 남자가 이쪽을 바라보았다. 그 남자는 배우들에게 잠시 양해를 구하고는 우리 쪽으로 다가왔다. 남자는 오원우에게 말했다.

"수고했어."

아무리 많게 보아도 내 또래로 보이는 남자에게 오원우는 허리를 숙이면서 존대를 붙였다.

"뭘요."

남자는 그의 대답을 듣는 둥 마는 둥 하더니 나에게 물었다.

"원우 친구예요?"

친구라……. 친구가 맞나? 아직 친구밖에 안 되는 건가? 하긴. 나는 한국의 오스칼 프랑소와를 꿈꾸는 새내기와 만나지 않은 지는 꽤 되었지만 아직 확실하게 헤어지지는 않은 상태였고 오원우와 무언가 이렇다 할 행위를 진행한 상태도 아니었다. 그러니까 우리는 친구가 맞을 수도 있겠다. 나는 오원우의 얼굴을 쳐다보면서 대답했다.

"그런……가 봐요."

나의 미적지근한 대답에 남자는 눈을 나에게 고정한 채로 고개를 이쪽으로 갸웃 저쪽으로 갸웃거렸다. 초면임에도 불구하고 사람을 이리저리 재단하는 표정, 사람을 평가하면서 그 의도를 숨기지 않는 표정에 나는 숨이 막혔다. 남자는 나를 가늠하면서 눈은 노골적으로 웃고 있었다. 비웃음이었다. 나는 처음 마주하는 남자 앞에서 벌거벗고 서 있는 것으로도 모자라

내 머릿속의 뇌는 얼마나 깜찍하게 생겼는지, 송과체의 크기는 얼마만 한지 두개골을 열어서 보여주고 있는 것 같았다. 오원우는 과연 이 사람으로부터 나를 보호해 줄 수 있는 남자일까. 아니었다, 절대로.

"난 송 아무개입니다. 이 연극을 연출했습니다."

남자의 이름은 잘 기억나지 않는다. 내가 기억하지 않았다는 편이 더 맞을 것이다. 쥐구멍으로 숨어야 할 정도의 실패작도 연극이랍시고 자기가 연출이라고 당당하게 밝히는 걸 보니 뻔뻔함이라는 기본적인 소양은 타고난 남자였다. 송 아무개 연출께서는 나에게서 시선을 거두더니 오원우에게 말했다.

"아, 어떻게 말할지 고민이었는데 잘되었네."

"뭐가요?"

오원우가 되물었다.

"연극도 끝났는데 말 편하게 해."

"아, 그래. 무슨 말을 하려고 했는데……요?"

오원우는 간신히, 마치 대감 어르신에게 결례를 범하는 마당쇠 같은 표정으로 부자연스럽게 반말을 꺼냈지만 이내 포기했다. 송 아무개가 그에게 물었다.

"아경이랑 헤어진 거야?"

아경이? 헤어져? 오원우에게 여자 친구가 있었나 보다. 그럴 수도 있지. 나도 남자 친구라고 생각하는 남자애가 있으니까. 그 남자 친구라는 애가 시위라는 고상한 취미를 가진 덕에 여자 친구 따위는 잊어버린 지 보름도 더 된 것 같지만……. 아무튼 오원우의 여자 친구 이야기를 다른 사람들이 물을 정도라면 요란할 정도까지는 아니더라도 공개 연애는 했다는 소리다. 그런 자리에 나를 데려왔다는 것은 오원우의 연애는 잘 돌아가지는 않았다는 게 된다.

기분이 나쁘지는 않았다. 그에게도 자존심이 있을 테고, 전 여자 친구보다 내가 나은 면이 있어서 이곳에 데려왔을 테니까. 그가 설령 나를 이용했다고 하더라도 누군가의 복수의 도구가 되어줄 정도의 가치가 나에게 있었나 보다. 오원우는 송 아무개에게 보란 듯이 거드름을 피웠다.

"연락 안 한 지 꽤 됐어……요."

그의 대답에 송 아무개는 순간 한시름 놨다는 듯이 허심탄회한 표정을 지었다.

"그래, 다행이다."

"뭐가요?"

오원우는 진심으로 의아한, 어찌 보면 허를 찔린 표정으로 되물었다.

"나 요즘 아경이 만나."

"네? 아니…… 뭐?"

오원우의 얼굴은 방금 전보다 한층 더 얼빠진 표정이 되더니 송 아무개가 입을 뻥긋댈 때마다 점점 바보 같은 표정을 더해 갔다.

"그렇게 됐어. 한 달 반 정도 됐어."

"대체 무슨 소리야?"

그가 격앙된 목소리로 외쳤고 사람들의 시선이 집중되었다. 목소리가 갈라져 듣기 싫은 소리를 냈다. 추했지만 그건 문제가 아니었다. 오원우는 반말을 했다. 수줍게 소심하게 고분고분하게 행동했던 그가 처음으로 감정을 표출했다. 그 아경이라는 여자의 문제에 있어서만큼은.

이쯤 되자 나는 상황이 내가 생각했던 것과는 다를 수도 있겠다는 생각이 들었다. 그는 아직 헤어지지 않은 여자 친구가 있었고 송 아무개인지 송 뭐시기인지 하는 연출에게 여자를 빼앗겼다. 헤어졌다고 하더라도 깨끗하게 마무리된 것은 아니리라. 오원우의 미련이 잔뜩 묻어 있는 여자가 영어 연극부 안에 있었다. 가장 중요한 건, 방금 전 오원우의 태도로 인해 그의 옆에 서 있던 나는 한순간에 우스운 존재가 되어버렸다는 것이었다. 송 아무개는 오원우의 감정 따위에는 아랑곳없이 계속 말했다. 주변 사람들에게 영향력을 행사할 수 있는 사람 특유의 거들먹거림을 뒤섞어서.

"너, 그때 없었나?"

"언제?"

오원우가 맞받아치면서 되물었다. 반말로. 박력이나 카리스마가 느껴지는 목소리는 아니었다. 징징대는 울음이 섞인 떼쓰는 애 같은 목소리였다. 듣기 싫었다.

"아, 맞다. 넌 그날 없었지. 넌 출연 분량이 거의 없으니까 그날 조연출이 안 불렀나 보네. 아무튼, 진행이 좀 빠르게 됐다. 아경이가 생각보다 건강하더라고. 임신 5주 차야."

"뭐라고……?"

"아, 걱정 마. 나 책임감 있는 놈이야. 우리 결혼하기로 했어. 공교롭게도 지난번에 너 안 온 날 임신한 거 발표해서 부원들은 다 알아."

오원우가 속한 보잘것없는 집단 내에서 그의 서열이 드러났다. 나를 이곳에 오게 만든 그는 여기 있는 사람들 중에 최약체였다. 그가 유학 준비로 연극 연습을 그만두었다던 핑계가 거짓말일 수도 있겠다는 생각이 들었다. 그가 최약체로서 스스로의 정체성에 파묻혀 잔뜩 쭈그러들었던 시기에 나를 만났던 건 아니었을까.

나는 부원들을 돌아보았다. 주변에 있던 사람들이 하나둘 고개를 돌리면서 시선을 외면했다. 주연 배우들 쪽을 쳐다보았다. 로미오 역 배우와 줄리엣 역 배우를 중심으로 주요 배역 배우들이 축하를 받고 서로 축하하고 있는 것처럼 보였지만 자세히 보니 줄리엣 역 배우가 집중적으로 축하받고 있었다. 나는 입구에서 나누어 줄 때 받은 전단지를 생각해 냈다. 하도 옹색해서 중국집 홍보 전단이라고 생각했던 그 종이는 오늘의 연극을 소개한 프로그램이었다. 나는 배역 명단을 떠올려 보았다.

CAST

로미오	이명준
줄리엣	윤아경
벤볼리오	...
머큐쇼	...

줄리엣은 뭐가 어쨌든 부원들 중에 가장 예뻤다. 그런 여자가 왜 오원우 같은 남자와 사귀었을까. 사실 송 아무개에게도 아까운 여자였다. 송 아무개는 내 옆에 서 있는 오원우와 내가 느끼는 각각의 혼돈은 무시한 채 이죽거렸다.

"너도 좋은 여자 만난 것 같아서 잘됐다. 너 능력자였구나! 잘 어울린다, 야!"

송 아무개는 우리 쪽으로 박수를 두어 번 쳤다. 칭찬이나 축하는 아니었다. 명백한 비아냥거림이었다. 송 아무개는 나이 많은 고참 연극인이라도 되는 듯이 껄껄 소리를 내면서 웃더니 덧붙였다.

"아 그리고 나 너보다 두 살 아래야. 그동안 즐거웠어요, 형!"

송 아무개는 아경이라는 여자가 서 있는 무리로 돌아갔다. 오원우는 멍하니 서 있었다. 몬태규가 아닌 송씨 성을 달게 될 아이를 배 속에 품은 줄리엣은 연인이 다가오자 그와 가볍게 포옹했고 부원들은 박수를 쳤다. 우리 주변에 서성이던 사람들도 하나둘 아경이라는 여자와 송 아무개가 있는 무리 쪽으로 다가가 섰다. 오원우는 들고 있던 꽃을 떨어뜨렸다. 나는 그가 떨어뜨린 꽃을 주워 들었다. 내가 속없는 사람이라면 저렇게 예쁜 여자를 대신해 내가 선택되었으니 내가 저 여자보다 낫다고 착각했을지도 모른다. 하지만 제멋대로 착각할 만한 분위기가 아니었다.

그들은 승자 커플이었고 우리는 패자 커플이었다. 오원우는 남자로서 패했다. 두 살이나 어린 남자에게 여자 친구를 빼앗겼다. 나는 패한 남자가 이용한 여자가 되어버렸다. 오원우가 자신이 속한 세계에 나를 데리고 들어갔기 때문에 나 역시도 먹이사슬의 최하 등급이 되는 순간이었다.

†

문학도라는 것은 낭만적이지 않다. 영화나 드라마에서 등장하는 우수에 젖은 남자는 현실에서는 절대로 남자 주인공 역할을 꿰찰 수 없다. 자격 미달이니까. 당장 먹고살 게 걱정인데 앵무새처럼 시를 읊어대는 남자를 두고 매력적이라고 생각할 여자는 없다. 실제 생활에서 문학도와 결혼할 여자는 몇이나 될까? 극소수에 불과할 것이다. 그리고 그 극소수 중 한 명이 바로 나였다.

남편이 문학도라는 데에 내가 처음부터 반감을 가졌던 건 아니다. 솔직하게 말하자면, 나는 오원우가 문학도라는 데에 자부심을 느꼈었다. 겉으로 드러내서 표현했던 적은 없지만 이상을 추구하는 그의 성향을 높이 사고 있었다. 내 남편이 된 오원우라는 남자의 속마음을 알기 전까지는 말이다.

연극제 날이 지난 뒤에도 우리의 만남은 이어졌다. 오원우는 유학 준비를 핑계댔었지만 어디에도 유학을 준비했던 흔적은 없었다. 내가 유학 시험에 대해 물었을 때 그는 우물거리면서 그 시험이 무엇인지 되물었다. 어문학 계열에서, 특히 문학 전공 미국 대학원 입학에서는 필수적인 GRE를 그는 알지 못했다. 영국으로 갈 경우 치러야 하는 IELTS 역시 그는 알지 못했다. 그가 아는 건 TOEFL과 TOEIC이 다였다.

오원우가 만약 국문학도였더라면 나는 그를 강단 있는 남자라고 여겼을지도 모른다. 그가 국문학도라면 최소한 유학 비용은 낭비하지 않을 테고 한국에 발붙이고 살 생각을 하는 남자일 테니까. 그러나 비교문학이라는 다소 오묘한 용어처럼 오원우라는 남자는 삶을 대하는 태도도 미온적이었다. 얼핏 들어보면 여러 나라의 여러 장르의 문학에 통달한 것 같은 느낌을 주는 오원우의 전공명은 사실 어느 나라의 어떤 한 장르에도 전문적이지 못하다는 의미이기도 했다.

오원우는 몇 개월짜리 방위로 군 생활을 마쳤다. 석 달인가 여섯 달인가 걸렸던 것 같다. 외동아들이고 몇 대 독자에다가 양친이 매우 노쇠하고 시력이 나쁘다는 둥 짧은 군 생활에 대한 합당한 이유를 나에게 열심히 설명했던 것 같은데 그다지 귀 기울여 듣지 않았다. 군대가 생각보다 사정을 많이 봐주는 곳이라는 걸 알게 되었을 뿐이다.

짧은 군 생활을 마친 그는 불쑥 나타나서 청혼했다. 결혼은 갑작스러웠다. 나는 그 무렵 꼭 결혼을 해야 한다고 생각하고 있었다. 가만, 내가 오원우와 결혼해야 했던 이유가 뭐였더라? 정말 생각나지 않는다. 하지만 그와 결혼을 했다. 그와 나는 그렇게 남편과 아내가 되었다.

결혼을 하고 나서 두 해가 지날 무렵, 나는 매트리스 아래 깔려 있던 두툼한 노트를 발견했다. 남편은 글을 쓰고 있었다! 직장 일이 힘든 건지, 아니면 하기 싫은 건지, 줄어가는 말수만큼이나 남편이 무표정해져 가고 있을 때였다. 본래 말이 많은 남자도 아니었고 대화가 풍부했던 사이도 아니었지만 속을 알 수 없으니 같이 살면서 느끼는 답답함이 있었다. 그래도 참을 만했다. 남편이 싫다거나 귀찮다거나, 하는 감정이 든 적도 없었고 불만도 없었다. 특별하게 모난 감정이 생길 만큼 남편과 보내는 시간이 길지 않았다. 다만 남편의 속을 안다면 조금이라도 우리 가정에 도움이 될 것 같다는 다소 낙천적인 감상은 있었다. 그런 와중에 남편의 글이 담긴 노트를 발견했으니, 비로소 나는 남편의 이면을 들여다보는 은밀한 기쁨을 누릴 수 있게 되었다. 그때만 해도 나는 내 남편의 서정적인 면에 지지를 보내고 있었다.

생각을 해보라, 글 쓰는 남자를. 얼마나 문학도다운가! 처음 노트를 발견했을 때, 빡빡하게 들어찬 손 글씨를 본 순간 나는 진심으로 남편이 귀엽다고 생각했다. 언젠가는 대성한 문학가의 아내가 될지도 모른다는 기대감마저 들었다. 내용을 읽기도 전에 나는 상상했다.

어느 날 갑자기, 남편이 나에게 고백한다.

'여보, 사실은 내가 그동안 당신 모르게 글을 써왔어. 퇴근하고 두 시간씩 도서관에 들르곤 했지. 그리고 오늘 그 노력의 결실을 얻었어. 문학상을 수상했지 뭐야. 나, 정말 어려운 부탁이 있는데 혹시 이제부터 전업 작가가 되어도 될까?'

나는 자랑스러운 마음을 애써 누르면서 답할 것이다.

'당신의 꿈을 나는 응원해요. 정말 축하해요. 하지만 현실의 무게를 잊어서는 안 되어요. 당분간은. 그러니까 다음에 또 하나의 문학상을 타게 된다면 그때 전업 작가가 되는 걸 고려해

보도록 해요.'

말은 그렇게 하지만 나는 그날 밤부터 취업을 위해 이력서를 쓸 것이다. 남편이 하루라도 빨리 전업 작가가 될 수 있도록. 설레는 마음으로 나는 남편의 노트에 기록된 첫 줄을 읽었다.

"아내와 스무 번쯤 관계를 했을 때 그는 이미 아내에게 질렸다……."

도입부치고는 다소 과격하게 시작되는 그 글을 나는 소설이라고 생각했다.

"……습작 과정은 필요할 테니까. 가장 익숙한 인물들로 가장 익숙한 배경을 조성해서 써보는 건가……."

그렇게 생각하려고 했다. 결론부터 이야기하자면, 남편의 문학도다움은 내 결혼에 아무런 도움이 되지 않았다. 맨 처음 한 장은 건너뛰고 두 번째 장부터 시작하는 글의 첫 줄을 읽었을 때부터 소설이 아니라는 것을, 창작한 내용이 아니라는 것을 마음으로는 알았지만 머리로는 부정했다. 나는 노트를 덮었다가 다시 열었다. 건너뛴 첫 장에 제목이 적혀 있었다. 나는 못 본 척 지나가려고 했던 그 제목을 보았다. 차마 소리 내어 읽고 싶지 않아 눈으로만 읽었다.

'번민하는 남자.'

아내와 스무 번쯤 관계를 했을 때 그는 이미 아내에게 질렸다. 그러자 미칠 것 같은 부담감과 책임감이 그의 뇌와 심장을 옥죄었다. '왜 결혼했을까? 왜 이런 일을 저질렀을까?'라는 의문으로 하루하루를 흘려보내게 되었다.

현실과 허구를 한 끗 차이로 넘나드는 문장을 읽어가면서 그가 쓴 소설 속 한 장면 한 장면은 다름 아닌 우리의 이야기이고 남편의 이야기라는 것을 인정하지 않을 수 없었다. 남편이 나를 어떻게 생각하고 있는지를 알게 되었고 그를 향한 나의 감정은 급격히 퇴색되었다.

글은 소설이 아니라 수필에 가까웠고 더 나아가자면 남편의 일기였다. 남편은 자신을 삼인칭으로 지칭해서 일기를 쓰고 있었다. 남편이 결혼 자체를 후회하고 있다는 것을 알게 되었을 때 나는 기억해 냈다. 오래전, 연극제에서의 일을. 내가 지레짐작만 하던 상황은 모두 현실이었다. 나는 남편에게 전 여자 친구에 대해 물은 적이 없다. 남편도 이야기한 적 없었다. 결혼 전에도 묻지 않았던 남편의 전 여자 친구에 대해 결혼 후에 굳이 물을 이유가 없었다. 그의 전 여자 친구들을 알아내고 이미 지나가 버린 시간을 질투하는 열정은 내 안에 없었다. 그 증거로 나는 남편 이전에 내가 만났던 새내기 고스칼의 본명은 잊어버린 지 오래였다. 어쩌면 고스칼의 본명을 기억할 의지조차 없었다고 하는 편이 맞았다.

그러나 남편은 나와는 다른 사람이었다. 그는 집요할 만큼 과거의 여자를 기억하고 있었고 기억을 잃지 않으려는 듯이 글로 그녀를 쉼 없이 복기하고 있었다. 나는 남편이 이런 글을 쓰고 있는 의도를 알았다. 눈치가 있는 여자라면 누구나 짐작할 수 있는 상황이었다. 남편은 그 여자와 나를 비교하고 있었고 그 여자를 나와 비교하는 것으로도 모자라 내가 그 여자의 존재를 인식하고 열등감을 느끼길 바라고 있었다. 나는 뒤늦게 내 결혼의 실체를 파악했다. 나는 결국 인정했다.

'내가…… 참 잔인한 남자와 결혼했구나.'

남편의 글을 통해서 나는 그 연극제 날, 내가 짐작만 했었던 남편과 주변 인물들의 관계도가 얼추 맞았음을, 그들 사이의 사건이 실제로 벌어졌던 일임을 확인했다. 나의 짐작은 잘도 맞아떨어졌다. 대학 다닐 시간에 독심술이나 익혀서 일찌감치 돗자리나 깔고 앉을 걸 잘못했다는 후회마저 했다. 아경이라는 여자와 남편의 연애, 빙글거리는 역겨운 눈빛을 한 그 송 어쩌고인지 송 아무개인지 하는 연출 놈에게 여자를 빼앗기기까지의 과정, 남편이 느낀 상실감이 남편의 노트에 상세하게 기록되어 있었다. 그들의 파란만장하고 같잖은 연애사에서 내가 차지했던 위치도 확인했다.

남편의 일기를 읽는 것은 괴로웠다. 하지만 나는 읽고 또 읽었다. 나와 가장 가까운 사람의 필터를 통해 보는 나의 모습은 끔찍했다. 나는 이 결혼에서 생존해야 했기에, 남편의 눈에 보이는 내가 실제의 나보다 나아 보이는 것처럼 포장했다. 남편이 만든 굴절된 반영에 맞춰 스스로를 폄하했다. 남편에게 사랑받고 있다고, 그래서 남편이 실제의 나보다 더 나은 나를 글에 등장시키고 있다고 내 스스로 조작한 현실을 진짜처럼 여기려 했다. 그렇게라도 하지 않으면 자아를 지킬 수 없을 것 같았다. 자기 비하를 통해서 나는 모든 상황을 웃어넘기게 되었다. 보통의 여자들이었다면 울고불고할 일이었을지 몰라도 나는 울지 않았다.

나는 전업주부다. 남편이 이런 글을 써서 집 안에 두는 의도는 뻔했다. 남편은 내가 읽기를 바라고 있었다. 그것도 되풀이하면서 읽고 읽어서 노트가 닳아버릴 정도로 내가 빠져들길 원하고 있었다. 남편은 나에게 상처를 주고 내 자존심에 생채기를 내고 있었다. 그는 내가 너덜너덜해져서 갈가리 떨어져 나가기를 기대하고 있었다. 하지만 나는 전혀 겉으로 티 내지 않았다. 남편이 이혼을 생각했다는 것 정도는 나도 알고 있었다. 아마도 내가 먼저 이혼이라는 말을 해주길 바라고 있었으리라. 남편의 기대에 부응하기 위해 나는 역공을 펼쳤다. 두고두고 큰 타격을 남겨버린 그날의 매복을 남편은 이렇게 글로 풀어냈다.

준기는 이혼을 준비하고 있었다.

'준기'는 남편이 자신을 투영한 인물로, 남성이며, 글 속의 주인공 이름이었다.

위자료로 줄 목돈은 없었다. 하지만 고작 2년 남짓이 된 결혼 생활을 정리하는 데 큰 위자료가 필요할 것 같지는 않았다. 결혼 후에 집에 들어앉은 데다가 생산 활동이라고는 하지 않았던 아내는 준기에게 돈을 요구할 명목이 없었다. 아내가 매달리는 최악의 경우도 예상해 보았지만 그가 내린 결정은 같았다. 아내가 이혼 변호사를 고용하고, 승소해서 앞으로 30년을 꼬박꼬박 준기의 월급에서 일부를 빼앗아 갈지라도 무조건 이혼하기로 그는 결심했다.

"여보, 오늘 저녁 먹고 이야기 좀 해요."

퇴근길에 준기가 전화를 걸었다.

"응, 알았어요. 나도 할 이야기가 있어요."

수화기를 통해서 들려오는 아내의 목소리는 평소와 같았다. 하지만 목소리의 끝자락에 어딘가 모를 우월감이 있었다. 준기는 그것이 소름 끼치게 싫었다. 둘 사이에 아무런 정이 없다는 것을 아내도 이미 알고 있을 텐데. 게다가 준기가 '이야기 좀 하자'고 한 것이 좋은 의도에서 비롯된 것이 아니라는 걸 알고 있을 텐데. 그럼에도 무엇이 아내를 우위에 서도록 만든 것일까. 싫은 감정 뒤에 질세라 밀고 들어오는 감정은 두려움이었다.

준기는 언제나 아내를 대할 때면 두려움이 앞섰다. 나에게 해를 끼칠 것 같은 상대를 대할 때면 누구나 느끼는 그 감정, 두려움. 그럼에도 벗어날 수 없는 상대를 어쩔 수 없이 마주해야만 할 때 드는 감정, 혐오. 준기는 아내를 향한 감정이 두려움에서 혐오로 완전하게 전이되기 전에 아내에게서 벗어나야만 했다. 그것만이 그간에 함께 지내온 사람에 대한 예의를 지키는 길이었다.

"여보, 할 이야기가 뭐였어요?"

저녁 식사를 마치고 차를 내오면서 아내가 물었다. 평소에는 하지 않는 행동이었다. 뭔가 이상했다. 설마 아내도 이혼을 하고 싶은 걸까? 그렇다면 남은 건 재산 분할이다. 아내가 어떤 조건을 내세울지 모르지만 그래도 명문대를 졸업한 여자이니 나름대로 독립적인 사고방식을 갖고 있지는…… 않다는 건 지금까지 잘 경험했으니 감정을 건드리지 말고 이혼할 방법을 찾아야만 했다. 대출금을 포함해서 몇 푼 되지도 않는 돈이 들어간 전셋집에 할부가 남은 중고차 한 대가 전부다. 법원에서 합리적인 선을 제시해 주겠지? 애도 없으니 아내의 신경을 건드리지 않고 말을 잘 해보면……. 일단은 변호사 상담부터 받아봐야 하나?

준기는 꿰매놓은 것처럼 딱 붙어서 움직이길 거부하는 두 입술을 애써 떼었다.

"여보, 당신도 생각해 봤겠지만……."

"나, 임신했어."

아내가 씹던 껌을 뱉듯이 한마디 툭 던졌다.

"안정기 접어들 때까지 기다렸어."

준기의 머릿속에서 큰 종소리가 들렸다. 오래된 소설 속 성당의 농인 종치기가 쳤을 법한 커다란 종의 울림. 준기는 순간 다른 차원에 존재하는 진공상태로 들어간 것 같았다. 무언가가 들리지도 냄새가 나지도 눈이 보이지도 않았다. 아내는 술술 말했다. 줄리엣이 발코니에서 로미오를 향한 마음을 고백하는 장면처럼. 온 세상 사람들이 독백이라고 착각하고 있지만 로미오가 들을 것을 염두에 두고 했을 그 말처럼. 아내는 미리 외워둔 대사를 풀어놓듯이 술술 읊어댔다.

"그날 밤이었나 봐. 석 달 전쯤 됐나? 당신 지방 출장 가기 전날 밤에 한잔했던 날……."

계획적이었던 건가? 그날, 아내는 평소에 하지 않던 짓을 했다. 술상을 차려두었던 것이다. 준기는 다음 날 새벽에 일찍 나가야 했지만 아내는 준기의 사정을 봐주지 않았다. 술에 약한 준기는 그날 밤의 기억이 가물가물했다. 다음 날 새벽, 준기는 비행기를 놓쳤다. 공항에서 아내에게 전화해서 화풀이를 하려다가 그만두었다. 화를 낼 가치조차 없다고 생각했었다. 이제 와서 생각해 보니 모든 게 아내의 계획이었다. 석 달 전 일을 떠올려봤자 아무 소용없었다. 아내가 물었다.

"그래서, 하려던 말이 뭔데?"

"난 아직 아빠가 될 준비가 되지 않았⋯⋯."

'아빠가 될 준비? 그런 게 되어 있는 사람이 있어? 누구는 아빠 연습하고 아빠 되니?'

아내는 아무 말도 하지 않았지만 준기의 귀에는 아내가 따지고 들 말들이 이미 들리고 있었다. 그 소리 없는 비난에 기가 질린 준기는 입을 다물었다. 이제 다 끝났다. 그는 꼼짝없이 아빠가 되어야만 했다. 남편도 버거운데 아빠라니⋯⋯.

"글씨체 흐트러진 것 봐⋯⋯."

갑작스레 내용이 길어지고 글씨도 점점 엉망이 되어가는 것을 보면, 이 부분을 쓸 때 그의 감정이 얼마나 불안정했는지 충분히 짐작이 갔다. 곱씹고 곱씹을수록 분개했으리라.

그날 저녁의 대화를 돌이켜 보자면, 나는 나름대로 승리감에 도취되어 있었다. 비참한 승리감이었다. 나도 한때는 대책 없이 아이를 임신하는 여자들을 경멸했었다. 그녀들을 이해하려고 노력조차 하지 않았다. 그런데 내가 그런 여자가 되어 있었다. 나는 대책 없이 임신부터 하는 여자들이 과연 정말로 대책이 없어서 임신부터 한 것인지 진지하게 궁금해졌다. 대책 없는 철부지라는 이미지는 거짓이고 사실은 남자를 잡고 싶어서 계획적으로 임신한 것은 아니었을까? 어쩌면 그 여자들은 자기가 할 수 있는 수준에서 고도의 머리를 쓸 줄 아는 교활한 여자들은 아닐까? 다행스러운 것은 남편과 나는 결혼한 사이였기 때문에 나의 행위가 어느 정도의 당위성은 지니고 있었다는 것이다. 부부니까 임신도 출산도 당연한 거다. 하지만 나의 언행을 합리화할수록 나 스스로가 한 단계 낮아진 느낌이 진해져 갔다.

남편은 하원이를 지우라는 말을 차마 하지 못했다. 그는 내가 자의로 아이를 지우길 바랐다. 어떤 일도 자기 잘못으로 돌리고 싶어 하지 않는, 남편은 그런 남자였다. 만일 내가 남편이 나에 대해 쓴 증오심 가득 담긴 일기를 미리 읽지 않았더라면 나는 남편을 안쓰럽게 생각했을지도 모른다. 아이의 탄생으로 인해 아내의 관심 밖으로 내쳐져 아이를 질투하고 그것을 빌미로 바람이라도 피우려는 그저 그런 어리석은 남자들 중 하나라고 여기며, 그를 이해하려고 애쓰면서 상황을 넘겼을 것이다.

그렇지만 나는 아이에 대한 남편의 감정이 질투가 아닌 증오라는 것을 알아버렸다. 그의 감정은 상식을 한참 벗어난 것이었다. 아이가 생기기 전 나를 향해 발산하던 남편의 부정적인 감정이 어떤 식으로 굽이쳐 아이에게까지 옮겨갔는지 그 실상을 알고 나서 나는 더 이상의 희망을 잃었다.

준기의 몸 안에서 빠져나온 셀 수 없이 많은 알갱이들 중 한 개.

아내는 자신의 앞마당으로 들어온 침입자가 마치 귀빈이라도 되는 것처럼 거하게 환영 행사를 치러대고 있다. 준기는 아내의 광신도적인 눈빛을 이해할 수 없었다. 아내와 눈을 마주치기보다는 차라리 시선을 돌리는 게 나았다. 손님이 왔으면 적당히 달래서 돌려보내는 것이 인지상정이다. 하지만 아내는 손님을 앞마당에 뿌리내리고 살게 만든 것으로도 모자라 텐트 쳐주고, 밥 먹이고, 물 먹이고, 자장가로 콘서트를 치러대고, 말동무까지 해주면서 키워대고 있다.

준기는 이 시점에서 근본적인 질문을 던져보았다. 그의 아내가 아경이었어도 이런 생각을 했을까? 아경의 SNS에 들어가 보았다. 아경이가 낳은 아이. 아이는 준호를 닮지 않았다. 아이의 얼굴에는 아경이만 있었다. 혹시 이 아이가 준기의 아이는 아닐까? 아경이가 날짜를 착각한 것은 아니었을까?

남편의 글 안에서 본명으로 등장하는 단 한 명이 바로 '아경'이었다. 계속해서 부정해 오다가 이 글이 바로 나의 결혼 생활을 의미하는 게 맞다고 인정할 수밖에 없게 된 것도 '아경'이라는 이름을 확인하고 나서였다. 준호라는 남자의 이름이 송 아무개의 본명일 수는 있지만 확인할 이유는 없었다.

어렴풋이나마 나는 남편이 임신이라는 계기를 통해서 우리 가정에 애착을 가져주길 바라고 있었던 것 같다. 그러나 남편은 태어나지도 않은 자신의 아이마저 경멸했다. 동시에 다른 남자의 아이가 자기 아이이길 바랐다. 손님을 돌려보내라는 부분에서는 눈물이 나려고 했다. 태어나기도 전부터 자신의 아이가 잘못되기를 바라는 아버지라니. 이 모든 원인을 남편은 이루지 못한 대학 시절 '첫사랑' 때문이라고 생각하고 있었다. 한심한 노릇이었다.

"참…… 본인이 베르테르♦라도 되는 줄 아나 봐……."

결혼해서 잘 사는 유부녀 로테에게 사랑했다고 집적대는 찌질한 놈. 자살조차도 그 여자의 남편 총을 빌려서 하는 놈. 심지어 그 총을 로테의 손을 통해 건네받아 로테에게 죄의식을 지우는 놈. 사랑을 증명한답시고 하는 짓이 고작 그거냐. 내가 로테였다면 남편에게서 총을 달라고 해서 내 손으로 베르테르

♦ 베르테르: 괴테의 서간체 소설 《젊은 베르테르의 슬픔》의 주인공. 이룰 수 없는 사랑에 괴로워하다 자살한다.

를 쏘아 죽였을 것이다. 다른 남자의 총으로 죽는 남자라니. 상징 과부하다. 괴테도 옛날 사람은 옛날 사람이다. 총을 남성성을 상징하는 이미로 사용했다면 결국에는 남성성의 대결에서 베르테르가 패했다는 것을 상징적으로 보여주고 싶었나 보다.

난 괴테가 《파우스트》를 56년간 썼다는 것도 그리 긍정적으로 보지 않는다. 처음에 한 3년 정도 질질 끌면서 쓰다가 홀딱 까먹고 10년, 20년 보내고 살다가 '아차! 그때 썼던 거나 다시 써볼까?' 하는 걸 몇 번 반복했다고 해서 장장 60년에 걸쳐 집필한 대작 따위의 홍보 문구를 쓰는 건 좀 과하다고 본다. 어쨌든, 베르테르는 그나마 로테에게 사랑했다고 말이나 했지, 남편은 아경이라는 여자와 남편인 연극 연출가의 SNS를 염탐하고 온라인 스토킹이나 해대고 그걸 자필 산문이라는 형태의 쓰레기로 재생산을 해대고 있었다.

게다가 그 글을 아내가 보도록 전시함으로써 고통을 옮겨놓고 있었다. 혼자 맡기는 억울한 재래식 화장실 냄새처럼 그는 계속해서 자신의 지질한 과거사를 확산시켰다. 나는 남편과 남편의 과거가 풍기는 악취에 질식해 죽을 것만 같았다. 과거의 풋사랑 때문에 자신의 가족을 등한시하다니 이런 바보가 세상에 또 존재할까?

아이는 마치 괴물처럼 아내의 몸속에서 무럭무럭 자랐고

아내의 배는 터질 듯이 부풀어 올랐다.

내가 샤워를 하고 있을 때, 남편이 욕실 문을 연 일이 있었다. 그는 내 배 위에 선명하게 그려진 세로줄을 보고 숨을 몰아쉬더니 곧 얼굴이 검붉어져서는 싱크대로 황급히 걸어갔다. 곧이어 개수대에 물 트는 소리가 들렸다. 남편은 구역질을 해댔다. 그런 광경을 보는 나는 전혀 염두에 두지 않은 것처럼 그는 나를 의식하지 않고 싱크대 위에 먹은 것을 게워냈다.

'왜? 내가 징그러워? 코끼리를 삼킨 지렁이 같아? 이건 당신 아이야. 눈에 보이지도 않던 액체가 덩어리가 되더니 이렇게 자라서 곧 밖으로 튀어나오려 해. 어떻게 생각해? 나는 아이가 안쓰러워. 이 아이는 혼자서 내 몸 안에서 오로지 나만 믿고 견뎌내고 있어. 당신은 어떨지 몰라도 난 우리 아이가 어떻게 생겼을지 궁금해. 우리 아이도 내가 어떻게 생겼을지 궁금해할까? 당신은 어떻게 생각해?'

남편의 귀를 붙잡고 외쳐대고 싶은 말을 꾹꾹 눌러 삼켰다.

그날 이후로 남편은 돌아누운 채로 잠들었다. 나는 배 속의 코끼리 때문에 바로 누울 수도 옆으로 누울 수도 없었다. 남편이 베고 자는 베개를 잡아 뺐다. 남편은 목이 푹 꺾였지만 여전히 코를 골았다. 남편의 베개와 내 베개를 겹쳐서 등에 대고 비스듬히 앉았다. 잠을 청해보았지만 잠이 오지 않았다. 남편의 머리칼 사이에 내 퉁퉁 부은 손가락을 집어넣어 보았다. 갓난 아이처럼 남편의 머리카락은 가늘고 부드러웠다. 힘없이 쳐지는 남편의 머리칼을 만지고 있자니 화가 누그러졌다.

'이 황량한 결혼에 괴로운 건 나뿐이 아니지. 그렇지? 당신도 괴로운 거지?'

내 안의 절규는 소리가 되어 밖으로 나오지 못했다. 잠든 남편을 보면 증오보다 연민이 앞섰다. 자고 있는 그를 깨워서 고성으로 다투는 일은 벌어지지 않았다.

'나는 당신이 안쓰러워. 집에 오면 불룩한 배를 휘두르면서 유세 떠는 괴물이 버티고 앉아 있으니 들어오기 싫겠지. 이해를 못 하는 건 아니야. 부담스러울 수도 있겠지. 싫은 사람은 나 하나로 족할 텐데, 그 안에서 나온 다른 생명체까지 먹여살려야 하니 오죽하겠어. 그래, 당신 마음도 이해해.'

하루에도 스무 번이 넘게 남편에 대한 감정은 증오와 연민을 오갔다. 우리의 결혼에 무차별적으로 침입한 하원이라는 존재를 남편은 쉽게 받아들이지 못했다. 하지만 씨앗이 심어졌을 때부터 키워내 열매까지 맺도록 몸 안에 품고 있던 나는 달랐다.

'아이야······. 네가 내 안에 들어와 나와 인연을 맺어준 이상 나는 그 어떤 의문도 제기하지 않아. 나는 오로지 너를 보호하고 사랑해. 그 외에 다른 감정은 전부 버렸어.'

나는 하원이라는 이름 아래 있는 성스러운 영적 근원을 인식하고 있었다. 남편에게는 비록 손님이었던 하원이지만 나에게 하원이는 바로 나였다. 나는 하원이가 내 안에 방문해서 머무르는 동안 중간에 돌려보낼 생각이 없었다. 나를 방문한 이 작은 꼬마 아가씨를 사람의 형태를 지닌 아기로 태어나게 만들고 잘 키워서 성인이 되게 할 것이었다. 나는 남편의 반응을 무시하기로 했다. 남편이 어떤 반응을 보이건 간에 그건 남편의 사정이었다. 내 일이 아니었다. 하원이가 배 속에 있는 동안 비로소 나는 나 스스로 온전한 우주가 되었다. 반면, 남편에게 하원이는 하원이라고 이름 붙여질 때까지 하원이가 아니었다. 남편은 하원이가 태어난 후에도 한동안 하원이의 존재를 받아들이는 것이 어려워 보였다.

곁방살이 신세.

남편의 글에 쓰여 있던 구절이다.

"삐액–."

공룡이 주인공이었던 어떤 영화 속의 가장 지랄맞은 공룡이 떠오르는 소리였다. 벨로시랩터라고 했었던가? 사냥감의 숨이 채 끊어지기도 전에 내장을 파먹는다고 했었던가? 딱 그런 습성에 어울리는 소리를 질러대는 공룡이었다. 공룡의 언어를 알아듣는 소질이 있는 아내는 벌떡 일어나서 갓 태어난 딸이 있는 방으로 들어갔다.

아내의 배 속에서 빠져나와 준기의 집 안으로 자락을 넓힌 하진이라는 손님을 아내는 극진히 거두었다. 이혼이라는 두 글자가 입 안에서 구슬처럼 구르다가 튀어나올 참이면 하진이가 '빼액' 소리를 질러댔다. 그러면 아내는 어디에 있더라도, 마치 방 안에 하진이와 둘만 있는 것처럼 창피함도 모르고 젖통을 쑥 꺼내 하진이의 입에 물렸다. 테트리스 게임처럼 찰카닥 맞아 들어가는 젖꼭지와 작은 입술을 보면 입 안에서 구르던 구슬은 사레가 걸린 것처럼 목구멍 언저리로 물러났다.

준기는 아파트의 현관이 마치 아내의 그곳 입구처럼 느껴져서 들어가고 싶지 않았다. 하지만 살덩이를 떼어내 두 명으로 둔갑하는 흑마술을 부려서 돈 한 푼 안 들이고 준기의 인생을 옭아맨 아내와 그녀가 빚어낸 분신에게 자신의 자리마저 뺏길 수는 없었다. 준기는 매일 저녁 그 축축하고 음습한 동굴로 귀가했다.

준기는 이혼을 포기했다. 아내의 배는 푹 꺼져갔다. 하지만 준기는 그 배가 언젠가 다른 손님이 차지하고 앉을 방이라는 것을 한 번의 학습을 통해 질리게 깨달은 후였다. 아니나 다를까 두 번째 손님이 방문했다. 이번에는 준기도 전례를 겪은 만큼 손님을 맞을 준비가 어느 정도는 되어 있었다. 준기는 두 번째 손님을 자신의 아군으로 만들기로 결심했다. 그것이 준기의 세포가 자라난 생명체라면, 그렇게 손해 보는 장사는 아닌 것이다. 늘 머릿수에서 열세인 상태에서 아군 확보라도 하지 않으면 자신의 삶 자체에 회의를 느끼게 될 것 같았다. 마음 붙일 강아지 한 마리, 화초가 심어진 작은 화분 하나가 준기는 절실했다.

상진이라는 다소 촌스러운 이름을 갖 태어난 아들에게 붙인 것은 하진이 때 놀란 마음에 대한 작은 복수였다. 괜히 둘째를 첫째보다 위에 두고 싶었다. 그렇게라도 아내를 이기고 싶었다. 상진이를 낳은 후 준기는 아내와 상의 없이 정관수술을 했다. 그러고 나서는 아내 곁에 얼씬도 하지 않았다. 육아에 지친 아내도 준기에게 별다른 요구가 없었다.

내가 그에게 바라는 건 단 하나뿐이었다. 아이들에게, 가족에게 해가 되지 않도록 정석적인 가장의 역할을 수행해 주는 것이었다. 그러나 그는 기본적인 것들마저 지키지 않았다. 남편이 하원이와 상원이를 하진이와 상진이라는 인물로 글에 등장시켰을 때, 그는 더 이상 되돌릴 수 없는 길로 들어섰다. 그는 나에게 무의미해졌다. 나는 남편을 포기했다.

상원이가 태어난 후부터 남편과 나는 본격적으로 각자의 역할에만 집중했다. 우리는 부부로서 해야 할 첫 장을 모두 완성한 거나 다름없었기에 서로에게 더 이상의 용무가 없었다. 집을 함께 쓰는 관계 그 이상 이하도 아니었다. 남은 것은 부모로서의 역할 분담뿐이었다.

상원이를 가진 것은 나에게 특별하지 않은 이벤트였다. 친정 엄마에게는 둘째를 임신했다는 말 자체를 하지 않았다. 뒤늦게 알게 된 친정 엄마가 육아를 돕겠다고 했지만 나는 거절했다. 내가 일을 하는 사람도 아니고 집에만 있는데 아이마저 직접 돌보지 않는다면 그나마 나의 역할은 정당성을 잃을 것 같았다. 상원이가 제 아무리 남편의 분신이라고 해도 엄마가 없이 자랄 수는 없었다. 나는 하원이에게 쏟았던 만큼의 정성을 상원이에게 쏟아야 했고 하원이는 이른 나이에 어린이집에 가야만 했다.

그러던 어느 날, 시아버지가 돌아가셨다.

"삼일장으로 하자."

"응, 전에 장례 치른 회사로 연락해서 진행할게요."

"차라리 한날한시에 가실 것이지."

제 부모 장사 치르기를 마치 내 사정 봐주듯이 말하는 남편에게 나 역시 간단하게 응했다. 노쇠해서 오늘내일하던 시부모는 상원이가 태어나기 두 달 전에 죽었다. 그것도 열흘 간격을 두고 차례차례 죽었다. 사이좋은 부부는 한 명이 죽으면 남은 한 명도 오래 못 산다고 들었다. 하지만 시부모는 사이가 좋아서 비슷한 시기에 죽은 것은 아니다. 그냥 늙어서 죽었다. 시부모가 사이좋은 부부였다면 그 아래에서 나온 아들의 결혼 생활이 이렇게나 무미건조할 수는 없다. 보고 배운 게 있었다면 뭐라도 달랐을 텐데 남편도 나도 부모에게서 보고 배운 게 없으니 어쩔 수 없는 노릇이었다.

"마음 아픈 일이 연달아 벌어져서 어떡해."

"와주셔서 감사합니다."

"몸에 무리 가지 않게 잘 해야겠네."

"마음 써주셔서 감사합니다."

남편과 나는 열흘 전과 똑같은 복장으로, 같은 병원 장례식장에서 나란히 서서 조문객을 맞았다. 남편의 회사에서는 이전 장례식 때에 그랬듯이 직원 한 명이 대표로 방문해 부조금을 전해왔을 뿐 다른 사람은 아무도 오지 않았다. 직장 내에서 남편이 받는 취급을 알 것 같았다. 내 쪽이라고 다르지는 않았다. 자영이 엄마를 비롯한 아파트 여자 몇이 와서 부조금을 전했다. 개별적으로 준비한 부조금들이었다. 십시일반 모아서 목돈이 된 부조금을 한 사람에게 쥐여 보내온 남편의 회사 측이나 각자 소액을 직접 들고 찾아온 소수의 주민들이나 거기서 거기였다.

남편과 내가 캠퍼스 커플로 졸업한 고강 대학교는 동문을 잘 챙기고 잘 뭉치기로 유명한 대학이었다. 그런데도 학우들의 모습은 보이지 않았다. 남편이 동문회에 알리지 않았고 자연히 시부모의 부고는 전해지지 않았다.

"학교에는 연락 안 한 거죠?"

내 물음에 남편은 고개를 저었다. 안 했다는 건지, 했다는 건지 의미를 알 수 없었다. 남편의 일방적인 결정은 나와 내 동기들 사이를 막는 것이기도 했다. 하지만 나 역시 시부모의 부고로 인해 동기들에게 부담을 지운다는 것이 딱히 내키지 않았다. 결혼이라는 게 다 그렇다. 결혼 전에 아무리 가깝게 지내던 사이들일지라도 결혼 후의 모습이 초라하기 짝이 없다는 걸 깨닫는 순간, 결혼 전에 연결되어 있던 인맥들과 다시 마주치는 걸 피하게 된다. 내가 질문했다는 사실조차 잊고 있는데 남편이 말했다.

"이런 거 보여서 뭐 해. 창피하기만 하지."

제 스스로가 창피하다는 것인지 초라하고 조용한 장례식장 분위기가 창피하다는 것인지, 나는 묻지 않았다. 남편이 창피하게 생각하는 건 바로 나였다. 나와 결혼했다는 것, 나와 아이를 낳고 살고 있다는 것, 나를 먹여살려야 해서 별 볼 일 없는 직장에 묶여 있다는 것. 그리고 불룩한 배로 초췌한 얼굴을 하고 있는 나와 나란히 서 있는 모습을 보이는 것. 남편은 나를 창피해했다.

마치 복사한 비디오테이프를 돌리는 것처럼 열흘 간격으로 같은 장면을 보고 있자니 남편도 이건 할 짓이 아니라고 생각했던 것 같다. 그가 말했다.

"이틀만 하고 발인하자."

"응, 알았어요."

피곤하다는 듯이 주먹 쥔 손으로 엄지 손끝만 세워 미간을 긁는 남편에게 나는 그러겠다고 했다. 내 몸이 무거우니 배려하는 품새였지만 남편 역시 조금 질려 있었다. 나는 그의 아내이니 그의 일을 덜어줘야 했다. 아무리 밉상이라 해도 그의 부모가 죽었다. 피로로 인해 잘 드러나지 않지만 남편은 속으로 깊이 슬퍼하고 있을지도 몰랐다. 나는 되도록 그에게 질문하지 않았고, 그가 내는 제안에 따르기만 했다. 내가 할 수 있는 배려였다. 번호표 2번을 쥐고 있었다는 이유로 시어머니는 돌아가신 지 이틀 만에 발인했다.

"하원이 엄마, 그래도 이제 곧 애 태어나니까 슬플 새도 없을 거여. 잘된 거지, 뭐. 시짜들 죽었다고 해서 뭐 슬플 거 있어?"

장례를 마치고 돌아온 날, 어김없이 믹스커피를 타달라면서

들이닥쳤던 자영이 엄마가 건넨 '위로'였다. 나는 평소처럼 흘려들었다.

†

남편의 일기는 나에게 아무런 영향도 끼치지 못했다. 나와 가장 가깝고 밀접한 사람이 쓰는 글. 나와 대화하지 않는 남자가 쓰는 글. 나를 싫어하는 남자가 나를 공격하기 위해 쓰는 글 속의 인물을 나는 철저하게 타자화했다. 종종 페이지가 채워질 때면 나는 생활 정보지를 읽는 기분으로 노트를 뒤적였다. 아날로그적인 방식을 택해서 종이 노트에 볼펜으로 꼭꼭 눌러쓴 기록을 보자면 그 노력이 가상해서 정독해야만 한다는 의무감이 들었다. 어떤 때는 빨강 색연필을 사 와서 점수를 매겨줄까 싶었다.

남편은 자신의 의도가 엇나갔다는 것을 알아버렸다. 그는 내가 분노하고 상처받기를 바랐을 것이다. 하지만 이제는 나의 심장에 쌓인 굳은살을 그 어떤 것으로도 긁어낼 수 없다는 것을 그도 알게 되었다. 그는 습관적으로 일기를 썼다. 남편의 일기를 읽다 보면 내 입 안에서 꼭 빠져나오는 말이 있다.

"딱한 놈."

오죽 아무도 자기 얘기를 안 들어주면 일기장에다가 써댈까.

그것도 남자 연예인 이름으로. 아마 남편은 평소에 그 배우가 멋있다고 생각한 모양이다. 애가 둘이나 딸리자 이혼은 물 건너갔다고 생각한 것인지 남편은 혼자 세웠던 장밋빛 미래를 포기하고 현 상황에 머물기로 한 것 같았다. 대신 일기는 본격적으로 창작 글쓰기가 되어갔다. 몸은 현실에 매여 있지만 정신과 영혼은 상상의 세계로 보내고 싶었던 것일까.

그는 해탈을 해버렸다. 해탈의 경지에 다다를수록 일기의 내용은 산을 타고 올라갔다. 산도 동네 뒷산 정도가 아니고 한라산 백두산을 넘어 듣도 보도 못한 외국에 있는 산을 타고 올라갔다. 나는 그가 부디 구름과 만년설에 덮인 온갖 산의 정상을 정복하길 바라며 발바닥에 크램폰이라도 채워주고픈 심정으로 글을 읽었다. 어쩌겠나, 나라도 읽어줘야지.

어느새, 산신령이 되어버린 남편이 끼적인 부산물들을 나는 '남편의 망상 기록'으로 치부하고 있었다. 이쯤 되면 나도 웬만한 도사급은 될 경지였다. 내 배를 반으로 갈라보면 내장은 없고 오만 가지 빛깔의 사리가 가득 들어 있을 터였다. 나와 아이들이 연관되어 나오지 않는다면, 어떤 일이 벌어지거나 어떤 인물이 나와도 그건 전부 남편의 이야기일 뿐, 내 이야기가 아니었다. 나는 관련 없어. 그렇게 생각하지 않고서는 나의 정신을 온전하게 지킬 수 없었다.

"팀장님!"

"아이 참, 밖에서는 그렇게 부르지 말라니까!"

투정 부리듯이 말하면서 하늘은 오피스텔 문을 열었다.

"하늘 씨."

"그래, 준기 씨. 많이 기다렸어?"

"나도 방금 왔어요."

준기는 부서를 옮겼고 그곳에서 네 살 위의 여자 상사 김 하늘 팀장을 만났다. 의기투합해 야근하고 소주 한잔을 나누는 날이 이어졌다. 하늘과 함께하는 청량한 소주 한 모금에 구질구질한 집구석에 대한 생각도 잠깐은 미룰 수 있었다. 둘의 팀워크는 좋았다. 낮에는 일터에서 밤에는 하늘의 오피스텔에서 둘을 떨어질 줄 몰랐다.

프로젝트 완수 후에 김 팀장은 김 부장으로, 만년 주임이었던 준기는 대리로 승진했다. 모든 게 완벽한 직장 생활이었다. 그러나 행복은 길지 않았다.

승진이 확정된 후, 준기는 심상치 않은 기운을 느꼈다. 김 팀장, 아니 김 부장과 연락하는 게 쉽지 않았다. 부장이 되었으니 사람들 이목도 신경이 쓰여 그럴 거라고 준기는 애써 불안감을 떨쳐냈다.

새로운 인물이 등장했다. 이름만으로도 청명한 스카이블루가 연상되는 김하늘.

"김하늘이 이상형이었구나. 음⋯⋯."

아경도 비슷한 이미지였던 것 같긴 했다. 몇 년을 주구장창 와이프 욕만 써대고 집 안에서 벌어지는 일상은 온갖 시리어스 미스터리 스릴러를 표방하더니. 집 밖에서는 장르가 다른 인생을 살고 싶었나 보다. 오피스 로맨스. 그래, 한번 써봐라. 내가 읽어줄게. 나는 상원이에게 줄 크로켓에 넣을 감자를 삶으면서 다시 읽었다.

준기는 평소보다 일찍 회사에 출근했다. 김하늘 부장이 다른 사람들보다 일찍 올 경우를 대비해서 먼저 나와서 기다리고 있었다. 그렇게 해서라도 둘이 이야기할 기회를 갖고 싶었다. 사람들이 수군대는 것처럼 김 부장이 시다바리 꼬붕으로 준기를 이용한 것은 아니라고 해명을 듣고 싶었다.

기대와는 달리 김 부장은 정시에 출근했고 종일 옆에 직원이나 상사를 대동했다. 직원들도 김 부장을 둘러싸고 보호하는 분위기였다. 준기가 따로 말을 걸 시간은 끝내 주어지지 않았다. 준기는 더 이상 참을 수 없었다.

이야기가 점점 드라마틱해진다. 시다바리, 꼬붕. 로맨스에 등장시키기에는 다소 수준 낮은 단어의 나열. 나는 남편 일기의 광팬이 되어가고 있었다. 잘 편집해서 문학상 공모전에 보내볼까? 남자 주인공이 찐따 취급을 받는 걸로도 모자라 여자 상사에게 차이는 장면이라니. 이보다 흥미진진할 수가 없다. 김하늘은 팀장이라더니 어느새 부장을 달았다.

"이 여자, 능력자네."

준기가 옥상에서 세 번째 담배를 피워 물 때였다.

"오 대리, 내가 이런 짓 하는 거 싫어하는 거 알지?"

"부장님."

김 팀장 아니, 하늘이가 서 있었다. 준기는 서둘러 장초를 비벼 껐다. 발걸음 소리가 들리지 않아 그녀가 다가오는 것도 모르고 있었다. 김 팀장……. 김 부장은 언제나 하이힐을 신었고 그녀가 걸을 때마다 하이힐은 따각따각 경쾌한 소리를 내며 그녀가 오고 있음을 알렸었다.

준기는 김 부장의 신발을 보았다. 납작한 단화라고 해야 하나? 여자들이 산보를 갈 때나 신는, 준기의 아내도 신는 그런 신발을 신고 있었다. 굽은 높아봤자 3센티미터도 안 되어 보였다. 운동화든 단화든 뒤축을 구겨 신는 아내를 떠올리자 눈살이 찌푸려졌다. 구겨 신으려면 슬리퍼를 살 것이지 구두는 왜 사는지 이해가 안 갔다. 준기는 얼른 아내 생각을 털어냈다. 하늘이 앞에서 그 여자 생각을 하다니, 이런 미친 짓이⋯⋯.

"사람들 앞에서 옥상으로 불러내는 건 너무 대담한 것 같네? 앞으로 단둘이 대화하는 일은 없어야겠어."

김 부장이 무미건조한 톤으로, 하지만 사나운 표정으로 위협하듯이 말했다.

"업무상 의논드릴 일이 있다고 한 게 문제입니까?"

준기는 서운함과 반가움을 감추면서 사무적인 어투로 되받아쳤다.

"오 대리랑 나는 업무상 논의할 일이 없어. TF팀은 끝났어."

김 부장이 매몰차게 말하는 바람에 준기는 퍼뜩 정신이 들었다.

"부장님, 사람이 어떻게 이렇게 갑자기 변합니까? 지난 몇 달 동안 만난 나는 뭡니까?"

"오 대리, 나 길게 얘기하는 거 싫어해. 우리 같이 일할 때 케미스트리 좋았잖아? 성과도 좋았고. 덕분에 나는 부장됐고 자기는 만년 말단 탈피했고. 그 정도면 만족할 줄 알았는데?"

"부장님! 그 남자는 언제부터 만난 겁니까?"

"그걸 내가 왜 오 대리에게 말해야 하지?"

준기는 속으로 절망했다. 넘겨짚어 물었건만, 역시나 하늘은 바람을 피우고 있었다.

"말해요, 어서! 우리 좋았잖아요!"

"오 대리, 남들이 들으면 오해하겠다. 자네 한 가정의 가장이야."

"내가 유부남인 거 알면서도 유혹한 거잖아!"

"난 유혹한 적 없는데."

김 부장은 귀찮다는 투였다. 준기는 다 틀렸다는 것을 깨닫고 오기를 부렸다.

"유혹했잖아!"

"언제? 그리고 상사에게 반말을 쓰는 건 언제부터 허용됐지?"

준기는 말문이 막혔다. 김 부장이 선언했다.

"나, 결혼해."

"뭐라고? 웃기고 있네. 네가 한두 명 후렸어? 조 대리야, 윤 대리야?"

준기의 우격다짐에도 김 부장은 조금의 동요 없이 차분하게 말했다.

"입조심해, 오 대리. 나 미혼이야, 처녀라고. 처녀가 결혼하는 게 뭐가 잘못되었나?"

김 부장은 주머니에서 풍선껌을 꺼내 씹었다. 메트로놈처럼 일정한 템포로 씹어댔다. 남들이 봤다면 차분한 김 부장

앞에서 준기 혼자 미쳐 날뛰고 있는 것으로 보였을 것이다. 실상 준기는 그녀의 서슬 퍼런 눈길에 이미 기세가 꺾이고 있었다. 이러다가 회사에서 해고되는 건 아닌지 순간적으로 두려워졌다.

하지만 이판사판이었다. 남자의 자존심이 허락하지 않았다. 자기보다 젊은 윤 대리와 김 부장이 눈이 맞았을 거라고 생각하자 속이 뒤집히는 것 같았다. 윤 대리는 이제 겨우 서른한 살, 미혼에다가 미국 유학을 마친 엘리트다. 준기 따위가 대적할 상대가 아니었다. 악에 받친 준기는 이대로 물러설 수 없다고 생각했다.

"그렇게 간단하게 끝날 일인 줄 알아?"

준기는 으름장을 놓았다. 하지만 김 부장은 준기의 감정에 아무런 관심도 없었다. 그녀는 숨 쉬듯이 자연스럽게 말했다.

"응, 간단하게 끝날 일이야. 나 임신했어."

준기는 순간 말을 더듬었다. 결혼한다는 건 단순히 준기와의 관계를 끝내고 싶어서 댄 핑계라고 생각했다. 하지만…… 임신이라니? 왜 준기가 아는 여자들은 결정적인 순간에 임신을 해대는 걸까! 준기는 두 눈을 크게 뜨고 멀뚱멀뚱 그녀를 쳐다보았다. 미동조차 없는 그녀의 두 눈동자 안에 준기의 존재는 없었다. 그녀에게 준기는 죽은 사람이나 다름없었다.

"뭐? 임, 임신이라니……. 누구 애를?"

당황한 준기는 마음속에 든 생각을 그대로 말하고 있었다.

"당연히 남자 친구 아이지. 누구 아이겠어?"

"당신은 나랑도 잤잖아!"

"뭐래. 자기는 정관 수술했다고 그랬잖아."

김 부장은 자신의 배를 쓰다듬으면서 천연덕스럽게 말했다.

"아, 오 대리, 믿어져? 내가 임신을 하다니! 나도 내가 이런 기분을 느낄 줄은 몰랐어. 남자 친구도 갑자기 멋있어 보이고 말이야. 나를 임신시키는 남자가 나타날 줄이야! 요즘 너무 행복해. 그동안 내 마음속에 항상 뭔가 허전한 게 있었는데 지금은 충만해. 난 아무것도 필요 없어. 나랑 이 아이만 중요해. 하지만 아이에게 아빠는 있는 게 나으니까, 남자 친구의 청혼에 당연히 예스라고 했지. 알다시피 노산이라서 신경 쓸 게 많아. 이것 봐! 신발도 바꿨어. 하이힐 못 신는 건 아쉽지만 어쩌겠어! 다음 주부터는 아이 낳을 때까지 운동화만 신을 거야. 사실 주말에 여덟 켤레나 질렀지 뭐야! 어머! 혼잣말을 너무 오래했네. 오 대리, 오 대리도 더 늦기 전에 집으로 돌아가. 마누라랑 애들이 기다리겠다. 몇 개월 동안 프로젝트 핑계로 오 대리도 나도 너무 늦게 귀가했잖

아. 우리 행복하게 살자! 각자 행복하게! 나 그럼 간다."

　김 부장은 준기를 두고 건물 안으로 사라졌다. 준기는 회사 옥상에 그대로 앉아 있었다. 이제 막 뜨거워지기 시작한 오월의 햇살이 준기의 목 뒤를 검게 태웠다. 점심시간을 훌쩍 넘은 시간 사무실로 들어갔지만 정적만이 흐를 뿐 아무도 준기에게 시선을 주지 않았다. 준기를 제외한 모든 사람들이 김 부장의 임신, 결혼 그리고 앞으로 이어지게 될지도 모르는 휴직에 대해 이미 알고 있었을 거라는 생각이 그제야 들었다.

　사무실에 멍하니 앉아 있는 그를 채근하거나 위로하는 사람들은 없었다. 그를 비웃는 사람조차 없었다. 사람들에게 준기는 관심 밖이었다. 그때와 똑같았다. 아경이가 임신해서 결혼하고 청첩장을 돌려도 준기는 눈치채지 못하고 있었던 그때. 회사의 모든 사람들이 자신을 비웃고 있는 것 같았다.

　삼류 드라마도 이런 삼류 드라마가 없다. 무슨 오피스 로맨스가 이래? 차라리 치정 스릴러로 갈 것이지! 문학상은 물 건너갔다. 여러 달 늦게 들어오더니 대리로 승진했다던 남편이 그동안 또 누군가를 짝사랑했었나 보다. 나는 가만히 상상해 보았다, 이 글을 쓰고 있는 남편을. 대학 시절의 이야기를 직장인 버전으로 재창작하는 것까지는 그러려니 하고 넘어갈 수 있다. 그는 허구의 세계에서조차도 패배자였다. 준기라는 인물을 패배자로 그리면서 자기혐오를 방출하는 건가? 정말 한심한 남자다. 그나저나 '준기'라는 인물이 주인공감이 되기나 해?

홀로 야근을 마치고 돌아오던 준기는 길을 잘못 들어 잠시 헤매다가 "야생화"라는 간판을 보았다. 준기는 골목에 차를 세웠다. "치킨·노가리·호프"라고 쓰인 녹이 잔뜩 슨 작은 접이식 입간판이 가게 앞에 세워져 있었다. 그곳은 술집이라고 하기에도 치킨집이라고 하기에도 어색한 곳이었다. 이런 가게가 존재했던가.

준기는 주변을 둘러보았다. 큰 아파트 단지가 들어서기로 되어 있는 곳이었다. 주변은 이미 철거가 시작되었다. 남아 있는 가건물들은 빈 점포가 많았다. 호프집은 그나마 일꾼들의 휴식처라는 핑계로 근근이 영업을 하고 있는 것 같았다. 어쩌면 낮에는 비어 있는 척 하고 밤에만 영업하는 집일 수도 있겠다는 생각이 들었다. 준기는 귀퉁이에 뽀얗게 때가 낀 미닫이 유리문 밖에 서서 가게 안을 들여다보았다. 테이블은 네 개였다.

가게에 들어서자 문가에 앉아 있던 인부가 잠시 준기를 쳐다보고는 이내 자신의 잔에 소주를 따랐다. 가게 안쪽에서 60대 정도의 파마머리 여자가 나오더니 채 썬 양배추 한 접시와 포크를 테이블 위에 내려놓고 가만히 서 있었다. 핑크색 조명 탓에 양배추 위에 뿌린 소스의 색이 구분되지 않았다. 케첩과 마요네즈를 섞은 것 같았다.

준기는 멀뚱히 서 있다가 양배추가 놓인 테이블이 자기 자리라는 걸 깨닫고 앉았다. 종이에 매직으로 직접 써서 스카치테이프로 벽에 붙여둔 조악한 메뉴를 보며 주문했다.

"……후라이드 치킨 반 마리, 소주 한 병."

"호프집에서 소주라니……."

남편다웠다. 음식 궁합조차 못 맞추다니. 게다가 '후'라이드……. 표준어를 사용하지 않은 이유가 따로 있기라도 한가? 차를 가지고 술을 마시러 간다는 건 또 어떤가. 음주 운전이라는 행위 자체가 독자들이 보기에 혐오스러울 텐데 대체 이 남자는 생각이 있는 걸까? 절대로 공모전에 낼 만한 설정은 아니었다. 술집 이름도 '야생화'라니! 회사에서 집으로 오는 길목에 길을 잘못 들어 헤맨다는 설정이 부자연스럽다는 생각이 안 드나? 그냥 집에 오기 싫어서 길에다 기름 좀 바르면서 방황했다고 하는 게 낫지. 이거 진짜 빨간 펜 들고 첨삭이라도 해줘야 하는 건가? 문학 전공자는 내가 아니고 남편, 너란 말이다. 앞뒤 생각 좀 하고 써. 이따위로 썼다가는 상은커녕 출판도 안 된다고.

준기는 거의 매일 야생화에 들렀다. 그곳에서 서너 시간 정도를 보내면 밤 11시가 넘었다. 오늘은 사라졌으려나, 내일은 문을 닫으려나, 하면서 한 달이 넘게 출근 도장을 찍고 있었다. 택시를 타는 재미도 쏠쏠했다. 아내에게 과일 한 쪽 깎아 달라고 해서 얻어먹는 것보다 이 편이 낫다고 스스로를 합리화했다.

떨어져 있는 시간 동안만큼은 아이들도 아내도 실존하지 않는다. 가끔 아내가 폰으로 보내오는 사진 속에서 하진이와 상진이가 자라고 있다는 것을 알 수 있었다. 제 어깨를 무겁게 하는 이들이 이렇게 사진 속에만 존재한다면 얼마나 좋을까. 치킨 반 마리와 소주 한잔은 아내나 아이들보다 가까운 친구였고 야생화의 여주인은 어머니보다 자주 보는 여자가 되었다.

"좋은 저녁입니다!"

가게에 들어서면서 외치면 문가 테이블에 앉아 있던 인부가 그를 슬쩍 쳐다본다. 준기만큼이나 매일 출근 도장을 찍어대는 인부로 못해도 쉰 살은 되어 보이는 남자다. 인부는 항상 준기보다 먼저 와 있는데 한번은 일부러 이른 저녁 시간에 와봤는데도 인부가 먼저 와서 자리 잡고 있었다. 호프집 동기라는 생각에 말을 붙여보려고 했지만 인부는 묵묵히

술만 들이켜곤 했다. 어느 남자에게나 말 못 할 사연은 있는 법이다. 준기는 곧 그에게서 관심을 거두었다.

"아주머니, 소주 한 병 더 주세요."

야생화에 드나든 지 두 달이 되어가던 날 밤이었다. 처음에는 한 병만 마시던 소주가 오가는 길목에 음주 검사를 하는 경찰이 없다는 것을 알게 된 후 두 병으로 늘어났다.

"자, 여기 생맥 한 잔. 단골손님한테 오늘은 내가 한잔 산다!"

여주인이 생맥주 잔을 탁 소리가 나게 테이블에 내려놓으면서 호기롭게 말했다.

"저는 소주파예요."

"독한 술만 먹지 말고 생맥 한번 마셔봐."

"괜찮아요, 이거 한 잔 팔아서 얼마나 남는다고요."

여주인은 준기의 맞은편에 앉았다. 여주인이 앉으면서 문가 테이블에 앉은 인부를 슬쩍 한 번 쳐다보고는 시선을 거두었다.

"애기 아빠, 이렇게 매일 들르면 애기 엄마가 뭐라고 안 해? 나야 고맙지만……."

"글쎄요……."

"애들 후딱 큰다. 10년 금방 지나. 나중에 애들이 무시하네, 가족하고 대화가 안 통하네, 외롭네, 그러지 말고 미리미리 일찍일찍이 다녀. 여긴 일주일에 한 번만 와도 되잖아."

"하지만 아주머니, 여기서 먹는 치킨 반 마리에 소주 한잔이 내 휴식이에요."

"아이고, 휴식은 무슨 휴식. 쉬는 건 집에 들어가서 쉬어야지. 사랑하는 새끼들 보고 싶지 않아?"

"보고 싶지요……."

준기는 휴대폰을 꺼내 들었다. 아내가 보낸 메시지를 열어보았다. 흐릿한 화질의 사진 파일 속에 두 아이가 있었다. 내 새끼들이라…….

"아내가 가끔 아이들 사진을 보내와요. 사진 속에서 아이들이 자라는 걸 보는 거죠."

"사진만 보지 말고 일찍 들어가서 안아주고 그래."

"애들이 엄마를 많이 닮았어요. 특히 딸이요. 하아……."

"동문서답은……. 젊은 양반이 왜 한숨을 쉬고 그래?"

"사랑하는 여자랑 결혼했으면 어떻게 생긴 애들이 나왔을지 궁금하네요. 하하하."

"얼씨구? 철딱서니 없다. 애까지 있는데 사랑 타령이여? 사랑 같은 거 다 소용없어. 결혼하는 순간 그건 끝이야. 다 짊어지고 가야 하는 책임만 생기는 거지."

"그래도 사랑하는 여자랑 결혼했으면 책임감이든 부담이든 느끼지 않았을 것 같아요. 모든 게 당연한 일이지, 의무라고 생각하지는 않았을 텐데 말입니다……."

"무겁지, 무거워. 내 남편은 그런 게 싫었는지 일찌감치 스스로 떠났어. 저세상으로. 다 팽개치고 혼자 가버렸어."

"아…… 죄송합니다."

"죄송하긴, 다 내 팔자지. 한때는 나도 가고 싶었지만……. 새끼들 거두느라고 죽지도 못했어. 발 묶여 있다 보면 30년이 후딱 지나가."

키가 작달막하고 어깨가 딱 벌어진 여주인은 대장부 같은 구석이 있었다. 30년 동안 맺힌 세월이 그녀의 외양에 그대로 얹혀 있다. 활달하게 껄껄 웃어넘기지만 얼굴에는 회한이 넘실댔다. 그걸 참고 사는 것이 아이가 있는 부모의 당연한 도리라고 굳게 믿어온 사람이었다. 여주인은 잠시 숨을 고르더니 말했다.

"그래도…… 애기 아빠 말마따나 사랑이 뭔지……. 힘든 것도 모르고 그걸 다 거뒀어……. 지금은 제 인생들 살기 바쁘다고 날 쳐다보지도 않지만 내 새끼들이어서 그런 건지, 그놈의 사랑하는 인간이랑 똑같이 생겨서 그런 건지……. 보고 싶긴 해도 밉지는 않아……. 아무튼! 애기 아빠도 있을 때 잘해줘. 살다 보면 다 그게 그거여."

"하하하. 아무튼! 감사합니다. 누! 님!"

불쌍한 남자다. 이제는 하다하다 술집 작부에게 누님, 누님 해가면서 신세 한탄이다. 여주인이 빨리 좀 들어가라고 눈치를 줬으면 자리를 털고 일어나는 게 맞다. 참 눈치도 없지. 이런 걸 뭐라고 하더라? 아, 맞다.

"진상."

3장

실종과 사망

결국에는 경찰서에 발을 들이게 하는구나. 무능한 남편. 이기적인 남편. 남보다도 못한 남편. 내키지 않는 마음과는 다르게 아내로서의 역할을 해야만 하는 내 신세. 테아트럼 문디. 습관처럼 이 말을 되뇌었다. 우리 모두는 세상이라는 무대 위의 배우들일 뿐이다. 나도 그렇다. 역할에 충실해야 한다. 그러면 다음 장면에서는 조금 연기가 쉬워질 수도 있다.

나는 입구와 가장 가까운 곳에 있던 제복 경찰에게 다가갔다. 이런 일이 처음이어서 그런지 이상하게 목이 막히고 손이 떨렸다.

"실종 신고를 하고 싶어요."

"이쪽으로 오셔서 앉으세요."

서류 한 장이 시야에 들어왔다. 사정을 들은 경관이 시키는 대로 육하원칙에 따라 서류를 작성했다. 어딘가에서 남자 한 명이 들어왔고, 제복 경관이 그쪽을 가리키면서 가서 앉으라고 했다. 나는 서류를 들고 담당 형사 앞에 앉았다. 덩치가 크고 다소 퉁퉁한, 위압감이 드는 형사였다.

'박대지 경사.'

내가 내민 실종 신고서를 받아 든 형사가 한쪽으로 서류를 대충 내려놓고는 키보드를 투둑투둑 쳤다. 급한 사람을 앞에 두고 다른 용무를 보다니 기가 찼다. 이윽고 제 용무를 마쳤는지 내가 작성한 서류를 보면서 물었다.

"누가 실종되었죠?"

거기, 신고서에 쓰여 있잖아.

"남편이요."

나는 애써 감정을 꾹 눌러 담으면서 말했다.

"언제 나가셨죠?"

그것도 써 있었다.

"3주 정도 되었어요. 아니, 잠깐만요, 나가다니요? 제 이야기를 듣지도 않고 가출로 결정하는 건가요?"

여기서부터 감정이 흐트러지기 시작했다. 뭔가 서럽고 북받치는 것이 울컥하고 올라와서 간신히 눌러 삼키면서 대화를 이어갔다. 이다음부터는 엉망이 되어버렸다. 감정을 눌러 참으면서도 실수하지 않기 위해 정신을 차리려고 눈을 크게 떴다.

"자, 자, 사모님 진정하세요. 언제 나가셨냐고 물은 것뿐입니다. 집 안에 계신 분을 누군가가 끌고 나간 건 아니잖아요. 납치가 아니잖아요."

"모르죠, 밖에서 납치가 되었을지도. 애초에 나갔다는 표현도 틀려요. 들어오지 않았다는 게 맞습니다!"

내 말을 듣던 형사가 물었다.

"사모님, 왜 이렇게 늦게 신고하시게 된 거죠?"

"남편이 오길 기다렸어요."

"3주씩이나요? 그렇게 늦게 신고하신 건, 남편분이 이전에도 이런 적이 있었거나 3주 정도 안 들어와도 이해될 만한 사정이 있었기 때문 아니에요?"

두루뭉술하게 생긴 것과는 달리 제법 논리적인 형사였다. 나는 형사에게 휘말리지 않기 위해 호흡했다. 그러자 형사의 말이 조금 선명하게 들렸다.

"마지막으로 목격하셨을 때 상황을 말씀해 주세요."

"평소와 같았어요. 회사에 가겠다고 나간 것이 마지막 모습이에요."

"음, 그렇군요. 그럼 회사에는 연락해 보셨나요?"

"결근했대요."

"출장을 가거나 그런 건 아니군요."

"당연하죠. 사라졌어요. 출근했다가 돌아오지 않았다고요.

지금까지 무슨 말을 들으신 거예요?'

남편이 사라지고 난 후 사흘째 되던 날 아침, 남편의 회사에서 전화가 왔었다. 남편이 출근하지 않았다는 연락이었다. 나는 남편을 병가 처리해 달라고 회사에 부탁했다. 혹여나 나중에 거짓말이 드러난다 해도, 나는 남편이 돌아오길 기다리면서 회사 측에서 문제를 삼지 않게끔 부탁을 했던 것이라고 둘러댈 요량이었다. 그런데 남편이 아프다는 말에 회사 사람이 이렇게 말했다.

'오 대리님이 너무 열심히 일하셨거든요. 서 부장님도 퇴사하시는 마당에 오 대리님까지 아프시다니 걱정됩니다.'

빈말은 집어치우라고 쏘아붙이려다가 그만두었다. 회사 사람이 예의상 빈말을 할 정도로 여유가 있는 것을 보면, 회사 내에서 죽어 나간 사람은 없는 것이다. 남편은 최소한 회사에서 사고를 친 건 아니다. 뭔가를 저질렀다면 회사가 아닌 호프집 쪽일 가능성이 높다. 적어도 그곳에서는 시체가 발견되었다.

내가 남편과 호프집 살인 사건을 연관 지었던 이유는 단순히 시기상의 접점 때문만은 아니다. 뉴스에서 스쳐 지나가듯이 보였던 낡은 입간판에는 분명 "야생초"라는 가게 이름이 있었다. 남편이 망상 기록지에 "야생화"라고 쓴 그 술집일 것이다. 남편이 일을 저질렀든 그렇지 않든 간에 남편은 야생초에서 김 목수라는 사람이 죽은 시기에 한밤중에 피를 묻힌 채로 들어왔다. 시체가 발견되기 전 보름간 호프집은 문이 닫혀 있었고 남편은 그 기간 동안 집에 일찍 귀가했다. 그러니, 호프집에 단골로 드나들던 '양복쟁이'는 남편이 맞다.

호프집 살인 사건에 대한 사람들의 흥미가 조금은 떨어진 후에 경찰서에 온 건, 남편 하나 때문에 나와 아이들까지 살인자의 가족이 될 수는 없기 때문이었다. 바깥에서 있었던 일을 나에게 털어놓지 않았던 남편. 그런 남편이 친하게 지내는 사람들을 내가 알 리 없다. 회사 사람 따위 알 필요도 없고 궁금하지도 않았다. 남편이 사라진 게 회사 때문이 아니잖은가. 그러니 회사를 파고들어 귀찮게 해봐야 좋을 게 없다. 나는 그래서 회사 사람의 말에 토를 달지 않고 통화를 마무리한 것이다.

바로 앞에서는 형사가 여전히 말하고 있었다. 그는 내 얼굴을 살피고 있었다. 눈빛이 예사롭지 않았다. 아둔하던 인상이 잠시 달라 보였지만, 이어진 말에 나는 맥이 탁 풀렸다.

"……지금으로서는 단순 가출로 보는 수밖에 없습니다."

"3주나 지났는데요?"

형사가 미간을 슬쩍 찌푸렸다.

"저희가 묻고 싶습니다. 다시 한번 물을게요. 3주가 지나도록 신고하지 않으신 이유가 뭡니까?"

"그야, 들어올 거라고 생각하고……."

"저희도 같습니다. 남편분께 위험한 일이 생겼다고 생각하셨다면 일찍 신고하러 오셨겠지요. 하지만 지체하신 것은 사모님 역시 남편분이 위험한 상황은 아니라고 편단하셨던 거잖아요."

"자꾸 같은 말씀을 하시네요. 거기에 이미 쓴 내용인데요."

도돌이표처럼 같은 말을 반복하는 게 부아가 치밀어 뭐라 한 마디를 더 얹으려다가 나는 입을 다물었다. 형사가 내가 작성한 서류를 들고 있으면서도 같은 질문을 반복적으로 하는 게 심문 기법일 수도 있겠다는 생각이 들었기 때문이었다. 눈앞의 형사는 혹시라도 내가 남편에게 위해를 가했을 경우를 추측해보는 것 같았다. 내 얼굴에 떠오른 표정을 읽은 것인지 그는 천천히 말했다. 바로 이전보다 말하는 속도가 현저히 느렸다.

"최악의 경우, 사모님이 남편분을 어떻게 했다고 의심받을 수도 있습니다. 말씀을 잘하셔야 합니다."

"내가 남편을 죽이기라도 했다는 건가요?"

내 태도를 가늠하는 눈길로 그가 말을 이었다.

"그런 의심을 받을 수도 있는 상황이라는 겁니다. 남편분이 어떤 위험에 처해 있었다면, 신고가 많이 늦은 상황입니다. 하지만 자발적으로 귀가를 거부하고 있다면 저희로서도 어쩔 수 없습니다."

형사가 서류를 다시 내밀었다. 나는 긴장하고 있었다. 형사와 이야기할수록 머릿속이 뒤죽박죽되고 내용도 엉망으로 엉키는 느낌이었다. 더 이상의 말을 하지 않는 것이 이롭다는 판단이 들었다. 내가 한 말을 내가 기억하지 못하는 상황이 되는 것만큼은 피해야 했다. 나는 서류를 받아 들었다. 여기에서 멈추어주면 좋겠다는 생각을 했다. 이 일이 크게 번져서 아이들에게 피해가 생기는 건 막아야 했다. 서류를 손에 든 채로 물었다.

"그러니까…… 형사님 말씀은…… 수사할 생각이 없다는 건가요?"

"저희가 할 수 있는 형태로 조사를 할 것입니다. 신고서 이곳에 남편분 회사 위치를 적어주세요. 평소에 남편분이 친하게 지내시던 분이 있다면 알려주시고요."

만약 내가 신고를 하지 않고 남편을 조금 더 기다려 보겠다고 한다면, 어떻게 되는 걸까? 수사에 대한 의욕이 없어 보이는 형사라고 해도 마음을 놓아서는 안 된다. 문득, 처음 서류를 내밀고 대면했을 때, 그가 성의 없는 태도로 컴퓨터 자판을 두드렸던 것이 기억났다. 어쩌면 이 형사는 내 서류에 기입된 주민등록번호를 보고 이미 나에 대한 간단한 신원 조회를 했을지도 모른다. 다소 무신경해 보이는 태도로 내가 인지하기도 전에 수사의 기초 사항을 확보해 두었을 가능성이 있다. 인적 사항이 넘어갔다면, 내가 신고를 하지 않는다고 해도 주목을 받을 수도 있으며 엉뚱한 의심을 살 수도 있다. 신고서를 제출해야 한다.

나는 펜을 들었다. 집에서 들고 나온 남편의 명함을 보면서,

회사의 이름과 전화번호, 주소를 한 글자, 한 글자, 적어두고 경찰서를 나왔다. 경찰이 나를 의심할 수도 있다는 것은 알고 있다. 하지만 남편은 말 그대로 출근을 했다가 돌아오지 않았을 뿐이다. 나는 그를 죽이지는 않았기에 경찰이 나를 의심한들 아무것도 찾을 수 없다. 내가 저지른 일은 없다. 고로, 나는 걱정할 필요가 없다.

남편은 사고를 치고 도망갔다. 아니, 가족을 위해 사라졌다. 가족을 위해 스스로를 감옥이 아닌 다른 곳 어딘가에 가두었을 것이다. 나는 그렇게 믿는다. 믿고 있어야만 한다. 내가 만든 설정에 나를 맞추어야만 한다. 한순간, 한순간이 멈추어버린 것 같고 현실감이 없다. 나라는 사람이 정말 내가 맞는지도 혼란스럽다. 벌어지고 있는 모든 일이 TV 예능 같다. 재방송을 여러 채널에서 지겹도록 계속해서 일주일 전 방송분도 3개월 전 것도, 10년 전 것도 모두 오늘 보게 되는 그런 프로그램. 그래도 나는 주어진 상황에 나를 맞추어야만 한다. 지금 이 시간도 언젠가는 과거가 될 수 있도록.

†

남편이 집을 나간 지 석 달째에 들어서던 날, 비보가 전해졌다. 사망 소식이었다.

딩동. 딩동딩동!

"하원이 엄마, 빨리 나와!"

요란한 초인종 소리와 함께 자영이 엄마의 목소리가 철문을 뚫고 들어왔다. 나는 화장대 앞에 서서 거울을 들여다보았다. 딱 한 벌 있는 검은색 원피스가 내가 갖고 있는 상복이었다. 대학을 졸업할 무렵 엄마가 사회생활을 할 때를 대비해 한 벌 정도 필요하니 사두라고 해서 사두었던 모 혼방 원피스였다. 내가 고른 검은색 원피스는 무릎 아래에 딱 맞게 잘린 길이였고 목에 딱 맞는 크루 네크라인에 어깨선이 살짝 각이 지게 떨어지는 디자인이었다. 처음에 살 때는 가슴 부분에 코르사주 브로치가 달려 있었는데 언젠가부터 없어졌다.

20대 초중반 아가씨가 고른 옷치고는 너무 밋밋해 보였는지 엄마는 조금 더 장식이 있는 것으로 사는 게 어떻겠냐고 했지만 나는 이걸 선택했다. 눈에 띄는 특징이 없어야 이런 자리, 저런 자리에서 모나지 않게 입을 수 있다. 솔직히 말하자면 이 원피스가 다른 원피스에 비해 가격이 저렴했던 탓도 있었다. 본래 한 치수 크게 샀던 옷이라 넉넉한 편이었는데, 조금 끼는 걸 보고 과연 나도 나이를 먹었다는 걸 자각할 수밖에 없었다. 올려서 닫는 등 지퍼가 아니라 내려서 닫는 옆 지퍼가 달려 있었기에 망정이지 입다가 포기할 뻔했다.

밋밋한 검은 원피스에 불투명한 검은색 타이츠를 신고 머리는 목뒤로 하나로 묶었더니 그런대로 상가에 어울리는 차림이 되었다. 또다시 자영이 엄마의 재촉 어린 초인종 소리가 들리기 전에 나는 현관으로 갔다. 3센티미터 정도의 굽이 달린 아무런 장식이 없는 검은 구두는 "가게가 망했어요"라는 문구를 커다랗게 써 붙이고 장사하던 어떤 노점에서 이만 원을 주고 산 거였다. 백화점에 납품하는 업체인데 회사가 부도나서 거리에서 팔게 되었다는 설명을 곧이곧대로 믿었고 저렴하게 샀다고 생각했는데 그게 아니었다. 지하철 역사 안의 쇼핑몰에서 "사장님이 미쳤어요"라는 문구를 써 붙이고 장사하는 점포에서 같은 구두가 만 오천 원에 팔리고 있었다. 현금가로 만 삼천 원이면 살 수 있지 않았나 하는 생각에 하루 종일 기분이 가라앉았던 기억이 있다.

"어머! 하원이 엄마! 미쳤어? 초상집에 패션쇼 하러 가나 봐!"

문을 열고 나가자마자 내가 들은 건 날 선 목소리로 내뱉는 자영이 엄마의 핀잔이었다. 나를 위아래로 훑어본 자영이 엄마는 휙 뒤돌아서서 아파트 복도를 앞질러 나갔다. 자영이네 집과 우리 집은 거의 끝과 끝에 위치하고 있었고 공동 현관 입구도 달랐다. 굳이 우리 집 앞까지 온 건 함께 가자는 의미였을 텐데 내가 잘못 안 건가? 갑작스럽게 화가 난 표정을 하고는 씩씩대면서 앞질러 가버리는 뒷모습을 바라보다가 나도 아파트 공동 현관을 나갔다.

공동 현관 근처 주차장에는 덩치가 큰 승합차 두 대가 몸통 중앙부의 문을 활짝 열고 대기 중이었다. 자영이 엄마가 오른쪽 승합차, 즉 두 대 중 앞차에 타는 걸 보고 나서 나는 뒤차에 탔다. 이유를 알 수 없는 화를 내고 있는 여자의 비위를 맞출 필요는 없었다.

내가 차에 올라타자 미리 타고 있던 아파트 주민 몇몇이 시선을 주고받았다. 나는 고개를 숙여 보이면서 인사를 건넨 후에 빈자리로 가서 앉았다. 평소에 딱히 안부를 주고받지는 않지만 반상회에서 가끔 보는 사람들이었다. 텔레파시로 자기들끼리 대화를 마친 사람들 중 한 명이 나에게 인사를 건넸다.

"하원이…… 엄마이시죠? 102호?"

"예, 맞아요."

뒤통수에서부터 건네 오는 알은척에 나는 고개를 반쯤만 돌리고 시선을 마주치지 않은 채 간단히 응대했다. 내가 더 이상 대화할 의지가 없다는 것을 알아챈 주민들은 저들끼리 몇 마디를 더 나누었고 그것으로 인사는 끝이었다. 내가 탄 이후 두어 번 더 새로운 사람들을 맞이하는 인사가 있었다. 나도 그들에게 목례를 한 뒤에 창밖을 주시했고 사람들은 더 이상 말을 걸어오지 않았다. 운전자의 조수석까지 아파트 주민이 앉은 후에 차는 출발했다. 거리에는 차들이 즐비하게 늘어서 있었지만 내가 탄 승합차는 전용 노선이 있는 것처럼 빠르게 이동했다.

혜화동에 있는 대학 병원 장례식장에 도착한 우리는 우르르 하차했다. 주로 부부 단위로 모인 아파트 주민들 사이에서 나는 혼자 서 있었다. 부부 단위가 아닌 사람들은 저마다 어울리는 사람들이 있는지 저들끼리 이야기를 하기도 했고 "누구 아빠가 오늘 야근이래서 내가 왔지, 누구 아빠는 내일 따로 오겠대." "누구 엄마가 오늘 친정에 일이 있어서 제가 왔지요." 하고 굳이 제 짝의 안부를 보고했다. 나는 분명 이혼하지도 사별하지도 않았지만 나에게 왜 혼자 왔는지, 하원이 아빠는 왜 안 왔는지 물어오는 이는 없었다.

하원이 아빠가 처자식 내팽개치고 나가버렸다는 건 아파트 단지 안에서 기정사실이 되어 있었다. 저 사람들에게는 내가 상당히 불편한 존재로 여겨질 수 있겠다는 생각이 들었다. 그렇다고 해서 내가 그들의 불편함을 알아챘다는 표시를 해보일 필요는 없었다. 나는 그들에게 숙일 이유가 없었다. 불편함이 쉬움으로 바뀌는 건 한순간이다. 쉬운 사람이 될 여지를 줘서는 안 된다.

엘리베이터를 타지 않고 몇몇 사람들의 뒤를 따라 걸어 계단을 올라가다가 어느 한 빈소 앞에서 발을 멈추었다. 검은 양복을 격식에 맞게 갖추어 입은 남자들이 손님들을 안내하고 있었다. 3층 전체를 쓰는 큰 호실이었다. 접수대 맞은편의 식당에도, 조문객을 맞는 분향실에도, 접객실에도 사람들이 바글바글

했다. 그러나 소란스럽지 않았다. 텔레비전 뉴스를 통해 짤막하게 지나가는 기업 총수의 장례식 광경과 비슷했다. 조문객들 사이에 150평형 빈소라는 말이 드문드문 들려왔다. 사람들 사이에 어중간하게 선 채로 준비해 온 조의금 봉투를 꺼내 통 안에 넣은 나는 방명록에 이름을 적으려다가 그만두었다. 굳이 이름 석 자를 공개할 이유가 있나 싶었다. 2123동 102호에 사는 하원이 엄마 정도면 이미 내 신상은 충분히 공개되어 있는 것이니까.

"와주셔서 감사합니다."

저 안쪽에서 들려온 익숙한 목소리에 고개를 들었다. 앞 동 남자가 서 있었다. 치킨을 들고 와서 우리 집 현관 손잡이에 걸어주고 갔던 바로 그 남자다. 남자는 검은 양복을 입은 정갈한 모습으로 서서 조문객과 인사를 나누고 있었다. 머리칼 한 올도 흐트러지지 않은 빈틈없는 외양이었다. 그의 등 뒤와 좌 방향 앞쪽으로 선 체격 좋은 남자들이 보였다.

장례식장이나 초상집에 가본 경험이 많지는 않았다. 그럼에도 이곳의 분위기가 일반적인 가족장의 분위기와는 사뭇 다르다는 건 알 수 있었다. 나 혼자 그렇게 느낀 건 아닌지 함께 온 아파트 주민들 중, 남자들의 움직임이 상당히 위축되어 보였다. 나는 주민들 사이에 끼어서 조문 행렬에 동참했다. 아파트 주민들을 본 앞 동 남자가 자세를 틀었다. 고정되어 있는 것처럼 바른 자세였던 남자가 고개를 슬쩍 기울이면서 목을 늘였다. 그리고 시선을 움직여 나와 눈을 맞추었다. 내 착각인가? 하지만 분명히 눈이 마주쳤다. 남자의 표정에는 변화가 없었다. 하지만 아주 짧은 찰나, 나는 그가 웃었다고 생각했다. 왜 그렇게 생각했는지는 나도 모른다. 그러나 분명히 그는 웃었다.

줄이 짧아지면서 나와 앞 동 남자의 거리가 가까워졌다. 그의 표정은 무덤덤했고 자세는 다시 자로 잰 것처럼 바른 모습으로 돌아와 있었다. 아무래도 좀 전의 일은 내 착각이었나 보다. 상식선에서 생각해 보면 답이 나온다. 상주가 장례식에서 조문객을 보고 환하게 웃지는 않는 법이다. 저기 바다 건너 어느 나라에는 활짝 웃으면서 손님들을 맞이하는 상주가 있을지 몰라도 여기는 아니다. 남의 시선 의식하는 동방예의지국이니까. 차례가 되어 상주 앞에 섰을 때, 나는 입고 있는 원피스만큼이나 밋밋한 위로의 말을 건넨 후에 분향소로 들어갔다. 국화꽃 한 송이를 꺼내어 고인의 영정 앞에 올려두었다. 사진 속에서도 이글거리는 징그러운 두 눈동자가 나를 노려보고 있었다.

앞 동 여자가 죽었다. 쓰레기장에서 두 눈으로 나에게 레이저 빔을 쏘아대던 그 여자가 죽었다. 장례식장으로 오는 승합차 안에서 들은 바로는 심장마비란다. 그래서 뭐, 어쩌라고. 사람은 매일매일 죽어.

살아 있을 때 아파트 단지 안에서 가장 큰 평형대를 차지하고 앉았던 그 여자는 죽어서도 장례식장에서 가장 큰 평형의 빈소를 차지하고 있었다. 단상은 거대했다. 분위기만 보아서는 오래전 독립운동을 하다가 사망한 이름 모를 여성 운동가를 추모하는 자리 같았다. 아무도 알지 못하는 한 명의 주부가 죽었을 뿐인데 이렇게 유난스러운 장례를 치를 필요가 있는지 진지하게 반추해 보았다. 군대식으로 도열한 셀 수 없이 많은 흰 꽃송이 사이에 묻혀 있는 고인의 얼굴은 마주보기 민망할 지경이었다. 경건하다기보다 뭔가 비꼬아 풍자하는 분위기를 느꼈다면, 내가 너무 뒤틀린 건가?

이 나이가 되어서도 모르는 건 모르는 거였다. 슬프지 않은 장례식에 와서는 어떤 표정을 지어야 하는 건지 나는 몰랐다. 아무도 그런 건 가르쳐준 적 없었고 스스로 터득할 만큼 많은 장례식장에 다녀본 것도 아니었다. 눈물은 지금 내 두피에 흐르는 진땀만큼도 나오지 않았다. 그렇다고 해서 아르바이트 뛰는 백화점 판매대에서 하던 대로 조커처럼 웃으면서 솔 톤으로 작별 인사를 건넬 수도 없었다. 단연코 이런 장례식은 처음이었다. 무표정으로 서 있고 싶었지만 그게 잘 되지 않았다.

사진 때문이었고 단상 때문이었다. 높이가 1미터는 가뿐히 넘어 보이는 거대한 영정에는 일반적이지 않은 사진이 올라 있었다. 급사했다는 걸 여실히 드러내는 급조한 사진이라고 보기도 어려웠다. 일상 사진에서 머리 부분을 오려서 사용한 것도 아니었다. 살아생전에 얼마나 악귀 같은 존재였든 간에 장례식에서는 고인의 고아한 매력이 담긴 사진을 영정으로 쓰기 마련이라고 생각해 왔다. 그게 일반적이고 상식적이라고 생각했다. 그런데 오늘 내가 얼마나 틀에 박힌 사고만 하는 사람이었는지 여실히 깨달았다. 다른 사람들도 말문이 막힌 표정으로 고인의 영정을 주시하다가 황급히 시선을 내리깔았다.

아마도 오래전에 찍었을 법한 고인의 사진은 나를 비롯한 조문객들을 과거의 어느 한 시절로 회귀시키고 있었다. 1980년대 후반부터 1990년대 초중반을 휩쓸었던 홍콩 느와르 영화에서나 봤을 법한 모습을 한 고인이 두 눈을 부릅뜨고 조문객들을 노려보고 있었다. 폭주족 남자 주인공의 오토바이 뒷자리에 타고 있다가 폭력 사건에 휘말리는 비련의 여주인공 모습은 아니었다. 그보다는 대형 트럭에 올라타 직접 운전을 하고 다니며 주도적으로 사건을 일으켜 곱게 자란 남자 주인공을 곤경에 처하게 만드는 여자 깡패 역할에 딱 맞을 성싶었다.

보라색과 진한 핑크색을 주 컬러로 한 메이크업, 검은색 크레파스로 칠한 것 같은 눈썹과 아이라인, 웨이브가 들어간 새카만 울프컷 헤어 역시 과했다. 빈말로라도 우아하다거나, 아련하다거나 하는 표현이 나오지 않았다. 영정 사진이라기보다는 머그 숏이라고 하면 딱 좋을 법한 사진이었다. 고인의 마지막 모습으로 보여주고픈 사진은 절대 아니었다. 적어도 내 상식 안에서는 그랬다. 대한민국 팔도강산에 널린 흰 국화는 모조리 긁어다 놓은 것처럼 과한 꽃 더미가 주는 시각적 후각적 자극 때문에 내가 서 있는 곳이 장례식장인지 결혼식장인지 헷갈렸다. 이 장소에 둥둥 떠다니는 괴리감을 견뎌내는 게 쉽지 않았다. 나도 모르게 시선을 앞 동 남자가 서 있는 방향으로 돌렸다.

'대체 무슨 생각으로 저런 사진으로 아내의 마지막 가는 길을 장식한 거죠? 아내에게 평소에 맺힌 한이라도 있나요? 망신이라도 주려는 거예요?'

우연인지 몰라도 그와 몇 차례 시선이 겹쳤다. 앞 동 남자는 시선을 거두지 않고 내가 분향하는 모습을 보고 있었다. 표정의 변화는 없었다. 그 얼굴을 보자 내 마음이 차분하게 가라앉았다. 하긴, 내가 보기에는 사진이 과하다 싶어도 고인과 평생을 함께해 온 배우자의 눈에는 저 시절의 고인이 가장 빛나 보였을 수도 있다. 미의 기준은 사람마다 다르니까. 나는 다시 영정 사진을 보았다. 웃지도 울지도 않기 위해 위아래 입술을 말아 삼켰다. 뱀처럼 징그러운 눈빛에 괴로워하는 것도 오늘이 마지막이었다.

조문을 마친 아파트 주민들은 분향실 맞은편에 마련된 접객실로 안내되었다. 식사의 메뉴 역시 달랐다. 홍어회 무침과 육개장, 탕평채와 음료수, 소주로 이어지는, 종이 접시에 담겨 서

빙되는 음식이 아니었다. 식기는 정갈하고 고급스러웠다. 음식은 제복을 갖춰 입은 요리사들과 서버들의 손을 거쳐 사람들 앞에 놓였다. 나를 포함한 아파트 주민들은 서빙되는 음식들을 말없이 먹었다.

앞 동 남자는 우리가 돌아간다는 소식을 듣고 분향소 앞까지 나왔다. 그의 뒤에는 두 명의 남자가 있었고 그 뒤로는 앞 동 남자를 닮은 한 명의 남자와 한 명의 여자가 서 있었다. 아직 어린 티가 나는 10대 중후반 학생들이었다. 앞 동 남자의 아들과 딸이라는 생각이 들었다. 아이들이 참 반듯하고 정갈했다. 슬픈 기색이나 눈물을 닦는 기색은 없었다. 이곳에 온 손님들에게 예를 갖추는 것 이외에 드러나는 기색은 전혀 없었다.

남자아이는 제 아버지 정도의 키에 조금 더 말랐는데 몸에 딱 맞는 검은 양복을 상복으로 입고 있었다. 앞집 남자를 살짝 축소해 놓은 것 같은 인상이었다. 여자아이는 검은 한복 상복을 입고 있었다. 딸들은 자라면서 엄마를 닮아가게 마련인데 이 집 딸에게서는 죽은 여자의 기괴함은 찾아볼 수 없었다. 도리어 제 아버지의 분위기가 짙었다. 아까 분향을 할 때에도 분향소에 있었는데 보지 못했던 건지, 아니면 연기처럼 사라졌다가 갑작스레 나타난 건지 궁금해졌다. 문득 이곳 규모가 150평이라던 말이 떠올랐다. 아마 이 학생들은 구중궁궐 상주실에 있다가 나온 걸 수도 있을 터였다.

"오늘 와주셔서 감사합니다."

앞 동 남자가 말하고 상체를 숙여 인사하자 뒤에 서 있던 그의 아들과 딸도 허리를 숙여 인사했다. 개별적인 시선의 교환은 없었다. 아파트 사람들은 들어왔을 때처럼 우르르 퇴장했다. 밖은 어두웠다. 모직 원피스를 입은 것이 과하지 않은 시기에 죽어준 고인에게 고마워해야 되나 싶을 만큼 적당히 서늘한 날씨였다.

"앞으로 타시지요."

승합차에 올라타려는데 운전사가 나에게 조수석을 권했다. 내가 일행 없이 온 걸 파악하고 개별 자리로 안내하는 것 같았다. 하긴 둘 셋이 온 사람도 있고 혼자 왔어도 서로 친한 사람들이 있을 텐데 내가 너무 눈치 없었다. 나는 알겠다고 하고 조수석으로 올라탔다. 자동으로 내려오는 보조 계단이 있어서 스커트를 입었음에도 타는 데 불편함은 없었다. 운전사는 조수석 문과 뒷문을 닫고 운전석에 탔다. 그는 글러브 박스를 열고 작은 무릎 덮개를 꺼내 건넸다. 나는 그것을 받아 무릎에 덮었다.

조문을 마치고 돌아오는 승합차 안은 왜인지 고요했다. 정황상 차를 운전하는 운전사가 앞 동 남자의 부하 직원임이 확실했기 때문인지, 장례식장에서의 분위기 때문이었는지 그건 잘 모르겠다. 하지만 분명히 장례식장으로 올 때만 해도 들리던 "어머머머!", "웬일이야!" 하는 말을 외쳐대는 새된 소리들은 나오지 않았다. 무언가 무거운 것이 승합차 안을 짓누르고 있었고 그 무게 때문에 숙고는 할망정 차마 발화되어 나오지는 않는 이치였다. 그러니 침묵은 그때뿐이었다.

　장례식장에 다녀오고 나서 며칠 후였다. 퇴근하고 아파트 단지 안으로 걸어오던 나는 36평형 동과 22평형 동의 갈림길 부근에서 한 무리의 여자들이 수다를 떠는 모습을 보았다. 내가 서 있는 곳에서 꽤 거리가 떨어져 있는데도 "사모님", "장례식", "대학 병원", "60평" 같은 말이 들렸다. 죽은 앞 동 여자 이야기로 꽃을 피우고 있었다. 그녀들은 '사모님'이라고 받들어 모시던 잘사는 여자가 죽었다는 데에서 가학적 쾌감을 느끼고 있었다. 잔인한 미소는 모두의 얼굴에 복사해서 붙여 넣기를 한 듯 똑같이 떠올라 있었다. 세상에 있는 다양한 사이코들 중 하나의 종으로 분류되는 이들이 모여 집회를 열고 있는 장면을 보고 있자니 피로감이 가중되었다.

　저 여자들 눈에 띄어 붙들리면 골치가 아파질 게 뻔했다. 빨리 도망치기 위해서 자진 납세성으로 한두 마디를 얹는 건 정말이지 피하고 싶었다. 나는 슬그머니 뒷걸음질을 쳐서 샛길로 빠졌다. 사람이 죽었다는 데에서 기인하는 순수한 슬픔과 아련함은 이곳에 없었다. 하긴, 슬픔과 아련함은 장례식장에도 없었으니 슬픔을 가장하는 게 더 가증스럽긴 하겠다. 아마 그날 장례식장에 다녀온 사람들도 '밥 한 끼 잘 먹고 왔다'는 정도로 만족한 이들이 다수일 것이다. 나도 그 여자가 죽었다는 게 슬프지 않았다. 나에게 든 감정은 단 하나, 부러움이었다. 난 앞 동 남자가 부러웠다. 적어도 그는 마무리를 지었다. 나에게도 마무리를 지을 날이 오기나 할까.

가는 날이 장날이라더니. 22평형과 60평형 사잇길에도 한 무리의 사람들이 모여 서 있었다. 주로 우리 동 사람들로 구성되어 있었다. 이번엔 남자들이다. 남자들이라고 수다에 소질이 없으라는 법은 없다. 나는 가만히 멈추어 섰다. 한참을 앞 동 여자 장례식 이야기로 떠들던 사람들은 저마다 담배 한 대를 피워 물기도 하면서 소강기에 접어들었다. 이쯤에서 이들의 이야기에 나올 소재가 무엇인지 슬슬 감이 왔다.

"그래도 25동 사장님 처지가 낫지. 하원이 엄마는 처지가 뭐야. 애 아빠가 죽었는지 살았는지도 모르고."

그럼 그렇지. 내 아이의 이름이 오르내리고 있었다. 한 걸음을 더 나아갈지, 사람들이 나를 보기 전에 뒷걸음질을 칠 것인지 갈등했다. 하지만 퇴로의 끝에는 아까 전 마주친 다른 무리의 수다쟁이들이 진을 치고 있다. 종일 서서 근무한 날이었다. 집을 코앞에 두고 지그재그로 움직이며 새로운 퇴로를 가늠해볼 여력이 남아 있지 않았다. 나는 그냥 서 있기로 했다. 사람들 사이에 남편의 실종이 어떤 식으로 회자되고 있는지 알아둘 필요도 있었다.

"무슨 말을 그렇게 하세요? 아무리 그래도 죽은 것보다는 산 게 낫지요. 지방에 출장 갔다는데. 모르는 척해줍시다."

"지방 출장은 무슨 지방 출장이야."

"하원이 엄마가 남편 죽인 거 아녀?"

"그럴 수도 있지."

"어이, 자영이 아빠 그게 무슨 말이에요. 좀 심한 거 아니에요? 허허허허!"

"심하긴 뭐가 심해. 이치 말도 일리가 있어."

"무슨 일리요? 하원이 아빠가 죽었다는 증거라도 있어요?"

"증거는 무슨 증거가 필요해. 척 보면 척이지."

"음…… 나도 생각을 좀 해봤는데 말이야, 그게 아주 가능성이 없는 얘기는 아니야. 22평 애 아빠랑 60평 사모님이랑 둘이 눈 맞아서 도망가려던 거 아닌가 하는 생각이 들더라고! 남자는 먼저 도망가 있고 여자는 한두 달 뜸 들이다가 나가려다가 잡혀서 남편 손에 맞아 죽고. 그런 거 아닐까? 어쩌면 하원이 아빠도 죽었을지도 모르고."

"60평 사모님이 뭐가 모자라서 22평 남자랑, 말이 되는 소리를 하세요."

"22평에 사는 놈이면 어때? 젊은 놈인데! 그 아줌마 모아둔 돈 많을걸? 아주 지독한 구두쇠라던데. 맨날 쓰레기 더미 속에

서 살았잖아! 집에 가보면 잡동사니 천지라던데! 젊은 애인이
랑 도망가려고 그렇게 인색하게 군 거 아녀?"

"그러니까 윤 씨 말은 60평 남자랑 우리 동 애 엄마랑 각자
자기 부인하고 남편이 바람난 걸 알게 돼서 짜고 서로 죽였다
는 거야? 교환 살인이라도 했다고?"

"그것도 그럴듯하네. 하하하하."

"교환 살인? 그거 무슨 전문용어인가요?"

"그러게! 전문가 냄새 확 나는 말인데!"

"내가 소싯적에 드라마 작가 꿈꾸던 시절이 있었거든. 그 정
도 추리는 해볼 수 있다, 이거야."

"으하하하!"

"아니면 60평 사장이랑 하원이 엄마랑 눈 맞아서 각자 마누
라랑 남편 죽인 거 아냐? 한 명은 시체 유기했는데 다른 사람
까지 시체 유기하면 들킬까 봐 자연사했다고 하고."

"거 심장마비 맞어? 확실한 거여?"

"왜요?"

"거 독살일지 어떻게 알아? 60평 사장님 제약 회사 오너라면
서?"

"무슨 의료 기기 판매상이라고 하던데요?"

"그래? 우리 명인이 엄마 말로는 의사라던데, 의사 아니야?"

"그러게요, 나도 의사라고 들었는데. 아니면 괜히 선생님, 선

생님 했네요."

"아, 그러게 우리처럼 사장님이라고 불렀으면 됐지. 선생님
은 무슨 유난스럽게!"

데면데면하던 사람들이 가십의 힘 아래 하나로 단합되는 것
을 보면 타인의 죽음이 미치는 영향은 생각 외로 막강했다. 담
배를 깊게 쭉 빨아들인, 아마도 명인이 아빠라는 그 남자가 갑
작스럽게 말했다.

"아, 아무튼 부럽다, 부러워!"

그러자 남자들이 저마다 킥킥, 컥컥, 크흐흐 소리를 내면서
웃었다. 뭐가 부럽다는 건지, 왜 웃는 건지 파악하지 못한 나는
귀를 쫑긋 세웠다. 그렇지만 더 이상 거기에 대한 말은 없었다.
아마 앞 동 남자의 재력이 부럽다는 의미가 아닐까 싶었다. 그
러나 뒤이어 나온 건 내 예상을 빗나가는 이야기였다.

"앞 동 사장님보다 하원이 아빠가 더 부럽다. 난 그 결단력!
본받아야 돼!"

"크흐흐크크. 에이, 죽었을지도 모르는데. 크흐흐흐흐……!"

"살아 있다면 대단한 결단력이긴 하지. 암!"

윤 씨라고 불렸던 남자는 허리까지 꺾어가면서 웃어 젖혔다.

그때였다. 남자들이 일제히 수다를 멈추었다. 열없이 담배
를 새로 꺼내 불을 붙이고 빨아들였다. 서로 불을 붙여주기도
했다.

원인은 곧 알 수 있었다. 저쪽 코너 길목에서, 앞 동 딸이 교복을 입고 백팩을 둘러멘 단아한 자태로 나타났던 것이다. 교과서에 나올 법한 모범생의 외양과 걸음걸이였다. 엄마가 죽었는데도 흐트러짐이 없었다. 부자에 가정교육을 잘 받고 자란 아이들은 저런가. 엄마가 사라져도 사는 데 지장이 없어서 초연한 건가. 우리 애들은 부모 중 한 명이 사라지자마자 고생길에 내몰리는 판인데. 참 달랐다. 남자들은 잠시 후, 저마다 딴청을 피우면서 흩어졌다. 18평으로, 22평으로, 36평으로, 49평으로.

내가 그들 앞에 나타났어도 그들이 수다를 멈추었을까? 아니, 그들은 도리어 나에게 훈수를 두었을 것이다. 조금 더 재미있는 소재를 찾기 위해 나를 구슬려 입을 열게 만들려고 했을 것이다. 그러나 앞 동 딸 앞에서는 짖기를 멈추고 꼬리를 감추고 도망친다.

동네 사람들의 수다. 그들 모두가 악의가 있어서 떠드는 것이 아니라는 것 정도는 알고 있다. 반은 호기심에 반은 안타까움에 떠드는 것이리라. 평소에 동네 사람들과 사이를 트고 지내지 않던 나의 생활이 소통의 부재를 가져왔고 오해를 불러일으킨 것도 있었다. 나는 이 아파트에 들어올 때 최장 3년 정도 살다가 곧 살림을 불려서 이사를 갈 거라고 생각했었다. 그래서 의도적으로 이웃들과의 소통을 자제했었다.

교양 있는 전업주부. 아이들은 홈스쿨링으로 키우고 차근차근 돈을 모아서 한 달에 한 번 정도는 문화생활을 즐기는 전형적인 엘리트 중산층 가정. 그려왔던 그림들이 막연하게 먼 꿈이라는 것을 깨닫는 건 오래 걸리지 않았다. 남편은 만년 주임을 벗어날 줄 몰랐다. 아무리 아끼고 열심히 살림을 해도 밖에서 벌어오는 것이 한정되어 있으니 살림은 불어날 줄 몰랐다. 새벽밥을 먹고 나간 남편은 밤늦게 귀가했다. 아이들의 교육을 남편과 상의할 틈도 없었다. 아이들은 만 세 살이 되기 전부터 어린이집에 다녔고 하원이는 유치원에 들어가고부터는 학원에도 다녔다.

하원이도 상원이도 무엇에 재능이 있는지 알 겨를이 없었다. 그래서 이것저것 시켜보았다. 학원 선생 중에 눈썰미가 있는 사람이 있다면 나를 대신해 아이들의 재능을 발견해 주길 기다렸다. 여자아이는 여성스럽게 남자아이는 남자답게. 그 반대가 되어도 좋았다. 아이들이 자아 형성을 할 시기가 되면 자연스레 터득하게 될 부분이었다. 하지만 아이들을 키우는 건 현실적인 문제였다. 시간이 흐를수록 가시적으로 드러나는 '양육'이라는 압박은 몹시 거대했다.

아직까지는 하원이가 쓰던 걸 상원이가 물려받을 수 있지만 앞으로 3년만 지나면 성별이 다른 두 아이가 물건을 함께 쓰는 일은 점점 불가능해질 것이다. 거기에서 10년이 더 지나면 내가 나이 들어 잔병치레를 할 것이고 그러면 지출은 더 늘어날 것이다. 머릿속에 안착해 있던 계획은 단 한 가지도 실행할 수 없었고 현실을 오롯이 받아들이는 것만으로도 벅찼다. 시간이 많이 남았는데도 이미 늦어버린 느낌이었다.

내가 그리던 그림 속에는 남편이 늘 한 자리를 차지하고 있었다. 그 그림 속에 애들 아빠가 있었던 것은 아니었다. 남편의 자리에 실루엣이 있긴 했지만 그건 다른 남자가 남편이 되었어도 상관없는 역할일 뿐이었다. 하지만 나는 남편 역할을 채우고 있던 사람이 이런 방식으로 없어질 거라고는 예상하지 못했다. 앞날이 막막했다. 돌아오지 않는 남편이라니. 공동주택촌의 뒷담화 소재로 전락하기 딱 좋은 그림이었다.

남편이 사라지고 난 후, 나는 한 가지 생각을 고수하려고 부단히도 노력했다. 말없이 사라지는 것만이 그가 가족을 보호할 수 있는 유일한 방법이었을 거라고 스스로를 타일렀다. 감정을 추슬러도 화가 났다. 참을 수 없이 화가 나서 가만히 앉아 있어도 울컥하고 욕지기가 났다. 눈물도 났다. 남편이 보고 싶거나 그리운 것은 아니었다. 하루에도 수십 번씩 편지함이나 현관 앞 우유 주머니를 살폈다. 남편이 남의 눈에 띄지 않게 들러서 생활비를 두고 가지는 않을까 하는 생각 때문이었다. 그런 일은 벌어지지 않았다. 달랑 중고차 한 대와 22평 아파트 전세 보증금을 남기고 사라진 남편 덕에 식당 종업원부터 아이 돌보기까지 닥치는 대로 일했다.

허술한 실력으로 학원 강사를 했다가 망신을 당했다. 학습지 교사를 했다가 학부모에게서 항의를 들었다. 아이를 낳고 안일하게 생활했던 몇 년 동안 내 실력이 그렇게 형편없어졌을 줄은 몰랐다. 방문 피아노 과외를 한다고 전단을 붙였다가 의뢰가 들어오는 학부모 중 태반이 음대 출신이라는 것을 알고 난 후에는 전단지를 떼느라 고생했다. 노래방 도우미를 나갔다가 술 취한 남자에게 겁탈당할 뻔했다. 주유소에서 기름 넣는 아르바이트를 했지만 사장이 셀프 주유소로 바꾸는 바람에 그것도 할 수 없었다.

결국에는 집 안에서 머리핀을 만드는 부업을 시작했다. 남편이 두고 사라진 중고 자동차는 리스를 끼고 산 것이었고 잔여 할부가 남아 있었다. 게다가 뭘 어떻게 관리했던 건지 차에 시동조차 걸리지 않았다. 무엇 하나 옹골진 가치를 지닌 재산은 없었다. 결국 자동차는 인터넷에서 만난 중개업자에게 넘기고 팔십만 원을 챙겼다.

하원이가 초등학교에 들어가고 나서는, 학부모로서 할 일이 넘쳐났다. 애 아빠가 실종 상태라는 말은 입도 벙긋하지 않았다. 아빠 없는 아이라는 말이 교내에 퍼지면 어떤 취급을 받을지 나는 안다. 아이들은 보기보다 잔인하다. 담임선생에게는 하원이의 아빠가 해외에 근무하는 주재원이라고 거짓말을 했다. 그러자 담임선생이 하원이의 외양을 위아래로 훑으면서 말했다.

"어머나, 어머니는 하원이를 상당히 검소하게 키우시나 봐요."

그 한마디가 나의 가슴을 묵직하게 만들었다. 며칠간 체기가 돌아 음식을 넘기기 힘들었다.

†

딩동.

초인종이 울렸다. 인터폰 화면을 보았다. 박 모시기, 돼지였었나, 그런 이름이었던 형사다. 신고를 한 지 해를 넘기고는 불쑥 방문한 것이다. 미리 언질도 없었다. 조금 당황스러웠다. 혹시라도 남편의 시체라도 나온 건가? 그럴 때는 병원으로 오라고 하지 않나? 절차를 모르니 걱정이 앞섰다. 돼지 형사 뒤로는 젊은 형사가 서 있다. 문을 열었다. 딱히 들어오라고 권하지도 않았는데 형사 둘이 현관으로 들어왔다. 젊은 쪽은 젊을 뿐이지 형사들 특유의 퀴퀴함이 있었다. 담배 전 내를 모습으로 표현하라고 하면 비슷할 법한 그런 퀴퀴함이었다. 나는 등을 보이면서 들어오며 소파를 가리켰다.

"저쪽에 앉으세요."

둘은 소파에 앉았다. 커피 두 잔을 타서 쟁반에 받쳐 들고 갔더니 형사 둘이 동시에 일어섰다. 소파가 두 칸이라 내가 어디에 앉아야 하는지 몰라서 곤란한 표정들이다.

"됐어요, 앉으세요."

나는 바닥에 놓여 있는 방석 겸 쿠션을 깔고 앉았다. 형사들은 잠시 망설이더니 다시 소파에 앉았다.

"감사합니다."

"잘 마시겠습니다."

형사들은 상체를 숙여 커피 잔을 하나씩을 들고는 한 모금씩 마셨다. 하원이가 풀던 학습지가 테이블에 펼쳐진 채로 놓여 있었다. 나는 그것을 접어서 바닥에 내려두었다. 그리고 선수 쳐서 물었다.

"남편에 대해서 알아낸 건 있으세요?"

형사들은 동시에 입을 꾹 다물었다. 통통하고 나이가 많아 보이는 쪽이 나를 보면서 말했다.

"사모님."

"네."

"아시는 것은 다 알려주셔야 합니다."

수사 과정에 대해 연락 한번 없다가 갑자기 찾아와 아는 것을 알려달라니. 나는 커피를 형사의 얼굴에 부어버리고 싶은 욕구를 간신히 참으면서 말했다.

"뭔가 실마리가 나왔나요?"

"사모님께서 처음 서에 찾아오셨을 때가 기억납니다. 바깥양반은 그 후로도 아무 연락이 없었던 거죠?"

"예."

"그때 일을 다시 한번 설명해 주시겠어요?"

"남편은 평소처럼 출근했고 돌아오지 않았습니다."

"그 전에 이상한 낌새는 없었습니까?"

"없었습니다."

긴장이 감돌았다. 왜 이러지? 돼지 형사가 말했다.

"음…… 저희가 그동안 오원우 씨에 대해 조사를 해봤습니다만……."

오원우. 남편의 이름을 들어보는 것도 오랜만이다. 그동안 나는 남편을 "하원이 아빠", "저기", "있잖아" 그렇게 불렀었다. 남편은 나를 뭐라고 불렀었더라? 기억나지 않았다. 아, 그는 나를 부른 일이 없었다. 그냥 운을 떼면 그만이었고 부르는 말이나 예고 없이 곧바로 본론만 짧게 말했다. 그나마 자주 대화하는 편도 아니었다.

"남편분은 단순 가출로 결론 내는 쪽으로 기울었습니다."

'결론 냈습니다'가 아닌 '결론 내는 쪽으로 기울었습니다'라니. 참 애매했다.

"시간만 끌어놓고 이제 와서 무슨 소리세요? 조사를 하긴 하셨어요?"

"남편분이 자의로 떠나신 것으로 판단했습니다. 사실은 그렇게 결론 낸 지 좀 되었습니다."

"근거가 뭐죠?"

물으면서도 설마, 살인 사건과 남편이 연관된 무언가를 알아낸 게 아닌지 불안해졌다. 대체 무슨 말을 하고 싶은 건데? 형사의 입에서 나온 말은 내 예상을 완전히 빗나가 버렸다.

"남편분의 내연녀 말인데요."

내연녀? 젊은 형사는 내 반응을 숨죽이고 지켜보았다. 잔뜩 졸아 있는 것 같지만 사실은 그렇지 않다는 걸 나는 안다. 남의 일에 진심으로 긴장하는 사람은 없다. 오로지 호기심과 비난이 있을 뿐이다. 딱 붙어서 서로 떨어질 줄 모르는 입술을 간신히 떼면서 물었다.

"내연녀요?"

"모르셨나요?"

"방금 내가 뭘 들은 거죠?"

"내연녀라고 했습니다."

"남편이 바람을 피우고 있었다고요?"

"저희가 조사한 바에 의하면 그렇습니다."

"말도 안 돼요."

난 순간적으로 형사들에게 소리를 지를 뻔했다. '그 인간이 바람을 피우다니요? 그 인간은 여자라고는 윤아경이밖에 모른다고요!' 하고. 하지만 순간적으로 호프집 여주인의 치정 관계로 인한 살인 사건으로 추정된다던 예전 뉴스가 떠올라 진땀이 흘렀다. 참 웃기는 게, 잊으려 하고 모른 척하려 했더니 그 호프집 상호가 정말로 기억이 가물가물해졌다. 야생마였나. 야생녀였나…… 그곳에 남편이 다녔다는 빌미를 잡힌 건가? 내 속마음을 알 리 없는 형사는 계속 물었다.

"정말 모르셨나요?"

나는 대답 대신 그를 노려봤다. 형사는 황급히 시선을 피하면서 말을 이어갔다.

"이런 말씀을 드리기 저희도 거북합니다만 오원우 씨는 치정 문제로 인한 방황이 있었던 것으로 보입니다."

"치정 문제라니요?"

감정을 추스르려고 노력했지만 숨이 콱 막히면서 쉬어지지 않았다. 어쩌지? 정말로 호프집 여자와 애인 관계였던 건가? 이제 와서 남편이 호프집 살인 사건의 범인으로 밝혀지면 큰일인데. 아, 하지만 분명히 이들은 단순 가출 사건으로 결론을 지으려고 한다고 했다. 도주 중이라는 말은 나온 적도 없다. 그저 자의로 떠났다고만 했다. 진정하자.

"자, 숨 쉬세요. 천천히."

형사가 말했다.

"이제 말씀드려도 될까요?"

"네."

"남편분의 회사에 대해서는 잘 아시나요?"

회사? 왜 회사 이야기가?

"마진 건설에 다니고 있었어요."

"저희도 압니다. 처음 실종 신고를 하셨을 때 바깥양……
남편분께서 다니시던 회사도 샅샅이 조사했습니다. 그때 남
편분이 다니던 회사에 여자 상사가 있었다는 걸 알아냈습니
다. 그분이 결혼을 하면서 퇴직을 했고 남편분이 감정이 상해
서……."

"그럴 리가요."

"사모님, 심정은 이해합니다."

"이해? 당신들이 뭘 이해해?"

나는 벌떡 일어서다가 뒤로 넘어질 뻔했다. 형사가 얼른 나
를 붙잡았다. 눈물이 주르륵 흘렀다. 젊은 형사가 당황하면서
거실에서 휴지를 찾다가 허둥지둥 욕실로 가더니 두루마리 휴
지를 통째로 빼서 들고 나왔다. 망신도 이런 망신이 없다. 남편
의 범죄가 드러날까 봐 두렵고 한편으로는 알지도 못하는 남편
의 사내 불륜으로 경찰의 관심이 쏠리길 바라고 있었다. 구질
구질한 상황에 눈물이 계속 흘렀다. 이 사람들 앞에서 울고 싶
지 않다. 젊은 형사가 두루마리 휴지를 마구 풀어서 뜯어댔

다. 그렇게 많이 풀지 말라고! 이 미련한 형사야! 그가 더 이상 휴지를 낭비하지 못하도록, 끊어낸 휴지와 두루마리를 양손으로 각각 빼앗아 붙들었다. 나는 두루마리가 젊은 형사의 손에서 혹사당하지 않도록 멀찌감치 올려두고 끊어낸 휴지로 눈물을 닦았다. 젊은 형사가 안절부절못하는 것과는 다르게 돼지 형사는 꿋꿋이 할 말만 했다.

"한 회사에서 힘든 업무 처리하다가 서로 의지하게 되고 그런 일들이 심심찮게 벌어집니다. 그러다가 강력 사건으로 번지는 경우로 있고 해서 조사하다 보니까 의도치 않게 알게 되었습니다."

그렇지, 댁들에게는 이런 일이 자주 일어나는 일이겠지. 살림만 하던 여자들이 바람난 남편 때문에 입에 거품을 물고 울어대는 일. 나도 그런 여자들을 보면 비웃었을 거다. 내가 '그런 여자'가 될 거라고는 상상조차 해본 적 없던 시절이 나에게도 있었다. 사랑하는 사람이 다른 사람을 만나 바람을 피우면 어떤 감정이 먼저 들까? 배신감? 슬픔? 분노? 하지만 나는 상황이 다르다. 사랑하지 않는 남자가 나를 두고 바람을 피웠다. 딱 한 가지 감정이 몰려왔다. 창피함.

시부모의 장례식장에서 나와 나란히 선 채로 창피함을 운운하던 남편이 생각났다. 제 부모의 장례를 치르고 있는 초라한 임산부 아내가 창피해서 동문을 부를 수 없다던 남편이었다.

나는 그때 그에게 아무런 항의도 불만도 토로하지 않았다. 그 따위 생각을 하고 있는 남편의 인성이 더욱 창피한 것이었으니까. 나도 남편이 창피하다고 느꼈던 순간들이 있었지만, 아이들의 아빠였기에 그 창피한 부분을 애써 눈감고 지나쳤으며 그 부분을 티 나지 않게 메워주려 노력하며 살았었다. 그러나 나는 이제 그가 창피하다. 진심으로 내 남편이라는 사람이 창피하다.

"앉으세요. 우선 앉으시고 저희 이야기를 잘 들으세요."

뭐라고 더 소리를 지르고 싶어도 울컥하고 뭔가가 목구멍으로 치밀어 올라와서 말을 잇기 어려웠다. 순간 머리에 떠오르는 이름이 있었다.

김하늘. 그리고 서 부장. 남편의 회사 직원과 통화했을 때 그가 서 부장이라는 사람을 언급했던 게 또렷이 떠올랐다. 김하늘이 실존 인물이었고 서 부장이 여자였다면? 얄궂다. 설마 그 직원은 나에게 귀띔을 해주려고 했던 건가. 서 부장이 바로 김하늘이었다. 그 직원은 내가 얼마나 바보 같았을까. 하지만 이제 와서 혹시 남편의 내연녀가 서 부장이냐고 형사를 다그칠 수는 없었다. 형사가 먼저 말하지 않는 한 그 존재를 아는 척을 해서는 안 된다. 형사들에게 내가 서 부장을 인지하고 있었다는 게 알려지면, 그녀와 남편과의 관계도 알고 있었던 것으로 가정할 게 뻔하다. 그러면 내가 의심받게 된다. 모르쇠로 일관

하는 수밖에. 바람피운 남편을 죽인 아내. 그건 안 된다. 그런 오해는 너무 억울하니까.

"믿고 싶지 않은 심정은 이해합니다. 그러나 이미 벌어진 일이고 남편분의 불륜은 사실입니다. 남편분은 그 여자분과 TF팀을 하시다가……."

"단둘이요?"

"저희가 알기론 그렇습니다."

일기 속 단둘이 TF팀을 진행하는 설정이 어설프다고 생각했었다. 그런데 그게 실제로 있었던 일이었다. 그렇다면 그 여자의 오피스텔에 드나들었다는 것도 다 사실이었던 거다.

형사가 말을 이었다.

"저희도 이제 와서는 다 말씀드리는 편이 낫다고 생각해서요."

"이제 와서라고요? 또 무슨 일이 었었나요? 대체 그동안 무슨 일이 있었던 거예요?"

"그 여자분에게 남편분이 해코지를 할까 봐 여자분에게 알리고 보호 조치를 했었고……."

갑자기 골이 띵하고 아파왔다.

"잠, 잠깐만요. 실종된 건 제 남편인데 어떻게 다른 사람을 더 신경 쓸 수가 있죠?"

"사모님이 어떻게 나오실지도 모르는 상황이라……."

젊은 형사가 마치 양해라도 구하듯이 말했다.

"내가 상간녀에게 해코지라도 할까 봐요?"

찢은 듯이 날카로운 내 목소리가 마치 남의 목소리처럼 되돌아와 나의 귀에 박혔다. 돼지 형사가 끼어들었다.

"우선은 사모님께서 남편분이 실종된 지 3주나 지나서 서에 오셨기 때문에 그 전에 뭔가 남편분이 사라질 만한 일이 벌어졌다고 생각했고 가능한 모든 수를 세어가면서 수사했습니다."

"어떤 가능성이죠?"

젊은 형사가 말했다.

"실례되는 말씀입니다만 사모님이……."

돼지 형사가 젊은 형사를 툭 쳤다. 젊은 형사가 입을 다물었다.

"설마 제가 남편을 어떻게 했다고 생각했다는 건가요?"

"외람된 말씀이오나, 이런 경우에는 외도 상대가 누구인지를 먼저 묻는 게 일반적입니다."

순간 철렁했다. 외도 상대에 대해 궁금해하지 않는다는 건 내가 상대를 알고 있다는 게 된다. 타이밍이 안 좋았다. 간단하게 상대가 누구냐고 물었으면 되었을 것. 상대가 서 부장이냐고 물으려다가, 그 질문이 비합리적이라는 생각에 빠져 괜한 의심을 사게 된 것이다. 이럴 바에야 감정적으로 치닫는 반응을 보이는 게 자연스러울 터였다.

"남편의 외도를 알아챈 내가 남편을 죽인 거라고 의심했다는 게 형사님 말의 요지인가요?"

"……."

인간의 침묵은 때로는 너무나 정확한 의사 표명이 된다. 여기에서 한 가지 유추할 수 있었다. 경찰은 남편의 외도를 알아낸 후, 나를 의심했다. 표면적으로 아무 일도 하지 않은 것으로 보이지만 나를 감시하고 있었을지도 모른다. 나에게 의심의 시선을 돌렸던 만큼 남편의 추적에는 상대적으로 시간을 덜 쏟았을 것이다. 그동안 나에게 와서 이렇다 할 취조를 하지 못했다는 건 나에게서 아무런 혐의점을 찾지 못했다는 의미다. 형사가 말을 이었다.

"경황이 없으시니 이해합니다. 사실 저희도 남편분의 외도는 알리지 않고 수사를 마무리 지으려고 했지만 그랬다가는 사모님이 저희가 수사를 대충했다고 민원이라도 제기하실까 봐 굳이 알리게 된 거니까요. 말씀드린 대로 모든 가능성을 열어두고 조사했습니다. 그러다가 남편분이 ATM 기기에서 돈을 뽑은 일이 있다는 걸 알아냈습니다. CCTV 조회는 쉽지 않았지만, 비밀번호를 정확히 누르고 세 차례에 거쳐 전부 빼갔습니다."

"뭐라고요?"

이번에는 진짜로 놀랐다.

"어, 어, 어…… 언제? 언제요?"

"사모님이 실종 신고 하기 3주 전쯤입니다."

그 소리는 남편이 사라진 날, 거의 동시에 은행으로 직행했다는 의미다.

"어느 은행이었죠?"

"대구 은행입니다."

"대구…… 은행? 그런 은행도 있어요?"

"예, 탄탄한 지역 은행입니다. 서울에서만 사셨죠? 그럼 모르실 수밖에요."

"대구 은행을 남편이 어떻게……."

"남편분이 입사 초기에 대구 출장을 몇 차례 갔다 왔다고 합니다. 그때부터 이용하신 것 같습니다. 저축을 하셨더군요."

"왜 대구 은행에 저금을 했던 걸까요? 어떤 용도로요?"

"비자금이죠. 뒷주머니요."

무능력하다고 생각했던 남편이 무능력한 인간이 아니었다. 어쩌면 대리 진급도 내가 알고 있는 시점보다 훨씬 일찍 했을지도 모른다. 게다가 TF팀 일도 성공적으로 했다고 하니 포상금을 받았을 것이다. 왜 그 생각을 못 했지? 남편이 꿍쳐둔 돈으로 호위 호식했을지도 모르는 동안 나와 아이들은 고행에 가까운 시간을 보냈고 그것은 현재 진행 중이다. 비자금은 외도보다 더한 배신이다. 외도는 나를 배신한 게 되지만 비밀 자금을 들고 튄 건 아이들마저도 배신해 버린 행위다.

내 눈치를 보던 형사가 말을 이었다.

"정황상 남편분은 가출 준비를 하고 있었던 것 같습니다. 대구 은행 입출금 기록을 조사해 보았는데 회사에 입사한 이래로 매달 일정 금액을 예금하고 있었습니다. 보너스를 받으면 꼭 대구 은행 계좌로 넣었고요."

남편은 보너스를 받았던 적이 없다. 내가 알기로는.

형사들은 CCTV 영상을 프린트한 것과 입금되어 있던 금액, 입출금 내역을 보여주었다. 그런데 입출금 내역을 보니 보너스도 참 야무지게 받아 챙겨댔다.

"사실, 입출금 내역까지 뽑아오는 건 저희 입장에서도 조금 무리한 면이 있었습니다. 남편분이 살아 계시고 자의로 나가셨는데 배우자에게도 알리지 않은 개인의 예금 내역을 조회하는 건 부담이 있거든요. 남편분께서 나중에 돌아오셔서, 뒷주머니 찬 내역을 아내에게 알린 걸 두고 저희 경찰에 이의를 제기할 수도 있습니다. 이런 건 보통은 범죄가 벌어졌을 때 조회하는 내역입니다. 개인이 본인 통장에서 돈을 인출한 건 범죄에 해당하지 않고요."

괜한 으름장인 걸 안다. 그들은 당연히 백방으로 수사해야 할 의무가 있었다. 내가 따지고 들자면 이 자료를 찾았을 때 곧바로 나에게 알리지 않은 걸 두고 추궁해야 할 판이었다. 그럼에도 범죄라는 단어가 나오자 나도 모르게 움츠러들어 말을 더 들었다.

"그, 그래도 그게 꼭 몰래 뒷주머니를 차려고 했다고 보기에는……."

"뒷주머니 맞습니다. 사모님 모르게 돈을 모은 것도 그렇고요. 어쨌든 돈을 인출했습니다. 남편분이 사모님에 의해 잘못되었다고 보기 어렵죠."

"그래서요?"

"가출로 보는 쪽이 현재로서는 최상의 결론입니다."

남편이 돈을 인출해서 사라진 것을 알면서도 나를 향한 의심을 거두지 않고 일단 한번 떠봤다는 게 된다. 울화가 치밀었지만 꾹 참고 물었다.

"회사에서는 뭐라고 하던가요?"

"뭐랄 것도 없는 게…… 회사가 좀 사정이 안 좋더군요."

"부도라도 났다는 거예요?"

"폐업 처리 되었습니다."

"네? 그렇게 되면 안 되는 거 아니에요? 피해자들은요?"

"예? 피해자라니요?"

"돈 못 받은 사람들이나 그런 거 있잖아요. 회사가 부도나면 피해자들이 있잖아요."

"딱히 피해를 본 사람은 없는 것으로 압니다. 그 회사로 인해 피해를 입었다는 신고도 아직 없어서 저희가 회사에 대해 조사를 할 건 없었습니다. 피해 사례가 접수되어도 저희 부서 관할

이 아니고요. 저희가 그래도 남편분 때문에 대략적인 내역은 조회해 봤습니다. 마진 건설은 자금난이 있긴 했지만, 거래처와 정리도 잘한 데다가 직원들도 퇴직금을 수령하고 퇴직한 직원이 대부분이었습니다. 큰 금액이 아니더라도 노사 간에 합리적인 선에서 정리했더군요.”

“그럼 제 남편 퇴직금은 받을 수 있는 건가요?”

“저희가 조사를 나갔을 때에는 남편 되시는 분은 장기 결근으로 인한 해고 처리가 되어 있었습니다. 따로 퇴직금을 신청한 적도 없고 말입니다.”

정말…… 가지 가지 하는 놈이다.

“제가 신청을 할 수는 있나요?”

“그건 사모님 자유지만 남편분의 생사가 아직 확인되지 않은 데다가 마진 건설이 현재 복잡한 상황이라 수령 여부는 알 수 없습니다. 말씀드렸다시피 남편분이 장기 결근으로 인해 해고당한 상태이기 때문에 사측에서 거꾸로 남편분의 업무 태만으로 인한 피해를 보았다고 나올 가능성도 있습니다. 불륜 문제도 있고 해서 근무 태도에도 문제가 있었다고 주장할 거고요.”

회사에 남편의 퇴직금을 신청할 생각은 없었다. 회사가 문을 닫은 데다가 남편은 해고 처리마저 되었다. 매달려 봤자 억지다. 하나부터 열까지 철저하게 배신당했다. 남편은 일을 벌여 놓고 그동안 가족 몰래 따로 모아두었던 돈을 들고 혼자 떠났다. 나는 아이들과 남아 있다. 사라지지 않은 사람들, 남아 있는 사람들은 여전히 제 역할을 다해야만 한다.

자, 감정을 가다듬고 목표만 생각하자. 일이 간단해졌다. 아이들과 나를 생각하자. 남아 있는 자들은 속한 세상 안에서 살아남아야만 한다. 남편이 살인범으로 몰리면 남아 있는 우리에게는 앞날이 없다. 남편이 빼돌린 돈에 미련을 두어선 안 된다. 괘씸하지만 어쩔 수 없다. 수사 방향이 호프집 살인 사건으로만 가지 않으면 된다. 살인을 저지르고 도주한 남자의 가족보다는 바람나서 가출한 남자의 가족이 되는 편이 낫다. 나는 내키지 않는 질문을 했다. 경찰의 시선을 확실히 돌려놓기 위해서.

"상간녀의 남편이 내 남편을 어떻게 한 건 아니고요?"

"상간녀요? 아, 내연녀 말씀이시죠. 아닙니다. 그쪽 양반은 미국인이었는데 한국말도 잘 못하는 사람이었습니다."

"어떻게 그 사람은 안전한 사람이라고 확신할 수 있죠?"

"사모님, 그쪽 남편은 아내 될 사람이 임신했다는 것을 알자마자 출국해서 여러 가지 준비를 했더군요. 집 사고 결혼식 준비하고……. 여자분은 여자분대로 한국 생활 정리하고 완전히 미국으로 이주하는 절차를 밟고 있었고요. 저희가 그 여자분을 보호한 것도 일주일 남짓이었습니다. 결정적으로 그 여자분은 예비 신랑이 내연남……. 죄송합니다. 사모님의 바깥양반의 존재조차 모른다고 했습니다. 그쪽 미국인 남편은 사모님의 바깥양반이 가출하기 전에 출국했어요. 아무튼 그 부부는 지금 미국으로 가서 잘 살고 있습니다."

남편이 좋아한 여자들은 모두 미국으로 가서 살기로 담합이라도 했나 보다. 얼마 전 혹시나 해서 윤아경의 SNS에 들어가 보았다. 윤아경은 미국으로 유학을 가서 석사 학위를 받고 지금은 미국의 한 커뮤니티 칼리지에 출강하고 있었다. 오프브로드웨이에서 연극을 올리겠다고 돌아다니는 그녀의 남편 역시 편안해 보이는 얼굴이었다. 남편을 거쳐 간 윤아경도 김하늘도 미국에서 잘들 사는데 남편 때문에 발 묶인 나만 여기서 분탕질하고 있다. 헛웃음이 나오려는 것을 간신히 참았다.

"막말로 남편을 죽이고 미국으로 출국했다거나……."

"근거가 전혀 없습니다. 그 여자분 쪽 예비 신랑의 모든 동선은 다 파악해 두었습니다."

"……."

"사모님, 대부분의 아내분들은 남편이 바람을 피우고 있다는 것을 알게 되면 상대방 여자가 누구인지 꼭 알려고 듭니다. 하지만 사모님은 별로 궁금해하지 않으시는군요."

"이제 와서 그게 다 무슨 상관이겠어요, 형사님."

"저희는 그저 사모님이 짚이시는 데가 있나 해서……."

짚고 넘어갈 말을 다시 하는 걸 보니 역시나 이 사람들은 나를 동정하는 게 아니다. 이들은 사건의 종결을 알리러 왔다고 하면서도 무언가의 실마리를 찾으려고 하고 있다. 긴장을 놓아서는 안 된다.

"이보세요, 형사님. 아까부터 근거 없이 나를 의심하시면서 불쾌한 말씀을 하시는데요. 나한테 중요한 건 애들 아빠지 그 사람과 바람난 여자가 아닙니다. 형사님들도 그 여자는 남편 실종에 대해 혐의 없다고 판단하신 거잖아요. 그런데 이제 와서 내가 그 여자를 찾아봤자 뭐가 달라지겠어요?"

"사모님 말씀도 일리가 있습니다."

"남편이 하늘로 날아가 버렸는지 땅속으로 빨려 들어갔는지 나는 알 길이 없어요. 형사님들이 찾지 못한 사람을 내가 어떻게 찾겠어요. 아이들 둘 데리고 사는 것만으로도 고달픕니다. 이제는 나도 힘이 들어요."

"예, 알겠습니다."

형사들은 남편이 피범벅이 되어 들어왔던 저녁을 모른다. 이들뿐 아니라 아무도 모른다. 그건 오로지 내 기억 속에서만 존재하는 일이고 나는 그 기억을 과감히 접어둔 지 오래다. 형사들은 남편이 호프집 살인 사건과 연관이 있다는 추리를 하지 못하고 있었다. 나는 형사들에게 출국 기록을 조사했느냐고 물으려다가 그만두었다. 이미 수사했을 것이다. 남편은 여권도 없었다. 혹시라도 애들 아빠가 비자금으로 해외 도피를 준비했다면 내가 괜한 말을 하면 안 된다. 남편이 붙잡혀서 죄상이 드러날 경우, 남은 우리들의 인생은 가루가 나버린다. 뭐라고 얼버무리지?

그때, 돼지 형사가 말했다.

"참고로 남편분은 해외 출국을 하지는 않았습니다."

"네?"

내 속을 읽힌 것 같아서 깜짝 놀랐다.

"출입국 사무소 기록을 조회해 보았지만 출국한 사실이 없습니다."

그래, 아무리 윤아경을 좋아해도 미국까지 따라가지는 않았겠지. 무엇보다…….

"남편은 여권도 없어요."

내가 한숨 쉬듯이 말하자 젊은 형사는 움찔하고 돼지 형사를 쳐다보았다. 대체 무슨 수사관이 이래? 왜 움찔대는 거야? 저러면서 범인 취조는 할 수 있으려나? 돼지 형사는 한 손을 들어 젊은 형사를 제지했다. 젊은 형사가 뭔가를 말하려는 걸 막는 눈치였다. 그리고 돼지 형사가 말을 이었다.

"이런 일이 아주 없지는 않습니다."

"예?"

"흔한 일은 아니지만, 없는 일이 아닙니다. 남자들…… 가끔 이런 식으로 사라지는 사람들이 있습니다."

"……."

나는 그가 제 논리를 펼치는 걸 막지 않았다. 말을 많이 할 필요는 없다. 착각하도록 두어야 한다.

"가장으로서의 책무, 여자분들이 생각하는 것보다 무겁습니다. 뭐, 사모님처럼 살림만 하는 사람들은 알 수 없는 무게지요."

형사가 나를, 아내로서 집안의 안주인으로서의 내 역할을 비하하고 있었다. 하지만 지금은 이 비하야말로 나에게 가장 필요한 것이다. 그가 우쭐해서 떠들도록 두어야 한다.

"……."

"갑자기 종교에 귀의하거나 하는 방식으로 출가하는 분들도 있고, 극단적인 경우에는 아예 집을 나가 노숙 생활을 하는 분들도 더러 있습니다."

젊은 형사가 얼른 끼어들면서 거들었다.

"사이가 좋은 부부라면 아내들이 찾으려고 들긴 하는데, 사이가 멀어진 부부는 아내들도 찾지 않으려고 할 때도 있고요."

"그래서 앞으로 어떻게 하신다는 건데요?"

할 말이 없을 때는 상대방이 대답을 하게끔 질문을 해버리는 게 최고다. 내 입에서 무언가 정보가 나오길 바라던 형사들은 실망을 감추지 못하고 말했다.

"그건 사모님이 결정하실 일입니다. 저희 쪽에서는 더 이상 남편분의 일로 수사를 지속할 의무가 없다는 결론에 이르렀습니다. 개인적인 문제가 있었고, 자의로 가출을 했다고 보는 편이 옳다는 생각입니다."

"너무 무책임하네요."

"드러난 사실과 정황 증거상 남편 되시는 오원우 씨는 비자
금까지 만들어서 계획적으로 가출하신 게 거의 확실합니다."

"그것으로 끝이라고요?"

"인력과 자금을 필요로 하는 다른 사건들이 많이 밀려 있는
상태입니다."

"녹을 먹는 경찰로서, 사건 담당 수사관으로서 하실 말씀인
가요, 그게?"

그들은 나에게 미안함조차 느끼지 않고 있었다. 그들에게 남
편과 나는 치정 문제와 가정사 때문에 수사 인력을 낭비하게
한 민폐 부부 그 이상 이하도 아니었다.

"남편께서 곧 돌아오신다면 더할 나위 없겠지만 그렇지 않을
경우를 대비해서 말씀드리자면, 사라진 시점부터 5년이 지나
면 실종 선고가 가능합니다. 이혼도 가능해지고요. 10년 이상
행방불명이면 사망한 것으로 간주되기도 합니다. 그때가 되어
서 사모님이 결정하시면 되겠습니다."

형을 선고하는 것처럼 말하는 돼지 형사를 보고 더 이상 할 말
을 잃었다. 이렇게 되길 기다리고 있던 지난 시간이 무색했다.

"아이들이 아직 어려서 지금 그런 걸 결정할 수는 없어요. 시
간이 좀 지난 후에 결정하겠습니다. 물론 그 안에 남편이 돌아

온다면 좋겠고요. 일단은 더 기다려보겠습니다."

　잠시 앉아 있던 그들은 나의 숨이 고르게 변하는 것을 들었다. 찻잔에 남아 있던 커피를 비우고는 한 명씩 천천히 일어서더니 갈 채비를 하는 몸짓을 하면서 시간을 끌었다. 형사들은 뭔가 망설이는 것 같았지만 나는 궁금한 티를 내지 않았다. 내가 일어서자 그들은 하는 수 없이 현관으로 향했다. 그들을 배웅할 마음은 없었지만 그들의 등 뒤로 문을 쾅 닫고 싶은 욕구는 가득했다.

　"사모님, 저희가 하나 더 묻고 싶은 것이 있습니다."

　앞서 나가는 젊은 형사 뒤로 따라 나가던 돼지 형사가 우연히 생각났다는 듯이 돌아보면서 물었다. 나는 고개만 끄덕였다.

　"앞 동에 사는 분들과 친하십니까?"

　"앞 동이요?"

　"네."

　"앞 동이라고 하시면 몇 동인지 제가 어떻게 아나요?"

　"2125동 말씀드리는 겁니다."

　"아니요."

　"예?"

　"친한 사람 없다고요. 앞 동에요."

　"……."

　돼지 형사와 나 사이에서 눈치를 보던 젊은 형사가 물어왔다.

"혹시 앞 동 1902호에 사시는 분이 돌아가신 건 아세요?"

사람은 매일 죽는다. 그게 특별한 일인가?

"잘 몰라요. 알아도 신경 쓸 겨를도 없었고요."

"네, 그러셨겠지요."

반응이 왜 이렇담? 이제는 대놓고 비꼬는 어조다. 궁금한 척을 해야 하나? 어쩔 수 없이 물었다.

"무슨 일이 있나요?"

내 질문에 돼지 형사가 눈을 빛내며 말했다. 어째 내 남편 이야기를 할 때와는 분위기가 사뭇 달랐다.

"건강하던 주부가 갑자기 죽었는데 남편 되는 사람이 서둘러서 장을 치렀다고 신고가 들어와서요. 아무리 생각해 보아도 이상해서 늦게라도 신고하는 거라고……."

역시 시체가 뽕 하고 등장한 일에만 적극적으로 수사를 하는군. 잠깐, 앞 동 1902호? 혹시 앞 동 쓰레기장 여자가 살던 아파트인가? 자영이 엄마 같은 여자들은 그 집에 놀러 갔다 왔기 때문에 잘 알겠지만 나는 다녀온 적이 없어 호수는 모른다. 죽은 지 벌써 반년도 더 지났는데. 그걸 왜 나에게 묻는 걸까. 설마 남편의 실종과 쓰레기장 여자의 죽음을 묶어서 생각하는 건가? 내 예상이 맞았다. 형사는 곧바로 나에게 시비조로 말했다.

"사모님은 그 일에 대해 관심이 유독 없으신 것 같습니다. 다른 사모님들은 서로 아는 척 얘기하려고 하는데 사모님은……."

나를 채근하는 말투였다. 화가 버럭 났다.

"이봐요, 형사님! 난 앞이 캄캄한 사람이에요. 하루하루 벌어먹기도 힘들다고요. 남편 일로도 정신이 없는데, 다른 집 일까지 관심 둘 여유가 있겠어요? 하고 싶은 말 하세요. 설마 내 남편의 실종이 그 여자가 죽은 것과 관련이 있다는 건가요?"

"그런 말은 하지 않았습니다."

"죽었다는 여자가 내가 생각하는 그 여자가 맞다면 남편이 사라지고 나서 몇 달 후에 죽었을 거예요. 내 남편이 그 여자를 죽였다면 사라지기 전에 죽였겠죠. 그렇지 않나요? 유능하신 형사님들께서 불철주야 남편을 찾고 있는 마당에 남편이 앞 동 여자를 죽이려고 이곳에 왔을 리는 없잖아요."

"아, 사모님, 실례했습니다. 그런 의도로 여쭈어본 게 아닙니다. 저희는 그저 온 김에 작은 단서라도 얻을까 해서요."

헛웃음이 났다. 하, 그럼 그렇지. 이들이 어울리지 않게 집까지 찾아온 이유는 여기에 있었다.

"……설마 남편 일로 오신 게 아니고 다른 일 수사하러 온 김에 여기도 잠깐 들른 건가요?"

"아닙니다, 아닙니다. 그렇게 들렸다면 죄송합니다. 이 댁에 온 김에 그 댁 남편분도 만나기로 했거든요. 앞 동 주부 사망은 자연사일 확률이 높습니다."

돼지 형사가 아니라고 손사래를 쳤지만 소용없었다. 그가 답하기 직전에 젊은 형사가 움찔하는 것을 나는 똑똑히 보았다. 그들은 이 아파트 단지에 온 김에 우리 집에 들른 게 확실했다. 앞 동 여자가 죽은 일에 대해 누군가가 신고를 했다. 여자가 죽은 지 여러 달이 지났는데도 그 여자가 죽은 게 심상치 않다고 여기는 누군가가 있었다. 그리고 그건 십중팔구 자영이 엄마일 거다. 형사들이 지금까지 나에게 말하고 묻고 했던 것들은 단순한 낚시질에 지나지 않았다. 기가 막혔지만 한편으로는 안심되었다. 형사들은 남편에게 관심이 없었다.

"벌써 시간이 꽤 지나지 않았나요?"

내가 물었다.

"맞습니다. 시간이 꽤 오래 지났지요."

"아직 생사 여부가 판가름 나지 않은 사람에 대한 수사는 종결하시면서 이미 죽어서 시간이 지난 사람에 대해서는 열심이시군요."

젊은 형사가 끼어들면서 나를 말렸다.

"사모님, 남편분은 가출로 보는 게 거의 확실⋯⋯."

말허리를 자르고 물었다.

"누가 신고한 건가요? 앞 동 여자 말입니다."

내 질문에 돼지 형사는 주제넘는 참견이라는 투로 답했다.

"그런 것까지는 알려드리기 뭐합니다."

"그 집 여자가 죽은 원인이 수상하다는 신고만 들어온 건가요, 아니면 내 남편과 죽은 여자를 연관 지어서 신고가 들어온 건가요?"

"드릴 말씀이 없습니다. 실례했습니다."

이번에는 아니라는 손사래가 없었다. 앞 동 여자의 죽음에 대한 의구심을 드러낸 누군가가 신고를 하면서 남편 이야기도 한두 마디 얹은 것이다. 이 게으름뱅이 콤비는 앞 동에 가는 김에 들른다는 개념으로 우리 집에 와서는 몇 마디 던져보고 성과가 없자 수사를 그만두겠다는 선포만 했다. 그게 다였다. 형사들은 서슬 퍼런 나를 대하는 게 성가셨는지 서둘러 말을 줄이고는 현관을 나섰다. 닫히는 문 틈으로 아이들과 함께 꿋꿋이 살라는 립 서비스를 뱉어주는 꼴을 보니, 아마도 내가 지금까지 낸 세금값인가 보다.

현관을 닫고 거실로 들어오는데 그제야 손이 부들부들 떨렸다. 남편과 TF팀을 했던 여자가 누구인지 남편의 회사에 전화를 해볼까 싶었다. 하지만 회사는 망했다. 회사가 멀쩡하게 돌아가고 있다 한들 전화를 걸어 뭐라고 할 것인가? 남편의 애인에 대해 알려달라고? 내 남편에 대해 남에게 묻는 것이 더 굴욕이었다. 남편이 아내에게 업무 이야기를 털어놓지 않았다는 것은 그만큼 아내로서 나의 입지가 좁다는 것을 사람들에게 알리는 꼴만 된다. 나를 버린 남자 때문에 내 체면을 깎을 필요는 없다.

경찰이 남편에게서 관심을 끊으려는 지금이야말로 행동을 조심해야 한다. 가만히 있는 게 낫다. 긁어 부스럼 만들지 말자. 잠시나마 솟았던 걱정되고 애절한 감정은 사라졌다. 남편은 무자비한 사람이었다. 그 와중에 바람까지 피웠다니, 윤아경이도 별 볼 일 없구나. 삼류 소설 속에서 유일하게 본명으로 존재하면 뭐 하니? 윤아경에게만 목매느라 나에게 무관심한 건 줄 알았는데 하고 싶은 짓은 다 하느라 나에게 낼 시간이 없었던 거였다. 내가 남편을 너무 과소평가했다.

'일말의 연민도 필요 없는 놈.'

남편은 일찍 들어오기 시작한 날 저녁, 검은 우산이 사라진 것을 분명히 눈치챘을 것이다. 그건 내가 증거를 인멸했다는 것을 남편도 알고 있다는 의미다. 남편은 나에게 살인 사건 뒤처리를 시키면서 미안함도 느끼지 않았다. 그런 남자와 내연 관계를 맺다니 어떤 여자인지 몰라도 그 여자도 제정신은 아니었다. 아니, 어쩌면 너무나 제정신인 여자였을 수도 있다. 그 여자는 내 남편을 충직한 개로 부렸다. 가끔은 당근을 던져주었을 것이다. 그리고 이 바보 같은 놈은 여자가 자기를 이용하는 줄은 꿈에도 모르고 애인이라고 생각했겠지. 여자는 언제든 쉽게 떼어버릴 수 있는 놈으로 보았기 때문에 과감하게 사내 불륜을 저질렀을 테고. 하기야 나 역시 대학 때 만났던 1학년 남자애가 귀찮아지면 군대에 가라고 종용할 생각이었다. 하물며 사회생활로 잔뼈 굵은 여자가 그 정도 머리를 못 굴렸을 리가…….

멍청한 건 남편이다. 다른 팀원이 없이 단둘이 TF팀이라니. 결과가 좋으면 공은 그 여자에게로 돌아가고 결과가 나쁘면 남편이 뒤집어쓰는 구조다. 남편은 자기가 잘나서 TF팀으로 뽑혔다고 착각하고 소처럼 일했을 거고. 사회생활 꽤나 하면서 밖에서 굴러먹은 그 여자는 대번에 오원우라는 사람의 본성을 알아보았던 거다. 열등감 덩어리라는 것을. 자존감이 낮다는 것을.

남편의 공사 구분 못 하는 충심 덕분에 대번에 그 여자는 부장을 달았다. 거기에 비하면 남편은 만년 주임을 벗어나서 대리가 되었을 뿐이다. 그것마저도 남편은 굽실대면서 황송해했겠지.

대리가 된 날 집에 돌아왔을 때 거드름 피우던 표정이 아직도 기억난다. 웃옷 주머니에서 증명사진이 튀어나왔었다. 사원증을 다시 만들어야 해서 찍은 거라고 했지. 내가 사진을 보자 얼른 빼앗아서 다시 주머니에 넣었었다. 서른일곱에 대리. 지나가던 강아지가 헬헬헬 웃을 일이었다. 남편에게 일말의 애정이라도 남아 있었다면 나는 쓴소리를 했을 것이다. '창피한 줄 알아. 어디 가서 자랑하지 마.'라고.

대신 나는 아무 말도 하지 않고 싱긋 웃어주었다. 남편은 나의 미소를 존경이나 축하의 의미로 받아들였을 거다. 나는 남편이 회사에서 어떤 식으로 일을 하고 누구와 친하고 어떤 업무를 하는지 듣고 싶지 않았기 때문에 웃고 넘겼을 뿐이다. 다행히 남편도 무용담을 늘어놓지는 않았다. 우리는 이미 그때 서로에게 '그런 정보를 공유할 필요가 없는' 존재가 되어 있었다. 서로에 대해 궁금한 것은 없었다. 그래도 그 여자 덕분에 남편은 호프집 살인 사건에서 한발 멀어졌다. 잘나가는 커리어 우먼과 불륜을 저지르던 남자가 집에서 찌들어 살림만 하는 아내를 떠나버린 틀에 박힌 드라마. 이렇게 좋은 스토리가 있는데 호프집에서 살인 사건이 벌어졌다고 한들 환갑이 지난 호프집 아줌마와 남편을 치정 문제로 엮기엔 경찰도 무리였을 거다.

도리어 새로운 변수가 등장했다. 앞 동 여자. 이해가 안 갔다. 앞 동 여자라니. 이제 와서 형사가 움직인다? 왜? 설마 누군가가 앞 동 여자를 죽인 건가? 앞 동 여자는 자연사했다고 들었는데.

해야 할 일이 남아 있었다. 남편의 일기장. 그걸 치워버려야 한다. 남편의 일기장에 쓰여 있던 에피소드들은 거의 모두가 사실일 확률이 높아졌다. 창작 능력이라고는 눈곱만치도 없는 인간. 남편은 호프집에 드나들었다. 만약, 일기장이 누군가의 손안에 들어가는 날이면, 그동안의 내 노고는 일순간에 물거품이 된다. 경찰은 당장에 수사 방향을 틀어 남편에게로 초점을 맞출 것이고 남편이 사라진 이유를 실종이나 가출이 아닌, 도주로 가닥을 잡을 것이다. 일기장을 숨겨야 한다.

　나는 침대 밑을 더듬었다. 남편이 사라진 후 일기장을 찾는 것은 실로 오랜만이었다. 침대 밑으로 기어들어 간 건가? 일기장이 손에 잡히지 않았다. 다시 더듬어 보았다. 없었다. 일기장이 사라졌다. 그때.

　딩동. 딩동. 딩동.

　시끄럽게 벨이 울렸다.

　자영이 엄마가 왔다. 시끄럽게 눌러대는 초인종 소리를 들으면 안다. 짜증이 났지만 꾹 참고 문을 열어주었다. 돌아다니고 있는 풍문을 들어야만 했다.

　"형사가 다녀갔대. 들었어? 하원이 엄마? 들었냐고? 앞 동 사모님 말이여!"

　그럼 그렇지. 들어오면서부터 앞 동 여자 이야기다. 앞 동 여자가 죽은 것이 큰 문제인가? 쓰레기장에 어슬렁거리는 여자. 전형적인 스캐빈저♦. 짐승이었다면 음식물 쓰레기나 썩은 고기, 시체나 찾아 헤맸을 여자였다. 하지만 애들 아빠와 연관 있다면 얘기가 달라진다. 설마 앞 동 여자마저 남편의 내연녀였던 것은 아니겠지. 장례식의 규모로 미루어 보건대 앞 동 부부

♦　스캐빈저(scavenger): 생물의 사체 따위를 먹이로 하는 동물을 통틀어 일컫는 말.

는 재력도 있고 사회적인 지위도 높은 사람들 같았다.

설마 내 남편이 돈 냄새를 맡고 앞 동 여자를 유혹하려던 건 ……? 남편이 회사에서 다른 여자와 불륜을 저지르면서 앞 동 여자를 차버렸다면? 남편이 묻히고 들어왔던 피가 사실은 호 프집 피해자의 피가 아니고 앞 동 여자의 피였다면? 남편에게 칼을 맞은 앞 동 여자가 시름시름 앓다가 죽은 거라면? 그 사 실을 앞 동 남자는 알면서도 남편이 사라지니까 돌아올 때까지 기다렸다가 복수하려고 그러는 거라면? 말도 안 되는 상상하 지 말자. 칼을 맞고 3개월이나 지나서 죽는 건 말이 안 되니까. 나는 아무것도 모르는 사람이다. 모르는 척을 하는 게 아니다. 오늘 형사를 만나고 난 뒤에 확실하게 깨달았다. 나는 남편을 알지 못한다.

자영이 엄마가 입을 벌릴 때마다 누런 이가 보였다. 사선으 로 살짝 뒤틀려서 붙은 대문짝만큼 커다란 앞니 두 개가 눈에 거슬렸다. 말할 때마다 덜렁대는 턱 밑 살도 거추장스러워 보 였다. 쟁쟁거리는 목소리로 쉴 새 없이 떠드는 그 입을 주먹으 로 있는 힘껏 갈기고 싶었다. 대문짝 앞니 두 개를 포함해서 아 래위로 여덟 개는 간단히 부러뜨릴 수 있을 것 같았다. 내가 흉 한 앞니를 뚫어져라 쳐다보는 것을 자기 이야기를 경청하고 있 다고 착각한 자영이 엄마는 기세 좋게 목청을 드높이면서 수다 를 이어갔다.

"하원이 엄마, 앞 동 사장님 무슨 일이여!"

말끝마다 사장님, 사장님. 누가 들으면 앞 동 집에 근무라도 하는 줄 알겠다. 네가 그 남자네 직원이니?

"왜요?"

모르는 척하고 물었다. 잘난 척 떠드는 사람 앞에서 바보인 척 연기하기. 그러면 상대방은 적선하듯이 말을 풀어놓는다.

"하원이 엄마는 오늘도 먹통이네! 내가 이럴 줄 알았어. 글쎄, 경찰이 온 건 살인 사건이라는 소리잖어! 살인이여, 살인. 사모님이 죽었다는 건 사장님이 죽인 거 아니겠어? 누가 그 사모님을 죽이겠어? 사람 겉만 봐서는 모르겠네. 앞 동 사장님, 키도 훤칠한 것이 얼마나 잘생겼어? 그런데 세상에 마상에 그렇게 무서운 인간이었다니. 경찰이 쑤시고 다닌다는 건 분명히 사건인 거여, 사건."

역시 자영이 엄마가 신고를 했나 보다. 내 남편 일까지 걸고 넘어졌다면 괘씸하긴 하지만 형사들이 신고 내용을 전부 다 말해준 건 아니기에 굳이 말할 필요는 없다. 자영이 엄마는 내가 따지고 들면 이 집에서 나가는 순간 또 다른 버전의 소문을 만들어 아파트 단지 내에 퍼트릴 사람이다.

"하지만 아직 아무것도 모르는 일이잖아요. 경찰이 왔다는 것만으로……."

"하원이 엄마, 그런 소리 말어. 가장 잘 알 사람이 그런 말 하면 어떡해? 하원이 아빠 안 들어와도 코빼기도 안 보이던 놈들이 떼로 나와서 아니 쌍으로 나와서 저러는데. 아파트 주민들 지금 술렁술렁 난리도 아니여."

"뭐라고들 하는데요?"

"앞 동 사장님이 약 먹여서 콱 죽여버렸다는 거지, 뭐."

"약이요?"

"무슨 제약 회사 한다잖어. 의사였다고 그러던데! 그런 남자가 마음만 먹으면 여자 하나 죽이는 게 일이겠어?"

"살인을 했다는 증거라도 있나요?"

"꼭 증거가 있어야 되나! 감이라는 게 있잖어!"

그놈의 감. 헛다리 짚는 것도 특기라면 특기겠다. 누구 남편은 칼로 사람을 찔러 죽이고 도망치고도 수사에서 제외되는 판국인데 와이프가 자연사했다고 살인자로 의심받는 남자도 있구나.

"어휴. 내가 초창기에 그 집 부부한테 돌던 소문 듣고 딱 알아봤었지. 그걸 새카맣게 까먹고 있었는데 얼마 전에 생각나더라니까."

"……무슨 소문이요."

궁금하지 않은 걸 물으려니 말꼬리가 절로 내려갔다.

"앞 동 사장이 보육원 출신이었다잖어. 데릴사위로 들어가서 재산 싹 가로채고 와이프 죽여버린 거지, 뭐."

"그건 또 무슨 소리예요."

"앞 동 사장하고 죽은 사모가 부부 싸움이 난 적이 있었는데, 사모가 길길이 날뛰면서 그랬다잖어. 고아 새끼 데려다가 먹여 주고 입혀줬더니 내 재산 가로챘다고."

남에게서 들은 것처럼 말하고는 있지만 직접 들었을지도 모른다. 자영이 엄마는 타인이 말하거나 겪은 걸 두고 자기가 직접 겪은 것처럼 말하고 다닌다. 그래서 그 반대도 가능하다는 걸 늘 염두에 두고 상대해야 한다. 그나저나 앞 동 남자가 보육원 출신이라는 건 좀 믿기지 않는다. 역시 사람마다 드러나지 않는 사정이 있구나.

"그런 일이 있었어요? 싸울 사람들로는 안 보였는데요."

"아주 사이가 안 좋았대. 앞 동 사장이 성격이 모나서 애들을 애들 엄마한테서 떼어놓으려고 했다잖어. 그거 몰라?"

"나는 몰라요."

아무래도 앞 동도 보통은 넘는 집이었나 보다. 골이 아파왔다.

"어휴. 이웃끼리 이렇게 관심이 없어서야, 원. 이 집 저 집 커피도 마시고 다니고 그래야 알지! 하원이 엄마랑 말하다 보면 내가 답답해서 속이 터진다, 터져. 앞 동 사모가 그랬다잖어! 싹 다 옛날에 죽여버렸어야 했는데 안 죽고 살아나서 자기 괴롭힌다고 울며불며 난리가 났었다잖어! 애들도 지들 아빠 닮아서 싹퉁바가지가 없어요! 아주 그냥 길에서 마주치면 새초롬해

가지고는 인사만 쓱 하고 가는데 애들이지만 참 정이 없어서!"

　앞 동 남자와 여자가 어떤 인간들인지 나는 모른다. 그렇다고 해서 그 집 애들이 '싹퉁바가지가 없다'는 것에 동조할 수는 없다. 내가 보기에 그 애들은 예의 바른 학생들 이상 이하도 아니었다. 그럼 학생들이 길가에서 동네 아줌마를 만났다고 그 자리에 서서 품바타령이라도 해야만 하나? 인사를 하고 지나갔으면 된 거지 뭘 더 바라는 건가? 그렇게 "사모님, 사모님." 하면서 따라다니더니 그 사모님이 죽자마자 남은 그 집 가족을 두고 험담을 해대는 자영이 엄마를 보자니 지치는 기분이었다. 나는 절대로 죽지 말아야겠다. 우리 애들을 위해서라도.

　"경찰이 온 걸 보면 수사하면 밝혀지겠지요."

　"얼굴 잘생기고 허우대 멀쩡한 부자가 말이여, 돈 좀 찔러주면 경찰들도 눈감아 줄 거 아니여! 그럼 낭패인데!"

　대체 앞 동 남자가 살인자로 밝혀지길 바라는 건지 그 반대인지 알 수가 없다. 자영이 엄마는 그저 즐거워 보였다.

　"아휴, 무서버라. 아휴, 우리 자영이 아빠 그만 들볶아야겠어. 생긴 것도 못났고 돈도 못 벌어도 그래도 밤일만 잘해도 그게 어디여? 나밖에 모르는 놈이 최고지. 프흐흐흐흐……."

　여기까지만. 더 이상 들어봐야 시간 낭비다. 이 여자는 모든 대화의 결말이 '밤일'이다. 1분만 들어도 지린내가 나는 것 같다. 냄새나는 남의 '밤' 이야기를 내가 왜 듣고 있어야 하나. 본

인들은 아니라고 하겠지만, 남자가 없는 집을 우습게 보고 눌어붙는 사람들이 종종 있다. 자영이 엄마가 그런 과다. 남편이 사라지고 나서 믹스커피 타달라면서 찾아오는 횟수가 부쩍 늘어난 것만 보아도 안다.

내가 낮에 일을 다니는 것을 핑계 대자 그다음부터는 늦은 저녁이나 밤에도 종종 찾아와 초인종을 눌러댔다. 끈질기기도 해서 내가 안에 있으면서도 문을 안 열면 문 앞에서 나를 불러대기도 했다. 애들 이름을 불러댄 적도 있는데 한 번은 상원이가 자다가 깨는 바람에 내가 화를 낸 일도 있었다. 그다음부터는 아주 늦게는 오지 않지만, 여전히 단지 안에서 나를 볼 때면 아침이고 점심이고 저녁이고 무조건 찾아온다. 누가 보면 자영이 엄마에게 내가 빚이라도 졌다고 오해할 만큼.

"경찰에 신고할 때 찾아가서 하셨어요? 조서 꾸밀 때 받아주던가요? 전혀 상관없는 앞 동 아파트 사람 이야기인데도요?"

"당연히 받아줬지. 내가 보통 얘기를 잘해? 내가 그랬지. 앞 동 사모님하고 아주 그냥 친한 친구로 지냈는데 그 사모님이 시름시름 앓긴 했지만 죽을 정도는 아니었다고. 그런데 사람이 하나 실종되고 나서 또 한 사람이 죽은 게……. 어머! 지금 하원이 엄마, 무슨 소리를 하는 거여!"

"……."

자영이 엄마는 눈을 위아래로 치뜨면서 나에게 위협적인 표정을 지어 보였다. 그런 자영이 엄마를 보면서 나는 딱 한 가지 생각이 들었다. 이 여자도 참 열심히 산다는 생각. 남의 집에서 사람이 죽었고 장례마저 다 치른 것을 두고 직접 찾아가서 신고까지 하다니. 역시, 사람은 시간이 많으면 사고를 친다.

"자영이 엄마, 내가 오늘 좀 피곤해서 그러는데 이만 좀 가실래요?"

"어젯밤에도 우리 자영이 아빠가 셋째 낳자고……. 응? 뭐? 가라고?"

"네."

"한참 얘기 재미있게 하는데 가라고 하는 게 어딨어. 자기, 진짜 경우 없다!"

너나 재미있겠지. 자기는 무슨 얼어 죽을 자기. 내가 가장 소름 돋아 하는 말이 바로 '자기'다. 두 눈을 흰자위로 그득 채운 자영이 엄마를 무시하고 자리를 정리했다. 자영이 엄마는 마지못해 일어섰다. 떨떠름한 표정을 보니 속으로는 천불이 나서 욕설을 퍼붓고 있을 게 분명했다. 일부러 천천히 움직이는 자영이 엄마를 인내심 있게 기다렸다. 형사들도 그렇고 자영이 엄마도 그렇고 우리 집 안에만 들어오면 행동이 느려지는 병이라도 걸렸나 싶다. 때가 낀 형광 연두색 크록스가 커다랗고 넓적한 두 발에 밟혀 애처롭게 뭉개졌다.

"자영이 엄마, 내가 하나 부탁 좀 할게요."

"……뭐, 뭘?"

"앞 동 사람들에 대해서 경찰에 뭐라고 신고를 하든 상관없는데, 그게 우리 하원이 아빠랑 연관된 거라고 떠들고 다니지는 말아요."

"뭐? 내가 무슨 말을 했다고 그래?"

"경찰에다가 그렇게 말했다면서요. 한 사람이 실종되고 한 사람이 죽었다고요. 앞 동 여자 죽은 게 우리 하원이 아빠 실종된 거랑 무슨 상관이겠어요."

"아니, 내 말은 말이 그렇다는 거지. 아파트 단지 내에 자꾸 흉흉한 일이 벌어지면 집값도 떨어지고 그러니까!"

"그러니까, 그 집값 떨어지게 하는 소문을 자영이 엄마가 만들고 퍼트리고 다니는 거잖아요."

"아니, 하원이 엄마 깐깐하게 왜 이래? 내가 다 걱정이 되니까 하는 말이잖아!"

"그 걱정 넣어두시라고요. 나는 지금 하원이랑 상원이랑 먹고사는 것만으로도 힘이 드니까 외부 사람들까지 엮어서 피곤하게 만들지 말라고요. 없는 말 만들지도 말고요."

"참나, 기가 막혀서! 걱정을 해줘도!"

아름드리나무를 뽑아 만든 기둥 같은 두 다리가 쿵쿵 바닥을 울리며 문턱을 넘자마자 나는 현관문을 닫고 잠가버렸다.

"아니, 무슨 여편네가 저렇게 정이 없어?"

현관문 밖에서 자영이 엄마의 목소리가 들려왔다. 문이 닫히고 나서도 월월 짓는다. 내가 다시 문을 열고 "자영이 엄마, 없는 말 자꾸 만들어서 소문내면 고소합니다." 하고 말하면 금방 깨개갱 하고 꼬리를 가랑이 사이로 말아 넣을 거면서.

자영이 엄마가 뭐라고 말을 하고 다니던 나랑은 관련 없다. 하지만 앞 동 여자 일로 형사들이 내 집에 드나드는 건 사양이다. 경찰의 관심을 조금도 끌고 싶지 않다. 지금까지 남편 일을 잘 덮고 지나왔고 어려움을 감내했고 결국에는 자발적 가출이라는 결론에 도달했다. 시간이 빨리 흘러서 실종과 사망을 공식적으로 인정받아야 한다.

자영이 엄마의 기대와는 달리 앞 동 남자에게는 아무 일도 일어나지 않았다. 도리어 앞 동을 찾아왔던 형사들이 앞 동 남자에게 예의 바르게 인사하고 돌아가는 모습을 보았다는 목격담이 아파트 단지 내에 돌았다.

†

법석이 가라앉자 동네에서는 이상한 분위기가 형성되었다. 한 명은 생과부, 한 명은 홀아비가 되어서 그런가. 앞 동 남자와 나를 이어주자는 오지랖이 발동된 것이다. 좋은 의도라기보다는 재미있는 볼거리라고 여겼을 확률이 컸다. 두 판의 퍼즐이 있고 우연히도 두 퍼즐이 각각 하나씩 일부를 잃어버렸다고 가정하자. 그렇다고 두 판의 퍼즐의 빈 부분끼리 딱 맞아서 한 판의 퍼즐이 될 수는 없다. 모든 판을 뒤엎고 새로운 판 위에 퍼즐을 재배치해도 그 퍼즐 역시 완성이 될까 말까다. 앞 동 남자도 나도 인간이지 퍼즐이 아니었다. 완벽하게 맞아서 꽉 채워진 퍼즐의 판 같은 가정이 세상에 있기는 한 것일까. 그런 가정이 있다고 해도 그것은 결국 외부에서 볼 때만 '그렇게' 보일 뿐이다. 가정의 내부에서 벌어지는 일은 아무도 모른다.

앞 동 여자가 갑자기 죽었을 때 그 집 아들은 고등학교 2학년, 딸은 중학교 3학년이었다. 한창 공부해야 할 나이에 엄마가 사망했지만 남매는 전혀 흔들림 없이 수험 기간을 보냈다. 그게 딱하면서도 장해서, 동네 여자들이 번갈아 가면서 반찬을 만들어다 주면서 보살폈다. 나도 그중 하나였다. 다만 경황이 없었기에 다른 집들처럼 자주 챙기지는 못했다. 한번은 퇴근하고 집에 들어가는 중에 아파트 단지 입구에서 누군가가 인사를 건네왔다.

"안녕하세요."

교복을 입은 말쑥한 남자 고등학생이었다. 낯은 익은데 잘 기억이 나지 않았다. 가만히 들여다보고 있는데 남학생이 다시 말을 붙여왔다.

"저는 25동에 사는 최준혁입니다. 지난번에 보내주신 반찬 감사히 먹었습니다."

"아, 그랬구나. 다행이에요."

앞 동 남자의 아들이었다. 살가운 태도는 아니었지만 예의가 몸에 배어 있었다. 내가 저를 기억하지 못하니 내가 무안하지 않도록 자기소개를 덧붙이는 모습에 가정교육이 참 잘된 학생이라는 인상을 받았다. 장례식에서 본 지 그리 긴 시간이 지나지 않았는데도 이미지가 많이 달랐다. 아이들이란 시시각각 자란다는 걸 새삼 느꼈다.

"입에 맞았어요?"

말주변이 없는 나는 한 번 더 확인하는 말만 늘어놓았다. 남학생은 그저 예의상 인사로 건넨 말일 텐데 나는 마치 맛있었다고 이야기해 주기를 기대하는 것처럼 물어버렸다. 주책을 떨었나 염려되려는데 의외의 대답이 돌아왔다.

"예, 정말 맛있게 먹었습니다. 계란말이도 김치 볶음도 장조림도 또 쑥갓나물도 맛있었습니다."

남학생의 입을 통해 흘러나오는 반찬의 종류를 들어보니 내가 생각해도 참 기본 중의 기본 반찬이구나 싶어 민망했다. 나도 모르게 주위를 둘러보았다. 반찬 목록 나열을 누군가가 들었다면 조금 창피할 것 같았다. 우리 집 생활 수준을 드러내 보이는 꼴이었다. 내 얼굴을 살핀 남학생이 어울리지 않게 약간 다급하게 말했다.

"죄송합니다. 제가 너무 들떠서 말씀드렸지요?"

"아니에요, 맛있게 먹었다니까 나도 기분이 좋아요."

"예, 아버지가 다른 집 반찬은 못 먹게 하세요. 정하 아줌마음식은 저희가 꼭꼭 챙겨 먹고 있다고 알려드리고픈 마음에 저도 모르게……."

"음식 나누는 게 조심스러운 일이죠. 정성 들여 만들어도 받는 사람 입에 안 맞으면 음식물 쓰레기만 늘여주는 게 되니까요. 제 음식이 입에 맞았다니 안심이에요."

"정말 맛있었습니다."

세상에, 음식물 쓰레기를 늘여주는 거라니. 내 입을 막고 싶었다. 그럼에도 남학생의 얼굴을 보니 묻지 않을 수 없었다.

"혹시 가리는 음식 있어요? 알려주면 그건 피해서 만들어 보낼게요. 또 기회가 있을지는 모르지만요."

내 말에 화색을 띠는 얼굴은 장례식에서 본 그 남학생과 동일 인물이 아닌 것 같았다. 물론, 남학생은 분명히 앞 동 아들이 맞았다. 그러나 전체적인 이미지가 달랐다. 반듯하고 흐트러진 데 없는 말끔한 외양은 제 아버지의 몸가짐을 그대로 닮았지만 분위기가 변했다. 남학생은 이전과 다르게 밝은 기운을 띠었다.

"가리는 거 없습니다. 빙수를 안 먹긴 하는데 그것만 빼면 상관없습니다."

"빙수요? 아, 찬 음식은 안 먹어요?"

"아니요, 찬 음식도 좋아합니다. 다만 빙수는…… 얼음 가루를 떠먹다 보면 미각이 둔해지는 그런 게 조금 안 맞아서요."

학생치고는 조금 심오한 이유였다. 미각이 예민하다는 의미인가?

"그렇군요. 그럼 동생은 어때요? 동생도 가리는 거 없나요?"

"없습니다. 아버지도 저도 지선이도 셋 다 빙수 제외하곤 잘 먹습니다."

"알겠어요, 내가 꼭 기억해 두고 있을게요. 다음에 다시 음식 나누게 되면 먹어보고 맛없는 건 맛없다고 알려줘요. 알겠죠?"

"맛없는 게 없을 것 같은데요……. 알겠습니다. 감사합니다."

남학생은 허리를 휙 숙이면서 인사를 해보였다. 나도 살짝 고개를 숙여 인사를 하고 집으로 걸어갔다. 그나저나 내가 앞 동 사람들에게 내 이름을 말한 적이 있었나? 아까 분명히 정하 아줌마라고 했던 것 같은데.

앞 동 남자는 자기도 정신이 없을 마당에 하원이나 상원이를 보면 늘 치킨을 사줬다. 가끔은 한밤중에 지친 몸을 끌고 신세 한탄을 하고 돌아와 보면, 현관문 고리에 죽 전문점에서 사온 죽이나 족발, 막국수 같은 야식이 걸려 있기도 했다. 번거롭다고 느꼈던 앞 동 남자의 친절이 눈물이 날 만큼 고마우면서도 견디기 어려울 정도로 슬펐다. 몹시, 몹시도 슬펐다. 앞 동 남자의 호의를 받으면서 나는 그제야 깨달았던 것이다. 남편은 나와 아이들을 위해서 간식 한 번을 사 온 적이 없었다. 그런데 도 아이들은 제 아빠에게 불평 한마디 없었다. 혹자는 아이들 이 잘 교육되었다고 여기겠지만 그건 아니다. 아이들은 제 아 빠의 무관심에 익숙했을 뿐이다.

하원이는 중학교에 들어가자마자 아르바이트를 시작했다. 집안 사정을 들은 편의점 사장이 어린 하원이를 고용해 주었 다. 남편의 실종 선고가 내려졌다. 호프집 사건은 여전히 미제 로 남아 있었다.

✝

아파트에서는 한 달에 한 번씩 치킨 반상회가 열렸다. 처음 이 모임에 관해 들었을 때, 따로 내는 회비가 없다기에 나는 참 석하지 않겠다고 했다. 나의 사정을 봐서 아파트 주민들이 회 비를 내지 않아도 된다고 하는 것 같았기 때문이다. 혹시나 누 군가가 나를 대신해서 내 회비를 내주는 거라면 더더욱 끼고 싶지 않았다. 하지만 모든 회비는 앞 동 남자가 냈다. 그는 아 내가 죽은 후에 아파트 주민들의 도움으로 슬픔을 빨리 털어버 릴 수 있었다면서, 보답 차원에서 모임을 만들었다고 했다.

'20년 가까이 함께 살아온 아내가 죽었는데 슬픔을 털어버릴 수도 있는 거구나⋯⋯.'

나는 슬픔을 '털어버린다'는 표현이 마음에 걸렸다. 언젠가 남편의 사망 소식을 받게 된다면 나도 슬픔을 털어버릴 수 있을까?

하루하루가 이른 봄 햇살을 받고 있는 빙판길처럼 느껴져서 불안에 떨면서 살아왔다. 햇빛이 조금만 더 내리쬐면 얼음이 깨지고 그 아래에서 입을 벌리고 있는 호수 괴물의 목구멍으로 나와 아이들은 삼켜질 것만 같았다. 나는 완연한 봄을 원하면서도 혹독한 겨울이 계속되기를 바라고 바랐다.

가끔은 반상회를 거르고 싶을 때도 있었다. 하지만 참석했다. 앞 동 남자가 보여주는 성의를 무시하고 싶지 않았다. 이상하게도 그가 마음에 걸렸다. 그가 다른 집에도 종종 들러 음식 배달 산타 할아버지 노릇을 하고 있는지 확인할 길은 없었지만 갚을 여력이 없는 나로서는 그가 주최하는 모임에라도 빠짐없이 참석하는 것이 유일한 감사의 표현이었다.

몇 해를 넘기자 반상회에 나오는 주민은 현저히 줄어들었다. 많이 모이는 날에는 일고여덟 명 정도, 적게 모일 때는 나와 앞 동 남자를 포함해서 네댓 명 정도였다. 그래도 앞 동 남자는 반상회를 접지 않았다. 몇 명이서 반상회를 시작하건 간에 언제나 마지막에 남는 둘은 나와 앞 동 남자였다.

앞 동 남자 혼자서 자리를 정리하거나 계산하고 쓸쓸히 집으로 돌아가는 뒷모습을 보는 것이 못내 안쓰러웠던 나는 뒷정리를 자처했다. 앞 동 남자는 맥주를 좋아했다. 소탈한 성격이었다. 반상회가 늦게 끝나는 날이면 각자의 집으로 돌아가는 길목에서 치킨집 사장이 서비스로 챙겨 주는 작은 영업용 캔 맥주를 따서 마시며 걸었다. 덕분에 알코올을 전혀 먹지 않던 나도 맥주 반 캔 정도는 마실 수 있게 되었다. 우리 두 사람이 걷는 것을 누군가 목격해도 앞 동 남자는 전혀 어색함 없었다. 누군가와 마주치면 도망치듯 자리를 피하던 남편과는 정반대였다.

앞 동 남자는 우리가 왜 늦은 시간에 함께 걷고 있는지, 어쩌다가 이토록 자연스럽게 어울리고 있는지, 사람들에게 설명하지 않았다. 남편이 사라진 이후로, 언제나 호기심 어린 눈초리로 나를 좇던 사람들도 앞 동 남자와 내가 함께 걸을 때는 예의 바른 눈인사를 건네왔다. 사람들은 우리 둘이 걷다가 각자의 아파트 앞에 오면 인사를 건네고 각자의 집으로 들어갈지, 아니면 두 사람 중 한 사람의 집으로 함께 들어갈지, 그런 것에 대해 전혀 관심이 없는 것처럼 굴었다.

앞 동 남자의 아이들은 건실하게 자랐다. 미국에서 박사 과정을 밟고 있던 아들이 미국에서 취업했다는 소식을 들었고 올해 초, 딸은 시집을 갔다. 착실한 사윗감을 데리고 왔기에 허락했다고 한다. 앞 동 남자의 요청으로 나는 그의 딸과 함께 다니면서 혼수 준비를 도왔다. 이바지 음식이며 예단 역시 내가 친정 엄마에게 물어서 함께 결정했다. 결혼식이 끝나고 나서 앞동 남자와 그의 딸은 나에게 감사 인사를 전해왔다. 친엄마가 살아 있었다 한들 이렇게 평화롭게 결혼 준비를 할 수는 없었을 거라는 말이 유난히도 내 마음에 남았다.

'그리 편안한 가정은 아니었었나 보다.' 하는 생각이 들었지만 말에 묻힌 의미를 묻지는 않았다. 집집마다 드러나지 않는 사정이 있기 마련이니까. 연신 감사 인사를 전해오는 그와 그의 딸에게 감사한 건 오히려 내 쪽이었다. 더 좋은 물건을 살 수 있었을 텐데도 불구하고 그의 딸은 혼수 품목 대부분을 내가 아르바이트하는 백화점에서 샀고 그 덕에 나도 실적을 많이 올릴 수 있었다. 분명히 내가 얻은 것이 더 많은데도 앞 동 남자는 언제나 나에게 신세를 졌다고, 고맙다고 했다.

남편이 사라진 지도 벌써 13년이 흘렀다. 실종 선고가 내려진 지는 한참이 지났다. 사망 선고를 내려도 되는 시기는 이미 지나 있었다. 아파트 단지에도 여러 가구가 이사를 나가고 들어왔다. 한순간, 한순간이 멈추어 있는 줄 알았는데 매 순간은 지나가고 있었다. 시간이 흐르는 것인지 내가 달리는 것인지 인지할 수 없을 정도로 무자비하게, 바람처럼 지나간 세월이었다.

2부

4장

재혼

하원이의 대입 수시 합격 결과를 기다리면서 마음 졸이던 날의 늦은 오후였다. 하원이 때문에 덩달아 긴장한 나는 오전 근무만 하고 들어왔다.

딩동.

초인종이 울렸다. 앞 동 남자였다. 똑같은 초인종 소리지만 나는 앞 동 남자의 초인종 소리를 구분했다. 나는 인터폰을 확인하지도 않고 현관문을 열었다. 앞 동 남자가 서 있었다. 늘 그렇듯, 말끔한 모습이다. 이 남자는 아내가 죽은 날도 장례를 치르는 동안에도 10여 년이 지난 지금도 늘 말끔한 모습으로 다닌다. 수염이 나긴 나는 걸까? 흰머리가 나긴 나나?

눈을 마주친 그가 빙긋 웃어 보이더니 말했다.

"하원 엄마, 지금 다들 치킨집에 모여 있어요. 치킨에 맥주 한잔하고 있는데 나와요."

"저, 오늘은 조금 무리예요. 하원이 수시 합격 발표 있는 날이거든요. 저녁 준비도 해야 하고⋯⋯."

"그래도 일단 나와서 조금 먹도록 해요. 내가 오늘은 일찍 마무리할 테니 30분만 앉아 있다가 들어가요. 애들 치킨 사줄게요. 찜닭 메뉴도 새로 생겼다는데 먹어보고 괜찮으면 사줄게요. 애들 저녁은 그걸로 때워요."

"그래도 할 일도 있고요⋯⋯."

"하원 엄마, 하원 엄마만 따로 밥 한 끼 사주고 싶지만 불편하다고 안 나올 것 같아서 내가 저 많은 사람들 모은 거예요. 그러니까 나와요. 오늘만⋯⋯."

"머리도 엉망인데⋯⋯."

"지금 그대로도 예쁘니까 썰렁하지 않게 뭐 하나 걸치고 나와요. 다들 집에 있다가 나온 건데 하원 엄마만 차려입고 와도 어색해요. 대충하고 나와요. 난 먼저 가서 섞여 있을게요."

그는 나의 대답을 듣지 않고 등을 돌려 그대로 가버렸다. 대화를 하는 동안, 정확히는 "지금 그대로도 예쁘니까."라는 대목에서 참석하는 것으로 내 마음은 이미 굳어졌다. 나는 거울을 보고 머리를 잠시 만진 후에 립스틱을 살짝 바르고 두툼한 카디건을 걸치고 나갔다. 멀리서 동네 사람들의 왁자지껄한 목소리가 들렸다.

치킨 두 마리가 든 봉투를 손에 들고 집으로 걸어가는데 아파트로 들어가는 상원이의 뒷모습이 보였다. 부르면 돌아볼 만큼 충분히 가까운 거리였지만 부르지 않았다. 상원이가 돌아보고, 치킨 봉투를 보고, 그래서 나보다 몇 걸음 뒤에서 걷고 있는 앞 동 남자를 본다면 아이는 인사를 하기 위해 발걸음을 되돌릴 것이다. 나는 이 모든 과정을 생략하고 싶었다. 내 아이들은 다른 집 아이들보다 충분히 괴롭고 넘치게 피로한 시간을 보내왔다. 나는 그 애를 성가시게 하고 싶지 않았다.

상원이는 잘 웃고 밝았던 모습은 없고 과묵하고 비밀스러운 분위기의 고등학생으로 자랐다. 의뭉스러운 구석이 있지만 아들들은 그렇다고 들었다. 나는 내 몸 안에서 나온 아이의 속을 이렇게나 알기 어렵다는 게 가끔은 놀라웠다. 처음에는 아이들의 속을 헤아리지 못했다고 생각해서 스스로를 비난하기도 했다. 하지만 앞 동 남자와 대화를 하면서, 아파트 주민들의 이야기를 들으면서, 내가 아르바이트하는 백화점에서 물건을 훔치다가 보안 요원에게 잡힌 VIP 고객의 자녀를 보면서, 다른 부모들도 자녀들에 대해 전부를 알고 있지 않다는 것을 깨달았다.

내 아이들은 이른 나이에 나의 전우가 되었다. 자녀 노릇만 하며 자라는 여느 집안 아이들과는 입장이 달랐다. 가능한 오랜 시간을 옆에 끼고 어르고 달래며 살아왔지만 내 시선이 닿지 않는 곳에서는 고구분투하면서 살아왔을 것을 나는 안다.

그러니 내 아이들에게 약간의 여유는 허락되어야만 한다.

"저 먼저 갈게요! 치킨 고마워요!"

나는 앞 동 남자에게 말하고 잰걸음으로 아들의 뒤를 따랐다. 빙긋이 미소 짓고 고개를 끄덕이는 앞 동 남자의 모습에 여운이 남았지만 아들을 보면서 걸음에 속도를 붙였다.

나는 상원이가 현관문을 닫고 들어간 후 조심스럽게 들어갔다. 상원이의 가방은 방에 놓여 있었고 욕실에서 손을 씻는 물소리가 들렸다. 나는 치킨을 식탁 위에 올려두고 된장찌개를 끓이기 위해서 거의 비어 있는 냉장고 채소 칸을 뒤적였다. 냉장고의 성능은 나빠진 지 여러 해 지났다. 가끔은 일하기 싫다고 투정을 부리는 것처럼 자기 멋대로 몇 시간씩 작동을 멈춘다. 식재료를 많이 사다 두면 상해서 버리게 된다는 걸 알게 된 후, 조금씩만 사두게 되었다. 냉장고를 교체하기보다 냉장고에 적응해 가고 있는 게 우리 가족이었다.

상원이가 욕실에서 말했다.

"엄마, 저녁 따로 차리지 마세요. 치킨이면 돼요."

"그래."

가만, 상원이가 어떻게 알았지? 아마도 상원이는 아파트 단지에 들어서면서 내가 치킨 봉지를 들고 있는 모습을 보았을 것이다. 앞 동 남자의 모습을 보았을지도 모른다. 그리고 우리를 앞질러서 집으로 들어왔을 것이다. 아들은 무슨 생각을 했을까? 앞 동 남자와 엄마가 이야기할 수 있도록 피한 것일까? 아니면 단순히 인사를 하는 것이 귀찮았던 것일까.

나는 아들을 쳐다보았다. 이미 제 허리 높이보다 한참 낮아져서 등을 약간 굽힌 채로 세면대에서 세수하는 아들의 모습이 보였다. 외모가 제 아버지와 똑같이 닮았다. 한밤중에 어두운 집 안에서 아들과 마주치면 남편으로 착각할 정도다. 남편과 함께 산 시간보다 떨어져서 산 시간이 더 길어졌지만 시간이 지날수록 남편과 닮아가는 아들 때문에 기억 속 남편의 실루엣은 점점 또렷해졌다. 아들은 내 손이 많이 가지 않도록 깔끔한 성격으로 자랐다. 무엇을 사용하든 제자리에 두고 음식을 먹고 나면 깨끗이 설거지를 해두었다. 그런 점은 또 제 아빠와 전혀 닮지 않았다.

남편은 지금 어떤 모습을 하고 있을까. 많이 늙었을까. 열쇠도 바꾸지 않았고 현관 비밀번호도 바꾸지 않았으니 남편은 언제고 들어와서 집 안을 돌아다닐 수 있다. 혹시 가족이 집을 비운 사이에 남편이 왔다 가지는 않았을까. 그가 돌아오길 바라는 건 아니다. 하지만 대체 왜 그랬냐고, 어떻게 그럴 수가 있었냐고 문득 묻고 싶어질 때는 있다.

상원이는 욕실에서 걸어 나와서 식탁에 앉아 치킨 봉지를 열었다. 집 안에는 음식을 먹고 삼키는 소리만 들렸다. 나는 상원이의 생각을 알고 싶었지만 묻지 않았다. 아들이 먹는 모습을 물끄러미 바라볼 뿐이었다.

"공부하느라 힘들지?"

"별로. 다들 하는 건데, 뭐."

"누나 수시 합격 발표 나면 우리 셋이 맛있는 거 먹으러 가자. 바람도 쐬고."

"그러든지. 엄마랑 누나 둘이 갔다 와도 돼요."

상원이는 다리 두 개를 먹고 나서 목 부분을 집어 들었다. 상원이는 날개를 먹지 않는다. "날개를 먹으면 날아간다, 도망간다." 하는 속설을 자라면서 어딘가에서 들은 것 같았다. 어릴 때 상원이가 아빠 몫으로 날개를 남겨놨던 일이 있다. 그런데 아빠가 사라졌으니 그 속설은 상원이에게는 실제로 벌어진 일이 되었다. 상원이는 아빠의 가출을 아빠에게 날개를 준 자신의 잘못으로 돌리고 있을지도 모른다. 아이들의 입장에서는 아빠로부터 버림받았다는 생각이 안 들려야 안 들 수가 없다. 나는 기회가 되면 그날 남편이 날개를 먹지 않았다는 것을 상원이에게 이야기해 주고 싶었다. 하지만 자꾸 기회를 놓쳤다.

피 칠갑이 되어 들어왔던 다음 날, 평소와 다르게 남편이 일찍 퇴근했던, 바로 그날 저녁이었다.

'아빠 치킨 먹어.'

집으로 돌아온 남편에게 상원이가 대뜸 말했었다. 내가 상원이에게 존댓말을 쓰라고 타이르기도 전에 남편이 말을 받았다.

'우리 아들이 아빠한테 치킨을 다 주네?'

'응. 아빠 치킨 좋아하잖아.'

'아빠가? 아빠는 치킨 별로 안 좋아하는데?'

'거짓말. 아빠가 벗어놓은 옷에서 항상 치킨 냄새 난단 말이야. 만날 먹으면서!'

무심하게 말한 상원이는 텔레비전에서 하는 만화로 시선을 돌렸었다. 나는 남편이 벗어둔 빨랫감에서 무슨 냄새가 나는지 맡아본 일이 없었다. 냄새를 맡을 수 있다 해도 굳이 맡으려 들지 않았다. 더러운 빨래에 코를 묻고 숨을 들이쉴 만큼 남편의 일거수일투족이 궁금하지는 않았다. 그런데 어린 상원이는 눈치를 채고 있었다. 내가 한마디 거들었다.

'상원이가 아빠 준다고 남겨뒀어요.'

'웬 치킨이야?'

'앞 동 아저씨가 사줬어요. 상원이가 졸랐대요. 창피하게.'

'그래? 나중에 신세 좀 갚아야겠네.'

'신세는 무슨……. 이웃끼리 치킨 한 마리 갖고 그러면 더 불편할 것 같아요. 마주치면 고맙다고 인사 정도만 해요. 앞 동 아줌마 말고 아저씨한테요. 아줌마는 모를 수도 있으니까요.'

'응.'

건성으로 대답했던 남편은 아들이 남겨둔 닭 날개를 먹지 않았다. 해동해 두었던 동태로 끓인 매운탕에 밥을 먹었을 뿐이다. 나는 남편이 손도 대지 않은 채로 식어버린 날개를 아들이 볼까 봐 걱정되었다. 그래서 아들이 보지 않는 사이 얼른 치워버리기로 마음먹었다. 날개를 버리기 직전에 한 입 베어 물었다. 눅눅해진 튀김옷에서 식은 기름이 배어 나와 잇새로 흘러들었다. 기름은 미지근하지 않았다. 차가웠다. 살은 굳어서 단단해져 있었다. 바삭한 튀김옷과 촉촉한 살코기의 맛은 온데간데없었고 축축하고 질긴 감촉만 남아 있어 비에 젖은 싸구려 가죽을 씹는 느낌이었다. 나는 한 입 물어뜯은 날개를 음식물 쓰레기 봉지에 넣고 그대로 봉했다.

지금도 그 맛이 생생하게 기억난다. 그 후로 나도 날개를 먹지 않게 되었다. 의식적으로 피한 것은 아니지만 일부러 찾아 먹을 필요는 느끼지 못했다. 상원이는 자기가 아빠에게 날개를 주어서 그것을 먹은 아빠가 가출했다고 생각하는 걸까? 내 아들이 그 정도로 바보는 아닐 것이다. 이제 와서 처자식 버리고 떠난 남편을 떠올리게 하고 싶지도 않다. 우리는 캡틴이 버리고 떠난 전쟁터에서 살아남은 패잔병들이었다. 우리끼리 생존할 수 있어야 한다.

"상원아, 그거 앞 동 아저씨가 사주셨어. 치킨 반상회……."

"엄마, 나한테 설명할 필요 없어. 치킨 반상회니 뭐니 핑계 대지 않아도 돼요."

"핑계라니?"

"앞 동 아저씨 좋은 사람인 거 나도 알아."

이건 무슨 의미일까? 마치 무슨 비밀스러운 속내를 들킨 것처럼 황망하면서 무안했다.

"앞 동 아줌마가 그렇게 일찍 돌아가실 줄 몰랐는데 원인이 뭔지⋯⋯."

나는 입이 열리는 대로 말을 이어갔다. 나는 지금 이런 말을 왜 하고 있는 걸까.

"사람이 그렇게 갑자기 갈 줄 누가 알았겠니. 어쨌든 엄마도 반찬 해다 주고 그러면서 치킨 빚 좀 갚았지, 뭐."

"하하. 맞아, 우리는 아저씨한테 치킨 빚 많으니까."

"하하." 하고 웃는 아들의 목소리에서 양념을 묻히지 않은 우무묵 맛이 나는 것 같았다. 더 이상의 대화는 힘들 것 같다는 생각이 들 때 현관문을 여는 비밀번호 누르는 소리가 들렸다. 나는 딱딱한 분위기에서 탈출하듯이 한달음에 달려 나갔다.

"엄마, 비밀번호 누른다고 무조건 저나 누나라고 생각하면 안 된다고 제가 누누이 말했어요. 꼭 인터폰 확인하고 나가세요."

"그래."

아들의 걱정 섞인 말을 뒤로하고 나는 그대로 현관문을 열었다. 꽃처럼 발그레한 미소를 짓는 하원이의 얼굴이 눈에 들어왔다. 하원이를 보니 숨이 쉬어졌다. 하원이의 표정에는 평소보다 더 많은 기쁨이 서려 있었다. 나는 그 짧은 몇 초 동안에 열 번도 더 기도했다. 온종일 기대하던 말이 딸의 발간 입술을 통해 흘러나오기를.

"엄마! 나 합격했어요!"

"정말? 아! 하나님, 감사합니다!"

나와 하원이는 현관문을 열어둔 채로 그 자리에서 얼싸안고 방방 뛰었다. 오늘은 밤새 현관문을 활짝 열어놓고 떠들고 싶었다. 이보세요! 아파트 주민들! 이 동네를 배회하고 있을지도 모를 도둑님들! 내 딸이 대학에 합격했어요! 이제 어엿한 대학생이 된다고요! 나 혼자서 키웠지만 이렇게 반듯하게 키워놨어요! 어느새 상원이도 누나와 엄마에게 다가와 어깨를 으쓱하면서 양팔을 벌렸고 우리는 다 함께 끌어안고 방방 뛰었다. 상원이의 덩치가 커서 우리 둘이 모두 품에 들어갔다. 상원이는 우리의 기분이 가라앉지 않도록 안아주는 척하면서 집 안으로 밀어 넣고는 현관문을 철저하게 잠갔다.

하원이가 포옹을 풀고 남동생에게 선언했다.

"이상원 일병! 누나가 대학 합격하셨다! 당당히 선포하는데, 이제부터 우리 집 치킨은 내가 쏜다!"

"어우, 축하한다. 그런데 좀 더 비싼 거 쏘면 안 되냐?"

"안 된다! 아직 내가 경제력이 안 된다. 고로 앞으로 5년간 우리 식구 외식은 치킨이다! 하하하하하!"

"하하하하하!"

마감 뉴스가 끝났다. 하원이와 함께 뉴스를 보는 것은 일과다. 습관이다. 우리는 뭐가 그렇게 궁금해서 매일 뉴스를 챙겨볼까. 대체 무엇을 알고 싶은 걸까. 무슨 뉴스를 기다리는 걸까. 그게 뭔지는 모르지만 오늘도 기다리던 뉴스는 없었던 것 같다. 평화가 하루 더 연장된 분위기를 보면 그렇다. 하원이가 잘 준비를 하려고 일어섰다. 잘은 몰라도 하원이도 나도 바라던 뉴스를 보진 못한 모양이었다. 상원이가 방문을 빼꼼 열고 고개만 쏙 내밀고 말했다.

"엄마, 난 지금 푸는 것 좀 더 풀다 잘 테니까 먼저 주무세요. 누나도!"

"그래, 우리 아들 잘 자!"

오늘, 정말이지 세상을 다 가진 것 같았다. 혼자서 키운 아이들이지만 참 잘 자라주었다. 물론 이 순간에 아이들의 아빠가 곁에 있다면 바랄 것이 없었을 것이다. 하지만 이대로도 감사할 줄 알아야 한다. 너무 많이 바라선 안 된다. 나는 딸에게 먼저 씻겠다면서 욕실로 들어갔다.

부부의 침실로 사용했던 방은 나와 하원이의 방이 된 지 오래다. 화장대가 있던 자리에는 하원이가 쓰는 책상이 있다. 나는 욕실에 선 채로 히말라야 크림 뚜껑을 열고 손가락으로 찍어 얼굴에 대충 발랐다. 내가 나와서 침대에 눕자 하원이가 욕실로 들어갔다. 샤워를 마친 하원이는 방으로 들어와서 책상

위에 놓인 손거울을 앞으로 당겨놓고 토너, 로션, 에센스를 꼼꼼하게 바른다. 내가 낳은 딸이지만 참 사랑스럽고 장하다. 양 손바닥으로 탁탁 두드리면서 화장품을 피부에 흡수시킨 하원이는 콘센트에 드라이기 코드를 꽂고 머리를 한참 말렸다.

나는 그사이 깜빡 잠이 들었다. 머리를 다 말린 하원이가 빗질을 하고 곁으로 와서 눕는다. 어릴 때와 똑같다. 매트리스에 실리는 딸의 무게에 잠에서 살짝 깼다. 이 아이는 어릴 때 내 곁에 누우면서 이 자리가 결국 자기 자리가 될 줄 알기나 했을까?

"엄마, 자?"

하원이가 물었다.

"아니, 엄마가 잠이 오겠어? 우리 딸 덕분에 기쁜 날인데……."

"엄마, 나 할 말 있는데……."

"얘기해 봐."

"엄마, 나 독립할까 해."

뭐? 잠이 확 달아난 나는 벌떡 일어나서 앉았다. 하원이는 천천히 몸을 일으키고 나와 마주 보고 앉았다.

"지금 무슨 소리 하는 거야?"

"엄마, 흥분하지 말고 좀 들어봐. 엄마가 아빠 오래 기다린 거 알아. 하지만 더는 기다리면 안 될 것 같아. 아빠는 떠난 거야. 살았는지 죽었는지도 몰라. 하지만 우린 살아 있으니까 살아가야지."

"말 돌리지 말고. 하려는 말부터 해봐, 얼른. 너 혹시 사고 쳤니? 누구야!"

"어휴……. 엄마, 사고는 무슨……. 내가 남자 만날 시간이 어디 있어? 알바하랴, 공부하랴."

"그래, 하긴……. 엄마가 용돈 한 번을 제대로 못 주는데……."

"오늘 집에 오기 전에 앞 동 아저씨네 집에 갔었어."

"뭐?"

"아저씨가 그동안 많이 도와줬거든. 고맙다고 인사하러 들렀지."

"또 무슨 신세를 졌는데?"

나도 모르게 목소리가 높아졌다. 하지만 하원이의 목소리는 무심하고 차분했다.

"많이 졌지. 나 알바할 때, 이상한 남자 손님이 따라와서 큰 일 당할 뻔했는데 아저씨한테 전화 걸었더니 한달음에 와서 그 놈 때려눕힌 적도 있고……."

"뭐?"

"아저씨도 나도, 엄마가 마음 아플까 봐 그런 거 얘기 안 했지. 고1 여름부터는 나 알바 줄이고 학원 다니라고 학원비도 내주고 용돈도 줬어."

"뭐?"

"엄마, 요즘 세상에 교과서만 들고 판다고 대학 갈 수 있었겠어? 미대 학원비가 알바로 충당될 것 같아? 내가 작년에 사다 준 엄마 보약도 아저씨가 사준 거야."

"뭐?"

라틴어로 미사를 진행하듯이 조곤조곤 그간의 일을 나열하는 딸의 목소리를 뚫고 내 목소리가 점프하듯이 추임새를 넣었다. 딸은 내 반응을 예상했던 것처럼 당황하는 기색 없이 나에게 말했다.

"암튼 내가 하고 싶은 말은, 아저씨가 우리에게 잘하는 건 엄마를 좋아해서라고 생각해. 솔직하게 말하면 아빠가 집 나가고 나서 앞 동 아줌마가 갑자기 죽었을 때, 엄마가 아저씨랑 결혼했으면 좋겠다고 생각했었어."

"하원아, 왜 그런 생각을!"

"엄마, 그렇지 않아? 그 건강하던 아줌마가 우리 아빠가 집 나간 지 몇 달 지나지도 않아서 죽었는데 그게 운명이 아니면 뭐야? 누가 아줌마를 죽였다고 해도 난 운명이라고 생각해."

"그런 말 하면 못써."

"말이 그렇다는 거지. 혹시 아저씨가 죽여버린 건 아닐까? 흐흐하하!"

하원이는 익살스럽게 웃었다.

"애는 참! 무슨 말을 그렇게 하니!"

"뭐, 죽여버렸다고 해도 우리랑 상관없지만. 하하하!"

"호호호."

나와 하원이는 실없이 웃다가 동시에 침묵했다. 마주 보고 숨을 고르다가 내가 먼저 더듬거리면서 다시 말했다.

"애는……. 그런 말 하면 못써."

"농담이야."

"그래."

"자연사 맞대. 지선 언니가 말해줬어."

앞 동 남자의 아들, 딸을 하원이는 "오빠, 언니." 하면서 따랐다.

"아줌마랑 아저씨는 사이가 안 좋았대. 아저씨네도 복잡하더라고. 아줌마네 친정아버지가 사업을 물려줬는데 아저씨는 하기 싫어했대. 일이 좀 험했대. 그런데 그 할아버지가 죽으면서 전 재산을 아저씨한테 상속했대. 아줌마는 자기 유산인데 아저씨가 상속받아서 못마땅해했다나 봐."

언뜻 보기엔 사위에게 상속한다는 게 이상하지만 그 사업이라는 것이 험한 일이었다면 말이 달라진다. 무늬만 상속이지 제 딸의 안위를 위해 피 한 방울 안 섞인 사위에게 떠넘겼다는 의미가 된다.

"아줌마가 약을 먹은 적도 많았나 봐. 언니랑 오빠는 언제 아줌마가 어떻게 될지 몰라서 항상 불안했대. 나 같아도 엄마가 다 같이 죽자고 했으면 너무 무서웠을 것 같아. 아줌마가 소동을 일으킬 때마다 언니랑 오빠는 호텔에서 며칠씩 자고 들어오고 그랬었대. 언니랑 오빠가 수험생이 되고부터는 앞집으로 피해 있고 그랬대. 그러다 아줌마가 죽었는데 도리어 마음이 놓였대. 드디어 안전해졌다, 드디어 평화가 왔다, 드디어 공부에 집중할 수 있겠구나, 그런 생각마저 들 정도로."

우울증이라도 있었나? 하긴, 그렇게 쓰레기장을 들쑤시고 다니는 것만 봐도 정상은 아니었다. 자살이라는 것도 돈 있고 여유 있는 사람들이나 할 수 있는 놀이다. 약을 여러 차례 먹고 자살을 시도하면서 계속 실패만 했다면 그건 정말 쇼일 가능성이 높았다. 엄마가 죽자, 마침내 평화가 왔다는 생각을 했다는 게 반증이다. 진짜 사는 게 팍팍한 사람들은 죽을 생각 따위 할 겨를도 없다. 평화롭다는 건 평범하다는 거다. 평범함만큼 평화로운 게 세상에 있을까.

아쉽게도 평범함은 어느 정도의 경제적 바탕 위에 존재할 수 있다. 앞 동의 아이들은 평화로워질 수도 평범해질 수도 있는 조건을 갖추고 있었음에도 평화로워지지 못했다. 참 착해 보이고 착실해 보이는 아이들이었는데. 엄마의 죽음에 슬퍼하기보다 안심할 정도였다니 가여웠다. 장례식장에서의 차분한 태도가 떠올랐다. 그 아이들의 당시의 표정이 기억나는 건 아니다. 하지만 학생답지 않게 차분했던 기억은 난다. 당시에 나는 그 아이들이 수많은 손님에 치여서 슬퍼할 시간조차 없이 지쳐버린 상태라고 생각했었다. 하지만 그 애들은 엄마의 부재가 허전할망정 슬프지는 않았었나 보다. 참, 겉으로 보이는 것과 속사정은 많이도 다르다.

"하원이는 앞 동 식구들이랑 많이 친해졌구나. 앞 동 언니가 그렇게 세밀한 사정을 털어놓을 정도면, 하원이가 얼마나 진중한 성격으로 보였다는 거야. 장하지, 내 딸."

하원이는 겸연쩍은 듯이 빙그레 미소 지었다. 그러고는 습관처럼 오른손으로 왼쪽 어깨를 만지작거리다가 왼쪽 목 부근을 주물럭거렸다. 채 20년이 안 되는 인생을 살아오면서 몇 해 동안이나 같은 자세로 앉아서 그림을 그리는 일을 계속 해온 하원이었다. 입시를 한 번에 성공하기 위해서 남들보다 곱절은 노력했을 것이다. 언젠가부터 하원이는 어깨가 뭉치고 몸이 살짝 한쪽으로 틀어져 있었다. 딸아이의 체형이 그렇게나 변해가는 동안에 나는 아무것도 해준 게 없었다. 그런데도 아이는 여전히 나를 엄마라고 부르고 있다.

하원이는 이번에는 왼손으로 오른쪽 어깨를 주물럭거렸다. 나는 딸의 어깨를 대신 주물러주고 싶었지만 내 몸도 만신창이였다. 하루 종일 백화점에 서서 손님들이 벗어 던지는 수백 벌의 옷을 정리하다 보면 손에 상처가 난 줄도 모르고 지날 때도 많았다. 최근에는 양쪽 손 엄지손가락이 움직이기 어려울 정도로 통증이 심해졌다. 옷이 걸려 있는 무거운 옷걸이를 한 번에 여러 개씩 옮기기 위해, 엄지손가락에까지 걸고 옮기는 일을 반복했던 것이 화를 불렀다. 나는 아이들에게 엄지손가락에 대해 말하지 않았다. 앞 동 남자가 약국에서 소형 파스와 손목 보호대를 사서 건넸지만 그것마저도 아이들이 걱정할까 봐 붙이지 못하고 있었다.

"엄마, 나 어렸을 때지만 다 알거든. 아빠가 우리한테 관심 없었던 거. 아빠가 벗어둔 옷에서는 늘 치킨 냄새가 났어. 하지만 아빠는 단 한 번도 치킨을 사 온 적이 없었어. 그런 작은 일만 봐도 아빠가 우리를 어떻게 생각했는지 알 수 있었지."

아들이건 딸이건 치킨 타령이다. 그 어린 나이에 그런 생각을 하고 있었구나 싶어 서글펐다. '우리 가족은 치킨을 빼놓고는 대화가 안 되겠네!' 하고 실없는 농담으로 조금씩 솟아오르는 슬픔을 억누르려다가 그만두었다. 하원이가 속에 담아두었던 말을 꺼내려는 참인데 방해할 수는 없었다.

"아무튼, 앞 동 아저씨는 엄마가 만들어다 준 반찬이랑 음식 덕분에 고등학생이었던 언니 오빠랑 하루 두 끼 함께 앉아서 아침, 저녁 먹을 수 있었고, 그래서 오빠랑 언니가 샛길로 새지 않고 잘 자란 거래. 재작년에 언니 결혼식 준비 도와준 것도 고맙대."

"그래……."

"엄마, 내 생각에는 엄마는 아저씨랑 합치는 게 어떨까 해.

결혼하면 좋겠어. 엄마는 결혼하고, 나는 나가서 살고."

"안 돼. 너 시집가기 전까지는 가족이랑 살아야지. 혼자 살다니 말도 안 돼."

"엄마, 내가 혼자 살아보고 싶어서 그래."

하원이의 표정은 진지했다. 이미 결심이 선 표정이었다. 그 결심을 꺾을 수는 없다. 나는 하원이의 마음을 가볍게 해주어야겠다는 생각에 농담조로 말했다.

"애, 사람들이 뭐라고 할지 겁도 안 나니? 너 내보내고 앞 동 아저씨랑…… 그, 그, 그렇고 그렇다고 소문나면 어떻게 하라고!"

나는 말을 더듬었다. 하원이가 웃을지도 모르겠다고 생각했지만 하원이의 표정은 여전히 진지했다. 진심으로 내가 앞 동 남자와 결혼하기를 바라고 있었다.

"사람들은 축하해 줄 거야. 이미 아파트 공식 커플이잖아."

"뭐? 너 독립하고 싶으니까 별 이상한 소리를 다 하는구나."

"엄마, 동네 사람들이 한가해서 한 달에 한 번 치킨 반상회 하는 것 같아? 다 분위기 맞춰주는 거야. 아저씨가 좀 그렇잖아. 아파트에서 왕 같은 그런 사람이니까. 동네 아줌마들은 반찬 못 만들어서 아저씨네 안 나눠주는 것 같아? 다들 아저씨가 엄마 좋아하는 거 알기 때문에 일부러 안 도와주고 피하고 그러는 거야. 아저씨처럼 돈 많은 사람이 치킨을 좋아하겠어? 바뻔 엄마도 챙기고 우리도 챙기려면 비싸지 않고 부담 안 가는 선에서 줄 수 있는 음식을 찾았던 거지. 거절당하지 않을 만한 것으로. 아저씨는 엄마한테 치킨으로 가스라이팅한 거야. 가스라이팅 몰라, 엄마? 엄마가 의식하지 못하는 사이에 스윽 우리 삶에 파고들었던 거지. 눈치 좀 있어봐."

앙큼한 표정을 지은 하원이가 내 옆구리를 쿡 찌르고는 웃었다.

치킨으로 가스라이팅. 그랬던 건가.

"하원아, 엄마는 네가 나가서 사는 건 이다음이어야 한다고 생각해. 엄마가 너를 도와줄 수가 없는 상황이잖아. 지금 당장 첫 학기부터 학자금 대출을 받아야 하는 상황이야."

하원이와 나는 하고 싶은 말은 밀어두고 대략 2밀리미터 정도 어긋나는 느낌으로 동문서답을 해댔다.

"아저씨는 엄마만 괜찮으면 엄마랑 상원이가 아저씨네로 들어와서 살면 좋겠대. 상원이에게도 물어봐야겠지만 만약에 상원이가 싫다고 하면 엄마는 아저씨랑 살고 상원이에게 이 아파트 사줄 수도 있대."

"이 아파트를?"

"엄마 전세 때문에 전전긍긍하는 거 알고 계시니까. 10년 넘게 전세 오르지 않은 집은 우리 집뿐일 거야. 난 그것도 아저씨가 우리 모르게 도와주신 것 아닌가 싶어."

역시 그랬던 건가. 남편이 사라지고 난 다음 해 1월, 집주인이 전화를 했었다. 처음에 전화가 왔을 때 전세금을 올려달라고 해서 사정사정해서 1년을 미루었다. 그런데 일주일 정도 후에 집주인은 "잘 해결되었으니 그냥 사세요." 하면서 살가운 목소리로 전화를 해줬다. 그때만 해도 그 '해결'이란 것이 애들 아빠가 한 일이기를 바랐었다. 그래서 '해결'한 주체에 대해 묻지 않았다.

그 후에도 2년 간격으로 전세금을 올리기로 했었지만 집주인으로부터 "잘 사세요."라면서 안부 전화도 통보 전화도 아닌 이상한 전화만 왔었다. 단 한 번도 집을 어떻게 사용하고 있는지 감시성 방문을 한 적도 없었다. 수리를 받아야하는 일이 생겨 어쩔 수 없이 전화를 건 적이 있는데, "사람 보낼게요." 하고는 수리 기사를 보내온 게 다였다. 어렴풋이 나를 돕고 있는 요정 대모가 남편은 아니라는 생각이 들긴 했다. 유세 떨기 좋아하는 남편이 수년간 드러나지 않는 선행을 할 리 없었다. 하지만 내가 갚을 수 있을 때까지는 요정 대모의 존재를 알아내고 싶지 않았다. 요정 대모는 원래 그런 존재여야만 하니까.

"엄마, 여자들하고 달라서 남자는 혼자 살면 불편한 게 많대. 그런데 앞 동 아저씨는 10년이 넘게 혼자 있어. 왜일 것 같아? 앞 동 아저씨 정도면 잘생겼지 돈 많지 신사답지, 그런데 좋다는 여자가 없을 것 같아? 아저씨가 왜 혼자 지냈겠어?"

"……."

"엄마를 좋아해서야."

정말일까? 누구를 좋아해 본 일이 없는 나는 다른 사람들이 좋아하는 사람에게 어떤 식으로 반응하는지 알지 못했다. 누군 가가 나를 좋아한다는 생각을 해본 일도 없다. 앞 동 남자가 나에게 알 듯 모를 듯 자상하게 대해줄 때, 나는 그것이 이웃으로서의 예의라고 생각했다. 내가 그에게 준 반찬은 따로 만든 것이 아니라 우리 집 반찬을 만들면서 나누어 준 것이었다. 처음에는 다른 여자들과 함께 가져다주었지만 시간이 흐르면서 나혼자 가져다주게 되었다. 앞 동 남자가 시시때때로 우리 아이들을 챙겼기 때문에 남들이 그에게 관심을 끊는다고 해서 나까지 그를 챙기지 않는 것은 매정하다고 생각했었다.

그의 행동이, 나의 행동이 과연 예의만 가지고 할 수 있던 행동이었을까. 곰곰이 생각해 보면 호감 없이는 할 수 없는 행동들이었다. 그런데도 결코 그런 감정이 아닐 거라고 내 감정을 매몰차게 외면해 왔다. 그러는 사이에도 내가 모르게 그는 내아이들마저 챙기고 있었다. 고마우면서도 자존심 상하는 일이었다. 당사자를 제외한 주변 사람들, 내가 아닌 내 자식들이 나의 운명을 결정하고 있었다.

그가 나에게 묻기 전에 아이들에게 자신의 의견을 전달한 것은 분명 배려임에는 틀림없다. 아이들이 받을 충격이나 거부감을 상쇄시키려는 배려였을 거다. 좋은 의도가 깔려 있다는 걸 안다. 그럼에도 나는 배 위에 앉아 있는 것 같은 기분이다. 내 주위의 사람들이 노를 하나씩 가지고 있고 저어서 어딘가로 가려고 하는데 나에게만 노가 없다. 그들이 저으면 젓는 대로 나는 어딘가로 실려 간다. 내 손에 노가 없으니 나는 선장도 아니요, 선원도 아니다. 나는 바닷길 위에 표류하다가 운 좋게 배를 얻어 탄 봇짐 진 여인네에 불과했다.

간호조무사를 해볼까 해서 병원 청소를 하면서 어정거리던 때가 있었다. 그때 뇌사 판정을 받은 환자가 있었다. 환자의 가족은 의사와 의논해서 환자의 생사를 결정했다. 가족 내부에서 의견이 갈렸지만 결론은 이미 나온 상태였다. 뇌사 환자의 장기를 기증하는 쪽으로 암암리에 의견이 굳어져 갔다. 그 환자의 가족 중에 맹렬하게 장기 기증을 반대하는 이가 있었다. 가족이라고 해서 대신 환자의 삶을 포기하거나 그의 생명을 죽이는 절차에 서명할 권리는 없는 거라고 그 사람은 우겼다. 인정에 호소하고 조상님 볼 낯을 운운하면서 자기가 마치 의인인 양 외쳐댔다. 어디에나 한 명씩은 꼭 있는 입으로만 의인 노릇을 하는 사람이었다.

그런 이의 의견은 어떠한 감동도 불러오지 못하며 그 순간만 지나면 그만이라는 것을 아는 사람들이 모인 공간이 바로 병원이었다. 내 눈에 그 사람은 친하지도 않은 지인의 장례식장에 와서 '밤새울 거야, 며칠 동안 계속 있을 거야!'라고 외치고는 슬픔에 겨워 실신한 척하면서 주위의 부축을 받아 가장 먼저 나가버리는 나이롱 조문객과 다를 바 없어 보였다. 뜨끈한 육개장에 밥을 말아서 홍어회 무침을 반찬 삼아 세 접시나 먹고 가버리는 조문객, 제 목숨 아까운 걸 알아서 소주 한 잔 안 마시고도 취한 척 취객 사이에 끼어 슬그머니 퇴장하는 조문객 말이다. 결론은 이미 정해져 있는데 시간만 끄는 형국이었다. 예상대로 그 남자는 결국 못 이기는 척 장기 기증을 하자는 가족의 의견에 동의했고 울분을 참을 수 없다는 듯이 씩씩거리면서 가장 먼저 병원을 나갔다.

나는 창문으로 주차장 쪽을 바라보았다. 건물을 빠져나가는 그 남자의 걸음걸이는 조금 전 병실을 나와 복도를 지날 때와는 사뭇 달랐다. 그는 주머니를 뒤적여 담배를 한 대 꺼내 물었다. 걸음은 점점 느려졌고 마침내 그는 인적이 드문 한 곳에 멈춰 서더니 담배에 불을 붙이고는 맛있게 빨아들였다. 그는 휴대폰을 꺼내 들고 어딘가로 전화를 걸었다. 통화를 하면서 한 손으로는 담뱃재를 리드미컬하게 털고 웃기까지 했다. 그는 겨우 두세 번 만에 반쯤 남은 담배를 완전히 빨아 삼키고는 땅바닥에 꽁초를 버리고 구둣발로 슬쩍 짓이겨 밟더니 가벼운 발걸음으로 주차장 안으로 달려 들어갔다.

"애인이랑 맛있는 거 먹으러 가나 보네……."

나와 나란히 서서 그 남자를 쳐다보고 있던 수간호사가 말했다. 수간호사와 나는 서로를 마주 보고 어깨를 으쓱했다.

그 후에 나는 백화점 매대 아르바이트를 시작했다. 다행스럽게도 아르바이트 자리는 끊이지 않았다. 시급도 괜찮았고 실내 근무라 고생이 덜했다. 매장을 맡아 매니저 일을 해보라는 제안도 있었지만 한 매장을 책임지고 운영하는 데에 드는 투자 비용이 만만치 않아 거절했다. 백화점 판매 일이 손에 익어 적응한 뒤에도 가끔씩 그날의 환자 생각이 났다. 환자는 한 마디의 의견도 내세우지 못한 채 장기가 하나씩 뜯겨졌을 것이다.

나는 의사 결정권도 없이 방치된 쓸모없는 노인이 된 기분이었다. 오히려 쓸모없는 노인 쪽이 나보다 낫다. 나는 걸을 수 있고 생각할 수 있고 말할 수 있는 상태인데도 이런 취급을 받고 있다. 내 신세를 조금이나마 덜 추레하게 하기 위해서는 긍정적인 모습을 보이는 게 낫겠지.

"너는? 너는 어떻게 할 건지 아저씨랑 얘기해 봤니?"

내 아이의 미래를 이야기하는데 남의 집 남자 의견을 묻는 기막힌 형국에 깊은 절망이 차올랐다. 반면, 하원이는 내 질문에 숨통이 트이는 표정을 지었다. 이 아이에게 나는 짐이었나 보다.

"아저씨 집이 넓잖아. 아저씨는 방 하나를 내 방으로 해놓을 테니 오고 싶을 때 언제든 오래. 앞집으로 와도 된대. 그리고 내가 원하는 동네에다가 작은 오피스텔 하나 얻어준대. 대학 근처에."

"너무 신세 지는 거라서⋯⋯."

"엄마, 아저씨랑 결혼하면 엄마가 배우자야. 아저씨는 대충 동거만 하려는 건 아니야. 정식으로 결혼을 하겠다는 거고. 그래서 나에게 허락을 받으려고 부르신 거였어. 결혼하면 가족인데 신세 진다는 생각을 하면 안 되지. 엄마 그렇게 얼음 나오는 냉장고 갖고 싶어 했잖아. 아저씨 집에는 그거 예전부터 있었어. 엄마도 나이 더 들기 전에 행복해져야지. 언제까지 이러고 살 수는 없잖아. 상원이랑 내가 앞으로 돈을 벌어봤자 얼마나 벌겠어? 둘 다 대학도 다녀야 하고. 엄마 허리 휜다고. 우리가 사회에 진출하려면 적어도 앞으로도 7년은 더 걸릴 거야. 그때가 된다고 해서 나나 상원이가 엄마에게 충분하게 생활비를 줄 수 있다는 보장도 없어. 그러면 엄마 노후는⋯⋯."

정식으로 결혼이라⋯⋯. 어쩌면 인생에 다시는 없을 기회일지도 모른다. 모든 것이 너무 혼란스러웠다. 하원이에게 서운함을 느끼는 건 잘못된 것이다. 아이들의 반대로 인해 재혼하지 못하는 사람들이 얼마나 많은가. 나는 행복한 케이스일지도 모른다.

"뭐 해?"

그때 상원이가 불쑥 들어왔다.

"엄마야!"

"깜짝이야!"

나와 하원이가 동시에 소스라치게 놀라며 몸을 떨었다.

"나도 끼워줘. 만날 여자 둘이서만 속닥거리지 말고."

"뭘?"

도둑이 제 발 저리다고 했나? 나는 괜한 시치미를 뗐다.

"항상 나만 따돌리잖아."

상원이가 말했다.

"따돌리다니?"

"둘이서만 얘기하면서 뭘."

"우리가 언제?"

나도 모르게 목소리가 높아진 것은 상원이가 느낀 것이 사실이기 때문이다.

"나도 다 알아. 다 들었어."

"듣긴 뭘 다 들었다고 그래?"

하원이까지 거들면서 모르쇠 작전으로 밀고 나갔지만 상원이는 아랑곳없이 방으로 들어와 침대 귀퉁이에 걸터앉았다. 20년을 사용한 낡은 매트리스는 줏대 없이 기울었고 나와 하원이는 상원이가 앉은 곳으로 몸의 무게중심이 실그러졌다. 상원이는 마치 선지자가 자신이 미리 목격한 미래를 선언하듯이 말했다.

"엄마는 아저씨랑 재혼하는 게 좋아. 누나는 앞으로 등록금 도 필요하니까 이 집 전세를 빼."

"뭐?"

나와 하원이는 동시에 되물었다.

"엄마가 아저씨랑 편하려면 우리 둘이 아저씨한테 너무 신세 지면 안 돼."

"신세 진다는 생각을 하면 안 된다니까."

"누나, 양심 좀 있어봐. 나도 누나만큼이나 아저씨한테 받은 게 많아. 누나도 대학 합격했으니까 용돈 정도는 벌어서 써. 엄 마는 재혼해서 아저씨랑 살고 여기 전세금을 빼서 누나 4년 등 록금 제하고 오피스텔 세를 내. 그리고 나머지를 나를 줘."

"그건 또 무슨 소리야?"

"나는 고시원으로 들어갈 거야."

상원이의 선언에 억장이 무너졌다.

"말도 안 되는 소리 마! 엄마 손길이 가장 필요한 시기에 무 슨 소리를 하는 거니!"

20년 가까이 견뎌온 지붕 아래 벽이 와르르 허물어지고 있 었다. 남편은 사라지고 아이들은 죽은 세상에서 혼자 살아남아 어쩔 줄을 모르는 나. 그런 엄마의 기분을 아는지 모르는지, 아 니면 알아도 모르는 척하는 건지 그저 무심한 표정을 지으면서 자신이 할 말만 하는 아이들. 하원이의 독립 선언을 간신히 참

아내고 있던 나에게 상원이의 말 한 마디 한 마디는 굵기와 길이가 각기 다른 바늘이 되어 나의 피부에, 근육에, 심장에 꽂혀 들어왔다.

무자비한 아들은 내 속을 아는지 모르는지 계속 찔러댔다.

"엄마, 나 중학교 때부터 집 나가고 싶었어. 솔직하게 말하는 거야. 공부도 하고 싶지 않은데 억지로 한 거야."

문제집 더 풀고 자겠다면서 웃었던 아들의 속마음이 이럴 줄은 몰랐다. 상원이는 계속 말했다.

"진짜로 하고 싶은 일 찾으면 공부 그만두고 돈 벌 거야. 그러니까 아저씨랑 애기 잘 해봐. 엄마만 아빠 오래 기다린 거 아냐. 아저씨도 엄마를 너무 오래 기다렸어. 난 내가 혼자 살아보고 싶어서 그래. 사내놈이 벌어서 살아야지 언제까지 가족에게 의지할 수는 없지! 엄마 탓이 아니니까 마음 아파하지 말고, 알겠지?"

상원이가 지금까지 이렇게 길게 열변을 토하면서 말했던 일이 있었던가? 아들은 진심이었다.

†

필요도 없는 말을 하는 사람들이 있다. 자영이 엄마가 그랬다. 오늘도 대문짝만한 뻐드러진 앞니가 쉴 새 없이 까꿍을 해대고 있다.

"견우와 직녀도 각자 딴 살림 차렸을 시간이여. 7년에 한 번 만나는 게 말이 돼? 각자 딴짓하다가 오는 거지. 아니, 생각을 해봐. 7년에 한 번 만나면 반갑겠어? 서먹하지. 까마귀랑 까치들만 밟히고 머리 까이고 불쌍하지, 뭐. 아휴, 잘됐어. 십몇 년을 기다렸으면 된 거여. 이참에 팔자 한번 고쳐서 사는 거지. 우연치고는 아다리가 아주 딱딱 맞아떨어져 들어갔어. 이 집 남편 집 나가고 그 집 여자 뒈져버······. 죽고. 딱딱 맞아 들어가잖아! 내가 이럴 줄 알았다니까."

앞 동 사모님이라고 깍듯하게 높여 부르던 사람의 죽음을 두고 뒈져버렸다는 표현을 쓰는 자영이 엄마. 오늘 내 앞에서 떠들어대는 자영이 엄마의 표정에서 나는 많은 걸 읽었다. 자영이 엄마가 가장 막고 싶었던 게 바로 지금의 사태였을 거다. 내가 혼자가 되었는데 앞 동 남자마저 혼자가 되었으니 불안했겠지. 애들 말을 들어보면 앞 동 남자가 나에게 호감을 은근히 드러냈던 것 같다. 남에게 관심 많은 자영이 엄마가 그런 걸 눈치채지 못했을 리 없다. 자영이 엄마는 내가 신분 상승을 하는 것만은 막고 싶었을 거다. 그래서 뒤늦게 앞 동 여자 사망을 두고 경찰에 신고했던 거다. 동네 사람들에게 하원이 아빠와 앞 동 사모님 사망이 뭔가 있다고 가장 먼저 떠들어댔을 인물을 꼽자면 자영이 엄마였다.

하지만 그것도 이제 끝이다. 예전이었다면 그럴 수 있었겠지만, 장담하건대 이 여자는 오늘은 못 그런다. 앞 동 남자와 내가 단순 교제가 아니라 결혼을 할 계획이라고 했으니 그런 소문을 내지는 못할 것이다. 속은 어떻든 겉으로는 칭송하는 척할 거다. 이 여자는 본능적으로 알고 있다. 앞으로는 나를 사모님이라고 불러야 할지도 모른다는 사실을. 하지만 나는 안다. 내가 죽는다면 '하원이 엄마도 뒈져버렸네.'라고 제일 먼저 떠들 사람 역시 자영이 엄마라는 것을.

"우리 바깥양반 확 그냥 누가 좀 잡아갔으면 좋겠네. 그냥 아주 그냥 인간이 도대체가 쓸모가 없어. 허구한 날 밤일만 밝혀대고. 아주 확 그냥 실한 조선족한테 끌려가서 바다 한가운데서 내장 털리고 껍데기까지 싹 벗겨서 가져가고 고기는 바다에 던져버리든지 팔든지. 아주 그냥 확 흔적도 없이 조사버렸으면 좋겠어. 그럼 나도 앞 동 사장님 같은 돈 많은 훈남 한번 만나보게! 응? 나도 싸모님 소리 좀 들어보게! 뭘 해서 먹고살든 뭔 상관이여? 싸모님 소리만 들으면 됐지! 하원이 엄마는 재주도 좋아. 내숭 떨면서 꼬리 살살 쳐댈 때 알아봤어! 언제 그렇게 꼬셨대? 그래, 앞 동 사장님 밤일은 잘해?"

이 여자에게 어울리는 별명을 하나 붙여주어야겠다. 미친개. 그간의 정을 생각해서 마지막으로 한 번만 더 참자고 다짐하고 집 안에 들여놓았는데 역시나, 들어주는 게 쉽지 않았다.

앞으로 내 집에 이 여자를 들이는 일은 없을 것이다.

왈왈 겡겡. 실컷 짖어라. 미친개는 짖도록 내버려 두어야 한다. 10년을 데리고 산 반려견도 제멋대로 짖어댄다. 집을 나가 버리기도 한다. 하물며 미친개에게 뭘 기대하나. 짖도록 두는 수밖에. 억지로 재갈을 물리려다가 내 손을 물어뜯길 필요 없이 그대로 놔두면 된다. 미친개의 짖는 소리에 관심을 기울일 사람은 없다. 짖도록 놔두는 게 옳다. 짖다가 지쳐 피를 토하며 죽도록.

하원이는 아파트의 보증금을 빼서 등록금에 보태고 작은 원룸을 얻어 독립했다. 상원이는 앞 동 남자가 함께 살자고 하는데도 극구 거절하고는 학교 근처의 고시텔로 들어갔다. 아직은 학생인 아들을 홀로 두는 게 못내 마음에 걸렸지만 워낙 강하게 고집을 부려서 어쩔 수 없었다. 나는 앞 동 남자의 집으로 들어가 살기로 했다. 우리 셋은 그렇게 각자의 새로운 보금자리로 뿔뿔이 흩어지게 되었다.

"정하 씨, 정하 씨가 원한다면 넓은 정원이 딸린 전원주택으로 이사 갈 수도 있어요."

"아니요, 한두 해 정도는 더 이곳에서 살고 싶어요."

앞 동 남자의 제안을 나는 거절했다. 전 부인이 쓰던 집으로 들어가는 껄끄러움 따위는 없었다. 그동안 나를 위하는 척하면서도 생과부라면서 뒤에서 손가락질하던 사람들에게 보란 듯이 선전포고를 하고 싶었다. 물론 필요도 없는 전쟁이었다. 나의 승리였다. 그런데 이사를 가지 않겠다는 나의 말에 앞 동 남자는 이렇게 반응했다.

"상원이가 입시 마치고 대학 결정 나고, 다니는 것 좀 본 후에 이사하는 것으로 합시다. 그 후에 우리가 살 곳을 옮기는 쪽이 당신 마음이 편할 테니까요."

순간 나는 너무나 부끄러웠다. 창피하고 미안했다. 나는 무의식중에, 재혼을 내 체면을 높이는 방편으로 취급하고 있었다. 반면에, 앞 동 남자는 내가 생각하지도 못한 부분까지도 내 위주로 내 입장에서, 심지어 나보다 더 앞서가서 아이들 일까지도 염두에 두고 있었다. 이 남자와 함께하는 삶을 망설일 이유가 더는 없었다.

✝

앞 동 남자의 이름은 최우성. 나이는 나보다 열 살 위였다. 정우성이 아니라 참 다행이었다. 그는 누군가의 이야기 속에 가명으로 존재하는 배우가 아닌 실존하는 인간이었다. 내가 그와 살림을 합치기 전에 우성 씨는 나를 데리고 자신의 아파트에 갔다. 2125동 1902호.

처음 그의 집에 방문했던 날, 내 눈에 그의 집은 광활한 궁전처럼 보였다. 푸른 수염의 성은 아니었다. 난 대체 무슨 생각을 했던 것일까. 설마 나조차도 자영이 엄마의 말에 현혹되었던 것일까. 사람이 죽어서 나갔다고는 생각할 수 없는 집이었다. 화사하거나 생기가 있는 건 아니었다. 하지만 아내를 잃고 성인이 된 아이들을 출가시키고 혼자 남은 홀아비가 사는 집의 이미지도 아니었다. 좁은 공간에 잔짐을 쌓아둘 필요가 없는 넓은 집. 모든 것은 충분한 공간에 자기 자리를 확보하고 편안하게 놓여 있었다.

의자, 스탠드, 콘솔 하나하나까지도 이전에 살던 집에서 내가 서 있던 공간보다 더 넓은 공간을 차지하고 있었다. 집 안에서 가장 깊은 곳에 있는 안방, 그 안에 말로만 듣던 파우더 룸이 있었다. 꿈의 공간이었다. 공주님이 고개를 내밀고 나타나서 시중을 들라고 할 것 같은 그런 공간 말이다. 그리고 이곳의 공주는 나였다.

나는 화장대 서랍을 열어보았다. 화장품은 화장대 서랍마다 꽉 차 있었다. 내 기억 속, 우성 씨의 전처는 화장을 잘 하지 않았다. 장례식장에서 영정을 보고 속으로 기함했던 것도 그런 까닭이 컸다. 젊었을 때에 특수 분장 같은 화장을 해댔었으니 나이 들어서는 만사가 귀찮았던 모양이었다. 서랍 속의 화장품을 보고 나는 영정 사진을 보았을 때의 기괴함을 다시 느껴야 했다. 이런 집에 사는 여자들이 쓸 법한 설화수, 헤라 같은 화장품은 없었다. 전부 싸구려였다.

전처의 딸은 샤넬이나 디올, 시슬리 같은 명품 화장품만 사용한다는 것을 지난번에 결혼식 준비를 도와주면서 알게 되었다. 심지어 아직은 학생이었던 하원이에게도 명품 화장품 세트를 선물해 주기까지 했었다. 그런데 서랍 속을 메운 화장품은 관념 속 부잣집 여자들의 것과 매우 달랐다.

서랍 속의 빼곡한 화장품 중에는 눈에 익은 것들이 있었다. 반쯤 남은 눈썹연필. 바닥이 다 보이도록 쓴 싸구려 아이 섀도. 순간 얼굴이 달아오를 뻔했다. 내가 오래전에 쓰다가 버린 것들이었다. 한번 눈에 보이자 내 것이었던 것들이 점점이 눈에 들어왔다. 립스틱도 있었고 열쇠 꾸러미도 있었다. 내가 잃어버린 열쇠 꾸러미.

카드 키로 다른 집들은 잠금장치를 교체하는 추세였던 시기에 집 열쇠가 사라졌다. 나는 전남편에게 교체하자는 말을 못 꺼내고 있었다. 그 와중에 열쇠를 잃었다고 하면 잠금장치를 바꾸고 싶어서 머리를 쓰는 것처럼 보일까 봐 전남편에게 열쇠를 잃었다는 말도 못 하고 버튼식 번호 키만 잠그고 나다녔더랬다. 당시에는 귀신이 곡할 노릇이었다. 전남편이 사라진 후에는 혹시나 돌아올 경우를 대비해서 잠금장치를 교체할 수 없었고 당연하게도 비밀번호 역시 바꾸지 않았다.

아무리 찾아 헤매도 없었던 그 열쇠가 여기에 있다. 외간 여자의 화장대 서랍 안에. 열쇠는 금속의 특성상 바닥에 떨어트렸다면 소리가 났을 것이고 나는 즉시 알아차렸을 것이다. 하지만 열쇠는 정말이지 유령처럼 내 주머니에서 사라졌었다. 이 여자, 설마 내 주머니에서 훔쳤던 걸까? 분실 과정이 어땠는지는 몰라도 역시나 이 여자는 정상이 아니었다. 이 여자가 죽어서 다행이었다.

우성 씨는 내가 전처가 쓰던 화장대를 열어보는 모습을 옅은 미소를 띠고 바라보고만 있었다. 그가 민망할까 봐 나는 아무 말도 하지 않았다. 나는 서랍을 닫고 일어섰다. 슬쩍 발코니로 가보았다. 예상했던 대로다. 이 집의 널따란 발코니에서는 우리 집이 보였다. 뒤 동 사람들이 오가는 모습이 드문드문 보인다. 층고 때문에 잘 보이지 않지만 아는 사람이라면 구분할 수 있을 것도 같다. 나는 발코니에서 걸어 나와 부엌으로 들어갔다.

진열장 위에 나란히 놓인 와인 잔 네 개가 눈에 들어왔다. 언젠가 우성 씨가 "와인은 마시지 않는다. 나는 맥주가 낫다."고 말했던 것이 기억났다. 아마도 와인 잔은 죽은 전처가 사용했던 것 같다. 그러고 보니 가전이나 가구 같은 건 고급으로 잘 갖추어져 있었지만 그릇이나 냄비 같은 세간은 허술했다. 가족들이 사용하는 머그 컵이나 밥공기 국그릇 접시 같은 것도 가족의 머릿수와 맞지 않았다.

보통은 그릇을 살 때 가족 수에 맞춰 사기 마련이고 짝수로 사게 된다. 처음에는 짝을 맞춰서 구입을 했을지라도 사용하다가 하나 정도는 금이 가거나 이가 나가는 경우가 있는데 이런 식으로 개수가 맞지 않게 되어버리는 경우를 감안해 보아도 세간이 엉망이었다. 이 집은 안주인이 살림에 관심이 없는 집이었다.

시선을 돌렸다. 내가 그렇게도 갖고 싶어 했지만 어느 날부터 포기하고 잊고 살았던 정수기 달린 냉장고가 당연한 듯이 부엌에 버티고 서 있었다.

"늘 갖고 싶던 건데 여기 있네요."

나도 모르게 말했다. 냉장고를 열어 안을 보았다. 마트에서 사다 둔 최근 날짜가 찍힌 요거트가 나란히 놓여 있었다. 내가 가져다준 반찬들은 내가 가져다준 반찬통 안에 정갈하게 들어 있었다. 냉장고 안은 깨끗하게 정리되어 있었지만 그릇들이 어딘가 모르게 위화감이 느껴졌다. 비어 있는 밑반찬용 사각 용기들이 눈에 익었다. 조금은 낡아 보이는 빈 찬통들이었다.

"빈 찬통을 넣어두셨네요?"

"응, 그렇게 하면 전력 손실이 적다고 해서 그냥 넣어두었어요."

"네……."

부엌의 수납장을 열어보았다. 역시나, 화장품에 이어서 반찬 통까지 눈에 익은 잡동사니의 향연이었다. 내 것들이었다. 오래된 잡동사니들이 손이 닿지 않는 곳에 쌓인 먼지처럼 집안 곳곳에 끼어 있었다. 빠듯했기에, 살림살이를 자주 바꿀 수 없었던 나는 그릇이 낡을 때까지 사용하곤 했다. 빛이 바래고 이가 나가고 짝이 맞지 않아 내다 버렸던 그릇들이 나보다 먼저 이 집을 차지하고 있었다. 마치 우리 집 안의 살림살이를 이 집으로 옮겨둔 것 같은 광경이었다.

내가 쓰레기를 버리고 가면 그 쓰레기를 헤집는 죽은 여자의 모습을 상상해 보았다. 휘황찬란한 것들로 채워야 어울릴 집에 내가 버린 것들을 들고 들어가 채워 넣는 죽은 여자의 모습이었다. 먹고사는 데 급급했던 나 같은 여자는 이해할 수 없는 부류였다. 온갖 부귀영화를 누리면서 살면서도 타인의 쓰레기로 집 곳곳을 메우는 삶은 무엇일까. 메우려던 것은 그 여자의 마음 안에 있는 구멍이었을 것이다. 나는 우성 씨에게 아무것도 묻지 않았고 우성 씨도 설명하지 않았다. 이미 죽은 사람, 그 사람이 어떤 정신 상태로 어떤 생각을 하면서 살았던 나와는 관계없는 일이었다.

"부럽네요."

우성 씨의 얼굴에 의문이 살짝 떠올랐다. 흘려들었다면 내가 전처를 부러워하는 거라고 생각했을 것이다. 하지만 내가 부러운 건 우성 씨였다. 나는 그가 진심으로 부러웠다. 다니던 대학을 중퇴하고 원하는 다른 대학에 다시 가는 것과 반수를 하면서 다른 대학에 갈 준비를 하고 있는 입장은 판이하게 다르다. 나도 우성 씨처럼 전 배우자의 거취를 확실하게 알 수 있었더라면 지금 좀 더 가벼운 마음으로 새로운 인생을 준비할 수 있었을까.

나는 손끝으로 눈에 걸리는 반찬 통 몇 개를 건드려보았다. 기억이 확실한 건 아니지만, 얼마 사용하지 않았던 것 같은 반찬 통도 끼어 있었다.

혼인 신고를 먼저 했다. 앞 동 남자였던 우성 씨는 나의 새로운 남편이 되었고 나는 다시 아내가 되었다. 뒤 동에 사는 어느 누군가도 이제 나를 '앞 동 여자'라고 부르게 되었다. 우성 씨는 내가 이사 들어오기 전 나에게 물었다. 전처가 쓰던 집에 살림을 차리는 것이 내키지 않는다면 1901호에서 살림을 시작해도 된다고. 앞집 역시 우성 씨 소유였다. 하원이가 앞집이라고 부르던 곳이, 의미 그대로의 '다른 가구가 들어와 있는 앞집'이 아니라 우성 씨 소유의 다른 아파트였던 거다.

나는 괜찮다고 했다. 사람이 죽어 나간 집에 들어가서 살겠다고 하는 게 너무 무신경해 보일지 몰라도, 명목상의 혼수도 준비하지 못하는 내가 더 이상 그에게 폐를 끼쳐서는 안 된다는 생각이 앞섰다. 우성 씨는 내가 진심인지 파악해 보려는 것처럼 나를 잠시 쳐다보고는, 알겠다고 했다. 그러고는 인테리어 공사를 했다. 고맙지만 미안했다.

이사를 앞둔 어느 날 그는 하루를 온전히 비워두라고 하더니 나를 데리고 나갔다. 우리는 내가 아르바이트하던 백화점으로 가서 가전제품이며 가구를 쇼핑했다. 남편 우성 씨는 들뜨거나 경거망동하지 않았다. 자신의 의견을 고집하지도 않았다. 그저 내가 좋아할 만한 것들이 전시되어 있는 곳으로 천천히 발걸음을 옮기고 내가 원하는 것 앞에서 망설이고 서 있으면 그중에 제일 좋은 것으로 보여달라고 하고 나의 의견을 물은 뒤에 고르고 결제했다. 종종 그는 전시되어 있지 않은 제품에 대해 물었고 직원들은 허둥대며 카탈로그를 대령했다. 급기야는 꼭대기 층에 근무하고 있는 백화점의 점장이 내려왔다. 본사 부사장급이라는 점장은 아르바이트를 할 때 멀리서 몇 번 본 적이 있었다. 왕처럼 고고한 각도로 턱을 치켜들고 입 한 번 열지 않은 채 눈총만 쏘아대며 직원들의 군기를 잡던 모습이 기억에 남아 있었다. 그랬던 점장이 겸손한 표정도 황송한 표정도 지을 수 있는 사람이라는 걸 알게 되었다.

'사모님'이라는 호칭이 나를 부르는 소리라는 것을 깨닫기까지 시간이 조금 걸렸다. 나에게 눈치를 주던 점원들과 사무직 직원들은 접은 허리를 펼 새도 없이 굽실대기 바빴다. 그 은밀한 기쁨, 경제력이 있는 남자와 함께 하는 기쁨을 나는 지금까지 모르고 살아왔다. 새 남편은 그간 내가 겪어온 설움을 지워주었다. 그가 굳이 내가 아르바이트하던 백화점으로 와서 물건을 산 건 어떤 의도가 있었던 게 아닐까? 내가 그동안 숙이고 살아온 것, 적응이라고 포장하며 포기하고 살아온 것들에 대한 보상을 해주기 위해서는 아닐까?

돈을 많이 쓴다고 해서 모든 것이 해결되는 것은 아니다. 그러나 새 남편과 백화점을 걷는 동안 긴 시간 마음에 담아두었던 억하심정도, 억울함도, 언젠가 꼭 되갚아 주겠다고 곱씹고 곱씹던 악한 감정들도, 미처 깨닫기도 전에 나의 마음속에서 지워져 버렸다. 돈이 있으면 사람이 착해진다는 말은 사실이었다.

우성 씨는 마치 어린 시절 유괴되었던 딸이 성년을 앞두고 극적으로 구출되어 돌아온 것을 반기는 아버지인 양, 새로운 것을 하나하나 준비했고 그것들을 한데 모아둔 집으로 나를 맞아들였다.

"새살림까지는 필요 없었는데요."

빈말이 아니라 솔직한 심정이었다. 냉장고 설치 기사가 다녀간 후 뒷정리를 하고 있던 우성 씨가 가당치도 않다는 듯이 말을 잘랐다.

"무슨 소리! 사람이 새로 들어왔는데!"

"그래도 이전 냉장고도 좋았잖아요. 얼음도 나오고, 정수기도 되고."

우성 씨는 함께 고른 고블릿 형태의 유리 공예 컵을 하나 가져오더니 냉장고 앞에 서서 문을 톡톡, 두드렸다. 냉장고 문이 액정 스크린처럼 변하면서 목소리가 들렸다.

〔무엇이 필요하신가요?〕

"탄산수."

〔곧 준비해 드리겠습니다.〕

우성 씨가 컵을 가져다 대자 센서로 움직임을 감지한 냉장고에서 탄산수 한 컵이 흘러나와 컵을 채웠다. 우성 씨가 과장된 표정을 짓고는 말했다.

"어라? 이 냉장고는 말귀도 알아듣고 탄산수도 나오네! 이렇게 신기한 일이!"

우성 씨는 탄산수를 벌컥벌컥 마셨다.

"시원하다! 정수기 물만 나오던 이전 냉장고보다 훨씬 낫네! 당신도 한번 마셔봐요, 이 정도면 바꿀 만한 것 아닌가?"

"알겠어요, 알아들었다고요. 고마워요, 잘 쓸게요."

나는 웃고 말았다. 그는 이런 식이었다.

백화점에서 쇼핑을 하던 날, 스마트 시스템이 도입된 첨단 냉장고를 보았을 때, 나는 잠깐 기가 죽었더랬다. 이런 고가의 가전제품을 과연 내가 사용해도 되는지 실제로 그런 가전제품을 들여놓고 쓰는 집이 있는지 의문이었다. 그 냉장고가 오늘 우리 집에 들어온 것이다. 내 주제에 손을 대도 되나 싶어 주눅

들었던 게 거짓말인 것처럼 우성 씨가 보여주는 유쾌한 모습에 나는 냉장고를 사용하기도 전에 이미 적응이 되어버렸다.

"당신 거니까 이런저런 생각하지 말고 잘 사용해요. 탄산수로 세수하면 피부에도 좋다니까 받다가 세안도 하고 그래요."

"아⋯⋯. 네, 그럴게요."

문득 내 목소리가 남의 목소리처럼 들렸다. 항상 안절부절못하고 살면서 목소리에는 조바심이 있었다. 백화점에서 물건을 팔 때는 더욱 그랬다. 마치 목에 작은 쇳조각이 매달려 있는 것처럼 갈라지는 소리가 났었다. 그런데 지금 들리는 내 목소리는 부드럽고 여유가 있었다. 결혼한 지 불과 며칠이 흘렀을 뿐인데. 기댈 수 있는 존재가 주는 안정감은 내 예상보다 훨씬 더 거대했다. 우성 씨가 가전제품 설명서들을 정리하더니 다용도실로 들어갔다. 그리고 얼마 후 분리수거를 한 쓰레기를 들고 나왔다.

"버릴 게 꽤 있네. 이것들 좀 버리고 올게요."

"같이 가요⋯⋯."

"여보, 집 안에서 나오는 모든 쓰레기는 내가 처리합니다. 당신은 거실에서 두 다리 쭉 뻗고 앉아서 나를 기다리기만 하면 돼요."

"알았어요."

이사 오고 나서 안 건데 60평형 동은 재활용 분리수거물을 제외한 쓰레기는 건물 내에서 자체 처리가 가능했다. 분리수거 쓰레기 역시 신청 가구에 한해서 수거 서비스를 받을 수 있었다. 우리 집은 신청되어 있지 않은 가구였다. 나는 남편 혼자 쓰레기장에 가는 것을 호기롭게 허락했다. 그는 다시 다용도실로 들어가더니 커다란 가방을 들고 나왔다. 우성 씨를 쳐다본 나는 비명을 지를 뻔했다. 그가 들고 있는 것은 바로 그 가방이었다. 내가 끔찍한 빨랫감을 버릴 때 썼던, 우성 씨가 처음으로 치킨을 사다 주던 날 급하게 메고 나가서 쓰레기장에 버리고 왔던 바로 그 가방. 마트에서 받아왔던 그 가방. 그걸 전 부인이 집어 온 모양이었다.

"그 가방 어디에서 난 거예요?"

"아, 이거…… 전처가 누가 내다 버린 걸 가져온 거예요. 미안해요, 예전 사람 이야기해서."

"아니 그게…… 난 그런 가방은 좀……"

"아, 당신은 이 가방이 싫군? 걱정 마요. 내가 분리수거 마치고 이것도 버리고 오리다. 분리수거 가방도 새로 하나 삽시다. 당신 마음에 드는 걸로!"

"고마워요."

"고맙긴."

우성 씨가 나가고 나는 소파 위에 앉았다. 어깨며 등이며 오들오들 떨렸다. 잊고 있던 그날 밤의 기억이 떠올랐다. 얼마

후, 우성 씨가 돌아왔다.

"조금만 기다려요. 손 씻고 갈게요."

그가 들어간 욕실에서 손을 씻는 물소리가 들려왔다. 집이 넓어서 그런지 멀리서 들려오는 것 같았다. 나는 얼른 마음을 진정시키고 얼굴에 미소를 지었다. 거실로 돌아오는 그의 손에 박스가 하나 들려 있었다. 박스를 열자, 열 장 정도되는 플라스틱 디스크 상자가 나란히 들어 있었다.

"이게 다 뭐예요?"

"주문했던 DVD 세트. 골라봐요. 지금 하나 봅시다."

"오드리 햅번 영화들이네요? 오드리 햅번 별로 안 좋아하는데……."

"나도 안 좋아했었지요."

"그런데 왜 이렇게 많이 샀어요?"

"당신 처음 봤을 때 내 눈에 꼭 오드리 햅번처럼 보였거든."

"뭐라고요? 말도 안 돼요."

말은 그렇게 했지만 기분이 나쁘지 않았다.

"당연히 말도 안 되지. 이렇게 예쁜 당신을 좋아하지도 않던 오드리 햅번을 닮았다고 생각했으니. 하하하!"

"자꾸 놀리지 마세요."

"놀리는 거 아니에요. 정말로 그렇게 생각했거든. 그때부터 어떻게 하면 당신과 살 수 있을지 그것만 생각했었지……. 몇

날 며칠을 그 생각만 하느라 일에 집중도 못 하고 집에서도 내내 그 생각만 했으니까."

"네……?"

나에게 그만한 매력이 있었던가? 나는 의아했다. 지금까지 살아오면서 내가 스스로를 특별한 사람이라고 느끼게 해주었던 남자는 없었다. 그런데 지금의 남편은 나를 특별한 시선으로 바라보고 있었다. 나는 키가 크고 각진 얼굴의 오드리 햅번이 싫었다. 정확하게 말하면 오드리 햅번이 꾸미는 연약한 이미지가 싫었다. 두툼한 눈썹을 하고도 애절한 표정을 짓거나 신 것을 먹었을 때 지을 법한 알싸한 표정을 짓는 것도 싫었다. 하지만 내가 오드리 햅번을 닮았다는 소리를 들으니 갑자기 오드리 햅번이 예뻐 보였다. 오드리 햅번이 좋아졌다. 좋든 싫든 전설로 남은 세계적인 배우 아닌가. 처음으로 남자에게, 그것도 이미 나의 남편이 된 남자에게 칭송을 받자 나는 가슴이 설레었다. 이미 결혼했는데도 나에게 구애를 하고 있는 것처럼 느껴졌다.

"정말이야. 당신과 살 수 있다면 나는 무슨 짓이든 할 생각이었어. 얼마의 시간이 흐르든 어떤 일을 겪게 되든 무슨 짓이라도 저지를 각오를 하고 열심히 연구했지. 그리고 결국 꿈을 이루었어. 지금 당신과 한집에 있으니."

우성 씨는 마치 로맨틱한 영화의 한 장면을 떠올리는 것처럼 자신의 감정을 회상하고 있었다. 나와 살 수 있는 방법을 연구했다니, 말도 안 되는 소리를 하면서까지 나의 환심을 사고 싶을까. 물끄러미 그를 바라보고 있다가 그와 눈이 마주쳤다. 우성 씨는 빠르게 화제를 전환했다.

"자, 어떤 영화로 볼까?"

"음…… 〈티파니에서 아침을〉……."

"오케이, 그럽시다."

쑥스러운 건가? 화제를 갑자기 바꾸는 것이 자연스러워 보이지는 않았다. 나는 나대로 쑥스럽기도 하고 부끄럽기도 했다. 내가 그렇게도 얻고 싶었던 여자라니. 별것 아닌 여자라는 생각만 안 들어도 좋겠다. 우성 씨가 DVD를 플레이어에 넣고 켰다. 그는 내 어깨에 팔을 두르고 소파에 기대어 앉았다.

"뭐 하나만 물어봐도 돼요?"

"그럼요."

"바람피운 적 있어요?"

"아니."

남편은 단호했다.

"정말 없어요?"

나는 진심으로 놀랐다. 그렇게 보잘것없는 전남편도 바람을 피웠었는데 이렇게 잘난 남자가 바람을 피운 적이 없다니.

"정말 없어요."

확신에 차서 말하는 모습을 봐서는 정말로 바람피운 일은 없었던 것 같았다. 곧이어 그가 덧붙였다.

"난 당신 두고 바람피운 일 없어요. 당신을 좋아하게 된 날부터 전처와는 각방 썼으니까."

이건 또 무슨 말이람? 좋아해야 하는 상황인가? 웃어야 하나? 내 침묵을 뭐라고 해석한 건지 우성 씨는 다시 덧붙였다. 억울하다는 투였다.

"정말이에요. 나중에 애들 만나면 물어봐요. 내가 전처랑 각방 쓴 것은 애들도 알아요. 물론 왜 각방 썼는지는 모르고 있겠지만. 아무튼, 난 당신에게 떳떳해요."

어딘가가 논리적으로 이상하긴 했지만 나는 더 이상 묻지 않기로 했다. 약간 우쭐한 기분이 든 것도 사실이다. 이 기분을 없애고 싶지 않았다.

'문 리버'가 흘러나왔다. 평화로웠다. 나는 머릿속에 드는 생각들을 전부 지웠다. 고생은 그 정도 했으면 되었다. 육체적인 고생도 마음의 고생도. 나는 지금의 행복을 누릴 자격이 있다. 어쩌면 지금 이 남자가 진정한 짝이라는 생각도 들었다. 운명으로 묶여 있다고 믿어 의심치 않았던 전남편은, 아니 전남편이었던 그 남자는 지나가는 인연이었다. 마음이 차분해졌다.

그때, 우성 씨가 말했다.

"여보."

'여보'라는 글자가 이렇게나 안정감이 느껴지는 말이었던가.

"네."

"당신이 원하면 늦둥이 하나 가져도 돼요."

"아이, 농담하지 마세요."

스트레스를 많이 받아서일까. 30대 후반에 생리가 멎었다. 하지만 걱정이 되지는 않았다. 이 사람은 내가 원하지 않는 것을 강요하지 않을 것이다. 낳지 않겠다고 하면 그만이다. 조금 더 우기고 조금 더 주장하고 조금 더 속 안에 맺힌 말을 털어놓아도 되리라. 나를 안은 팔이 부드럽게 조여왔다. 나는 내 남편을 올려다보았다. 남편의 시선은 화면에 고정된 채였다. 나도 시선을 돌려 화면을 보았다. 오드리 햅번이 살랑살랑 걷는다. 참 예쁘다.

남편이 말했다.

"무슨 일이 일어나도 내가 당신 옆에 있을 테니까 떨지 말아요."

"……."

"항상 내가 옆에 있다는 걸 기억해요. 난 당신을 곁에 두기 위해서는 못 할 짓이 없는 사람이에요. 당신은 앞으로 불안할 이유도 없고, 무서울 것도 없고, 추울 일도 없어요. 그러니까 떨지 말아요. 내가 당신 옆에 있어요."

눈물이 나오려는 것을 간신히 참았다. 대체 이 사람은 나의 속을 얼마만큼 깊게 들여다보고 있는 것일까. 이 남자는 나를 보고 있었다. 그게 좋았다. 여자 나이 마흔여덟. 결혼 생활을 안정적으로 해왔어도 허전함을 느낄 법한 나이. 그런데 나에게는 두 번째 삶이 펼쳐지고 있다. 나를 곁에 두기 위해서는 못 할 짓이 없다는 남자와 살고 있다. 내 마음을 표현해야 하는 시점이라는 생각이 들었다.

"고마워요."

진심이었다.

†

특별한 일이 일어나길 바라지 않는다. 걱정 없이 사는 것이 진정한 행복이라는 것을 알아가면서 나는 난생처음으로 삶에 대한 희망과 즐거움을 맛보고 있다. 우성 씨는 나를 힘들게 할 만한 어떤 행동도 하지 않았다. 사업을 하는 우성 씨는 늦은 오전에 출근했다가 저녁이 되면 돌아왔다. 대부분의 시간은 '사업장을 둘러보는 데' 사용하는 것 같았다. 치킨 반상회는 없어졌다. 혼인 신고를 한 다음에 있었던 첫 모임에 우성 씨가 혼자 나가서 그날을 마지막으로 앞으로는 모이지 않는다고 선언했다.

우리는 식을 올리지 않았다. 우성 씨는 결혼식을 올리겠다고 했지만 나는 혼인 신고로 충분하다고 했다. 우성 씨는 끝내 웨딩 화보 촬영을 고집했고 결혼식 못지않은 비용이 나갔다. 화보 촬영을 마칠 무렵 우성 씨는 사진작가에게 부탁해 내 증명사진을 찍게 했다. 포즈를 잡은 전신 컷을 찍다가 갑작스레 정자세로 근접 컷을 찍게 되자 조금 어색했는데 알고 보니 그 사진은 여권용이었다. 사진을 받고 나서 나는 여권용 사진의 규격을 알게 되었다.

'아아, 이게 여권 사진이었구나. 그랬던 거구나.'

우성 씨는 10년짜리 여권을 만들어주었고, 나는 곧 여권을 사용하게 되었다.

"앞으로 당신에게 보여줄 좋은 장소가 많아요. 10년짜리도 짧아요."

결혼을 하고 나서 살림이 손에 익고 아이들도 새집에서 적응했을 무렵 나는 아이들이 사는 곳을 둘러보았다. 처음의 어수선함은 없었고 아이들은 마음이 편안해 보였다. 안심한 내 심경을 읽은 남편의 준비로 일본으로 보름간 늦은 신혼여행을 다녀왔다. 료칸◆이 모여 있는 조용하고 한적한 지역은 대도시와는 달리 딱히 할 일이 있어 보이지 않았다. 나는 그런 곳에서 보름이나 지내기로 계획한 우성 씨가 잘 이해되지 않았다. 그

◆ 료칸(旅館): 일본의 전통 여객 숙박 시설.

러나 료칸 여행은 많은 것을 바꾸어주었다. 처음 이틀째까지 나는 갑작스럽게 주어진 여유를 어떻게 감당해야 할지 몰라서 허둥거렸다. 하지만 사흘째부터 나는 달라졌다. 내가 혼자가 아니라는 것을 드디어 받아들였던 것이다. 하릴없이 빈둥거리다가 규칙적으로 제공되는 단정하면서도 호화로운 요리를 먹고 간간이 산책을 했다. 그 모든 시간 동안 남편이 내 곁에 함께 있었다.

남편은 일본 여행 나흘째 되던 날, 나를 데리고 나가서 자전거 타는 법을 가르쳐주었다. 나는 자전거 타는 법을 모른다. 내가 어릴 때 엄마는 혼자였다. 친구들의 아빠들이 딸들에게 자전거를 가르쳐줄 때 내 곁에 아빠는 없었다. 혼자 사는 여자를 색안경 끼고 보는 사람들 때문에 엄마는 중요한 일이 아니고서는 외출을 자제했었다. 엄마의 친구가 집에 방문했을 때 환하게 웃으면서 학창 시절 이야기를 하는 모습을 본 후에야 비로소 엄마의 본래 성격이 그렇게나 두문불출한 사람이 아니라는 걸 알게 되었지만 그 후로도 크게 달라지는 건 없었다.

엄마는 남편이 일찍 죽은 애 딸린 젊은 여자라는 시선 속에서 자유로워지기 어려운 사람이었다. 나는 자연스레 방 안에 엎드려 그림을 그리는 걸 즐기게 되었고 책을 읽는 게 습관이 되었다. 또래 여자아이들이 고무줄을 하고 공기놀이를 해도 나는 그걸 할 줄 몰랐다. 학교에 들어가고 난 후에도 체육 쪽은

젬병이었다. 속 모르는 사람들은 "애가 얌전하다, 애가 참하다, 벌써 책벌레네." 하고 쉬이 판단해 버렸다. 개소리였다. 나는 타인의 시선 안에서 이상적인 모범생이 되어가고 있었을 뿐, 실상 나의 영혼은 활발하게 축구를 하고 농구를 하는 소년들의 것에 가까웠다.

"정하는 오늘도 열심히 공부하는구나." 하는 담임선생님의 칭찬을 들을 때 내 이탈된 영혼은 골을 넣었고 슛을 넣었다. 그러나 모든 건 내 마음속이라는 한계선 안에서 벌어지고 있는 일들이었다. 나는 어른들의 칭찬에 고개를 숙여 보이고 예의 바른 표정을 지어 보이는 '평범한 여학생'의 틀 안에 갇힌 채 가만히 살았다.

특별히 자전거의 필요성을 느낀 적도 없었다. 성인이 된 후에도 마찬가지였다. 내가 가는 곳은 두 다리로 걸어서 갈 수 있는 거리, 지하철을 타고 가거나 가끔은 전남편의 차 옆자리에 앉아 가는 장소에 한정되어 있었다. 그런데 우성 씨는 아주 자연스럽게, 마치 내 성장 과정을 다 알고 있는 양, 당연한 일을 하는 것처럼 나에게 자전거를 가져다주었다. 그는 나에게 '자전거 탈 줄 알아요?', '자전거 타는 거 좋아해요?' 따위의 질문은 하지 않았다. 그는 내가 자전거를 탈 줄 모른다는 걸 이미 알고 있었다. 그는 내가 답하기 불편해하는 것에 대해 궁금해하지 않았다. 말하기 싫어서 하지 않는 것이 아니라, 내가 그런 말을 함으로써 남편에게 부담을 지우고 싶지 않아서 하지 않는 말들, 그런 것들을 우성 씨는 묻지 않았다.

그는 내가 자전거를 탈 수 있도록 만들었다 할 줄 모르는 것에 대해 자존심이 상한다거나 창피하다거나 그런 감정은 들지 않았다. 그와 함께 자전거를 앞에 두고 올라타고 페달을 밟으며 전진하는 모든 시간이 그저 즐거웠다. 배운다는 인식도 가르치려 든다는 느낌도 없었다. 그는 미소 띤 얼굴로 내가 두려움을 극복하도록 도왔다.

여드레가 되는 날 나는 마침내 남편의 뒤를 따라서 비틀대면서 자전거를 타고 꽤 먼 바닷가까지 나가게 되었다. 예전의 나였다면 석 달을 배웠더라도 자전거를 타고 어딘가로 나가볼 생각을 못 했을 거다. 하지만 천천히 자전거를 몰고 가는 남편의 뒤를 따라서 페달을 밟다 보니 어느새 새로운 장소에 도달해 있었다. 료칸이 굽이굽이 들어선 온천 마을의 구불구불한 좁은 길을 지나 작은 차들이 다니는 갓길의 자전거도로를 따라가다가 탁 트인 해안가로 접어들기까지 나는 오로지 남편의 등과 남편의 자전거를 탄 뒷모습만 주시했다. 그 뒤를 따라가다 보면 어떤 일이 일어나도 살아남을 수 있을 것 같았다. 어디로 가든지 안전할 것 같았다. 남편이 있는 곳은 나에게 온화했다.

바닷가에 도착했을 때 비현실적인 아름다움을 품은 물의 색

280   2부

을 보면서 나는 아무런 말도 하지 못했다. 감정 표현을 하고 산 일이 없어서일까. 무언가 좋다는 표현을 하고 싶은데 할 수 없어서 남편에게 미안했다. 남편은 그런 나를 보면서 빙긋 웃었다. 내 눈 속에 담긴 마음을 읽었으니 그것으로 되었다는 미소였다. 나는 남편이 왜 이 한적하고 관광객이 없는 마을을 신혼여행지로 택했는지 알게 되었다. 남편은 나에게 필요한 것이 화려한 호텔이나 눈이 핑 돌아버리는 호사가 아니라 '휴식'이라는 것을 알고 있었다.

보름이라는 시간은 참 적절한 기간이었다. 여유. 휴식. 느긋함. 고요함. 평화로움. 나는 하루에도 여러 번 숙소에 딸린 개별 온천에 들어갔다 나오기를 반복했다. 남편은 그런 나를 편히 내버려 두었다. 특별히 나에게 이런저런 말을 걸지도 않았다. 하지만 그는 내 곁에 있었다. 때로는 가져온 책을 읽으면서, 때로는 신문을 읽으면서, 때로는 낮잠을 자면서 내 곁에 있었다. 나는 보름 동안 거울을 보지 않았다. 보름간 화장을 하지도 않았다. 보름이 지나도록 그 흔한 선크림 한 번을 바르지 않았다. 그런데도 주근깨 하나 생기지 않았다. 수십 년간 묵은 때를 벗겨내려는 것처럼 온천에 몸을 담그고 씻어내는 의식을 반복한 후에 나는 달라져 있었다. 온천에서 씻어낸 것은 몸의 때뿐이 아니었다. 뇌의 주름 속, 신경의 실 한 가닥 한 가닥 속에 끼어 있던 잡념의 먼지와 찌들어 엉겨붙은 불안의 고름 덩어리마저 전부 빠져나가 버렸다.

신혼여행을 마치고 돌아와서 맞은 다음 달 첫 1일, 남편에게서 톡을 받았다.

〔생활비 입금했어요. 확인해 봐요.〕

〔네.〕

멸치를 다듬던 나는 괜히 두근대는 심장 때문에 웃었다. 은행 앱에 접속했다. 금액을 본 나는 눈을 감았다 뜨기를 반복했다. '0'의 개수가 아무리 보아도 한 개 더 있었다. 나는 '0'을 백 번은 세어보았던 것 같다. 그러고 나서 "돈이 잘못 입금된 것 같아요."라고 톡을 보냈다.

〔응? 그럴 리가 없을 텐데. 내가 직접 입금했는데. 아, 너무 적어요?〕

〔아뇨, 너무 많이 입금되었어요. 0이 하나 더 있어서요.〕

〔응? 일억 입금했나?〕

〔아뇨, 천만 원이요.〕

〔맞게 입금된 건데요.〕

남편은 담담하게 보내왔다. 나는 순간적으로 깨달았다. 남편은 1년치 생활비를 준 것이다. 나는 서둘러서 답했다.

〔괜찮아요, 잘 쓸게요. 내가 착각했어요.〕

남편은 그날 저녁 퇴근하고 집에 왔을 때 현금으로 삼백만 원을 더 주면서 "이건 당신 용돈이에요. 사고 싶은 것 사고 먹고 싶은 것 먹고 그래요."라고 말했다. 나는 남편이 낮에 내가 전화한 일로 인해서 생활비가 적었다고 생각해서 웃돈을 얹어 준 것으로 생각하고 괜스레 미안해졌다. 그런데 다음 달 1일이 되자 다시 천만 원이 입금되었다. 남편은 또 "생활비 입금했어요. 확인해 봐요."라고 톡을 보내왔다. 나는 어떻게 반응해야 할지 막막했다.

그날 저녁, 남편이 먹고 싶다던 해물탕을 끓여 사이에 두고 앉았다. 마주 보고 앉은 남편을 쳐다보는 것이 왜인지 쉽지 않았다. 꼭 그가 다른 사람 같았다. 하지만 남편은 늘 보던 그 사람이었다.

"와, 맛있겠다. 잘 먹을게요!"

남편은 기쁜 표정으로, 세상에 태어나 처음으로 솜사탕을 구경한 아이의 표정으로 해물탕을 한 숟갈 떠먹었다.

"여보, 당신 음식 솜씨는 정말 대단해요. 이렇게 맛있는 음식을 매일 먹으면서 산다니 나는 정말 복받은 사람이에요."

"맛있다니 다행이에요."

나는 밥을 한술 뜨는 둥 마는 둥 하면서 말했다. 내 말투와 수저를 움직이는 움직임에서 무언가를 읽어낸 남편은 나를 바라보았다. 입가와 눈동자에는 은은한 미소가 어려 있었다. 나를 가만히 쳐다보던 남편이 말했다.

"여보, 이전 집에 비해 집이 커서 관리비나 세금이 꽤 나올 거예요. 아끼지 말고 쓸 것 쓰고 먹고 싶은 것 먹고, 아이들 용돈도 주고 살아요. 살림하다 보면 의외로 돈이 많이 나가요. 그 생활비가 큰돈이 아니라는 것, 곧 알게 될 거예요. 목돈 들어갈 일 생기면 그건 나에게 따로 말하도록 해요. 절대로 혼자 해결할 생각 하지 말고요. 아이들에게는 당신이 꼭 얘기해 주어요. 다른 건 아끼더라도 아끼지 말아야 할 두 가지, 식비와 교통비라고요. 내가 아이들 어릴 때부터 누누이 말해두긴 했지만 자라면서 잊었을지도 모르니까요."

남편이 말하는 '아이들'은 하원이와 상원이었다. 남편은 해물탕 안에 놓여 있던 전복을 꺼내 살을 발라 내 밥 위에 살포시 얹어주었다.

한 푼, 두 푼, 백 원, 천 원 단위로 쪼개서 살던 나에게 백만 원 단위 천만 원 단위의 수표는 수백 년 전 바다에 침몰된 보물선에서 발견된 금화 한 닢처럼 구경하기 힘든 것이었다. 그런 큰돈을 아무렇지 않게 나에게 가져다주는 우성 씨가 고맙기도 했지만 내가 이런 복을 받아도 되는 자격이 있는지 조심스러웠다. 그는 생활비와 내가 개인적으로 쓸 용돈을 따박따박 주었다. 큰돈이 들어가는 일이 갑자기 생길 경우에는 우성 씨가 따로 해결했다. 한번 준 생활비는 내가 어떻게 쓰든 참견하는 일도 없었고 돌려달라는 일도 없었다. 생활비를 어떤 식으로 지출하고 있는지 묻지도 않았다.

나는 생애 처음으로 저축을 시작했고 고급 프랜차이즈 미용실에 가서 머리도 했다. 나를 위해 쓰는 돈은 사치가 아니었다. 나를 사랑하는 사람에 대한 예의이자 애정의 표현이었다. 사랑을 받다 보니 나 스스로도 나를 사랑하고 있었다. 누군가에게 귀한 존재가 되어보니 스스로를 귀하게 여겨야겠다는 생각도 하게 되었다. 내가 할 수 있는 방식으로 남편의 사랑에 보답하는 길이 그것이었다. 친정 엄마에게 보약도 지어드리고 친구분들과 관광도 보내드렸다. 용돈을 보태드리겠다고 했더니 "최서방이 보내줬어. 네가 주는 거라던데?"라는 대답이 돌아왔다.

아이들에게 용돈을 보내주기도 했다. 늘 곁에 있으면서도 밥 한 끼 챙기는 시간도 빠듯했던 시절이 있었다. 아이들에게 필요한 것을 마련해 주지 못할 때 마음이 찢어지게 아팠다. 그때는 아이들에게 해줄 수 있는 최고의 선물은 옆에서 챙겨주는 거라고 스스로를 정당화했었다. 아이들을 위해서 잘 버티고 있는 게 내가 해줄 수 있는 전부였고 그 역할이라도 잘하면 된다고 항상 나를 다독였었다. 속으로는 그게 다가 아니라는 걸 알면서도 내가 옳다고 생각하려 애썼더랬다. 그러나 다른 방식의 사랑이 있다는 걸 나는 받아들였다. 지금은 아이들과 떨어져 있긴 하지만 두둑하게 용돈을 줄 수 있다. 아이들을 키울 때 가장 중요한 건 결국 돈이라는 걸 인정할 수밖에 없었다. 돈과 사랑은 별개의 문제가 아니었다. 돈도 사랑이었다.

아이들에게 해주고 싶은 것, 해줄 수 있는 것, 해주어야 하는 것을 실행하기 위해 가장 필요한 것은 돈이었다. 예전에는 해줄 수 없어 고통이었지만 지금은 해줄 수 있어 기쁨이 컸다. 전남편은 달랐다. 그가 적게 벌던 것을 탓하는 게 아니다. 그는 당연하게도 쥐꼬리 월급에서 자신이 쓸 돈을 따로 제하고 최소한의 생활비만 주었다. 그러고도 꼭 나에게 십만 원만 줘, 이십만 원만 줘, 하면서 생활비에서 돈을 더 받아 갔었다. 며칠 있다가 되돌려 주겠다고. 그런 식으로 몇 번씩 가져간 돈이 되돌아오는 일은 단 한 번도 없었다.

그렇지만 나 자신이 전업주부라는 생각에 전남편에게 싫은 내색을 하지 않았었다. 형사들이 예전 집에 와서 늘어놓던 이야기를 통해 전남편이 월급 수령액을 속여왔다는 걸 알게 되었지만 억울함은 없었다. 외벌이를 한 전남편의 노고를 모르는 건 아니었기 때문이다. 다만 아이들까지 여유 없이 키워온 시간이 너무 마음 아플 뿐이다. 아이들과는 항상 쪼들리고 빠듯하게 살았었다. 어쩌다 푼돈 여유가 생기면 시장에서 가장 싼 생선이나 고기를 산 뒤 소분해서 냉동해 두는 게 습관이었다. 전남편은 내가 무슨 짓을 해도 고맙다거나 좋다는 표현을 한 일이 없었다. 그가 보인 반응은 불만이 섞인 망상 글을 쏟아내는 게 전부였다.

그와 반대로 우성 씨는 물 한 잔을 떠다 주어도 머리를 빗어 주어도 넥타이를 매주어도 늘 고맙다고 한다. 내가 하는 일에 항상 만족해하고 만족한 마음을 감사함으로 표현해 준다. 내가 가치 있는 사람이 된 것 같아서 그가 나에게 고맙다고 말할 때 면 내가 더 고맙다. 우성 씨가 무언가를 해줄 때마다 전남편과 자꾸 비교가 된다. 나는 그런 비교 습관을 없애야 한다고 종종 다짐한다. 비교하는 것 자체가 우성 씨에게 실례이니까.

나는 우성 씨의 '사업'에 대해서는 묻지 않았다. 지금까지 잘 살아온 남자였고 그의 방식에 의구심은 없었다. 의료 관련업을 하고 있다는 것은 결혼 전, 아파트 주민들의 입을 통해 들어 알 고 있었다. 남편은 약학 대학을 졸업하고 젊을 때는 한동안 약 국을 했었다고 한다. 가끔씩 들려주는 그의 젊은 시절 이야기 가 나는 좋았다. 그가 나를 만나기 전에 살아온 삶에 대해 듣고 있으면 꼭 아빠가 딸을 재우기 위해서 잠자리에서 읽어주는 동 화를 듣는 느낌이었다. 이 남자가 과거에 안 좋은 일을 저질렀 거나 겪었더라도 괜찮다. 나에게 와준 것이 고마울 뿐이다.

말하지 않는 것을 캐묻고 싶지도 않았다. 자연스럽게 들려주 는 이야기를 그때그때 듣는 것으로 족했다. 내 마음을 아는지 남편은 자신에 대해 이야기할 때에도 내가 들으면서 기뻐할 만 큼만, 나의 평화가 깨지지 않을 만큼만 이야기했다. 우성 씨는 남편 역할을 충실히 하고 있는 것처럼 직장에서는 직장 상사로

서 사업가로서 역할을 잘 수행하고 있었다. 가끔씩 통화하는 내용을 들어보면 제약 회사와 관련된 일을 하는 것 같기도 했고 병원도 하는 것 같았다. 의료 기기를 판매하는 것 같기도 했다. 조 변호사라는 사람에게서 병원에 문제가 생겼다는 메시지가 온 것을 본 일이 있는데 남편은 "정리해."라고 간단하게 답을 보낸 후 나에게 웃어 보였다.

남편이 병원 하나를 '정리'하고 나면 한 달 정도 후에는 다른 병원을 '개업'하느라고 일주일 정도 일찍 나갔다. 하지만 집에 들어오는 시간은 늘 같았다. 변호사와 통화할 때, 고용한 의사들에게 지시를 내릴 때, 남편은 종종 냉정한 어조로 말한다. 하지만 나에게 시선을 돌리는 순간 온 얼굴에 미소를 그득 담는다. 전남편에게는 관심이 없어서 묻지 않았지만 지금 남편은 신뢰하기 때문에 묻지 않는다. 쓸데없이 영시나 낭독해 대고 연극 대사 몇 줄이나 읊어대면서 현실에 적응하지 못하던 전남편과 비교해 보면 지금 남편은 현실 세계에 발을 딛고 사는 남자였다. 나는 우성 씨에게 의구심을 품지 않는다. 남편에게 내가 모르는 모습이 있다면 차차 알아가면 된다. 그에게 어떤 모습이 있든 나는 놀라지 않을 자신이 있다.

남편과 여유로운 오전을 보내고 그가 출근하면 오후 시간에는 집안일을 하거나 독서를 했다. 가끔은 백화점을 걸었다. 산책이자 운동이었다. 한번은 엘리베이터를 타고 올라가다가 문화센터를 발견했다. 예쁜 공예품, 그림, 서예, 도자기……. 나는 내 손을 바라보았다. 그림을 그리던 손, 피아노 치던 손, 공부에 간절하게 매달렸던 손. 지문이 닳아 없어지도록 표백제로 청소하던 손. 백화점에서 옷을 개고 가전제품을 닦고 손님의 발에 구두를 끼워 넣던 손. 이 손으로 지금부터라도 무언가를 해낼 수 있을까? 용기가 필요했다. 그래서 남편에게 연락했다.

〔우성 씨, 나 지금 백화점 문화센터에 와 있어요.〕

내가 톡을 보내면 남편은 지체 없이 답을 보내온다.

〔잘했어요. 뭐 배우고 싶은 것 있어요?〕

이것 봐. 그는 내 속내를 안다!

〔글쎄요, 여기 와보니 좋은 게 많아요.〕

〔찬찬히 살펴봐요. 당신은 음식도 잘하고 타이도 예쁘게 매주고 손이 야무지기 때문에 그림이나 공예도 잘할 거예요. 악기도 배우고 싶은 것 있으면 수강하도록 해요.〕

히히. 그가 내 칭찬을 해줄 때면 장난꾸러기 아이처럼 익살맞게 소리 내며 웃고 싶어진다.

〔이 나이에 뭔가 해도 괜찮을까요?〕

나는 괜히 자신 없는 척 묻는다.

〔이 나이라니. 백 세 시대예요. 무얼 하든 꾸준하게 잘 다듬고 연마해서 실력이 쌓이면 대회에도 출전해 보고 그러다 전시회도 하고, 연주회도 하고. 소소하게 하고 싶으면 취미 생활로 하

고. 그러면 되는 거예요. 발전해 가는 것이 중요한 거예요. 하고 싶은 것 다 해요.]

역시 내 남편!

〔그럼, 상담 좀 받아볼게요.〕

〔앞집 비어 있는 것 알죠? 거기를 취미 공간으로 활용해 보는 것도 생각해 보고요.〕

〔아이, 너무 갔어요. 일단은 제가 소질이 있어야죠.〕

〔알겠습니다, 미래의 예술가님. 저녁 식사 시간에 알현하겠습니다.〕

결국엔 내 입에서 웃음이 터진다. 남편과 이야기를 할 때면 늘 이런 패턴이었다.

백화점 식품관에서 포장 반찬 두 개를 사고 집으로 돌아와 커피를 한 잔 마셨다. 외식을 하고 싶을 때는 남편과 미리 약속하고 나갔다. 하지만 보통은 집에서 저녁을 먹었다. 신선한 재료를 담뿍 담은 매콤짭짤한 찌개와 맑고 밋밋한 국을 끓이고 미리 만들어두었던 다른 반찬 세 종류를 예쁜 그릇에 담았다. 백화점 반찬 두 종류는 내 방식으로 다시 양념했다. 사 온 반찬들 중에 맛이 괜찮은 반찬이나 평소에 해본 적 없는 독특한 반찬들은 다음 날 재료를 사 와서 비슷하게 만들어보기도 했다. 혈관 건강에 좋다는 곡류를 섞은 찰밥에는 윤기가 자르르 흘렀다. 남편이 돌아오면 함께 저녁을 먹었다. 사랑받는 사람은 사랑을 받게끔 행동한다고 했던가. 남편은 여러 반찬들 중, 기가 막히게도 내가 만든 반찬만 잘 먹었다. 나를 흐뭇하게 만드는 요인 중 하나였다.

저녁을 먹은 후에는 남편이 식기세척기에 그릇을 넣고 나는 디저트로 먹을 과일을 준비했다. 집 안 청소를 하는 사람은 들이지 않았다. 전부 내가 직접 했다. 타인이 드나들지 않아야 집이 안정되는 법이다. 남편과 나는 오순도순 함께 정리를 마친 후 둘이서 거실에 앉아 영화를 보았다. 영화 한 편을 보는 것이 사치였던 시절이 있었다. 그러나 지금은 내가 외롭지 않도록 남편이 유료 채널을 여러 개 가입해 주어 원하면 언제든 볼 수 있다. 남편은 나에게 취미를 만들어주고 싶어 하는 것 같았다. 문화센터 방문을 반기는 것도 그렇고 종종 내가 알지 못하는 언어로 된 잡지를 사다가 거실의 콘솔 위에 놓아주기도 했다. 그러나 그는 종용하거나 압박하지 않았다.

아직은 이거다 싶은 집중할 만한 취미를 정하지는 못했지만 잠정적인 내 취미 중 하나가 영화 감상이 된 건 확실했다. 나는 혼자서 영화를 보지는 않았다. 영화만큼은 남편과 함께 보고 싶었다. 최신 영화를 볼 때도 있고 흑백 영화를 볼 때도 있었다. 가끔씩 오드리 햅번이 나오는 영화를 방영하는 채널도 있었다. DVD로도 가지고 있지만 우리 부부는 오드리 햅번이 나오는 영화만큼은 외면하지 않고 몇 번이고 챙겨 보았다. 나는 이런 생각이 들었다.

'오드리 햅번도 지금의 나만큼 행복하지는 않았을지도 몰라.'

결혼 후, 전처의 아이들과는 네 번 만났다. 그것도 외부에서 식사를 한 것이 전부다. 장남 준혁이는 미국에서 완전히 정착하려고 준비 중이었고 시집간 딸 지선이는 제주도에 자리를 잡았다. 내가 도예를 배우기 시작했다는 것을 들은 후로 지선이는 아름다운 도자기나 조형물을 보면 사진을 찍어 보내오기도 했다. 지선이는 1901호를 작업 공간으로 이용해 보라는 조언을 했다. 지선이와 우성 씨는 비슷하게 사고하는 경우가 많아 나를 흐뭇하게 했다.

마음은 고맙지만 나는 거절했다. 우성 씨가 앞집을 팔지 않고 비워둔 채로 두는 건 자식들이 가족을 이루어 집에 올 경우에 사용하기 위함일 수도 있기 때문이었다. 내 생각을 들은 지선이는 전혀 아니라면서 웃었다. 남편에게 그 이야기가 들어갔는지, 그날 저녁, 남편으로부터 1901호 열쇠와 카드 키를 받았다. 남편은 덧붙였다.

"이 집도 앞집도 다 당신 집이니까, 원하는 용도로 사용하도록 해요. 앞집은 어차피 당신 취미실로 꾸며주려고 갖고 있는 거니까요. 화실로 만들어도 좋고, 도예 작품들 보관하는 집으로 이용해도 되어요. 악기를 들여놓아도 되고 오디오 시스템을 설치해도 되어요. 당신이 하고 싶은 방식으로 꾸며요. 하원이 상원이에게 와 있으라고 해도 되고 장모님이 와 계셔도 되어요. 그저 당신이 원하는 대로 쓰면 돼요. 관리비는 내가 매달 내고 있으니까 신경 쓰지 말고요. 내일 한번 둘러보고 잘 구상해 봐요."

다음 날, 남편이 출근한 후에 1901호에 가보았다. 1902호와 마주 보는 대칭을 이루는 구조였다. 네 개의 침실은 기본 가구가 갖춰져 있었는데 그중 두 개 방에는 수험서 몇 권이 있었다. 지선이와 준혁이가 수험생일 때 이용했었던 것 같았다. 비어 있는데도 깔끔한 걸 보면 청소 업체 사람들이 드나든 것 같기도 했다. 다른 점이라면 1902호는 남편이 나를 위해 인테리어를 하면서 대리석으로 바닥을 교체했지만 이곳은 기본 강화 마룻바닥이라는 것 정도였다. 60평형대의 아파트 한 채를 원하는 용도로 사용하라니! 도예를 시작한 지 불과 한 달이 지났을 뿐인데 작업 공간을 갖는 것 자체가 너무 과해서 도저히 엄두가 나지 않았다. 멀쩡한 집을 비워두고 관리비나 냉난방비, 간헐적으로 청소비를 내고 있다는 게 조금 아까웠다. 하지만 앞으로 어떤 식으로 이용하게 될지 모르는 만큼 그대로 두고 드나들면서 가끔 환기나 시키면 될 듯했다. 꼭 어떤 용도로 사용한다고 계획하고 그 틀에 맞춰 이용할 필요는 없으니까.

나는 1901호의 모든 창을 열었다. 바람이 집을 통과하도록 길을 열어두고 느긋한 오후를 보냈다. 아무것도 깔려 있지 않은 거실 바닥에 엎드려 책도 읽었다. 대리석도 좋기만 미끗비 닥의 운치도 무시할 게 못 되었다. 책 한 권을 반쯤 읽었을 때에 나는 돌아누워 거실의 통창을 통해 밖을 보았다. 하늘의 빛깔을 감상했다. 저녁으로 넘어가는 기운이 돌았다. 누운 채로 한참을 밖을 보던 나는 열어두었던 창을 닫고 1901호를 나왔다. 읽던 책은 그곳에 둔 채였다.

다음에 1901호에 갈 때 마저 읽으면 된다. 이참에 책을 몇 권 더 가져다 두는 것도 나쁘지 않겠다. 읽고 싶었지만 여유가 없어 미루어두었던 책들 위주로 사다 둬야지. 바닥에 드러누울 경우를 생각해서 포근한 러그와 담요 한 장도 가져다 둬야겠다. 내일은 서점도 들러야 하고 러그도 사야 하니 조금 바쁘겠구나.

장남 준혁이의 미국인 여자 친구가 임신했다는 소식을 전해왔다. 아이의 배냇저고리를 장만해서 보냈다. 준혁이를 챙기는 김에 지선이에게는 갓 담근 매실장아찌와 코다리조림을 진공포장해서 보냈다. 아이들에게 보낼 반찬을 준비할 때는 남편이 옆에서 거들어주었다. 지선이와 준혁이는 유난히도 내가 만든 반찬을 좋아했다. 하원이와 상원이보다도 더 그랬다. 소박

한 멸치볶음에도, 무말랭이무침에도 "이런 것 처음 먹어봐요!", "와, 이게 엄마가 해주는 음식이라는 거지.", "집밥이 최고야.", "먹으면 안정이 돼요." 같은 감상평을 늘어놓았다.

인사치레라고 생각하던 때도 있었지만 구체적으로 내가 만든 반찬 중에 어떤 것이 먹고 싶다고 만들어달라고 조르는 경우도 있어서 이제는 진짜라는 걸 믿는다. 한번은 준혁이가 내가 담근 피클을 잘 받았다면서 "상원이가 끓여준 라면하고 먹으면 딱인데요." 하고 아쉬움을 가득 담아 말했다. 나는 웃음으로 대신할 수밖에 없었다. 상원이가 준혁이에게 언제 라면을 끓여주었는지는 몰랐지만 나나 우성 씨에게 말하지 않고 아이들끼리 교류하는 일이 있었다면 그거야말로 내가 바라는 일이었다.

돈 있는 집 자식들이 재산 싸움을 하는 건 재벌 수준일 때나 벌어지는 일인지 준혁이나 지선이는 큰 다툼도 마찰도 없는 우애 좋은 남매였다. 두 아이 모두 남편의 사업은 물려받지 않는다고 했다. 정확히는 우성 씨가 물려주지 않겠다고 했단다. 지선이의 이야기를 들어보면, 죽은 전처의 친정아버지가 하던 사업을 남편이 이어받았다고 한다. 남편은 원하지 않았지만 받을 수밖에 없었다. 지선이는 이 이야기를 몇 차례나 했었다. 전 장인 사망 후 남편은 사업의 형태를 바꾸는데 몰두했고 이 과정은 쉽지 않았다고 한다. 결혼 전에 하원이에게서 겉핥기식으로 들은 적 있는 이야기였지만 나는 잠자코 들었다.

　남편은 자녀들이 같은 일을 겪길 바라지 않는 모양이었다. 남편이 자식들에게 사업체를 상속하지 않을 계획이라면, 앞으로 사업을 점차 줄이고 재산을 정리할 수도 있다는 의미였다. 궁금한 것도 있었지만 지선이에게는 외가의 일이기도 하니 시시콜콜 파고드는 것을 불편해할까 봐 참았다. 지선이의 성품으로 보건대, 언젠가는 그간의 이야기들을 풀어놓을 아이였다. 또 내가 궁금해한다면 언제고 털어놓을 아이이기도 했다. 경제적인 어려움 없이 살아온 아이들, 그럼에도 부모에게 의지하기보다는 스스로의 삶을 개척하는 아이들. 준혁이와 지선이는 가끔 나에게 고맙다고 문자를 보내거나 전화를 해오거나 한다. 나는 그 마음이 진심이라고 느낀다.

　예순이 다 된 아버지가 홀로 살고 있으면 자식들로서도 여러모로 불편함이 많을 텐데 나라는 존재가 짐을 덜어준 것이다. 나는 애초에 가졌던 미안함이라는 감정을 많이 덜어내었다. 나자신이 우성 씨에게 의미가 있는 사람이고 한 남자의 삶에서 없어서는 안 될 역할을 하고 있다는 것이 중요했다. 비록 첫 단추는 잘못 끼워졌다 해도, 지금이 조금 늦은 나이이긴 해도, 이제라도 내 사람을 만나게 된 건 행운이었다. 50년을 넘게 함께 사는 부부라 할지라도 그들이 진심으로 사랑해서 살고 있는지, 처음 결혼을 결심했을 때의 설렘과 환희를 여전히 간직하고 있는지 확인할 길은 없다. 그럴듯한 그림을 위해서 좌표의 x축과 y축을 그리고 사는 부부들도 많을 것이다. 내 첫 결혼이 그랬기에 나는 이제 그걸 안다. 하지만 나의 두 번째 결혼에 좌표 따위는 존재하지 않는다. 인위적일 필요 없는 관계, 그래서 평화로운 가정, 공기마저 편안한 집. 그게 우성 씨와 나의 결혼생활이었다.

거실에서 빨래를 개고 있는 지금 이 순간도 소중하다. 사는 데 급급해서 다림질도 못 해준 교복을 입고 나가는 아이들을 보던 날들이 까마득했다. 아이들은 잘 자라주었고 자신들의 꿈을 향해 전진하고 있다. 모든 것이 다 과정이다. 결과라는 것은 없다. 결과라는 것조차도 계속되는 시간의 연장 선상에 있을 뿐이다. 반년 전부터 키우고 있는 몰티즈와 시츄도 인형처럼 예쁜 모습으로 거실에서 놀고 있다. 남편은 소파에 길게 누워 있다. 평범한 오후의 거실이 내 눈에는 거장이 그린 명화보다 아름답다.

"귀 파줄까요?"

내가 물었다.

"좋지요."

남편 얼굴에 화색이 돈다. 남편이 웃을 때면 나는 현실감 없는 평화를 느낀다. 수건을 다 개어놓고 귀이개를 들고 소파로 갔다. 남편이 상체를 살짝 들고 내 허벅지를 베고 옆으로 누웠다.

"상원이는 공부 잘하고 있겠지?"

"그럴 거예요."

"어제, 저녁 사준다고 전화했더니 오지 말라고 하더라고."

남편이 약간 샐쭉한 표정을 하는 걸 보고 나는 웃으면서 말했다.

"서운해하지 말아요."

남편의 귀는 깨끗했다. 요정들이 수프를 끓일 때나 사용할 법한 작고 가느다란 주걱을 남편의 왼쪽 귀에 넣었다. 정말로 '인디언 밥' 같은 귀지를 파려고 남편이 누운 것도 아니고 내가 귀이개질을 잘하는 것도 아니다. 그저 이 순간의 여유를 즐기는 것이다. 귀를 팔 때 누운 사람은 귀이개를 든 사람에게 전적으로 자신의 귀를 맡긴다. 신뢰가 바탕이 된 휴식이다.

나는 귀지 한 톨 없는 남편의 귀 안에 귀이개를 넣고 살살 긁었다. 조금 더 깊이 넣어서 긁다가 조금 빼서 긁었다. 오른쪽으로 20도 정도 기울여서 사선으로 긁기도 하고 100도 이상 둥글게 돌리면서 긁기도 했다. 귀이개 주걱의 등 부분으로 귓바퀴를 살살 눌러 마사지해 주고 입으로 얕은 숨을 호호 불어주면서 부드러운 솜털이 달린 끝부분으로 귀를 털어준다. 마지막으로 귀를 손가락으로 살짝 접었다가 펴기를 반복했다. 남편은 돌아눕고 이번에는 오른쪽 귀를 나에게 보였다. 얼굴은 자연스럽게 내 배 쪽으로 향했다. 전화 올 사람도 몇 없건만 스마트

폰이 울렸다. 고개를 빼고 액정 위의 이름을 보니 하원이다.

"전화받아요."

남편이 웅얼거렸다. 단잠에 살짝 빠졌던 목소리다. 내가 전화를 받으려고 일어서자 남편은 상체를 들었다가 그대로 다시 소파에 길게 누웠다. 나는 웃으면서 전화를 손에 들었다.

"응, 하원아. 엄……. 그게 무슨 소리야?"

내 입에서 터져 나온 쇳소리가 평화를 무참히 깨트려 버렸다. 전기 충격이라도 받은 것 같았다. 강아지들이 심상치 않은 기운을 감지하고 놀라서 짖어댔다. 누워 있던 우성 씨는 천천히 일어나 소파에 앉아서 나를 쳐다보았다. 급하게 외투를 집어 들고 가방을 찾았지만 시야 안에 없다.

"무슨 일이에요?"

몹시 허둥대는 나를 보면서도 남편은 다그치지 않고 차분하게 물어보았다. 단잠의 흔적은 이미 얼굴에서 지워졌다. 내가 허둥댈 일은 딱 두 가지라는 것을 남편은 알고 있다. 전남편 문제나 아이들 문제. 나는 앞이 보이지 않는 사람처럼 양손으로 사방을 짚어댔다. 버둥대는 내 양손이 흐리게 보였다. 초점을 맞추기 힘들었다.

"아니…… 아무것도……. 나, 좀 나갔다 올게요. 갔다 와서……."

"데려다줄까?"

"아니, 아니요!"

우성 씨는 드레스 룸에 들어가서 내 가방을 들고 나와 내 손에 들려주었다. 그리고 내 이마에 입을 맞춰주고 난 뒤 말했다.

"조심해서 다녀와요. 택시 타요. 운전하지 말고."

나를 내려다보는 우성 씨의 눈에 담긴 수만 가지 감정을 읽었다. 하지만 지체할 시간은 없다.

"고마워요."

감정을 억누르고 남편을 뒤로한 채 현관문을 닫고 나왔다. 젖먹이를 떼놓고 나오는 심정이었다. 걸음이 무거웠다. 하지만 가봐야 했다.

상원이가 사라졌다.

5장

남겨진 자들

상원이가 살고 있는 고시텔 앞에 내렸을 때 나와 마찬가지로 안절부절못하고 있는 하원이가 보였다. 숨을 헉헉 몰아쉬면서 딸에게 달려갔다. 명품 코트가 거추장스럽게 펄럭였다.

"어떻게 된 거야!"

"어제 과외비 받았거든. 오늘 용돈이나 주고 가려고 들렀는데, 상원이가 들어오지 않은 지 열흘이 넘었대……."

"그러니까 그게 무슨 소리야 이틀 전에도 통화했는데……. 그게 무슨 소리냐고?"

"몰라, 전화만 받고 여기 있는 척했던 건가 봐."

"고시텔에선 왜 상원이가 안 들어오는 걸 얘기 안 한 거야?"

"연말까지 살 집세 미리 냈대."

방세를 받았으니 어떻게 되든 상관없다는 의미다. 역시 아이를 홀로 두어서는 안 되었다.

"어서…… 들어가 보자……."

전남편이 사라지고 10여 년 후에 아들까지 사라졌다. 가출일 리 없다. 제 아빠가 그렇게 엄마 가슴에 대못을 박고 사라졌는데 아들마저 자진해서 나갔을 리 없다. 사고일 것이다. 상원이는 납치를 당했거나 피치 못할 사정이 있는 거다. 아니, 부정적으로 생각하지 말자. 친구들과 여행을 간 건 아닐까? 수능을 앞두고 부담이 커져서 잠시 바람을 쐬러 간 건 아닐까? 내가 만든 엉성한 시나리오에 아들이 따라주었길 바랐다. 그러나 고시텔 방 안에 들어가 본 나는 아들을 다시 보기는 어렵겠다는 걸 직감했다. 방 안에는 돌아올 사람이 남기는 흔적이 없었다. 자살을 마음먹은 사람이 마지막으로 머물다 사라진 현장 같았다.

감옥이라면 이럴 것 같다는 생각이 드는 좁은 고시텔 방. 원래 살던 아파트를 쓰라는 내 반대에도 불구하고 상원이는 이편이 공부에 더 집중된다면서 고시텔로 이사했었다. 고시텔 안에서 가장 큰 방을 얻어주었지만 120평을 사용하고 있는 내가 보기에는 손바닥처럼 작은 공간이었다. 접이식 매트리스는 접혀 있고 그 위에 낡은 백팩이 놓여 있었다. 나는 백팩 안을 들여다보았다. 뭔가 있다. 편지다. 나는 편지를 열었다. 유서는 아닐 거라고, 애써 마음을 잡았지만 손이 떨렸다.

덜덜덜 떨리는 두 손으로 종이를 펼쳤다. 문단 구분도 없이 쓰인 종이 위의 온갖 글씨가 삼차원 영상처럼 튀어나오고 들어가기를 반복했다. 간신히 초점을 맞추고 나는 편지를 읽었다.

'엄마, 나 아빠한테 가요. 사실, 중학생 때부터 아빠가 가끔 나를 찾아왔어요. 아빠는 우리를 버린 게 아니고 자기의 인생을 선택한 거라고 했어요. 아빠는 엄마가 달이 뜨지 않는 캄캄한 밤 같았대요. 자기 인생을 낭비하고 싶지 않았대요. 어느 날 문득 아빠를 이해하게 되었어요. 남자 대 남자로요. 여자들은 이해 못 해요. 아빠가 돈이 있으니까 언제든 집을 나올 수 있도록 주변을 정리하라고 했어요. 그래서 작년부터 준비했어요. 주민등록증도 나왔고, 이제 곧 성인이니까 내가 선택한 길로 가요. 엄마도 새 남편이 생겼고 누나도 독립했으니까 괜찮을 거예요. 학교에는 엄마가 알아서 잘 처리해 줘요. 내가 실종되었다고 사진이 나돌거나 그럴 일은 만들지 말아주세요. 위험한 데 가는 게 아니고 아빠한테 가는 거니까요. 살림살이는 예전에 집 나올 때 필요한 것들 가져온 건데 몇 개 안 되니까 좀 버려주세요. 아빠랑 저, 잘 지낼 테니까 찾지 마세요. 적당한 때가 되면 다시 만날 날도 있을 거예요. 누나에게도 안부 전해주세요. 건강하세요. 추신: 아빠의 노트는 예전에 제가 처리했어요.'

상원이는 윌리엄 텔의 후손인 것 같다. 어딘가 덜떨어진 돌연변이인 후손 말이다. 그래서 내 머리 위에 놓인 사과를 쏘아 맞히는 대신 내 코를 정통으로 뚫어 내 뒤통수를 관통하고 나오게 만들어버린 거다. 내 머리통이 산산이 부서진들 이보다 충격적일 수는 없었다. 머리통이 터져버렸다면 적어도 나는 죽었을 것이고 감정을 느끼기에는 이미 늦어버렸을 테니.

아빠의 노트. 전남편의 일기장을 말하는 것이다. 그 노트를 마지막으로 찾았을 때가 언제였었나. 형사들이 집으로 찾아오고 수사 종결을 알렸을 무렵이다. 아마도 상원이가 예닐곱 살 때였을 거다. 상원이는 한글을 일찍 뗐고 다섯 살 무렵에는 읽을 줄 알았다. 상원이가 그 노트, 남편의 일기를 손에 넣었다면 당연히 그 애는 읽었을 것이다. 그렇다 해도 글자를 읽는 수준일 뿐, 내용을 온전히 이해하긴 어려웠을 거다. 정자체로 쓰인 것도 아닌 감정에 휩쓸려 써댄 악필이었다. 처음엔 그저 아빠가 쓴 글이라는 걸 알아채고는 그리움에 읽었을 거다. 그러다가 내용이 심상치 않다는 것을 알고는 감춰뒀을지도 모른다. 내가 그것을 읽고 상처받을까 봐 감췄던 거다.

상원이가 자라면서 그 글을 되풀이해서 읽어보았다면, 그래서 제 아빠와 엄마의 사이가 얼마나 부질없는 것인지 알아버렸다면, 그 애는 어떤 기분이었을까. 가슴속에 담고 있던 납덩이가 얼마나 무거웠을까. 때로는 부글부글 끓어 넘쳤을 그 납덩이. 상원이는 괴로움을 홀로 감내했다. 나와 하원이를 위해서. 끓어 넘치는 고통을 가라앉혀 차갑게 식히고 얼려버리기까지 상원이가 겪었을 고뇌를 나는 상상조차 할 수 없다.

가방을 뒤졌다. 가방 안에 지뢰가 들어 있다 한들 겁날 것 없었다. 그 작은 가방 안에 아들이 들어가 숨어 있을 것 같았다. 엄마를 놀라게 하려고 고약한 숨바꼭질을 하는 것이리라. 아이를 구해야만 했다. 내가 영영 술래로 남는다고 해도 아들만큼은 풀어줘야만 했다. 짓궂은 장난이라고 화내지 않을 자신도 있었다. 정신없이 덜그럭거리며 가방 안을 뒤졌지만 아들 대신 밥그릇 하나 국그릇 하나 스테인리스 숟가락 한 개와 나무젓가락 몇 개, 수건 하나 그리고 찢은 잡지에 둘둘 말린 무언가가 하나 나왔다. 너무 단출한 세간. 아파트에서 이사 나가면서 집에서 쓰던 살림 중에서 각자 필요한 것을 짐으로 싸던 아이들의 모습이 떠올랐다.

아들은 이미 마음이 떠나 있었던 거다. 아빠의 노트를 발견한 순간, 부모 간의 처절한 외면과 불신과 증오를 목격했을 것이다. 정확한 원인을 알지 못했더라도 아빠가 사라진 이유 중에 엄마의 탓이 있을 거라고 오해했을지도 모른다. 그리고 몰래 아들에게 접근한 전남편은 자기가 떠난 이유가 나 때문이라고 말했다고 한다. 그 초라한 세간살이 가운데 내 시선이 멈춘 곳이 있었다.

손이 떨렸다. 나는 무심코 지나쳤던 잡지 뭉치를 풀어보았다. 칼이었다. 나는 그것을 뚫어져라 쳐다보았다. 칼의 끝은 부러져 있었다. 십수 년 전, 그 무시무시했던 밤이 지난 이튿날

아침, 나는 전남편이 들고 나가는 서류 가방에 칼이 들어 있을 것이고 전남편이 그것을 없앨 거라고 생각했었다. 양심이 먼지만큼이라도 있는 인간이었다면 그것만큼은 본인이 처리했어야 한다. 그런데 아니었다. 가족들의 손이 닿는 부엌 어딘가에 버젓이 살인 사건의 흉기를 놓아두었던 것이다. 나는 분명히 기억한다. 전남편이 피투성이가 되어 들어왔던 다음 날 싱크대를 확인했었다. 그때는 칼을 보지 못했다. 그러니까 전남편은 끝내 흉기를 처리하지 못하고 들고 들어와 집 안 어딘가에 두었던 것이다. 혹시 상원이가 남편이 피투성이가 되어 들어온 밤의 일을 알고 있었던 걸까? 그러니, 그 많은 칼 중에 이 칼을 들고 나왔던 것일까. 아니, 아니. 아닐 가능성도 있어. 이 칼은 그저 상원이가 보기에 버려도 될 만한 칼을 들고 나온 것일지도 몰라. 그러니까 상원이가 이걸 버리지 않았지.

'추신: 아빠의 노트는 예전에 제가 처리했어요.'

'처리했다.' 역시 아들은 알고 있었을 가능성이 높다. 제 아버지가 피를 묻히고 들어온 모습은 보지 못했다 해도 10대에 들어서면서 검색을 해봤을지도 모른다. 일기의 내용을 지난 뉴스와 맞춰봤을 가능성도 있다. 살인에 사용된 흉기로 사과의 껍질을 벗기고 무언가를 썰어서 먹었을까? 갑자기 명치 부근에서 무언가가 끓어올랐다. 나의 입이 폭발하듯이 "훅." 하는 소리를 내면서 뜨거운 숨을 내뱉었다.

"엄마, 왜 그래?"

하원이는 나를 걱정스러운 눈으로 쳐다보고 있다. 문득 하원이가 가엾어졌다. 전남편과 아들에게 버림받은 나도 불쌍하지만 아빠와 남동생에게 버림받은 하원이도 불쌍하기는 마찬가지였다. '아빠에게서 버림받은 아이'라는 꼬리표가 계속해서 딸을 따라다녔을지도 모를 일이다.

초등학교 시절 딸이 기를 쓰고 반장을 하던 기억이 났다. 그때 반장의 엄마로서 떠안아야 하는 짐이 나에게는 너무나 컸다. 나는 하원이가 제발 반장을 하지 않기를, 제발 전교 회장을 하지 않기를 바라고 바랐었다. 딸아이가 자랑스러우면서도 하고 싶은 걸 꼭 해야만 하는 모습이 이기적으로 보였다. 하지만 나는 안다. 딸은 세상으로부터 스스로를 지키기 위해 다른 아이들보다 뛰어나야 했다. 남보다 뛰어난 성적은 아빠의 부재를 가릴 만한 수단은 되지 못하지만 그걸 상쇄할 만한 효과는 있기 마련이다. 이건 다른 누구도 아닌 내가 가장 잘 안다.

나도 그랬었다. 적어도 내가 기억하는 한 아빠는 내 인생에 없었다. 아빠는 기억 속에 희미한 실루엣으로만 존재했다. 실체 없는 존재가 바로 아빠였다. 엄마는 외할머니와 사촌 시고모가 추진한 중매 결혼으로 하루아침에 직장을 그만두고 결혼했다. 남편이 된 남자는 아이가 태어나고 얼마 지나지 않아 사망했다. 사인은 암(癌). 엄마는 항상 웃는 얼굴이었고 나를 위해 모든 것을 해주었지만 나는 알고 있었다. 엄마가 나 하나를 키우기 위해 세상으로부터 받는 눈총을.

아빠가 죽고 나서 엄마는 남은 재산을 정리해서 외가로 갔다. 많지 않던 밑천이 외할머니의 주머니로 들어가면서 외가 식구들의 태도는 돌변했다. 우리는 외가의 수치가 되었다. 잘못한 건 없었다. 한 사람은 부모가 원하는 대로 결혼했을 뿐이고 다른 한 사람은 세상에 태어났을 뿐이다. 사생아도 아니었고 혼전 임신도 아니었다. 어른들이 주선한 맞선 자리에서 만난 남녀가 정상적으로 사주단자를 교환하고 많은 하객의 축복 속에 결혼했고 그 평범한 부부 사이에서 태어났을 뿐이다. 그런데 아빠의 이른 죽음은 아이의 탄생을 불미스러운 일로 전락시켜 버렸다.

나는 공부에 매달렸다. 중학교를 졸업할 때까지 전교 1등을 놓친 적이 없었다. 고등학교 때에도 전교에서 10위권의 성적은 항상 유지했다. 내가 공부를 잘하면 엄마가 학부모 회의에서 당당할 수 있었고 그것만으로도 내가 공부할 이유는 충분했다. 하지만 외할머니는 내가 다 듣도록 떠들어댔다.

"제까짓 게 공부 잘해서 어쩔 건데? 애비도 죽고 없는 년이. 저년 태어나고 나서 집안이 되는 일이 없어. 저년 때문에 다 망했어."

폭언은 일상이었고, 폭력은 덤이었다. 열 살 무렵, 엄마와 내가 외가에서 이사를 나온 후에도 폭력은 지속되었다. 이유는 애 딸린 과부가 된 엄마가 창피하다는 것이었다. 잘 풀리던 사회생활도 접고 외할머니의 한 마디에 결혼할 만큼 순종적이었던 엄마는 외할머니의 폭력 앞에서도 무조건적으로 순종했다. 엄마가 처녀 시절 대기업에 근무할 때 사용하던 다섯 줄짜리 주판은 외할머니가 엄마의 머리통에 휘두르는 바람에 반으로 부서졌다. 단단한 나무들이 흉포한 소리를 내면서 쪼개지고, 작은 비행접시처럼 생긴 수십 개의 주판알이 바닥에 흩뿌려졌다.

엄마가 어렵사리 일구어낸 분식집. 안쪽에는 엄마와 내가 먹고 자는 가게 방이 있었다. 그 방 안에서 벌어진 일이었다. 깡패 행동대장이라도 된 양 외할머니 옆에 선 외삼촌은 김치가 든 유리그릇을 냅다 던졌다. 유리그릇은 강속구처럼 공중을 가로지르더니 커튼이 드리운 벽에 퍽 소리를 내면서 부딪혀 깨졌다. 시뻘건 김치 국물과 정성스레 손으로 채를 쳐서 만든 김치 속이 배춧잎 사이로 비어져 나오며 커튼을 더럽혔다.

처음으로 엄마와 내가 놀이공원에 가기로 했던 날이었다. 엄마가 가게에 매달려야 먹고살 수 있었기에 따로 시간을 내는 게 쉽지 않았다. 그럼에도 방학 숙제인 현장학습, 야외 나들이 보고서 칸을 채워야 했기에 개학이 가까울 무렵에 어렵사리 시간을 낸 참이었다. 우리 모녀는 놀이공원이 아닌 근처의 박물

관과 미술관 견학에 중점을 두고 있었다. 외가 사람들은 자초지종 따위는 묻지 않았다. 놀이공원에 갈 돈이 있었냐며, 돈을 어디에 숨겨두었냐며 외할머니는 엄마가 말아둔 김밥 도시락을 뒤집어엎어 버렸다.

새벽부터 일어나 정성스레 말아둔 김밥은 알록달록한 내용물이 터져 나와 바닥에 흩뿌려졌다. 주판알과 김치 속과 터진 김밥은 더 이상 주판, 김치, 김밥도 아닌 것이 되어 있었다. 그것들은 자기를 이루는 것들끼리 뭉쳐서 형태를 갖추고 있어야만 본래의 이름대로 역할을 하는 것들이었다. 완력에 의해 깨지고 부서지고 터져버린 그것들은 쓰레기로 변해 어질러져 있었다. 내 눈에 그 광경은 폭탄을 맞고 온몸이 터져나간 사체가 쌓인 장면보다 더 잔인했다.

피와 체액과 내장과 살점이 덕지덕지 붙어 있는 현장은 엄마와 나의 보금자리였다. 대출과 빚을 끌어모아 마련한 엄마와 나의 공간은 엄마의 피붙이들에 의해 무참히 유린당했다. 그건 시작도 끝도 아니었다. 그들은 자기들의 일이 안 풀릴 때면 화풀이 대상으로 내 엄마를 골랐다. 엄마 때문에 되는 일이 없다면서 늘 갑작스럽게 쳐들어왔다. 가게의 비품을 부수고 방 안까지 들어와, 공부하고 있는 내 머리 위로 물건을 내던졌다. 그들이 부수고 파괴한 모든 것은 엄마가 힘들게 번 돈으로 장만한 사소하고 소중한 살림살이들이었다.

나는 늘 불안했다. 나를 보호해 줘야 하는 엄마는 가족들이 행사하는 부당한 폭력에 대항하지 않고 감내했다. 타인도 아닌 가족, 그것도 손아래 동생들에게 맞는 엄마의 모습은 한없이 나약했다. 엄마가 죽고 나면 나를 보호해 줘야 하는 어른들이 엄마를 폭행하는 걸 습관처럼 보았다. 세상에 재앙이 닥쳤을 때 몸을 숨길 수 있는 유일한 장소가 다른 누구도 아닌 피를 나눈 엄마의 가족들에게 파괴되는 장면을 보며 성장했다. 안전한 장소는 없었고 나를 보호해야 하는 부모 중 한 명은 없었고 나와 함께 있는 한 명은 방어기제가 없었다. 나는 인정하고 현실을 받아들였다. 나에게 보호자는 없었다. 나는 그래서 불안했다.

매번 외가 사람들의 폭력을 겪을 때마다 그 일을 까맣게 기억 속에 숨겨두려 했지만 내 마음대로 되지 않았다. 엄마의 주판 때문이었다. 계산기가 흔하던 시기였고 집에 계산기도 여러 개 있었지만 엄마는 장부를 쓸 때면 늘 부서진 다섯 줄 주판을 썼다. 엄마는 그게 계산기보다 편하다고 했다. 반 토막이 난 다섯 줄 주판으로 셈을 하여, 자필로 가계부를 정리했다. 나는 그 부서진 주판을 보며 가게 방 안에서 폭탄이 터졌던 일을 강제적으로 상기해야만 했다. 엄마가 반으로 동강 난 주판을 사용하는 모습을 보고 있자면, 본인이 당한 폭력을 잊은 것 같았다. 실제로도 엄마는 자신을 향한 폭력을 당연하게 받아들이고 있었다. "엄마가 결혼하고 이렇게 되어버리니까 외할머니가 속상해서 그러시는 거야." 하고 말하면서 나에게도 엄마가 당하는 폭력을 받아들이게 만들었다.

결혼은 외할머니가 추진한 건데, 아빠는 아파서 죽은 건데, 엄마는 갖고 있는 돈 다 외할머니 드렸는데! 결혼 전에도 엄마가 외가 먹여 살리다시피 했잖아. 엄마는 월급 그대로 외할머니한테 다 갖다 바쳤잖아. 둘째 이모는 월급 받자마자 적금으로 다 부어서 다음 날 외할아버지가 되레 차비를 줘서 출근했다면서. 셋째 이모는 지방 근무로 밖에 살았고 외가에 올 때는 비엔나소시지 한 팩 사 오는 게 다였잖아. 외삼촌은 취직도 못해서 엄마한테 뒤로 용돈 타가는 거 나 다 알아. 오래 살진 못했지만 아빠도 외가에 잘했잖아. 이모들도 외삼촌도 잘 챙겼잖아. 아빠가 결혼 전에 셋째 이모 카드 빚도 다 갚아줬다며!

하지만 엄마는 자신이 베푼 건 다 잊어버린 사람처럼 죄인인 것처럼 굴었고 그 죄는 나에게도 지워졌다. 왜냐면 나는 약자의 날개 아래 있는 최약체였으니까. 엄마의 노력은 진득한 것이어서 나는 결국 외가가 행사하는 폭력의 당위성을 받아들이고 고개를 끄덕이면서, "응응." 하고 흐느끼면서 울어야 했다. 하지만 그 부서진 주판을 보면, 이상하게도 내 심장을 뭔가로 쑤시고 싶은 감정이 돋아났다. 나는 뾰족한 걸로 내 심장, 내 눈, 내 콧구멍을 마구 쑤셔대고 싶었다. 그러면 답답한 가슴이 조금 풀릴 것 같았다.

쪼개진 나무틀의 끔찍한 단면은 위아래의 길이가 달랐다. 나무틀의 위 면은 짧게 쪼개졌지만 아랫면은 칼처럼 길고 날카롭게 쪼개져서 한눈에 보기에도 위험했다. 나는 그 길고 뾰족한 단면을 보면서 외할머니를 찌르기에 참 좋아 보인다고 생각했었다. 하지만 시도하지는 않았다. 내가 벌써 살인자가 되면 안 된다고 생각했다. 엄마가 상처받으면 안 되니까, 살인은 성인이 되어서 해도 되니까, 참아야 한다고 다짐했다. 지금 와서 보면 실수였다. 그 시절의 내가 촉법소년이라는 말만 알았더라도 망설이지 않았을 것이다. 그랬다면 엄마가 존속 살인자의 엄마라는 이름으로 사회에서 매장되었을지언정 외가 사람들로부터 해방되는 시간을 앞당길 수 있었을 것이다. 나는 참, 여러모로 어렸다.

나는 아직 엄마의 친정 사람들로부터 엄마를 보호할 수 있을 만큼 신체적으로 성장하지 못한 상태였다. 내가 웃지 않아서 닥칠 뒷감당이 두려워 나는 기계적으로 미소를 짓는 방식을 터득했다. 나는 이모들 앞에서 싫다는 말을 하는 대신 웃었다. 웃는 아이 괴물은 그대로 성장했다. 밖에서는 똑똑한 우등생이었지만 피를 나눈 사람들이 모인 테두리 안에서는 그들의 눈치를 보며 비굴하게 웃었다. 그것이 내가 엄마를 엄마의 가족으로부터 보호할 수 있는 유일한 방법이었다.

엄마가 주판을 사용하지 않을 때면 나는 피아노 의자 밑판, 악보를 넣어두는 곳에 주판을 숨겼다. 피아노 학원에 가서 앉아 있자면, 가게 안에 있는 방 안에 놓인 내 피아노 의자 아래 있을 주판만 떠올랐다. 피아노 앞에 앉는 것도 힘들어졌다. 음식은 소화되지 않았고 가슴은 막혔다. 생각 끝에 엄마에게 새 다섯 줄 주판을 사드리기로 마음먹었다. 그게 내가 사는 길이었다.

나는 다섯 줄 주판을 사기 위해 열심이었다. 쉽지 않았다. 주산이 암산 실력을 키워준다는 붐이 학부모들 사이에 일어난 이후로 네 줄 주판이 상용화된 지 오래였다. 다섯 줄 주판을 구하기는 힘들었다. 지금처럼 인터넷 쇼핑몰에서 없는 것 빼고 다 살 수 있는 시절이 아니었다. 내가 할 수 있는 일은 학교 앞 문방구에 가보거나 어른들을 통해 물어보는 것뿐이었다. 동네 철물점, 전파사, 슈퍼까지 모조리 돌아다녀 봤지만 없었다. 다니던 주산 학원 선생님마저도 네 줄 주판 세대였고 다섯 줄 주판을 구하는 방법은 모른다고 했다. 결국 다섯 줄 주판을 사지 못한 나는 계산기를 사서 선물했다. 집에 있는 계산기는 쓰지 않던 엄마는 다행히도 내가 사드린 계산기는 사용했다.

하루하루를 불안하게 살아가는 와중에도 엄마는 나에게 지극했다. 엄마 덕분에 나는 아빠가 보고 싶다거나, 나에게도 아빠가 있었으면 좋겠다는 심적인 아쉬움은 없었다. 어찌 보면 심적인 여유가 없었다는 편이 더 맞을 것이다. 아빠는 필요 없다고, 내가 스스로 할 수 있다고, 엄마에게도 남편의 빈자리를 내가 메워줄 수 있다고 여겼다. 좋은 성적으로 많은 것을 보완할 수 있는 학창 시절을 보냈고 나는 건방질 만큼 자신감이 넘쳤다. 나는 당당했고 용감했다. 거칠 것 없었다. 내가 성장해 가면서 외가로부터의 폭력은 현격하게 줄었다.

　나는 내가 모든 망가져 버린 것들을 원상 복귀시킬 수 있으며 심지어 남들보다 앞서 나갈 수 있다는 것에 한 치의 의심도 없었다. 내 인생의 기본에 해당하는 단계를 완성했고 마무리했다고 생각했다. 그러나 아직 시작 전이었다. 일반적으로 보통의 사람들의 인생이 시작되고 경험하고 상처받고 배우고 안정되고 정착하고 다음 세대를 생산하는 것의 연속이라고 가정했을 때, 나의 인생은 시작하고 상처받고 중단하고 시작하고 방해받고 중단하고의 되풀이가 된다는 것을 미처 몰랐다.

　내가 아빠의 빈자리를 느끼게 된 건 성인이 된 후였다. 대학에 들어간 후, 두 번째 학기가 시작될 무렵 성추행을 당했다. 내가 똑똑하다면서 자신의 출판 원고의 오탈자를 검토하라는 지시를 했던 교수가 있었다. 정치외교학 전공자들 사이에서는 이름 석 자만 들어도 알 만한 석학이었던 그 여성 교수는 새내기였던 내 눈에 더할 것도 뺄 것도 없는 완벽한 롤 모델이었다. 내 머릿속에 떠오른 생각은 한 가지였다.

　'저 교수님처럼 되면 엄마를 지킬 수 있어!'

첫 학기 중반 무렵에 나는 교수의 호출을 받았다. 교수는 나에게 원고와 플로피 디스크를 건넸다. 교수는 "보통은 석사 과정 학생들에게 시키는 건데 특별히 너에게 시키는 거야."라면서 생색을 냈다. 교수는 무급으로 그 일을 지시하면서도 당당했다. 장학금을 받아서인지, 대입 전에 가졌던 학비에 대한 두려움도 어느 정도 상쇄된 상태였기 때문에 부당함을 느끼지도 못했다. 공부 욕심이 과했던 나는 교수님의 미발표 원고를 미리 볼 수 있다는 게 너무나 황송해서 거의 외우다시피 정독했다. 지금에 와서 생각해 보면 석사 과정 학생들이나 고학년 학생들이 무급으로 해야 하는 그 업무를 거절했던 것 같다. 어쩌면 출판할 생각이 없는 원고를 나에게 주고 충성도를 시험한 것일 수도 있었다.

아무튼 부려지고 난 후, 충직한 개로 판명 난 나는 여름부터 교수가 연결해 준 아르바이트를 하게 되었다. 처음에는 그 일을 거절했다. 그 시간에 공부를 더 하고 싶었다. 그렇지만 교수는 "이건 다른 사람은 하고 싶어도 못 하는 거야." 하고 말했다. 무시해 버렸어야 할 일을 나는 수락했다. 감히 교수님의 말에 거역할 엄두가 나지 않았던 탓도 있었다.

나는 월 삼십만 원의 말도 안 되는 급여를 받는 그 아르바이트를 하게 되었다. 차비가 급여보다 많이 들었다. 내가 아르바이트를 한 회사는 문체부의 관광 분야 쪽 하도급을 받는 곳이었고 임원이라는 오륙십 대의 늙은 아저씨가 내 담당이었다. 그는 나에게 아버지에 대해 상세하게 물었다. 대충 둘러대었으면 될 일이었다. 하지만 임원이 꼬치꼬치 캐물어 오는 통에 일일이 거짓말을 하기 어려웠던 나는 아버지가 없다는 것을 솔직하게 말했다. 나는 나 스스로에게 자신 있었기에, 아버지의 부재가 나에게 마이너스 요인이 될 수는 없다고 생각했다. 사회는 정의롭게 돌아가는 거라고 생각했다. 그리고 그 일이 벌어졌다.

위험했던 순간에 간신히 뿌리치고 도망 나오면서도 나에게 닥친 일이 무엇인지 도통 감이 잡히지 않았다. 반항하는 과정에서 주먹으로 얼굴을 얻어맞아 어금니가 빠져버렸다. 한쪽 턱관절이 부어오르고 얼굴이 비틀어져서 보름 넘게 집 밖으로 나가지 못했다. 그것이 성추행이라는 것을 깨닫기까지 오랜 시간이 걸렸다. 내가 존경하던 교수님의 지인이라면 교수님만큼이나 고매한 인격의 사람일 거라고 여겼었다. 사회적으로 지도층에 속한 사람이 그런 일을 저지를 리는 없다고 생각했다. 그러나 어금니가 빠진 채로 비어 있는 잇몸은 분명히 말하고 있었다. 사회적인 위치나 연배, 객관적으로 보이는 외형은 그 사람의 내면과 정반대일 수도 있다고.

성장 과정에서 남자의 존재, 아버지의 존재가 부재했던 나는 비교를 할 만한 표본 대상이 없었다. 당한 일에 대해 털어놓고 상담할 사람도 없었다. 내가 필요로 하는 건 내가 당한 일에 대해 상담하고 조언을 해줄 수 있는 사람이 아니라, 나를 대신해서 나를 추행한 임원과 대립각을 세워줄 수 있는 강한 보호자였다. 하지만 엄마는 그런 보호자가 되어줄 수 없는 존재였다. 내 인식 속의 엄마는 나의 보호자라기보다 내가 보호해야 할 대상이었다.

아무리 똑똑하더라도 나는 대학 새내기였다. 교내 성폭력 상담소는 개설조차 되지 않았고 성폭력의 정의조차 불확실하던 시대였다. 정치에 야망이 있는 교수가 인맥을 트고 있는 정부 기관 하청 업체에 근무하는 임원은 내가 싸울 수 있는 상대가 아니었다. 강제적인 성적 접촉을 당하고 폭행 피해까지 입었지만 여전히 나는 상황을 이해하기 어려웠다. 이해하지 않고 싶었다. 추행을 당했다는 것을 받아들이고 싶지 않았다. 내가 그런 일을 당했을 리 없다고 나는 계속 나를 세뇌했다.

나는 교수에게 아르바이트에 대한 보고를 해야 했다. 그러나 하지 않았다. 교수의 연구실에 가지 않고 연락을 받지 않자 교수에게서 무슨 일이 있었는지 묻는 연락을 받았다. 나는 이렇게 말했다.

"임원 아저씨에게 물어보세요."

그날 밤 10시가 넘은 시각에 임원에게서 전화가 걸려왔다.

"죽을죄를 지었습니다, 정하 양. 정하 양이 너무 예뻐서 그랬습니다."

임원은 나에게 사죄했다. 울기까지 했다. 그는 나에게 그동안 있었던 일을 설명했다. 대학의 대외 협력처에 MOU 건으로 왔던 임원은 차기 처장 후보였던 정치외교학 교수의 수업을 참관하다가 나를 봤다고 했다. 내가 존경하던 그 교수의 수업이었다. 임원은, '너무 예뻐서' 교수에게 아르바이트를 연결해 달라고 했단다. 추행에 대해서는 그 순간에 정신이 어떻게 되었던 것 같다고 하면서 그는 계속 울었다. '네가 예뻐서'라고 계속 토를 달았다. 그 토는 바위처럼 나를 짓눌렀다.

"흑, 흑, 흐으으윽, 흑, 흐으윽……."

늙은 남자가 우는 소리는 소름이 돋는 것이었다. 너무 징그러웠다. 그럼에도 난 징그러움과는 별개로 그가 하는 사죄가 진심이라고 생각했다. 어른이 죽을죄를 지었다면서 사죄하는 건 처음 겪는 일이었다. 진심이 아니라면 다 늙은 어른이 울어댈 리 없다고 생각했다.

"정하 양이 너무 예뻐서……. 흑…… 흐윽……."

나는 평범했다. 그런데 늙은 남자는 '네가 예뻐서'를 되풀이했다. 횟수가 거듭될수록 '네가 예뻐서'는 '네가 예쁜 탓에' '네 탓이야'로 들려왔다. 처음에는 "정하 양." 하면서 존대를 했지만 통화가 길어질수록, "정하야.", "너."라고 나를 지칭하는 말도 바뀌어 갔다. 계속해서 울어대는 소리를 듣고 있자니 죄를 지은 것은 임원인데 내가 죄를 지은 듯한 기분이 들었다. 그는 자기가 저지른 죄를 나에게 전이시켰다. 그러나 나는 그걸 깨닫지 못했다.

"흑, 흐으윽, 제발, 용서를……"

압사당할 것 같은 무게감에 괴로워 빨리 전화를 끊어버리고 싶은 마음뿐이었다. 전화를 끊을 무렵에는 심적인 부담이 극대화되었고 거의 그를 용서하는 수준의 말을 뱉어버렸다. 그러자 그의 태도가 돌변했다. 그는 자신과 만날 것을 요구해 왔다. 거절하고 전화를 끊은 후, 연락을 받지 않았다.

본격적인 악몽은 그날부터였다. 임원은 우편물을 보내오기 시작했다. 수취인에 내 이름 석 자가 적힌 익명의 우편물이 학과 사무실에 도착했고 그걸 열어보면 구역질 나는 신체 일부의 사진이 들어 있었다. 그는 집요하게 내 신체 주요 부위의 사진을 요구하는 연락을 해왔다. 내가 반응을 보이지 않자 일회용 필름 카메라와 함께 짧은 편지를 보내왔다.

자기야, 우리 공주. 공주님도 숙제해야지! 응? 나는 그거 새벽에 찍은 거야. 남자로서 젊다는 증거지. 우리 자기는 언제 보여줄 거야? 내가 학교 앞으로 갈게. 내가 잘 아는 집에서 현상하면 돼. 아무도 안 보여주고 나 혼자 볼 거니까 걱정 말고 빨리 숙제해, 자기야.

잠도 잘 수 없는 불안한 날들이 이어졌다. 머리가 빠지고 손톱이 부서졌다. 햇볕도 쬐지 않았는데 얼굴에는 검버섯 비슷한 잡티가 올라왔다. 이러다가 정말 죽겠다는 생각이 든 나는 답장을 보냈다.

경찰에 신고하겠습니다.

그 후로 연락은 없었다. 편지도 없었다. 나는 내가 이 더러운 싸움에서 이겼다고 생각했다. 문제는 그 후에 벌어졌다. 이상하게도 교수가 나를 벌레 보듯이 했다. 수업 시간에도 대놓고 면박을 주었다. 나는 혼란스러웠다. 내가 장차 그렇게 되고자 추구하던 인간상, 사회의 지도층, 성공한 인물, 존경할 만한 어른, 그들의 의도를 파악할 수 없었다.

나는 명문대에 다니는 대학생이었다. 내가 당하면서도 그것이 성추행이라는 것을 '몰랐다'는 걸 믿어줄 사람은 없었다. 무엇보다 나 스스로가 그걸 인정하지 않았다. 임원이 나를 끈질기게 괴롭힌 것도 나의 그런 심리를 눈치챘기 때문일 수도 있었다. 나는 약한 존재가 되고 싶지 않았다. 당당하게 내가 당한 피해를 공개하고 가해자를 응징하는 것이 강한 사람이라는 교과서적인 내용을 모르는 건 아니었다. 그런 추한 일을 겪었다는 것 자체가 나라는 존재를 무력한 인간으로 낙인찍게 하는 것 같아서 인정할 수 없었다.

　나는 정신적으로 병들어 버렸다. 그 일은 나의 자존감을 바닥까지 내리꽂았다. 우등생으로 고고하게 살아왔던 나의 자존심이 인격화되어 나타났다. 자존심이 얼마나 치졸한 것인지 나는 그때의 경험으로 알게 되었다. 자존심은 내 편이 되어주지 않았다. 매일 내 눈앞에 버티고 서서 나에게 침을 뱉어대기 일쑤였다. 그것은 가공할 만한 힘이 깃든 손바닥으로 내 머리통을 사정없이 후려갈겼다. 나를 쓰레기 취급했다. 한 겹이었던 모멸감은 순식간에 수천 겹 수만 겹으로 부풀어 무엇으로도 용해되지 않을 거대한 철근 덩어리가 되고 암석이 되고 산이 되어 나를 밑에 깔고 앉아 뭉갰다.

　성추행을 한 임원이 대학도 나오지 않은 고졸 기능공 출신 입사자였다는 걸 알고 난 후에는 자괴감이라는 곡괭이가 나를 내리찍었다. 정수리부터 파고드는 곡괭이질에 내 뱃속에는 깊이를 알 수 없는 구덩이가 파였다. 곱씹고 곱씹어 보았다. 임원이 나에게 사과했던 그날의 통화를 복기했다. 흑흑흑, 귀신처럼 우는 소리. 그건 단지 목소리에 불과했다. 그놈은 아마도 울지 않았을 거다. 그놈은 우는 소리를 냈을 뿐, 나를 더욱 진하게 괴롭힐 방법을 구상하고 있었을 거다. 흑흑흑, 그건 울음소리가 아니라 웃음소리였을 거다.

　자해를 시작한 것도 그 무렵이었다. 손톱으로 뺨을 뜯고 이로 팔다리를 씹었다. 그러면 마음이 나아졌다. 쓰레기 같은 나를 조각내서 조금씩 없애는 작업에 희열을 느꼈다. 하지만 엄마에게 상처를 줄 수는 없었다. 엄마가 걱정을 할까 봐 나는 다쳤다고 하면서 내가 만든 상처에 내가 연고를 발랐다. 살을 찢고 붙이기를 수도 없이 반복하다 보니 내가 진정으로 하찮게 여겨졌다. 제 의지로 죽지도 못하는 존재. 쓸모없는 존재. 나는 다른 시도를 해야 한다고 생각했다.

전과를 신청했다. 쉽지 않았지만 성공했다. 옮겨 간 지리학과에서는 아무와도 교류하지 않았다. 2학년이 되었을 때, 신입생 남자아이를 만났다. 아웃사이더 중의 아웃사이더였던 그 애는 나처럼 지리학과 안에 교류하는 이가 없었다. 그는 실재하는 사람보다는 만화 속 오스칼 프랑소와로 상징되는 이상향을 추구했다. 나는 그 애가 나에게 맞는 상대라고 여겼다. 사귄다는 개념으로 몇 달을 만났다. 그러다가 전남편을 만나게 되었다.

전남편과 교제하면서 지리학과의 오스칼 프랑소와와 확실하게 헤어지지 않았다는 것이 마음에 걸렸다. 깔끔하게 이별을 선언하고자 그 애의 행방을 수소문해 보았을 때, 그 애가 휴학계를 내고 연락이 두절되었다는 걸 알게 되었다. 군대에 간 건지, 아니면 정말로 오스칼 프랑소와가 되기 위해 성전환이라도 한 건지 알 수 없었다. 나에게 미리 알리지 않고 종적을 감추었다는 건, 그에게는 나 역시 끝까지 교류할 필요는 없는 지리학과 출신 동문 정도에 불과했다는 거였다.

몇 년이 흐르고 내가 결혼을 하고 난 직후에, 취업해서 회사원이 된 동기 한 명이 연락을 해왔다. 그 동기는 정치 외교학과 재학 시절에 과제를 함께 했던 이였다. 오랜만에 만난 동기는 나에게 직장 생활 이야기를 하면서 스스럼없이 상사에게 성희롱과 추행을 당한 이야기를 털어놓았다. 나는 동기의 당당한 태도에 압도되었다. 피해자로서 당연한 태도였는데도 내 눈에는 그 애가 너무나 커 보였다. 나는 동기가 어떤 방식으로 그 사건을 해결했는지 궁금했다. 해결 방식은 간단했다. 그녀는 아버지에게 회사에서의 일을 말했다. 동기의 아버지가 회사 측에 항의했고 공론화시켰다.

결국 해당 부장은 사원들이 보는 앞에서 동기 앞에 무릎을 꿇고 사죄하고 각서를 썼다. 얼마 안 가 부장은 퇴직했다. 동기는 그 후로도 몇 년을 당당하게 회사에 다니다가 좋은 집안의 남자와 결혼했다. 동기의 아버지가 회사에 항의하고 소장을 접수하고 공론화시키는 행위, 그 강인하고 공개적인 행위를 한 것은 자신이 딸을 보호할 수 있기 때문이었을 거다. 20대의 신입 사원 앞에 나이 쉰이 훌쩍 넘은 부장이 무릎을 꿇었다는 말을 듣고, 대학 시절 내가 일을 당했을 때 필요로 했던 게 무엇인지 그제야 가늠할 수 있었다. 나에게는 없는 존재가 나는 필요했다. 겉으로는 아무것도 드러내지 않았다. 오로지 내 몸 안에서만 순환하는 내 체액이 소태처럼 씁쓸하게 변하는 것을, 나 혼자 느꼈을 뿐이다.

나의 신체를 타인과 함께 탐구하는 행위. 신뢰와 사랑은 기본 바탕으로 전제되어야 하는 가장 밀접한 행위. 그 행위를 함께 할 대상은 전적으로 내 의지로 정해야만 한다. 그 후에 함께 할 타인과의 합의가 이루어져야 한다. 타인 역시 나와 감정이 같고 같은 행위를 하길 동조할 경우에 행위는 비로소 실현되어야 한다. 그게 내 신체에 대한 나의 권리다. 나는 그 원초적이면서 순수한 순간을 전혀 예상하지 못했던 타인에 의해 말살당했다. 가장 친밀한 관계에서 행해졌어야 하는 성적인 접촉의 처음이 망가져 버렸고 그와 함께 내 안의 일부가 죽어버렸다.

죽어버린 부분은 재생되지 않는다. 그러나 나는 일부가 죽은 채로 여전히 숨 쉬고 있었다. 타인에게 말해봐야 변하는 건 없다. 피해자가 되는 대신 나는 연극을 하기로 했다. 청소년 시절 얌전하게 공부만 하던 내가 연극부에 들어가서 주도적으로 연출을 하고 그 나이대의 여학생들이 모두 꺼리던 악역을 도맡아 연기하는 것을 보면서 선생님들이 놀라던 얼굴을 떠올렸다. 할 수 있을 것 같았다.

"남들이 다 하는 거……. 그런 걸 해야만 해. 그러면 아무렇지 않아 보일 거고, 아무렇지 않게 될 수도 있으니까."

그것이 내가 고안해 낸 방법이었다. 내키지 않는 남자애와 난생처음으로 연애를 하는 척했다. 그 남자애는 내가 피폐해진 상태에서 선택한 쓰레기통이었다. 나라는 쓰레기를 처박아 버릴 수 있는 쓰레기통.

쓰레기통이 부재한 순간에 전남편을 만났다. 그 남자 역시 나에게 맞지 않는다는 것을 나는 알고 있었다. 자신만만했던 시절의 나였다면, 하지 않았을 선택이었다. 나는 전남편과 결혼하는 척했다. 전 남자 친구가 쓰레기통이라면 전남편은 소각장이었다. 나는 그렇게 내 인생을 소각시켜 버렸다. 대학을 마치고 미국 대학의 박사 과정에 입학해서 학위를 받고 교수로 활동하다가 귀국해서 언론인으로 명성을 얻고 이후 정계에 진출하겠다던 원대한 꿈은 한순간에 사라졌다.

임원의 손가락이 내 팬티 안에 들어오려고 골반 부근에서 꾸물거리던 느낌을 나는 기억했다. 날 짓누르던 순간에 그 늙은 남자의 몸에서 풍겨 나온 썩은 쉰내도 기억했다. 너무 싫은 사람의 손이 닿으면 물에 빠졌다가 나온 것처럼 온몸이 흠뻑 젖을 만큼 식은땀이 난다는 걸 깨달았던 그 순간을 나는 기억했다. 악마가 친히 선사한 이 기억을 죽을 때까지도 잊지 못할 거라고 자조했던 그 순간마저도 나는 기억했다.

나는 전남편이라는 사람의 작은 그릇, 무능함을 잘 알고 있었지만 벌레보다 못한 존재인 나에게는 그 정도 수준의 남자라면 과분하다고 생각했다. 내 자신을 바닥이라고 여겼기 때문에 무리에서 가장 약한 남자, 가장 도태되어 있었던 남자가 내 짝이 되겠다고 나섰을 때 거절하지 않았고, 그것이 내 수준이라고, 스스로를 깔아뭉갰다. 나를 나무라고 짓밟는 선택이 나에게는 과분한 거라고, 굳게 믿었다. 그게 내 첫 결혼의 이유였다.

"엄마……?"

딸의 목소리가 들려왔다. 이제 전부 기억이 났다. 나는 너무 오랫동안 아물지 않은 상처를 숨겨왔다. 상처를 좀 더 일찍 드러냈어야 했다. 실질적 보호자가 없는 나를 보호해 줄 존재는 오로지 나였는데 방어하기 위한 방법으로 나를 학대하는 쪽을 택했다. 어리석었다. 결국 비뚤어지고 모나게 된 것은 나였다.

"엄마, 괜찮아?"

아이를 쳐다보았다. 내 딸은 나처럼 되어서는 안 된다. 이 아이가 실체를 드러낼 수 있도록 내가 벗겨내 주어야만 한다.

"하원아, 너는 괜찮아?"

처음으로 딸에게 물었다. 아빠가 너를 버렸는데 괜찮은 거냐고. 너무 늦게 물었다. 아들이 사라진 지금에야, 나는 묻고 있다. 어쩌면 상원이도 내가 이렇게 물어주길 바라고 있었던 것은 아니었을까. 내가 아들을 너무 방치했던 것은 아니었을까. 답은 확연하게 정해져 있었다. 나는 내 아들을, 너무나 오랫동안 방치해 두었다.

전남편도 너무 오래 방치해 두었다. 그를 일찌감치 놓아주었어야 했다. 상원이가 생기기 전에 놓아주었어야 했고, 하원이가 생기기 전에 놓아주었어야 했다. 그 전에, 그가 청혼했을 때 거절했어야 했다. 당신이 사랑하는 건 윤아경이라고 말해주고 나는 물러섰어야만 했다. 윤아경이 다른 남자의 아이를 임신했고, 다른 남자와 결혼을 앞두고 있는 건 그 여자의 사정이었다. 전남편이, 오원우가 그럼에도 윤아경을 쫓을지 아니면 다른 여자를 만나 사랑할지, 그건 그의 선택일 뿐 내 소관이 아니었다. 그가 옳지 않은 선택을 하는 것을 알면서도 방관했고 나아가 그를 놓아줄 수 있었음에도 놓아주지 않았기 때문에 나는 그를 잃었고 아들을 놓쳤고, 결국 그들로부터 외면받게 된 것이다.

하원이마저 방치해 둘 수는 없었다. 내 눈을 들여다보던 하원이는 눈물이 그렁그렁한 눈으로 나를 마주 보면서 대답했다.

"엄마, 나는 괜찮아."

괜찮을 리 없는데 딸은 괜찮다고 한다. 괜찮아져 버린 것일까. 무슨 일을 겪어도 괜찮아져 버리는, 그런 사람이 되어버린 것은 아닐까. 그간 얼마나 많은 일을 괜찮다고 말하면서 지나왔을까. 나 같은 사람이 되어버린 건 아닐까. 그래서는 안 되는데. 10여 년간 전남편에 대한 원망과 한을 차곡차곡 마음속에 쌓아왔다. 그동안 딸은 아빠에 대해 어떤 감정을 쌓고 있었을까. 나는 단 한 번이라도 아이가 괜찮은지, 괜찮은 척만 하는 것은 아닌지 알려고 했던 적이 있었나? 나는 나만 생각했다.

"엄마가 미안해."

"미안할 것 없어. 나, 아빠가 살아 있든 아니든 중요하지 않아. 아빠는 자기 인생 살려고 간 거잖아."

"그래도 엄마가 미안하……."

"나, 엄마가 우리 때문에 아빠 찾아다니지 않은 것 다 알아. 다 알아."

내 등을 쓸어내리면서 말하는 하원이의 눈을 들여다보았다. 뭔가 이상했다.

"……다 알……다니?"

"엄마……. 엄마도 그 생각하는 거지?"

"무슨 생각?"

"엄마 그 무렵 뉴스 열심히 봤잖아. 호프집 살인 사건."

후우욱. 땅이 내려앉았다. 온몸에 소름이 돋았다. 눈앞이 하얗게 되는 아득한 느낌이 들었다. 침착함을 되찾아야 했다. 무슨 말이라도 해야만 했다. 해야만 하는데 대체 어떤 말이 적절한 거지?

"너 그걸 어떻게……."

"엄마 일부러 경찰서에 늦게 찾아간 거잖아."

이번에는 눈앞이 캄캄하게 변했다.

"어떻게 그런 걸……."

귀가 멍해지면서 내가 하는 말이 잘 들리지 않았다.

"엄마, 애들은 다 알아. 어른들은 애들이 모를 거라고 생각하지만…… 다 알아."

애들……. 상원이도 알고 있는 것일까. 어디부터 어디까지?

"……."

"어릴 때 무서운 꿈을 꾼 날이 있어. 그날도 아빠는 없었지. 아빠는 언제나 늦게 들어왔고 일찍 나갔으니까. 벌써 여러 밤 동안 나와 상원이는 아빠를 보지 못했었고. 자다가도 문득문득 눈이 떠질 때가 있었는데 항상 엄마가 혼자 자는 게 마음에 걸렸어. 내 옆에선 상원이가 자고 있지만 엄마 옆에는 아빠가 없으니까……. 그날 밤도 엄마에게 갔지. 엄마랑 자다가 갑자기 허전해져서 일어났는데 엄마가 없는 거야. 살금살금 나가봤어. 아빠가 온 거라면 나는 상원이 옆으로 가려고. 나도 눈치가 있으니까. 그러다가 엄마를 봤어……. 엄마가 욕실을 들여다보고 있었어. 정확히는 아빠를. 나도 엄마 곁에 서서 들여다봤어. 그런데…… 욕실이 온통 피였어. 나는 엄마를 올려다봤는데 엄마는 새하얗게 질려서 내가 옆에 서 있는 것조차 모르는 거야. 나는 다시 침실 방으로 도망쳤어. 상원이 옆으로 갔다가는 엄마가 내가 없어진 걸 알고 당황할 것 같았거든. 자는 척하고 있는데 조금 있다가 엄마도 방으로 들어오더니 나를 꼭 안고 눕는 거야. 엄마도 자는 척하는 건지 진짜 자는 건지 알 수 없었지. 하지만 그거 하나는 알고 있었어. 모르는 척해야만 한다는 것. 엄마가 아무런 소리도 내지 않고 다시 들어와서 나를 안고 누운 건, 아빠의 그날 모습을 모르는 척하려는 의도니까. 엄마가 그러는 건 단 한 가지 이유 때문일 테고. 나와 상원이를 보호하기 위해서. 맞지? 난 그걸 본능적으로 느꼈거든."

"……."

나는 멍하니 아무런 대답도 하지 못한 채로 하원이의 입만 바라보고 있었다.

"무슨 일이 벌어질까 봐 무서웠는데 아무 일도 벌어지지 않았어. 눈을 떠보니 엄마는 아침을 준비하고 있었어. '모든 게 꿈이었구나. 다행이다.' 하고 생각했었지. 그날부터 며칠 동안 집에서는 락스 냄새가 지독하게 났었지. 엄마가 락스 청소를 좋아하긴 하지만 우리한테 락스 냄새 맡게 하지 않으려고 항상 조심하는 거 알고 있었거든. 그런데 그날 이후로 한동안 락스 냄새가 진동했었어. 그때부터였어. 아빠가 갑자기 일찍 들어오기 시작한 날…… 무서운 꿈을 꾼 다음 날부터, 아빠는 제시간에 왔어. 아빠가 일찍 왔지만 엄마 표정은 항상 굳어 있었고. 아빠가 우리를 보고 싶어서 일찍 올 리는 없잖아? 그래서 이상했어. 하루는 엄마 옆에서 뉴스를 보는데 호프집 살인 사건 보도가 나오더라고. 날짜를 맞춰봤었는데 아빠가 피 씻어내던 날 밤이 살인 사건이 일어났던 날과 시기가 비슷했어. 날짜가 안 맞았더라도 엄마 표정만 봐도 그 사건이 예사 사건이 아닌 건 알 수 있었거든. 그러다가…… 어느 날부터 아빠가 들어오지 않았어. 혼자 많이 생각해 봤는데 아무래도 내가 꾼 무서운 꿈이…… 화장실 안이 피로 물들었던 그날의 꿈이…… 사실은 꿈이 아니라면…… 모든 게 맞아떨어지더라. 처음에는 아빠가 살인 사건을 목격해서 살해당한 건 아닐까 걱정했어. 하지만 시간이 흐르면서 아빠는 살인을 한 쪽이고 잡힐까 봐 도망간 거라고…… 생각이 기울었어. 목격자가 그렇게 피를 묻히고 온 것도 이해가 안 가고. 적어도 공범은 되지 않을까, 그런 생각도 했었지. 그렇다 해도 어떻게든 좋은 방식으로 생각하려고 노력했어. 아빠가 살인범인 게 드러나면 가족이 힘들어지니까 가족을 위해서 아빠는 자의로 어쩔 수 없이 떠난 거라고……. 하지만 아빠가 그 정도로 가족을 생각하는 사람이었다면 자수를 했었어야지. 아니면…… 최소한…… 피를 묻힌 채로 집으로 숨어들지는 말았어야지……."

나도 모르게 울먹거렸다. 하원이는 그날 밤 잠에서 깨어났던 것이다. 그리고 나 못지않게 연기를 펼치면서 가족의 테두리 안에 머물렀다. 하원이는 나의 울먹거림을 받아주는 대신 하던 말을 이어갔다. 달관한 태도였다. 하원이는 이미 이 상황까지도 예상하고 있었을지도 모른다.

"……그런데 아빠는 자기를 위해 떠난 거네."

"……."

"엄마, 인정할 건 인정하자. 우리는 그동안 착각하고 있던 거야. 아빠는 그저 우리한테서, 책임감에서 벗어나고 싶었던 거야. 철저하게 자기만 생각하고 있었던 거야. 살인 사건은 계기가 된 것뿐이고 오래전부터 떠나고 싶었을지도 몰라. 이제 와서 그게 다 무슨 소용이야? 아들까지 몰래 불러내서 사라진 남자의 속을 우리가 어떻게 알겠어?"

하원이는 제 아빠와 상원이를, 나와 저를 한 팀으로 묶고 있었다.

"하원아…… 엄마가 미안해."

"미안하긴, 난 아무렇지 않아. 도리어 속이 다 후련해."

"정말이니?"

"슬프긴 하지. 무슨 이유인지 모르겠지만 아빠는 상원이만 선택한 거니까. 당장은 아무렇지도 않지만 문득 내일 울지도 모르고 한 달 후에 울지도 모르고. 하지만 지금은 눈물이 나지 않아. 난 괜찮아, 엄마. 이제 다 끝난 거야. 아빠는 잊어."

'잊으라니. 잊으라니. 그게 말처럼 쉬운 줄 아니? 피투성이가 되어서 집에 들어왔던 미치광이를 아무 말도 하지 않고 눈감아줬어. 가장이니까. 가장이 무너지면 다 무너지니까. 살인자의 아내, 살인자의 딸, 살인자의 아들. 그런 소리를 들을 수는 없었으니까. 그런데 이제 와서 아들마저 데리고 가다니!'

나는 속으로 절규했다.

"아빠도 상원이도 난 잊을 거야. 엄마는 할 만큼 했어. 이제 부터는 아저씨랑 잘 사는 게 더 중요해. 알겠지?"

"엄마가 미안하다. 엄마는 말이야……."

내가 운을 떼자 하원이가 나를 똑바로 쳐다봤다. 그러더니 갑자기 속사포처럼 쏟아냈다. 격앙된 목소리로 감정을 토해내기 시작했다.

"엄마, 이제 좀 잊으라고요. 난 이제 겨우 행복해졌어. 엄마는 모를 거야. 집에만 오면 온몸이 젖은 솜처럼 무거웠어! 축 늘어져서 허공만 보고 있는 엄마, 아빠만 찾아대는 남동생. 그 틈에서 나는 엄마에게는 언니처럼 굴어야 했고 동생한테는 엄마 노릇을 해야 됐어. 난 최우성 아저씨를 좋아한 적 없었어. 지금도 그래. 아저씨가 내 눈앞에서 죽는다고 해도 눈물 한 방울 안 나올 거야. 어차피 남인걸! 하지만 아저씨는 나에겐 구세주였어. 그 먹구름이 잔뜩 낀 집에서 벗어나게 해줄 구세주! 아저씨 덕분에 내 어깨는 조금 가벼워졌어. 난 아저씨가 엄마를 좋아해서, 그래서…… 엄마가 탐나서 아저씨가 아빠를 죽였다고 해도 상관없을 정도였어. 왜냐하면 아저씨는 최소한…… 엄마를 좋아하니까. 그것만으로 충분했거든. 엄마를 좋아하지도 않던 아빠보다는 아저씨가 더 나으니까! 아빠? 아빠 따위 필요 없어. 지금까지 우리끼리 잘 버텨왔어. 엄마도 이제 잊어버려요. 나를 위해서라도 제발 좀 행복해지라고!"

숨이 멎을 것만 같았다. 처음으로, 딸이 나에게 하고 싶은 말이 무엇이었는지 나는 들어버렸다. 이글이글 타오르는 딸의 두 눈은 나에게 말하고 있었다. 제발 그만하자고.

딸은 표현하기 시작했다. 그것은 나에게 아픔을 줄지도 모른다. 지금도 나는 아프니까. 하지만 나는 기뻐해야만 한다. 적어도 딸은 나처럼 허물어지지는 않을 것이다. 내가 친정 엄마에게 이렇게 말할 기회가 있었더라면 지금의 내가 되지는 않았을 것이다. 조금은 긍정적인 내가 되었을 것이다. 수십 년 전, 대학교 1학년, 입학 초기에만 하더라도 나는 반짝거리는 여자아이였다. 누구보다 자신감이 있었고 당찼다. 스스로 충만한 사람이었다. 하지만 엄마에게 내가 겪은 일을 말하는 게 어려웠다. 채 말하지 못한 속마음이 있었다. 그 임원이라는 자가 나에게 저지른 일이, 아빠가 없다는 것을 확인하고 난 후였다는 게 뭘 의미하는지. 그 부분을 말하면 엄마가 슬플까 봐, 그래서 나는 혼자 껴안고 버텼다. 그렇게 변하고 변하여 지금에 왔다. 숨기고 혼자 생각하면서 고립되었다. 하지만 내 딸은 다를 것이다. 내 딸은 나에게 말하기 시작했으니까.

"하원아…… 엄마는…… 엄마는……."

"엄마, 이렇게라도 마무리되어서 다행인 거야. 이제 기다리거나 걱정할 필요도 없는 거야. 상원이도 잊어. 잘 살 거라잖

아. 개도 이제 성인이야."

"엄마는……."

"엄마, 잘 들어요."

하원이는 내가 말할 틈을 주지 않았다.

"……그래."

똑바로 정신을 차릴 수 없었다. 나의 의식은 파도치는 심해의 어딘가를 뒹굴고 있었다. 하지만 눈앞의 하원이에게 집중해야 했다. 집중하는 표정이라도 지어야만 했다. 하원이는 이제부터 말하려는 내용을 내가 받아들일 수 있는지 가늠해 보고 있었다. 내가 숨을 고르자 하원이가 말을 이었다.

"엄마, 상원이를 찾아달라고 경찰에 신고할 수는 없어."

"왜?"

나는 떼를 쓰는 아이처럼 되물었다.

"상원이가 편지를 남겼잖아. 이게 증거야. 상원이는 제 발로 사라진 거야. 납치 같은 사건으로 분류되기 어려워. 굳이 분류하자면 가출 정도겠지. 군대를 갈 때쯤이면 어딘가에서 나타날지도 모르지. 하지만 내 생각에는……."

"네 생각에는?"

"해외로 나갈 가능성이 높아 보여. 어쩌면 이미 나갔을 수도 있고."

"하원이 너 혹시 상원이가 어디에 있는지 아는 거니?"

"알 리가 없잖아. 얘기가 왜 그렇게 흘러가?"

"미안하다. 그래서 네 생각은 뭐야……."

"상원이를 놓아줘야 해. 상원이는 오랫동안 계획을 세워온 거야. 그래서 엄마를 아저씨랑 재혼하게 만들려고 했던 걸지도 몰라. 그건 곧 아빠는 엄마에게 돌아올 생각이 없었다는 게 되는 거고."

하원이의 냉정한 분석을 인정하지 않을 수 없었다. 상원이가 정말로 제 아빠와 몇 년간 연락을 주고받아 왔다면 나에 대한 전남편의 생각을 잘 알고 있었을 거다. 아빠가 엄마에게 호감도 관심도, 어떤 책임감도 없다는 것을 알게 된 상원이는 나를 위해서 우성 씨와의 재혼을 권했을 거다. 매몰차고 차갑지만 하원이가 하는 말은 논리적이었다.

"엄마는 납득이 가지 않겠지. 나도 납득이 가지 않으니까. 하지만 아빠가 어떤 인간인지 냉정하게 따져보자고요. 아빠는 10년 넘게 우리에게 코빼기도 보이지 않았어. 그건 아빠를 여느 아빠들처럼 책임감 있는 가장으로 여겨서는 안 된다는 의미야. 아빠는 애초부터 엄마나 나, 상원이를 먹여 살려야 한다는 의식조차 없는 사람인 거야. 가장으로서의 무게나 책임을 짊어질 생각이 없는 사람이라고."

다 안다. 원인은 전남편과 내가 사랑하는 사이가 아니었다는 데 있었다. 모든 것의 원인은 거기에 있었다. 그 남자가 어쩔 수 없이 나에게 매여 있었다는 것 정도는 알고 있었다. 하지만 아이들에게도 전남편이 그런 마음이었을 거라고 인정하게 하고 싶지 않았다. 아이들이 스스로를 '그런 아이들'로 생각하게 하고 싶지 않았다. 그래서 나는 말을 돌렸다.

"상원이는 왜 데려간 걸까."

"상원이는 자기 분신이라고 생각하는 거지. 동지라고 여길지도 몰라. 하지만 결국에는 상원이를 이용하려는 거야."

"어떻게?"

"엄마, 생각을 해봐. 아빠가 상원이를 먹여 살리겠어? 상원이는 이제 성인이야. 힘도 세고, 덩치고 커졌어. 반면 아빠는 점점 늙어갈 거고."

"그럼 노후 때문에 상원이를 데려갔다는 거야?"

"충분히 가능성이 있지. 게다가 엄마가 재혼했고 아저씨가 재력이 있고, 우리까지 떠맡으려고 할 정도로 엄마를 좋아한다는 것까지 파악한 상태라면 상원이를 붙잡고 있는 게 아빠의 노후에는 도움이 되니까. 아니면, 아빠에게 일말의 양심이라도 있어서 뒤늦게 상원이에게라도 아빠 노릇을 하고 싶은 거겠지. 뭐, 이건 그냥 우리 희망 사항일 뿐인 거고."

담담한 어조가 더욱 내 가슴을 미어지게 만들었다.

"상원이는 사라지길 택한 거야. 아빠가 왜 그런 선택을 했는지 알아보고 싶었겠지. 아빠가 아무리 설명을 해도 그건 자기

합리화일 뿐이니 설명을 들을수록 공허해졌을 거고, 그래도 공허함을 채우기 위해서는 아빠에게 가는 것밖에 방법이 없다고 여겼을 거야. 나도 그런 생각을 했던 적이 있었거든. 아빠가 그립다는 생각."

딸인 하원이보다 아들은 아빠의 손길이 더 많이 필요했을 것이다. 내 눈에서 눈물이 흘러내렸는지 하원이가 한 손을 들어 내 뺨을 쓱, 하고 닦아주었다. 그리고 말했다.

"엄마, 그래도……. 우린 행복한 사람인 거야. 만약에 아저씨랑 재혼하기 전에 이런 상황이 벌어졌으면 우리가 어떻게 되었을까? 지금처럼 대화할 수 있었을까? 나도 간신히 버텨온 거라 엄마를 위로할 수도 없었을 거야. 우린 정말 슬프고 허망해서 오늘 이 자리에서 둘이 자살했을지도 몰라. 그런데 엄마는 지금 엄마를 사랑해 주는 사람이 있잖아. 부탁이야. 우리, 현재를 살자. 응? 현재를 살자고."

고개가 끄덕여졌다. 나의 마음은 아직 거기까지 미치지 못했는데도 건방지게 몸이 먼저 반응했다. 딸이 옳다는 것을 나의 정신보다 신체가 먼저 받아들이고 있었다. 지금도 시간은 초 단위로 흘러가면서 과거로 변해가고 있지만 나에게 10여 년 전의 그 일은 항상 현재처럼 되풀이되며 눈앞에 재생되곤 했다. 때로는 리와인드되길 거부하는 오래된 비디오테이프처럼 중간중간이 씹히기도 했고 때로는 너무나 앞으로, 또 너무나 뒤로

감아져 버려서 재생 버튼을 눌렀을 때 엉뚱한 파트에서부터 재생되어 나를 당황시켰다. 이미 지나버린, 어쩌면 까마득하게 이미 잊어버렸어야 할 그 일이 나에게는 늘 현재였다. 순식간에 과거로 낡아버리는 이 중요한 지금을 늘 낭비하고 살아왔다.

"그래, 잘 생각했어. 한 가지만 생각해. 엄마를 위해서 살아."

"응."

마지못해 대답했다.

"엄마, 칼은 왜 들고 그래?"

그제야 나는 손을 내려다보았다. 살인 사건의 흉기가 내 손 안에 있었다.

"아, 아무것도 아니야. 내가 왜 이걸 들고 있는지……."

"이리 줘."

딸은 칼을 내 손에서 빼앗더니 뚫어져라 쳐다보았다. 한참을 쳐다보던 딸은 더듬대면서 말했다.

"자, 이, 이런 거 다 버리자. 어휴, 이 자식. 궁상맞게 부러진 칼은 왜 들고 썼대. 새로 하나 사서 쓸 것이지! 몇 푼이나 한다고!"

하원이는 과장되게 말했다. 내가 들으라고 일부러 그러는 것이다. 하지만 표정은 다른 이야기를 하고 있었다.

딸은 그 칼을 알아보았다. 딸은 다 알고 있었다. 그날 밤 피투성이 욕실의 한 장면을 장식하고 있던 그 칼임을 알아본 것이다. 상원이가 추신에 쓴 아빠의 노트에 대해서 묻지 않는 것을 보면 딸 역시 노트에 대해 알고 있었던 걸까?

딸은 아들에게 그날 밤의 일을 말했을지도 모른다. 아이들은 각자가 아니라 둘이 함께 필사적으로 칼과 노트를 내 시야가 미치지 않는 곳으로 옮겨두었을지도 모른다. 상원이가 만약에 이 칼에 얽힌 일을 알고도 갖고 있던 거라면, 아이는 이 칼을 들고 수없이 갈등했을 것이다. 제 아버지의 죄를 입증할 수 있는 증거물로 지니고 있을 것인가. 아니면 없애야 할 것인가. 아버지를 향한 애증을 상원이는 홀로 감당했다. 이 칼을 품고서. 상원이는 자신이 모든 것을 덮지 않으면, 아빠에 대한 수사가 시작된다면, 누나와 엄마가 또다시 힘든 시기를 겪게 될 거라고 판단했을 거다. 그래서 상원이는 언제든 사라질 수 있도록, 되도록 짐을 만들지 않고 최소한의 도구만 갖고 생활했던 것이다.

칼을 두고 갔다는 건 칼의 처분을 남은 사람들에게 맡긴다는 의미다. 우리는 서로를 위해서 서로를 외면했고 서로를 위해서 숨고 숨겼다. 그런데 그것이 과연 서로를 위한 최선의 선택이었을까. 서로를 위한답시고 했던 행동들이 결국 각자의 길을 걷게 한 것은 아닐까.

나는 전남편이 어쩔 수 없는 상황에서 살인을 저질렀고 가족에게 해를 끼치게 될까 봐 스스로 자취를 감추었다고 생각했다. 그의 선택이 가족을 위한 최선의 방법이었을 거라고, 그의 선택을 존중해야만 한다고 생각해 왔다. 그를 이해하려 노력해

왔다. 그러나 모든 것은 나의 착각이었다.

전남편은 자신의 길을 찾아 떠난 거란다. 하루아침에 속세에서 벗어나겠다고 선언하며 산속 암자로 들어가 버리는 것처럼 그는 그냥 우리의 삶에서 퇴장해 버렸다. 살인 사건에 대해서는 일말의 설명도 없었다. 죽였는지 죽이지 않았는지 아무것도 알려주지 않았다. 살인 사건은 그가 떠날 핑계가 되어버렸다. 구실, 계기, 기회. 남은 사람에게는 마음의 족쇄를 채워둔 채 혼자 자유로워졌다. 아무리 내가 싫었어도 아이들에게서도 떠난 것은 너무하지 않은가? 그러더니 이제 와서 나를 닮은 딸은 두고 자기를 닮은 아들은 데려갔다.

그날 밤 대체 무슨 일이 있었던 걸까. 그날 밤 전남편을 추궁해야 했을까. 함께 살길을 모색해야 했을까. 하지만 나는 자신 없었다. 내가 자수하러 가자고 한들 전남편은 내 말을 들을 이가 아니었다. 그러니 자책하면 안 된다. 자책은 하지 말자. 전남편이 밖에서 저지르고 온 일은 그것이 무엇이었든지 불가역적이었다. 그가 저지른 일 때문에 온 가족이 함께 무너질 수는 없었다.

전남편이 사라지고 아들은 사라진 전남편을 따라갔다. 존재하면서도 없는 존재가 되길 택한 사람의 마음을 이해할 수 없다. 하지만 전남편은 분명 어딘가에서 다른 누군가로 존재하고 있다. 그는 단지 나에게만큼은 존재하지 않는 인간이고 싶은 거다. 나에게만큼은 계속해서 사라지고 싶은 것이다. 마음이 저리지만 허전함은 없다. 거친 파도에 휘말려 이리저리 내팽개쳐지다가 모든 것을 휩쓸려 보내고 난 후 정신이 들어 주위를 둘러보니 오팔빛 백사장에 앉아 있는 기분. 후련함. 이건 내가 생각했던 느낌과 너무나 달랐다. 죄책감은 갖지 않기로 했다. 전남편도 아들도 모두 자기가 원한 삶을 선택했을 뿐이다. 나는 버림받은 것이 아니다. 남겨진 것도 아니다.

스르르. 칼로 손을 뻗어보았다. 칼을 경찰서에 가져가서 살인 사건 물증으로 내놓을까? 전남편이 아들을 납치했다고 신고할까? 전남편을 제외한 가족은 범죄와 관련 없다고 증명하고 다시 시작할까? 하지만 나는 곧 고개를 내저었다. 칼을 버려야만 가족의 올가미로부터 하원이가 비로소 자유로울 수 있다. 뻗었던 손을 얼른 거두었다. 경찰이 다시 수사를 하게 되면 모든 것이 흔들린다. 하원이의 인생을 망치게 될 수도 있다. 그것만은 안 된다. 절대로 안 된다.

하원이가 서랍에서 쓰레기봉투를 찾아내더니 들고 왔다. 그 안에 상원이가 남긴 물건을 하나하나 넣었다. 칼은 원래 말려 있던 종이 뭉치에 둘둘 말더니 봉투 안에 툭 던져 넣었다. 하원이는 쓰레기봉투를 야무지게 조여 묶고 또다시 묶었다. 그리고 어딘가로 들고 나갔다. 하원이를 위해서 내가 할 수 있는 일은 무엇일까. 나에게 남아 나를 지키고 있는 사람들을 위해서 내가 할 수 있는 일은 무엇일까.

　내가 뛰쳐나올 때 우성 씨의 표정이 생각났다. 아무리 이해심이 깊고 나를 사랑해 주는 사람이라고 해도 오늘 나의 행동을 이해할 수 있을까. 그 사람에게는 상처를 주고 싶지 않다. 절대로 상처 주고 싶지 않다. 내가 겪은 일을 그가 겪게 하고 싶지 않다. 그가 버림받았다고 생각하게 만들고 싶지 않다. 그가 보고 싶다. 간절하게 보고 싶다.

6장

두 눈을 감다

부드러운 털이 발목에 와 닿는 느낌에 정신이 들었다. 짙은 고동색 털을 가진 시츄와 맑은 흰 털로 덮인 몰티즈가 내 발목에 번갈아 가면서 비벼대고 있었다.

　나는 식탁 앞에 서 있었다. 손에는 채 녹지 않은 얼음 두 개와 한 모금 정도의 탄산수가 남아 있는 글라스가 들려 있다. 시공간 이동이라도 한 것 같았다. 화들짝 놀라 현관문을 확인했다. 잘 잠겨 있었다. 신고 나갔던 부츠도 가지런히 놓여 있었다. 벽시계의 바늘이 가리키는 눈금을 세었다. 저녁 7시가 넘은 시각이었다. 하원이가 택시를 태워주었던 것까지는 기억이 난다. 그 뒤부터 지금까지의 과정은 전혀 기억나지 않았다.

　당연한 것처럼 들어와서 현관 중문을 지나 거실로 온 뒤, 가방을 소파에 두고 코트를 벗어 걸어두고 설거지 기계 안에서 따끈따끈하게 살균된 컵을 꺼내 들고 얼음을 두 개 담아 넣고 차가운 탄산수를 받은 뒤 마셨나 보다. 습관이란 무섭다. 뇌는 필름이 끊어진 것처럼 기억하지 못하고 있는 장면을 근육은 모조리 기억하고 평소대로 행동했다. 언제부터 내가 이런 여유로운 생활에 익숙해졌나. 채 2년도 지나지 않은 시간 동안 나도 참 많이 변했다.

'아빠는 자기의 인생을 택한 거라고 했어요. 아빠는 엄마가 달이 뜨지 않는 캄캄한 밤…….'

그게 무슨 소리야. 말을 알아듣게 해야지. 그냥 나랑 살기 싫었다고 하면 되었던 것을. 핑계 대기는……. 자기가 셰익스피어야? 자기가 로미오야? 그 속을 어떻게 알 수 있을까. 알 수 있는 가능성이 남아 있을 때 나는 알려고 들지 않았다. 전남편은 일기를 통해서 나를 상처 주기보다 자신의 상처를 알아주길 바랐던 것은 아니었을까. 처음에는 나를 아프게 하고 싶어서 시작했을지라도 시간이 지날수록 자기가 처한 상황을 알리고 싶었던 것은 아닐까. 도와달라는 아우성은 아니었을까. 한 번쯤은 내가 큰소리를 치고 화를 내주길 바랐던 건 아닐까.

아이들이 아빠 옷에서 치킨 냄새가 난다고 했을 때, 아이들을 위해서 치킨 한번 사 온 적 없는 매정한 남자라고 그를 탓하기 전에 일을 마치고 집으로 곧장 오지 않는 이유를 물어봐야만 했었던 걸까. 하지만 나는 그의 일상이 궁금하지 않았다. 그의 하루가 궁금하지 않았다. 그 역시 나를 궁금해한 적이 없었다.

우린 서로에게 겨우 그 정도였다. 이제는 궁금할 일도 없다. 그는 서류상으로 사라진 사람이다. 잊히길 바라면서 스스로 존재를 지우고 사라진 사람이다. 그로 인하여 내 곁에 있는 사람을 등한시해서는 안 된다. 이전과 지금은 다르다. 망각의 힘을 빌릴 줄도 알아야 한다. 누군가는 기억 속에 소중히 간직되어야 하지만 누군가에게는 망각이 최선의 예의다.

욕실에 들어가 손을 씻었다. 푸른빛이 섞인 우아한 대리석 욕실이 새삼스레 아름다워 보였다. 욕실은 특별히 우성 씨가 나를 위해서 신경을 써서 인테리어를 해준 장소였다. 나에게는 사치라고 여겨져서 딱 한 번 쓰고 방치해 뒀던 고급 수입 욕조가 덮개가 덮인 채로 있었다. 내가 아직 완전히 알지 못하는 나의 남편, 우성 씨. 하지만 누구와 산다고 한들 누구와 사랑했다고 한들 그 사람에 대해 얼마나 알 수 있을까. 우성 씨가 나를 위해 마련해 준 것을 사용하지 않는 건 낭비다. 나는 욕조의 덮개를 열어두었다.

양손으로 넓은 세면대를 짚고 섰다. 우성 씨가 나란히 세안하고 양치질을 하고 싶다면서 맞춤 제작한 2인용 세면대였다. 표면을 손으로 쓸어보았다. 숨을 깊게 내쉰 나는 가장 두려운 일을 하기 위해 고개를 들었다. 감았던 눈을 뜨고 거울을 마주

보았다. 어떤 여자가 서 있다. 매끈한 피부는 스무 살 여대생들보다 더 촉촉하고 빛이 났다. 화장도 하지 않았지만 초라하지 않다. 잘 다듬어진 숱 많은 눈썹이 서로의 거리를 평소보다 좁히고 있다는 것 외에 근심의 흔적을 찾아보기 어려운 얼굴이다. 다행이었다. 거울 속의 여자가 손을 들어 얼굴을 만져보았다. 내가 맞다. 나는 욕실에서 나왔다.

티리리릭.

현관문 열리는 소리가 났다. 이 문을 열고 들어올 단 한 명이 누군지 나는 안다. 나는 거실로 나가보았다. 열린 중문 사이로 커다란 분홍색 장미 꽃다발이 천천히 걸어 들어오더니 내 눈앞에서 멈춰 섰다. 색은 은은한데도 향기만은 짙다. 기분이 달라졌다. 장미 다발 가장자리로 보고 싶던 얼굴이 불쑥 나타났다. 그는 장미 다발 때문에 이마와 눈과 코까지만 보였다. 그의 눈은 기쁨으로 웃고 있다. 소년 같다. 환희를 담은 눈동자를 마주보는 나는 순간 어리둥절해졌다. 내가 그렇게도 기쁨을 주는 존재였던가? 내가? 문득 내가 10대 시절에 이 사람을 만났더라면 어땠을까 하는 생각이 들었다. 우리가 동년배이고 우리가 일찍 만났더라면 나는 이 사람을 전부 알 수 있었을까? 이 사람은 그때도 나를 두고 오드리 햅번을 닮은 사람이라고 말해주었을까.

"역시 당신에게는 연분홍색 장미꽃이 잘 어울리는군!"

"이게 뭐예요?"

장미를 두고 이게 뭐냐고 묻는 나. 이 바보야, 장미잖아. 왜 물어.

"당신을 생각나게 하는 꽃이 보여서 오는 길에 샀지."

"아…… 미안해요. 나, 꽃 선물은 아직도 익숙하지가 않아요. 받을 때마다 놀라게 되네요."

"더 자주 사줄게요. 내 예쁜 정하가 이렇게 좋아하는데, 내가 뭘 더 못 해주겠어!"

내 예쁜 정하. 정하. 그게 나의 이름이었다.

"고마워요……. 여보."

남편은 장미 다발을 옆으로 놓아두고 나를 꼭 안아주었다.

그래, 지금을 생각하자. 지금을 살자. 지금이 내일이고 이 순간이 10년 후다. 모든 건 한순간이다. 그 순간을 낭비하지 말자.

우성 씨는 오늘 오후에 있었던 일에 대해 묻지 않았다. 어쩌면 하원이를 통해 벌써 들었을지도 모른다. 때가 되면 내가 말해줄 거라고 생각하고 인내심 있게 기다리고 있을지도 모른다. 그는 나와 함께 살기 위해 십수 년을 기다렸던 사람이니 기다림은 어렵지 않을 것이다. 아니면…….

'아빠가 돈이 있다고 해서 떠나요.'

우성 씨는 내가 오늘의 일을 설명해 주길 기다릴 필요가 없는 사람인 건 아닐까? 갑자기 상원이가 남긴 글이 떠오른다.

능력 없는 전남편이 어디에서 돈을 구했을까. 그가 대구 은행에서 인출해 간 비자금은 적은 돈은 아니었다. 하지만 10년을 넘는 시간을 버티기에는 보잘것없는 금액이었다.

'그 아줌마, 나 쳐다보는 거 싫어.'

아주 어릴 때, 상원이가 했던 말도 기억난다. 나는 그 여자가 내 아이들을 보는 것이 싫어서 의도적으로 아이들을 그 여자 앞에 데려가지 않았었다. 분리수거를 할 때도 나는 혼자였다. 그런데도 아이는 그 여자 이야기를 할 때 몸서리치며 싫어했다. 죽은 여자는 대체 언제 상원이를 쳐다보았던 것일까.

'열쇠.'

만약에 그 여자가 나의 예전 집을 드나들었다면? 그래서 집 안에 있던 상원이와 마주쳤던 거라면……. 상원이에게 말하지 못하도록 위협을 가했던 거라면…….

'눈이 막 이상해.'

이상한 눈. 상원이는 죽은 여자의 눈이 이상하다고 했었다. 단순히 나를 감시하고 노려보기 때문에 소름이 돋았던 게 아니라 좀 더 직관적으로 그 여자의 눈 자체가 이상했던 거라면……. 많은 게 달라진다. 장례식장에서 보았던 죽은 여자의 영정 사진이 떠올랐다. 두 눈을 부릅뜨고 있었고……. 시커멓게 가라앉은 두 눈동자의……. 그 여자의 두 눈동자. 동공은 확장되어 있었다.

'아줌마가 죽었는데 도리어 마음이 놓였대. 드디어 안전해졌다, 드디어 평화가 왔다.'

세상에 어떤 아이들이 자기 엄마가 죽었는데 안전해졌다고 생각할 수 있을까.

'앞 동 사모가 그랬다잖어! 싹 다 옛날에 죽여버렸어야 했는데 안 죽고 살아나서 자기 괴롭힌다고 울며불며 난리가 났었다잖어!'

콘솔에 올려둔 장미 다발을 잠시 쳐다보다가 정면을 보았다. 내 뺨을 어루만지고 있는 남자와 시선이 마주쳤다. 그러자 그가 했던 말이 귓가에 맴돌았다.

'당신과 살 수 있다면 나는 무슨 짓이든 할 생각이었어. 어떤 짓이라도 저지를 각오가 되어 있었어.'

나와 함께 살기 위해서라면 무슨 일이든 할 각오가 되어 있었다던 남자. 사람이 사람을 갖기 위해서 할 수 있는 일은 어느 정도일까. 세련된, 자상함이 몸에 밴, 내 앞에 서 있는 남자. 지금 내 남편이라는 남자. 이 사람의 능력은 어디까지일까. 지금으로부터 15년 전 그날 밤. 그 밤의 목격자는 과연 집 안에 있던 사람들뿐이었을까.

내가 보려고 하지 않았을 뿐 처음부터 정답은 눈앞에 있었다. 내 현재 남편, 최우성.

6장 두 눈을 감다

✝

　자정을 넘긴 지 꽤 되어버린 한밤중 아파트 단지 안, 인적 드문 정원에 한 남자가 우두커니 서 있다. 최우성이다. 또다시 자살을 하겠다고, 협박하는 아내를 간신히 진정시켜 재우고 나온 참이다. 맥주 캔을 손에 들고 거닐던 우성은 어느덧 아파트의 뒤쪽, 22평형대 아파트 동으로 이어지는 산책로를 따라 걷는다. 그녀는 무얼 하고 있을까? 우성의 얼굴에 잠깐 미소가 어린다. 방금 전까지 지옥을 경험해 놓고도 그녀를 떠올리면 흐뭇하다. 사랑이라는 게 있기는 한 모양이라고 그는 그렇게 웃어버린다.

　우성을 웃게 하는 그녀는 몇 해 전 아파트 뒤 동으로 이사 온 젊은 아이 엄마다. 그녀는 두 아이를 홀로 육아하면서 진땀을 흘리곤 했는데 그 모습이 우성은 그저 예뻤다. 쩔쩔 매는 모습이 안타까우면서도 그게 보기 좋았다. 한번은 큰아이를 유모차에 태우고, 작은아이를 품에 안고 한 손으로 유모차를 밀면서 걸어가다가 기우뚱하고 아이를 떨어뜨릴 뻔했던 적이 있었다. 위태위태해 보이는 모습에 몇 걸음 떨어진 곳에서 걸어가고 있던 우성은 얼른 다가가 한 손으로 유모차를 붙잡고, 다른 손으로 그녀를 부축했다. 그 순간에 왜 갑자기 오드리 햅번의 모습이 겹쳐 보였는지는 우성도 모른다. 평소에 관심을 갖고 있던 배우도 아니었고 심지어 불호 쪽에 가까웠던 배우인데…….

그녀는 당황하면서 우성을 밀어냈다. 아이는 떨어뜨리지 않았지만, 그녀가 주저앉으면서 아이를 품 안으로 깊숙이 안는 바람에 그녀의 손날이 보도블록에 긁혀 피가 배어 나왔다. 우성보다 키가 한참 작은 그녀는 그를 제대로 올려다보지도 못하고 고개를 푹 숙여 인사를 해 보이고는 서둘러 제집으로 들어가 버렸다. 우성은 그녀가 사라진 후에도 한참을 그 집의 문을 쳐다보고 서 있었다. 2123동 102호.

다음 날 오전, 우성은 간단한 브리핑을 받았다.

연정하. 31세. 고강 대학교 정경대학 지리학과 졸업.
대치동 학원 강사로 근무한 적 있음.
인터넷 강사로 전직 제안을 받았지만 본인이 거절.

가족 관계
남편 오원우. 33세. 고강 대학교 문과대학 철학 전공.
부전공 비교문학. 학사 졸업,
석사 전공 비교문학 2학기 중퇴. 현재 마진 건설 근무.
자녀
딸 하원, 아들 상원.

지리학 전공이라? 어울리지 않는다고, 우성은 생각했다. 그보다 고강 대학교를 나왔다는 건 대한민국 상위 3% 인재라는 의미다. 그런 여자가 사회 활동을 전혀 하지 않은 채 전업주부로 살아가고 있다. 무언가 녹록지 않은 일이 20대 초중반에 벌어졌던 것이리라. 어쩌면 전반적으로 인생이 순탄치 않게 흘러갔을 가능성도 있다. 남편 오원우 역시 전공만 보아도 삶에 대한 뚜렷한 목표 없이 상위권 성적만 유지해 온 그저 그런 우등생의 인생을 살아왔을 게 빤했다. 남자가 취업을 하기 전까지는 여자가 학원 강사를 하면서 돈을 벌었다. 명문대를 나온 여자가 동문을 만나 결혼했다. 이상적인 만남처럼 보여도 그렇지 않은 결혼 생활을 하고 있다.

'결혼을 하지 않고 좀 더 자신의 인생을 살아도 될 여자로 보였건만.'

우성은 혀를 찼다. 당사자가 되어보지 않고는 속사정은 아무도 모르는 법이다. 그녀가 결혼할 수밖에 없었던 어떤 사정이 있었을 것이다. 그 사정이라는 것이 '사랑'에 빠졌기 때문이 아니라는 건 확실했다. 그건 감이었다. 최우성의 기민하게 발달된 감. 그리고 경험.

우성은 명문 대학을 나와 소위 캠퍼스 커플로 만나 대학 시절 내내 교제하던 비인기 학과 남자와 결혼한 후, 삶을 비관하여 자살하는 여자들을 몇이나 봐왔다. 그건 흔한 일은 아니었지만 드문 일도 아니었다.

부부가 이 아파트로 이사 온 지는 1년 남짓 되었다. 지금껏 그녀를 본 적이 없었던 건 지하 주차장에서 아파트 건물 안으로 곧바로 오르내리는 동선 때문인 것 같았다. 아파트 단지 안의 사람들 신상은 전부 파악해 두고 있다. 따로 보고가 올라오지 않았던 건 그만큼 위험도가 낮다는 의미였다. 그날 이후, 콧날이 날카롭고 속눈썹이 새카만 그 여자를 혹시나 다시 볼 수 있을까 해서 우성은 아파트 단지 안을 산책하는 게 습관이 되었다.

"헉헉."

뭐지? 우성은 주변을 둘러본다. 허둥대는 인영이 우성의 시야에 들어온다. 귀가하는 원우다. 그녀의 남편, 오원우. 뭐가 급한지, 주차되어 있는 차들을 등지고 빠르게 걷는다. 우성은 제 손에 들린 여분 맥주를 쳐다본다. 아직 따지도 않은 맥주 네 캔이 식스팩 링에 대롱대롱 매달려 있다. 몇 차례 목례나 나누었던 원우에게 10분 동안의 술친구가 되어주길 청해볼까 싶다. 평소라면 하지 않았을 행동이지만 뭐 어떤가. 이런 날도 있는 거지. 원우를 부르기 위해 한 손을 치켜들었던 우성은 원우의 행색을 보고, 멈칫 굳는다.

한밤중이지만 아파트 정원 위의 가로등은 원우의 흰 와이셔츠를 물들인 검붉은 핏자국을 적나라하게 비춰 보인다. 평범한 사람이 보았다면 검은 셔츠를 입었다고 생각하고 지나쳤겠지만 우성은 피를 알아볼 수 있는 남자다. 나무 그림자 아래에서 우성은 여유 있게 맥주를 마시며 원우가 하는 꼴을 본다. 얼굴에는 미소마저 어른거린다.

마른 밤하늘, 조명 아래서 비로소 자신의 옷을 보고 화들짝 놀란 원우는 가방을 뒤져보더니 접이식 우산을 꺼내 요란스럽게 펼쳐 든다. 우산 아래 몸을 감추고 어수선한 걸음으로 집 안으로 들어간 원우의 뒤를 이어 복도식 아파트에 붙어 있는 조그만 창문에 주황색 조명이 켜진다. 곧 조명 아래 분주히 어른대는 사람의 그림자. 주황색으로 빛나는 작은 네모. 큰 상자에 붙어 있는 작은 상자처럼 보이는 그곳이 아마도, 욕실이겠지. 우성은 가만히 그 네모난 불빛을 바라보며 다음 캔을 딴다. 상상으로만 가능하다고 여겼던 일의 실현 가능성 여부를 가늠해본다. 결론은 금방이다. 불가능하다고 생각했던 일은 오늘부로 가능한 일이 된 거다.

다음 날 아침 일찌감치 산책을 나온 우성은 출근하는 원우를 지켜본다. 원우는 아파트 정문 쪽이 아닌 반대편 쓰레기장으로 향하다가 화들짝 놀라 돌아선다. 그러더니 제 차로 가서 올라탄다. 차는 방전이 되었는지 시동이 걸리지 않는다. 원우는 출장 기사를 부를 시도조차 않고 지체 없이 지하철역 방향으로 달린다.

우성은 원우가 며칠간 정시에 귀가하는 것을 지켜본다. 방전된 차량의 점검은 여전히 하지 않은 채다. 늘상 밖으로 돌던 남자가 갑자기 집에 제시간에 오는 건 마냥 긍정적인 징조는 아니다. 그날 밤 가로등 아래에서의 장면을 본 우성은 원우의 이른 귀가가 의미하는 바를 알고 있다. 비겁한 놈은 밖에서 저지른 일로 인한 두려움에 집 안으로 숨어들고 있다. 저지른 일이 품은 위험성이 가족에게 미칠 영향 따위는 안중에도 없다.

우성은 경거망동하지 않는다. 성품 자체가 그렇다. 우성은 참을성 있게 지켜본다. 기다리다가 원우가 가장 구석에 몰렸을 때를 노려야 한다. 우성은 인근에서 벌어진 강간 사건, 살인 사건, 강도 상해 사건을 알아본다. 원우가 연관되었다는 정황이 뚜렷한 사건은 아직 없다. 열흘이 넘어가는 동안 잠잠하기만 하다. 비서에게 받은 원우에 대한 보고서에도 별다른 내용은 없다. 특이점이라고 해봐야 최근 한 달 가량 차량 운행을 하지 않았다는 것 정도다. 회사에서 접대를 받을 만한 위치는 아니니 퇴근 후 한잔 걸치고 들어오는 경우거나 내연녀가 있거나 둘 중 하나일 것이다. 둘 중 어느 이유든지 간에 집에 들어오기 싫어서 밖에서 시간을 끌었던 건 확실하다. 우성은 피식 웃는다.

호프집 살인 사건. 원우의 이른 귀가가 이어지고 보름이 다

되어갈 무렵부터 보도된 사건 사고 뉴스다. 공사 현장 근처의 호프집. 원우가 다니는 회사가 마진 건설이라고 했다. 우성은 태블릿을 켜고 보고서의 뉴스 내용을 비교해 본다

　마진 건설. 본사는 종로에 있지만 임대 사무실일 뿐, 주 업무는 길음에 있는 상가 건물 한 층을 세 내어 사용하는 회사다. 살인 사건이 벌어진 호프집의 위치는 원우의 출퇴근 동선 안에 포함된다. 호프집 근처 공사 현장은 마진 건설의 담당 현장은 아니다. 이건 다행이다. 원우의 소행으로 사건이 밝혀질 경우, 그녀에게도 좋지 않다. 심적으로 크게 타격을 받으면 그녀는 소극적으로 변할 것이고 만일 이사라도 가버리면 우성에게도 좋을 게 없다. 원우만 도려내면 된다. 늦은 시간 뉴스에서 범인의 몽타주를 제작한다고 보도한다. 우성은 바로 다음 날이 디데이임을 직감한다.

　아침이 되었을 때, 우성은 원우의 출근하는 모습을 본다. 원우는 태연한 척하고 있었지만 상황 파악을 끝낸 우성의 눈에 비친 원우는 초췌한 꼴이 말이 아니다. 우성은 한발 빨리 움직인다. 예상대로, 원우는 도보로 지하철역을 향해 걷고 있다. 아직은 무얼 어떻게 처리해야 할지 알지 못하는 게 분명하다. 서행으로 운전하며 원우의 뒤를 따르던 우성은 지하철역에 다다르기 전, 골목에서 원우를 막아선다. 조수석의 창을 내리고 상

체를 숙여 원우와 눈을 마주한 우성이 묻는다.

"출근하나 봅니다?"

원우는 순간 살짝 얼었지만 곧 능숙하게 대처한다.

"아, 예. 저 지금 시간이 조금 늦어서요."

"타십시오. 모셔다드릴 테니."

"괜찮습니다."

"타래도요. 얘기나 나누면서 갑시다."

우성의 고집에 원우는 어쩔 수 없이 차에 탄다. 그편이 더 안전하다고 판단했을지도 모른다.

"마진 건설 다니시죠?"

"예, 맞습니다. 신세 지게 되었네요. 아, 저, 제 아들한테 치킨 사주신 것도 들었습니다. 감사합니다."

원우는 우성에게 자신이 다니는 회사에 대해 말한 적이 없다. 그럼에도 원우는 우성의 말에서 이상한 점을 느끼지 못할 정도로 긴장한 상태다.

"이웃끼리 감사는요. 요즘 어수선하시죠?"

"네?"

"어수선해 보인다고요. 차도 두고 출근하시고요. 꼭 다시 탈 일 없는 사람처럼 말입니다."

너무나 고요해서, 차가 움직이고 있는지 의심이 갈 정도다. 차 안에 어색한 침묵이 감돈다. 원우는 분위기를 바꾸고자 갑자기 친한 척을 해본다.

"아니, 형님도 참. 정시에 출퇴근하는 게 어수선하다니요⋯⋯."

"나는 출근 이야기만 했는데요?"

우성이 빙긋 웃으며 시선은 정면에 고정한 채로 말했다.

"⋯⋯."

"걱정하는 일이 있으니 어쩔 수 없겠지요."

우성은 흔히 회사를 '정리'할 때의 표정이다. 그는 원우의 회사 방향으로 향한다. 혼란스러운 원우는 그것도 의식하지 못한다. 우성은 후미진 곳에 차를 세운다.

"왜⋯⋯ 이러시는 거⋯⋯죠?"

더듬대는 원우의 모습에도 아랑곳없이 우성은 말한다.

"성함이, 오원우 씨죠?"

"⋯⋯네."

"지금부터 내가 하는 말은 가정입니다. 부담 갖지 말고 들어요."

이상한 낌새를 느낀 원우는 만일에 대비해서 가방 안에 흉기가 될 만한 것이 있는지 가늠해 본다.

"되지도 않는 시도하지 마시고."

하지만 우성의 경고에 원우의 망상은 곧 차단되어 버린다.

"자, 오원우 씨. 가정입니다. 선택은 당신이 하는 겁니다."

"네⋯⋯."

기어드는 목소리의 원우는 우성을 쳐다보지도 못한다. 우성은 말한다.

"당신이 어떤 상황에 휘말렸다고 생각해 봅시다. 상황이 악화되어서 사건이 되었고 당신은 그 일에 개입했습니다. 당신이 그 일을 저질렀는지 저지르지 않았는지는 중요하지 않아요. 중요한 건, 당신이 한밤중에 피에 젖은 옷을 입은 채로 블랙박스가 달렸을지도 모를 차들 사이를 걸어서 지나쳤다는 것과 어쩌면 부모 몰래 담배를 피우기 위해 발코니에 잠시 나와 있던 중학생의 눈에 띄었을지도 모른다는 점입니다."

원우는 온몸의 피가 싹 증발해 버리는 느낌을 받는다. 손발이 얼음보다 차갑게 식는 것을 생생히 느낀다. 우성은 원우를 안심시킨다. 안심을 시키기 위함인지 협박을 하는 건지 굳이 구분하라면 후자에 가까웠지만 원우는 듣고 있는 수밖에 없다.

"가정입니다, 원우 씨. 알겠지요?"

"네."

"그런데 그 사건이 부정적인 결과를 가져오게 됩니다. 경찰의 수사를 받게 된다거나 사건 현장에 당신의 흔적이 많이 남아 있다거나. 예를 들어 DNA나 지문 같은 것 말입니다. 그래서 당신이 그 일을 저지른 사람이든 아니든 간에 결과적으로 모든 죄를 당신이 뒤집어쓰게 되어버리는 겁니다."

원우의 손이 마침내 대놓고 떨리기 시작한다.

"그……래서……요……?"

"나에게 한 가지 생각이 있습니다. 당신이 이곳을 떠나 몇 년간 다른 곳에 있게 되면, 그래서 당신이 실종 처리가 되면 어떨까요. 그 안에 혹시나 있을지 모를 범인이 잡히면 만사 오케이고, 잡히지 않더라도 당신은 실종되었으니 상관없는 사람이 된다면?"

"내가 왜 떠나야 합니까?"

"당신은 그걸 원하니까요."

확신에 차서 말하는 우성 앞에 원우는 혼란을 느낀다. 그는 원우가 원하는 것을 정확하게 알고 있다. 하지만 어떻게? 어째서 알고 있는 거지? 중요한 건 '어째서'가 아니다. 이 사람은 나를 사라지게 만들 수 있다. 지긋지긋한 지금으로부터, 아내로부터 벗어나게 해줄 수 있다.

원우는 오랜 침묵 끝에 묻는다.

"그게…… 가능해요?"

원우가 걸려들었다고 우성은 확신한다.

"내가 가능하게 만들 수 있습니다."

인자하게 모든 것을 자신이 품고 가겠다는 우성에게 원우는 기대고 싶어진다. '야생초' 살인 사건이 벌어진 날 밤부터 원우는 살아도 살아 있는 게 아니었다. 생각해 보면 처음부터 그 여주인이 기둥서방을 떼어낼 요량으로 원우에게 친절했던 거였다.

그 작부 년의 수작에 걸려들어 시비가 붙었고 결국 칼을 휘둘렀다. 여주인은 왜 채 썬 양배추를 내오면서 굳이 칼을 들고 왔을까. 그날따라 왜 그렇게 원우에게 달라붙어 제 신세 한탄을 했을까. 왜 굳이 칼을 원우의 테이블에 올려두고 술잔을 날랐을까. 원우가 거절을 하는데도 왜 굳이 폭탄주를 만들어서 먹였을까. 왜 그랬을까.

답은 알고 있다. 그 여자는 원우가 기둥서방을 죽이도록 유도했다. 기둥서방을 찌른 후 공황 상태에 빠진 원우에게 흉기인 칼을 들고 나가라고 했다. 흉기가 없어야 수사 혼선이 생긴다면서. 흉기에 원우의 지문이 묻어 있을 거라고, 모른 척 눈감아 줄 테니 알아서 없애라고 했다. 여자는 부엌에서부터 때가 탄 더플백을 들고 나왔다. 열린 지퍼 사이로 본 안쪽에는 오만 원권 현금 뭉치가 가득이었다. 그 안에 들어 있던 여권의 표지는 자줏빛이었다. 누런 금색 글씨로 새겨진 한자로 된 국가명을 다 읽기도 전에 여자는 얼른 가방을 오므려 여권을 감췄지만 원우는 이미 다 본 뒤였다.

여자는 종적을 감출 것이다. 미리 다 계획되어 있던 거다. 어쩌면 원우가 죽인 남자는 기둥서방이 아니라 채권자는 아니었을까. 그래서 그렇게 매일 와서 죽치고 앉아 있었던 건가? 생각이 거기에 미치자 한기가 들었다. 신고해야 한다는 원우를 밖으로 밀어내고 여자는 가게 문을 바깥에서 걸어 잠근 후 어둠 속으로 사라졌다. 그게 끝이었다. 호프집 근처를 맴돌다가 사람들 눈에 띌 수는 없었다. 원우는 발걸음을 재촉했다. 방법은 없었다. 여주인이 불법 체류자이거나 밀입국자라면, 그 여자에 대해 무언가를 알아내기는 어렵다.

범죄 현장에 되돌아가서 살펴보는 건 어리석은 짓이기에 하지 않았다. 뒷덜미를 잡으러 온 어떤 무서운 귀신같은 존재가 내내 어깨에 매달려 있는 것 같았다. 그걸 눈앞에 앉아 있는 이 남자가 떼어내 주겠단다. 도움을 받아야 한다. 다시 없을 기회일 수도 있다.

그런데 왜? 우성은 왜 원우를 도우려는 것일까. 원우는 순간 머리를 굴려본다. 지리멸렬하고 느리게 작용하지만 위기를 기회로 바꾸어주려는 끄나풀이 눈앞에 있는데 놓쳐서는 안 된다는, 생존 본능에 가까운 거지 근성이 고개를 든다. 굳이 이유를 알 필요는 없지. 만약 이 사람이 내가 사라진 후에도 나를 책임질 수 있다면? 한발 더 나아가 앞으로의 인생을 뒤바꿀 수 있다면? 아무리 발버둥 쳐도 빠져나갈 수 없는 가정이라는 늪에서 탈출할 수 있는 절호의 기회다. 원우는 마음을 굳힌다.

"앞날을 보장할 수 있나요?"

원우의 질문에 우성은 뒤로 기대면서 씩 웃는다. 그리고 묻는다.

"당신 가족을 책임져 달라는 소리요?"

"어…… 음, 음……."

우성의 질문에 원우는 순간 당황한다.

자신의 앞날만 생각하던 원우의 머릿속에는 우성의 제안에 한몫을 받아낼 생각뿐이었다. 하지만 가족이라니. 가족이라니. 자신이 떠난 후 가족의 처우에 대해서는 생각해 본 일이 없다. 그저 아내로부터 벗어나고 싶을 뿐이다. 아이들? 아직 어리다. 한참 더 살날이 남은 애들이다. 나중에라도 보러 오면 된다. 그때 말하면 된다. 너희들 엄마와는 도저히 같이 살고 싶지 않았다고.

원우가 어물대자 우성이 말한다.

"가족은 내가 잘 챙길 테니 염려 말아요."

원우를 쳐다보면서 우성은 덧붙인다. 다 안다는 눈빛의 능글맞으면서도 차가운 표정이 얄밉지만 원우가 그런 것을 따질 입장은 아니다.

"도피 자금도 주겠소."

"왜 이러는 겁니까?"

원우는 떨어지지 않는 입을 떼어 묻는다. 태연해 보이고 싶지만 갈라진 목소리가 새어 나와버린다. 자존심도 상하고 민망하다. 우성이 일갈한다.

"다시 나타나지만 말아요."

우성은 어느새 다시 운전을 하고 있다. 주변을 둘러보니 아파트로 향하는 방향이다. 소스라치게 놀란 원우가 묻는다.

"집에는 왜 가는 거죠?"

이미 떠나기로 결심한 마당에, 다시 아파트로 갔다가 아내나 이웃들과 마주치게 될까 봐 원우는 가기 싫다. 감정을 고스란히 담은 목소리가 떨린다.

"들고 나올 게 있으면 들고 나오도록 해요."

우성이 말했다. 웃음기마저 섞여 있다. 집에 가기 싫은 감정만 앞선 원우는 그런 것에 상관하지 않는다. 우성의 웃음이 즐거움에서 비롯된 것인지 단순한 비웃음인지 구분하고 싶지도 않다.

"없어요."

"전혀?"

"없습니다. 나는 그 집 안에 내 것이 있다고 생각해 본 일이 없어요."

노트가 잠시 생각나긴 했지만, 그게 뭐? 내가 썼다는 증거도 없는데? 필체? 그것도 상관없다. 회사에서는 컴퓨터 키보드 위주로 작업했고 손 글씨 기입은 철저하게 정자체로만 해왔으니까. 잘하면 아내의 망상 일지, 아내가 쓴 삼류 소설로 치부될 거다. 어쩌면 그 노트 때문에 아내가 불리한 상황에 몰릴 수도 있지만 떠나는 마당에 거기까지 신경 쓸 필요는 없다. 갈 때는 냉정하게. 서 부장에게서 배운 이별법이다.

"어디로 갈 건지 생각은 해봤소?"

우성이 묻는다.

"모릅니다. 하지만 여권은 들고 다니고 있어요."

"여권?"

우성은 의외라는 표정을 지어 보인다.

"네, 항상 들고 다녀요."

원우가 자신 있게 답한다.

"여권이 있는 걸 애들 엄마가 압니까?"

우성이 물었다. 별 이상한 질문을 한다고 생각하면서 원우는 단칼에 답한다.

"모릅니다."

어쩐지 우성은 침통해 보였지만 원우는 그 표정의 의미를 미처 읽어내지 못한다. 우성은 원우라는 인간의 본성을 비로소 알게 된다. 아내 모르게 여권을 만들어 갖고 있는 남자. 원우의 아내, 우성이 바라보기만 하던 그녀는 해외여행 따위는 가볼 생각조차 못 하고 살고 있을 거다. 언제든지 기회만 닿으면 어딘가로 사라질 준비가 되어 있는 남자에게 제 인생을 맡긴 여자라니. 우성은 그녀가 가엾다. 그렇기에 더더욱 원우를 치워버려야만 한다.

"집에 정말 안 가도 되겠소?"

"안 가도 됩니다."

우성은 다시 핸들을 꺾어 달린다. 한참을 달린다. 그렇게 해서 도착한 곳은 인천항이다. 원우는 도피가 현실임을 그제야 깨닫는다.

"왜…… 항구죠?"

"당신 여권은 나에게 주십시오. 사라진다고 하는 전제를 지킬 거라면 말입니다."

원우는 잠시 망설인다. 신분증이라면 주민증도 있고 면허증도 있다. 그렇지만 사라지기 위해서는 여권이 가장 필요하다. 우성이 말한다.

"여권은 내가 처리하는 편이 나을 겁니다. 아무튼, 현금과 체크카드를 줄 테니 배를 타고 도착하는 데에서 쓰도록 해요."

여권 따위 길어봐야 10년이면 무용지물이다. 원우가 가지고 있겠다고 해도 우성은 빼앗을 생각이 없다. 도주하는 마당에 인터폴 수배 대상자로 등록될 생각이 있는 게 아니라면 쓰지도 않을 것이다.

우성은 차 내부 트렁크를 열고 그 안에서 클러치를 꺼낸다. 원화, 달러, 엔화, 위안화 고액권이 골고루 들어 있다. 돈은 진공포장이 되어 납작해진 상태이기 때문에 딱 봐도 상당한 액수임에 틀림없다. 대체 이 남자는 어떤 사람이기에 돈을 진공포장해서 건넬까? 원우는 생각한다. 항상 주변을 맴돌던 인물 좋고 인심 좋던 이웃은 전혀 다른 세계에 살고 있는 사람일 가능성이 높다. 이 남자에 대해 깊이 알게 된다면 위험할지도 모른다.

우성은 사무적인 투로 말한다. 원우의 생각에는 관심도 없는 투다.

"돈은 도착지에서 포장을 벗기십시오. 부피가 커질 테니. 새 신분증도 거기 있습니다. 새로운 생활에는 당신이 적응하기 나름입니다."

원우는 클러치 안주머니에 짚이는 딱딱한 것을 꺼내본다. 중국 국적 여권과 태국 국적 여권이 들어 있다. 여권에는 원우의 사진이 붙어 있다. 읽을 줄도 모르는 이름은 덤이다. 원우는 오한을 느낀다. 누군가에게 쫓긴다는 사실에 느끼는 오한이 아니라 이제는 평생 눈앞의 잘생긴 남자에게 감시받게 될지도 모른다는 사실 때문에 느끼는 오한이다. 이 남자는 대체 무슨 일을 하는 남자인가? 원우는 의문을 지우려 애쓴다. 영화 같은 데서 많이 봐서 안다. 이럴 때는 알아서 좋은 건 없다. 각각의 여권 내부에는 체크카드와 신용카드가 각각 두 장씩 부착되어 있다. 해외에서 사용 가능한 카드다. 카드는 언뜻 원우를 위한 것으로 보이지만 원우의 행방을 추적하는 데 이용될 수도 있다.

원우가 마음을 바꿔 가족을 떠나지 않겠다고 말한다면 어떻게 될 것인가. 이 차 안에서 빠져나갈 수 있을까? 집으로 돌아갈 수 있을까? 물론 원우는 떠날 생각이다. 질릴 대로 질려서 반쯤은 포기해 버린 제 인생에서 벗어날 수 있는 천금 같은 기회다. 우성이 뻔뻔할 정도로 당연하게 원우의 출타를 요구할 수 있는 것도 그가 이미 원우의 돼먹지 못한 사람 됨됨이를 파악했기 때문이리라.

원우는 제 여권을 꺼내 들었다. 그리고 우성에게 넘긴다. 그게 편하다. 괜히 들고 다니다가 해외에서 덜미가 잡히면 곤란하다. 주민증과 면허증이 아직 있으니 여권 정도는 줘버려도 된다. 하지만 원우는 알고 있다. 주민증과 면허증도 사용하지 않게 되리란 걸. 우성은 원우가 어떤 선택을 할지 알고 있다. 다 아는 상대 앞에서 발악해 봐야 소용없다.

"저기……."

"아이들 때문에 그런가? 아들 때문에?"

원우는 고개를 끄덕인다. 이 순간, 원우는 우성이 콕 짚어서 아들이라고 언급한 것의 의미가 뭔지 깨닫지 못한다. 뭔지 모를 위화감이 잠시 스쳤을 뿐이다. 원우가 조금이라도 더 생각해 보았다면, 눈앞의 남자가 관찰해 온 건, 원우가 아니라 원우의 아내라는 사실 정도는 알아챌 수 있었을 것이다. 하지만 이어진 우성의 말에 원우는 잠시나마 느꼈던 위화감마저도 곧 잊는다.

"흠, 당신이 지킬 것은 딱 하나요. 나타나지 않는 것. 아들을 데려가고 싶다는 생각이 들면 아들이 성인이 된 뒤에 데려가는 게 최선일 겁니다. 그 전에 아들이 사라졌다가는 당신이 납치한 게 될 거고 호프집 살인 사건도 당신이 저지른 일이 될 것입니다."

아들을 납치한 것이 된다? 그건 아들을 데려간 것이 원우라는 걸 우성이 증명하겠다는 의미다. 우성은 호프집 살인 사건마저도 원우가 저지른 것이라고 입증할 만한 증거를 갖고 있는지도 모른다.

불안하게 떨리는 원우의 눈동자를 보면서 우성은 확신한다.

'오원우는 사람을 죽였다.'

보통 사람은 저지르지 않은 일은 저지르지 않았다고 결백을 주장한다. 그러나 원우는 우성이 호프집 살인 사건에 대해 언급하는 동안 단 한 차례도 해명하려 들지도 부정하려 들지도 않았다. 우성은 사람을 죽인 자의 눈을 안다. 전처의 아버지, 죽은 장인 아래에서 일해온 세월이 그런 것을 구분할 수 있게 만들었다. 우성의 눈에 원우의 혐의는 확실하다. 그는 목격자 따위가 아니다. 사건의 직접적인 당사자이다. 최소한 살인 사건의 공범이다. 이 남자는 본인이 궁지에 몰리면 그녀에게 어떤 방식으로 반응할지 모른다. 가족을 두고 떠나라는 말에 눈 하나 깜짝하지 않는 것으로 봐선 경우에 따라 그녀에게 혐의를 덮어씌우고도 남을 놈이다. 판단이 선 우성은 원우의 마지막 갈등을 금지시켜 버린다.

"원우 씨."

우성이 마치 아버지처럼 다정하게 말한다. 다정하게 들린 건 우성이 의도적으로 성을 제하고 불렀기 때문이란 걸 원우는 미처 알아채지 못한다.

"나는 당신이 어떤 생각을 하면서 사는지 압니다. 매일 퇴근 길에 자문하겠지. 나는 왜 이 좁고 어두운 집으로 되돌아가는 것일까. 집 안에서 나를 기다리는 사람들은 누구인가. 이들이 가족이 맞는가. 가족은 무어고 가장은 무언가. 가장이기 때문에, 가장이라는 이유만으로 내 젊음을 몽땅 불살라 버려야 하는가. 그렇게 해서 내가 얻게 되는 건 과연 무엇인가. 그 마음, 나는 충분히 이해합니다. 하루의 대부분을 회사에서 보내고 녹초가 되어 돌아올 때면 집 안의 사람들은 이미 자고 있습니다. 잠시 잠깐 얼굴을 마주하는 것 외에 별다른 시간을 보내기 힘들지요. 목돈이 나가면 당장 그달의 생활이 어려워지니 휴가를 내서 가족과 시간을 보낼 수도 없고요. 가족과 보내는 시간을 늘리기 위해서는 더 많은 시간을 일에 쏟아부어야 하니, 당신을 위한 시간은 결과적으로 줄어듭니다. 가족과 사이가 좋아도 점점 멀어지는데, 가족과 처음부터 거리가 있는 사람이라면 그에겐 뭐가 남을까요? 남는 건 늙은 육신뿐입니다. 그걸 알지만, 모른 척 외면하고, 그래도 나는 가장이니까, 가치 있는 삶을 살고 있다고 자기합리화를 하며 사는 게 우리네 모습입니다. 하지만 다들 압니다. 나는 늙어가고 죽어가고 있다는 것 말입니다. 삶의 의미를 찾으려고 고군분투하지만 가족과 멀리 있는 시간이 가족과 함께 있는 시간보다 편안해지는 순간 그동안의 노력은 다 부질없는 짓이 됩니다. 그때는 이미 다 늦어요. 회사에서 부딪히고 다투는 동료들, 앙숙 관계 상사들과 더 많은 시간을 보내다 보면, 적이라고 생각했던 사람들이 나에 대해서 더 많이 알고 있지요. 그러다가 누군가가 나를 이해하고 나의 말을 받아주고 대화를 이어가면 그 대상을 가족보다 우위에 두게 되고요. 어느 순간 가족이라는 존재는 남보다도 의미가 없어지고 가족이 없어도 나는 잘 살 수 있다는 걸 알게 됩니다. 가족도 마찬가지예요. 그들은 딱히 밖을 좋아하는 사람을 받아들이고 싶지 않아 하죠. 그들끼리도 시간을 견디는 방식을 터득하기 때문입니다."

원우는 아무 말도 하지 않고 우성의 말을 듣는다. 다정한 목소리, 눈물이 날 만큼 따뜻한 온기. 하지만 우성은 원우의 아버지가 아니다. 우성의 입에서 나오는 말 한 마디 한 마디는 최후통첩일 뿐이다. 원우는 용기를 끌어모아 묻는다.

"하고 싶은 말이 뭡니까."

"당신을 이해한다는 겁니다. 당신에게 이 지긋지긋한 인생을 벗어날 수 있는 기회를 주는 겁니다. 동시에 당신에게 닥친 인생 최악의 위기를 최고의 기회로 바꾸어주겠다는 겁니다."

대체 이 남자는 무엇을 위해 이런 짓을 하는거지? 원우는 서류 가방을 연다. 어제까지만 해도 목숨 줄처럼 중요했던 서류 뭉치가 한낱 쓰레기로 보인다. 처리하지 못한 일감이다. 서 부장과 헤어진 후로 가뜩이나 일에 집중하지 못하던 원우는 살인을 저지른 후로는 완전히 능률을 잃었다. 하루에 완료해야 할 업무를 미처 다 수행하지 못해 싸 들고 다닌 지도 꽤 되었다. 이대로라면 회사에서 해고된다고 해도 이상할 게 없을 지경이었다.

하지만 이제는 그런 걱정 따위 하지 않아도 된다. 원우는 서류 더미를 꺼내 자신의 발 옆, 자동차 조수석 바닥에 내려놓는다. 그리고 우성이 준 클러치를 가방 안에 넣는다. 서류가 빠져나간 자리에 기가 막힐 정도로, 기분 좋을 정도로, 딱 들어맞는 사이즈다. 단 한 번도 쉼 없이 완벽하게 테트리스 한 판을 마쳤을 때처럼 클러치는 기분 좋게, 당당하게, 뻔뻔하게 가방 안에 들어앉는다. 마치 원래 그 자리에 있던 것처럼. 원우는 문득 우성이 자신의 가방 안 구조까지 파악하고 있었던 건 아닌지 궁금해진다. 자신이 생각해도 바보 같다는 생각이 들자 원우는 피식 웃는다.

우성의 차에서 내린 원우는 차가 멀어져 가는 것을 본다. 가방 안의 새 신분과 돈은 앞으로 펼쳐질 새로운 인생이다. 원우는 우성이 모든 것을 조종하는 목적이 무엇인지, 자신의 그 쓸모없는, 지루한, 쓰레기 같은 인생에 우성이 관심을 가지는 이유가 뭔지, 끝내 알 수 없을 것이다. 얼떨결에 품 안에 들어온 행운이 몰고 온 중량에 압도된 원우는 오전부터 우성의 차를 뒤따라온 검은 차를 인식하지 못한다. 차 안의 남자는 우성의 또 다른 눈이다.

멀지 않은 곳에 우성의 차가 멈춰 선다. 뒤따른 차에서 남자가 내려 우성에게 다가온다. 우성은 차창을 내리고 원우가 버린 서류 뭉치와 여권을 건넨다. 서류 뭉치를 받아 든 남자는 고개를 숙여 보이고는 제 차로 돌아간다. 원우가 헛짓을 할 경우를 대비해, 그가 남긴 것을 버리지 않는다. 우성이 떠난 후에도 남자는 원우를 지켜본다.

우성이 원우를 치워버릴 결심을 하자마자 행동에 옮길 수 있었던 건, 집안의 골칫거리에 대해 특단의 조치를 취할 때가 왔기 때문이었다. 더 이상 미룰 수 없었다. 우성이 안고 있는 시한폭탄은 장인의 딸, 아이들의 엄마, 바로 아내였다.

†

내밀(內密)한 일. 아무에게도 밝힐 수 없는 비밀스러운 일들은 우성의 집 안에서도 벌어지고 있었다. 벌써 햇수로 3년 째 아내가 들고 올라오는 쓰레기는 우성의 마음이 향하고 있는 그녀가 버린 것들이었다. 우성은 아내가 주워 온 것을 보고도 그다지 놀라지 않았다. 청소년 시절부터 마약성 약물에 손을 대온 아내는 광기를 숨기고 있었다. 아내는 광폭해질 때도 있었고 축 가라앉을 때도 있었으며 과민할 정도로 한 가지에 꽂힐 때도 있었다. 장인의 사업체를 비롯한 유산 일체를 우성이 상속받고 난 후부터는 아내의 세포 하나하나가 우성을 향한 증오로 날뛰고 있다는 것을 우성은 알고 있다. 그러니 우성의 시선이 종종 22평형 아파트에 사는 젊은 여자를 향한다는 것을 그녀가 눈치채지 못할 리 없었다.

그녀를 보면 우성은 늘 '문 리버' 노래를 흥얼댔다. 우성의 시선이 꽂힌 여자를 기막히게 탐지해 낸 아내는 그 여자가 버리는 쓰레기 더미에서 우성이 그 여자와 바람을 피우고 있다는 증거를 찾아내려고 혈안이 되었다. 외도의 증거를 찾아내서 무얼 하려는 건지 알 수가 없다. 이혼이라도 하려는 건가? 재산이라도 분배받으려고? 약물 중독의 50대 여자는 자신의 중독 증세가 이혼 소송에서 약점으로 작용한다는 것을 안다. 그래서 남편의 흠을 잡기에 열심이었다.

우성이 이혼을 생각해 보지 않은 건 아니다. 그러나 언제 터질지 모르는 폭탄 같은 여자를 서류상으로 분리해 낸다고 해결되는 건 없다. 아내는 끈질기게 우성을 쫓을 것이다. 그를 협박하고 괴롭힐 것이다. 언젠가 아이들의 목숨을 볼모로 잡아 우성을 위협했던 것처럼. 그러니 그냥 지금처럼 제 아내로 놓아두는 편이 더 낫다. 아내의 쓸데없는 노력이 우성의 신경을 긁어대지는 않았다. 그런 데라도 취미를 붙여서 다른 가족들을 괴롭히지 않는다면 족했다.

우연히 눈에 들어온 미숙한 그녀를 향한 사랑은 플라토닉한 것이었고 그녀를 손에 넣기 위해 움직일 생각은 없었다. 그저 화초를 바라보듯이, 어항 속에 가둔 관상어를 바라보듯이, 그녀를 바라보는 것만으로 만족하려 했다. 우성이 행동하지 않는 한 아내가 그녀를 향해 어떤 행동을 취하지는 않을 터였다. 아내는 위험한 여자지만 우성이 어디까지 가능한 사람인지도 잘 알고 있었다. 그러니 아내는 함부로 움직일 수 없다. 솔직히 말해서, 아내가 들고 오는 쓰레기 더미로 그녀의 생활을 엿볼 수 있다면, 우성으로서도 이득이었다. 우성은 아내가 그녀의 쓰레기를 주워 오는 것을 막지 않았다.

그러나 '그날' 만큼은 달랐다. 오원우라는 미친놈이 피 칠갑을 하고 귀가한 밤 이후, 얼마 지나지 않은 시점이었다. 아내는 우성에게 다짜고짜 시비를 걸었다. 증오로 번들대는 안광을 뿜어내면서도 우물쭈물하던 평소와 다르게 아내는 몹시도 자신감 있는 태도였다.

"이봐요, 잘난 사업가 양반."

"……."

"오늘은 치킨 배달 안 해?"

"……."

"며칠 전에 치킨 배달하더니, 그 후로는 안 하나 봐? 어영부영 문리버 무운리이버어 하면서 흥얼대더니 이제는 직접 들이대기로 한 거 아니었어?"

"……."

"뭐, 가난한 이웃에게 치킨 한 마리 적선하는 건 나도 이해해. 내가 마음이 넓잖아? 그런데 그날 말이야, 일이 좀 재미있게 돌아가더라고."

"……."

"내가 뭘 주워 왔게?"

평소, 아내는 주워 온 것들에 대해 이러쿵저러쿵 떠들어대지는 않았다. 부티 나는 집 안 곳곳에 이물질처럼 주워 온 것을 끼워둘 뿐이었다. 마치 그것들을 보고 우성의 기분이 뒤틀리길 바라는 것처럼. 우성은 아내의 이런 정신 고문 방식에는 익숙했고 별다른 동요 없이 받아들이곤 했다. 그런데 그날만큼은 아내가 우성에게 직접 대고 주워 온 것들에 대해 말했다. 좋지 않은 신호였다.

아내는 일어서서 어딘가로 가더니, 커다란 장바구니를 들고 나타났다. 눈에 익었다. 치킨을 가져다줄 때 본 것 같다. 아내는 우성 앞에 장바구니에 넣어 온 것을 펼쳐 보였다. 남자의 양복. 락스 냄새가 아직도 독했다. 군데군데 파도 무늬처럼 갈색 얼룩이 남아 있었다.

"당신이 치킨 배달하고 나서 그 여자가 나오더라고. 커다란 가방을 메고 말이야. 그래서 내가 숨어서 봤지. 주변에 사람이 없나 휘휘 고개를 돌려서 살피더니 얼른 가방 안에 있는 걸 갖다 버리는 거야. 그래서 내가 대기하고 있다가 주워 왔지. 그런데 그게 양복이었어! 그 쪼들리는 살림살이에 양복을 내다 버린다? 이상하다 싶어서 뒤져보니까, 흔적이 있는 거야. 냄새도 나고. 락스를 옴팡 들이부었나 본데 얼룩이 남아 있어. 무슨 얼룩이겠어? 피야, 피! 재미있겠다 싶어서 싸 들고 왔지."

"……."

"당신도 피 보는 일 많이 해봤으니 알 거 아냐?"

우성이 그녀의 아들에게 치킨을 사다 주는 것을 핑계로 집을 방문한 이유는 전날 원우의 행색을 목격했기 때문이었다. 혹시나, 원우가 그녀에게 해코지하지는 않았을지 염려되어 서둘러 업무를 마치고 부랴부랴 집으로 왔다. 옷을 바꾸어 입고는 동네 마실하듯이 22평형 아파트 근처를 서성였고 운 좋게도 치킨집 근처에서 하차하는 그녀의 아들을 발견했다. 꼬마와는 오며 가며 안면을 튼 지 꽤 되었다. 다행히 치킨을 가져다주면서 본 그녀는 멀쩡했다. 땀에 젖은 채 급히 현관문을 연 모습조차 싱그럽고 사랑스러웠다. 락스 냄새가 진동을 하는 걸 봐서는 나름대로 흔적을 없앤 것 같았다. 안심하고 돌아섰는데 문제는 그 후였다. 아내가 미행을 했던 것이다.

'쓰레기장에 가겠다더니. 그때 버리려던 것이 양복이었나.'

세탁을 열심히 했는지 축축한 기운이 남아 있는 저가 양복 위에는 주의를 기울여 들여다보지 않아도 갈색빛 얼룩이 보였다. '이 양복에 있는 얼룩은 매우 수상쩍답니다.' 하고 친절히 설명하는 꼴이다. 혈액의 흔적은 쉬이 지워지지 않는다. 닦거나 빠는 것만으로는 루미놀 검사의 청광 반응을 막을 수 없다. 락스 특유의 독한 냄새가 풀풀 나는 것으로 봐서는 산소계 표백제를 쓴 것도 아니다. 차라리 락스에다가 푹푹 삶아버렸다면 나았을 것을!

확신에 찬 아내가 우성에게 말했다. 우성은 잠자코 아내의 말을 들었다.

"그런데 그게 다가 아니야. 다음다음 날이었나? 그 여자가 애들을 어린이집에 보내고 장 보러 갔었거든? 그런데 출근한 그 집 남편이 다시 집으로 들어오는 거야. 그러더니 세상에! 가방에서 칼을 꺼내더니 부엌 싱크대에 슬쩍 넣어두는 거야!"

이 미친 새끼가. 집에 다시 들어가서 흉기를 숨겨두기까지 했다니. 대체 언제? 오전 시간을 매일 지켜보지 않은 게 실수였다. 아내는 신이 나서 지껄였다.

"가만히 기억을 떠올려봤는데, 그 집 여자가 표백제를 몇 병씩 사 갖고 들고 들어가는 걸 본 적이 있어. 마스크를 꽁꽁 썼는데 그 여자인 걸 구분 못 할 수가 없지. 가린다고 반반한 게 가려지나? 그 여자가 궁상떠는 거 하루 이틀이 아니라서 또 어디 멀리 가서 싸게 세제를 사 왔나 보다, 했었거든? 그런데 따져보니까 그날은 그 여자가 장 보는 날이 아니었어. 그 여자 장 보는 날도 정해놓고 다닐 정도로 쪼들리잖아. 아무래도 찝찝해서 날짜를 맞춰봤는데 그게 양복을 버린 그날 오전인 거야. 당신이 치킨 배달했던 그날 말이야. 내가 그날 아침부터 좀 하이 (high)⁺한 상태였거든. 그래서 좀 기분이 좋아서 일찌감치 동네 한 바퀴 돌았던 게 기억나지 뭐야."

"……."

실수했다는 것을 우성은 인정했다. 자신이 치킨을 사 들고 갔기 때문에 아내는 그녀의 집안일에 파고들기로 결심했다는 소리였다. 우성이 굳이 치킨 핑계를 대면서 그 집에 간 건 우성 역시 그 집에서 수상한 무언가가 벌어지고 있다는 걸 감지했기 때문이라고 아내는 추론했던 것이다.

"이상하지 않아? 와이프는 남편 양복을 락스로 돌려 빨고 내다 버렸는데, 남편은 며칠 있다가 와이프가 집 비우는 시간에 맞춰서 다시 집에 오더니 서류 가방에서 칼을 꺼내서 주방 싱크대 밑에 꽂아두고 간다? 출근 가방에 칼을 왜 넣고 다녔을까?"

⁺ 하이(high): 약물중독으로 인한 환각 상태를 의미하는 은어.

"……."

"출근 잘 했던 남자가 다시 집으로 돌아와서 칼을 놓고 나가는 게 흔한 일은 아니잖아? 이게 무슨 의미일까? 당신은 안 궁금해? 이거 말이야. 신고하면 어떻게 될까? 신고하면 그 집 뒤집어지겠지? 그 집 부부는 무슨 짓을 하고 다니는 거지? 락스에 양복 담근 것만 봐도 와이프도 공범인 거잖아, 그렇지?"

아내가 두 눈을 희번덕대는 걸 보니 우성이 집에 오기 전에 무언가를 한 게 분명했다. 자축하는 의미에서 했겠지. 이번에는 어디에서 약을 조달했을까.

"너야말로 무슨 짓을 하고 다니는 거야."

우성의 차가운 일갈에 아내는 바로 입을 다물었다.

"그 집 남자가 칼을 주방에 둔 건 어떻게 알아."

"……."

"열쇠라도 훔친 거야?"

아내는 아무런 대답도 하지 않았다. 하지만 우성은 아내가 충분히 그러고도 남을 여자라는 걸 안다. 그 집의 비밀번호 정도는 파악해 두었을 거고 열쇠를 훔쳤을 가능성도 있다. 이제까지는 그녀가 나갔을 때 그 집에 들어갔지만 다음번에는 그녀가 집 안에 있을 때 들어갈 수도 있다. 그 집에 들어가 그녀를 마주하고서 어떤 짓을 저지를 수도 있는 여자. 그게 아내다. 아내를 자극해서는 안 된다. 우성은 보육원에서 나온 열한 살부터 장인 밑에서 일했다. 그는 장인이 저질러왔던 일들을 충분히 목격해 왔다. 아내 역시 장인과 본성은 같다.

우성은 이곳에 이사 오기 전까지 아내로 인해 수많은 일을 겪었다. 하지만 괜찮아졌다. 장인도 죽었고, 그를 고달프게 만들던 장인의 사업도 거의 대부분 합법적인 것으로 전향했다. 아이들 역시 잘 자라주고 있다. 우성의 눈도 마음도 빼앗아간 그녀를 아내로부터 보호해 줄 수 있게 된 지 오래다. 그러니 이 일도 컨트롤할 수 있다. 컨트롤해야만 한다. 아내가 그 집에 드나들었다는 걸 간접적으로 시인했고 그 사실을 우성이 인지했으니 괜찮다.

'컨트롤 가능한 상황이다.'

무엇보다 가장 큰 증거물 중 하나인 피 묻은 양복을 확보한 상태였다. 양복은 우성이 처리할 수 있다. 문제는 그녀의 남편이 생각보다 훨씬 악질이라는 데 있었다. 칼을 들여놓다니! 만약에 그 칼이 살인에 쓰인 흉기라면? 일이 들통 났을 때 가족이 받을 고통을 생각하지도 않는 놈이라는 뜻이다. 며칠간 흉기를 처리하지 못하다가 결국 집에다가 들여놓았다는 의미였다. 그제야 원우가 피를 묻히고 들어왔던 다음 날, 쓰레기장 방향으로 가던 것이 떠올랐다. 그때 원우는 화들짝 놀라서 뒤돌아 갔었다. 아마 칼을 몰래 버리려던 차에 쓰레기장에서 누군가를 마주했을 가능성이 높았다.

바보 아닌가? 칼은 다른 집에서도 버리는 품목이다. 수거하는 사람이 다치지 않도록 신문지 따위로 잘 포장해서 내놓으면 그만이다. 하지만 살림 방식을 잘 모르는 보통의 남자들은 쓰레기 배출 방식 역시 잘 모른다. 원우는 아마 그 칼을 무언가로 감싸지도 않고 그대로 버리려 했을 것이다. 주위에 사람이 있었다면 버리는 방식을 물어보면 그만이었을 상황에, 버리지 못하고 놀라서 뒤돌아 섰다는 건 그 자체로 해당 칼이 지닌 의미가 증명되는 것이다. 양복과 다르게 대충 물에 씻어두었거나, 어쩌면 한 번쯤 휴지로 쓱 닦았거나, 그 정도 선에서 싱크대 하부장에 넣어두었다면 경찰이 혈흔을 얼마든지 찾을 수 있다. 피해자의 살점이나 체모가 묻어 있다면 뒤집을 수 없이 확정이 된다.

그녀가 먼저 그것을 발견하고 처리해 버린다든가 정밀 세척을 해서 꽂아두지 않는 한 경찰이 혐의를 두고 수사하면서 무조건 발견될 거다. 빼도 박도 못하는 살인의 증거다. 대체 흉기를 집 안에 숨겨두고도 태연할 수 있는 이유가 뭔가? 그건 뻔했다. 그녀의 남편은 가족을 버릴 준비가 되어 있었다. 우성의 눈에 그녀는 전업주부를 하는 것만으로도 벅차 보였다. 다른 22평형 여자들에 비해 훨씬 절약하면서 사는 걸 보면 남편이라는 놈은 벌어오는 돈을 뒤로 꿍치고 있을 것이다. 어쩌면 이번 일을 계기로 도주 결심을 굳혔을 가능성이 높았다. 배터리가

방전된 차를 그대로 두는 것만 보아도 알 수 있었다. 모든 상황이 우성에게 말하고 있었다. 이제 움직일 때라고.

19층. 일찌감치 집에 들어와 발코니에 자리 잡고 선 우성은 뒤 동을 보고 있다. 눈가에는 미소마저 어려 있다. 조금 있으면 삐딱하게 들어선 저 뒤 동에서 그녀가 아들을 맞으러 나올 것이다. 아무리 멀리 있어도, 아무리 많은 사람들 속에 있어도 우성은 그녀를 구분해 낸다. 우성은 여유롭게, 하지만 끈질기게 주시한다.

그때, 위잉 윙. 주머니 속 휴대폰이 진동한다.

"말해."

그는 잠시 전화 너머에 있는 이가 하는 이야기를 듣는다. 우성이 원우를 항구에 내려둘 때, 원우를 감시하고 있던 자다. 통화를 하는 동안에도 우성의 시선은 한순간도 뒤 동의 입구에서 떨어지지 않는다.

"수고했어."

후련한 미소를 머금고 그는 전화를 끊는다. 어린이집의 차가 도착하고, 그가 사랑해 마지않는 여자가 걸어 나와 아들을 품에 안는다. 우성은 어느덧 '문 리버'를 흥얼댄다.

원우를 정리한 우성은, 곧바로 그간 미루었던 일을 실행할 준비에 착수한다. 당장 실행하고 싶지만 3개월 후가 적당하다고 판단한다. 3개월 후, 아내가 죽었을 때 우성도 아이들도 놀라지 않는다. 이미 오래전부터 예견되었던 일이었고 종종 바라기도 했던 일이 벌어졌을 뿐이었다.

†

앞 동 여자, 우성의 전 아내가 죽은 날 아침에 아내를 가장 먼저 발견한 건 우성의 딸 지선이었다. 딸은 어머니가 숨 쉬지 않는다는 걸 알아챈 후, 어머니의 머리맡에 놓여 있던 와인 잔을 수거하여 깨끗이 닦고 마른행주로 물기를 지운 뒤 진열장에 세워두고 등교했다. 시신은 아버지가 발견하는 게 자연스럽다. 등교 버스 안에서 지선은 웃었다. 아무도 눈치챌 수 없을 만큼의 미미한 미소였다.

지선의 생각대로라면, 아마도 와인 잔 안에는 '프로토 타입'이 들어 있었을 것이다. '프로토 타입'은 미래에는 안락사를 원하는 사람들이 늘어날 것이고 고령자들이 자신의 운명을 결정할 수 있도록 함으로써 인간으로서의 존엄성을 지키게 하기 위해 개발되었다는, 사설이 길게 붙어 있는 약이었다. 유럽의 일부 국가에서 안락사 허용 법안이 통과된 후에도 여전히 출시 금지되어 있는 약이었으며 공식적으로는 전량 폐기된 약이었다. 좀 더 정확하게는 폐기하기 위해 생산된 약이었다. 애초에

'고귀한 안락사'나 '자살 조력용'으로 제작 생산된 약이 아니었기 때문이다.

이 약은 철저하게 음지에서 사용되기 위해 만들어졌다. 석학으로 손꼽히는 연구진이 거액을 들여 개발한 약치고 참 허술하게도 구성된 분자식을 보고 있자면 이 약의 실패가 의도된 것이며 의도된 실패 뒤엔 외할아버지의 입김이 작용했다는 걸 알 수 있었다.

아버지 우성은 지선이 어디까지 알고 있는지 몰랐다. 오빠인 준혁도 알지 못했다. 하지만 시간이 많이 흘렀어도 지선은 외할아버지 수하에 있던 연구진이 '프로토 타입'이라고 부르던 약과 그에 얽힌 일들과 뒷이야기마저도 기억했다.

'프로토 타입', 가칭 PT로 불리던 것, 지선의 외할아버지가 종종 협상용으로 꺼내 들었던 카드가 바로 이 약이었다. 펜토바르비탈과 유사한 효과를 내는 이 약은 펜토바르비탈의 단점인 쓴맛이 없다. 사람을 죽음에 이르게 하는 독극물은 피해를 줄이고자 쓴맛이나 참기 힘든 냄새를 동반하도록 제조되는 게 일반적이다. PT는 그런 특징을 깡그리 무시한 가장 이상적인 살생제였다. 유럽의 작은 공국에서 비밀리에 생산된 뒤 해당 지역 정부와 유럽 주요 국가의 압박을 받아 전량 폐기 결정이 내려진 것도 바로 그 특성 때문이었다.

무미 무취가 특징인 이 약은 투약 시 항구토제의 투여나 알코올이나 당분의 섭취가 필요 없다. 침전물도 없으며 맹물에 타든 와인에 타든 본래의 색과 향을 변하게 하지도 않는다. 이러한 특징은 인체에 들어갔을 때에도 동일하다. 체내에 아무런 흔적을 남기지 않는다. 말 그대로 스텔스다. 사망에 이르기까지 2분에서 15분 정도가 소요되는 펜토바르비탈과 달리, PT는 촉매제를 사용할 경우 사망 시간의 조정이 가능하며 그저 자는 듯이 죽기 때문에 심정지로 인한 사망이라는 결론을 얻어내는 데 완벽히 부합한다. 가장 중요한 것은 처방전이 필요 없다는 점이다. 공식적으로 존재하지 않고, 이름조차 붙지 않은 약이기 때문에 처방전을 쓸 수 있는 전제 조건이 성립하지 않는다.

구매자가 갖추어야 할 자격은 두 가지였다. 지선의 외할아버지가 요구하는 수준의 돈을 내거나 외할아버지에게 사업적인 도움을 주는 것이다. 지선의 외할아버지는 '진 회장'이라는 별명으로 잘 알려진 인물이었다. 지선은 외할아버지가 사업을 진행하다가 수세에 몰릴 때 이 약을 꺼내 보이는 것을 목격했었다. 그러면 상대는 외할아버지에게 호의적으로 태도를 바꾸었다. 외할아버지에게서 PT를 얻어내 누군가를 죽이고자 하는 기대 심리와 까딱 잘못하다가는 지선의 외할아버지 손에 소리 소문 없이 죽어나갈 수 있다는 두려움이 충돌하는 순간 적은 날개 꺾인 새가 되어버리는 것이다.

실제로 외할아버지는 수하에게 이 약을 내주면서 누군가에게 먹이라고 지시했던 적도 있다. 그것도 몇 차례나. 모든 일을 행할 때 외할아버지 곁에는 지선이 있었다. 결과적으로 이 약은 실패작으로 분류되고 시장에 출시되지 않았다. 물론 시판되지 않는다고 해서, 폐기 처분 결정이 되었다고 해서 실제로 폐기된 것은 아니었다.

공식적으로만 폐기된 이 약은 비공식적으로는 전량 외할아버지의 회사에서 사들였다. 그러나 약만 사들이는 것으로는 우위를 점할 수 없었다. 중요한 건 생산 라인과 인재의 확보였다. 애초에 PT의 생산 과정부터 손을 써왔던 외할아버지는 지속 가능한 사업 아이템의 개발을 위해 그 작고 사악한 제약 회사를 인수하는 것으로 방향을 틀었다. 어쩌면 처음부터 외할아버지는 제약 회사 인수가 목적이었을 수도 있다. 누군가의 지시로 인간의 생명에 해가 되는 위험 약물을 개발한 제약 회사에 대한 소문이 은밀한 경로로 새어 나갔다. 대량 살상 위험이 있는 약을 무단으로 연구, 생산했다는 정보가 퍼지면서 회사의 가치는 휴지 조각보다 못하게 되었다.

그런 회사는 음지에 많다. PT를 생산했던 회사는 단지 운이 없었을 뿐이다. 기다렸다는 듯이 외할아버지는 헐값에 회사를 인수했다. 회사는 평범하게 돌아갔다, 겉으로는. 사회 공헌도를 높이는 사업을 벌여서 세상의 이목을 끈다거나 어설프게 낮은 가격의 약을 만들어 제삼국에 공급하는 일 따위는 하지 않았다. 외할아버지는 보통의 제약 회사가 행하는 일반적인 방식으로 회사를 운영했다. 대중을 향해 내어놓는 약이 있고 소수를 위해 사용되는 약이 있는 그런 평범한 운영 방식이었다. 외할아버지는 양으로는 두통약과 어린이용 종합 감기약을 생산하고 음으로는 PT와 중독성 약물을 생산했다. 약물에 대한 총괄은 평생 노예였던 우성에게 맡겼다. 우성의 발을 묶어놓기에 이보다 더 알맞은 일은 없었다.

노인은 지선과 준혁에게는 외할아버지였지만 사위인 우성에게는 철저하게 진 회장이었다. 10대 때부터 약물중독 상태인 딸의 평생 하수인 격으로 들여온 혈육 없는 남자아이, 최우성. 진 회장이 우성을 약학 대학을 보낸 것은 효과적으로 딸을 시중들게 하기 위함이었다. 약에 대한 지식이 있으니 딸의 폭주를 막아줄 거고 언젠가는 중독을 고쳐줄 거라는 막연한 기대도 있었다. 그러나 첫 결혼에 실패하고 돌아온 뒤, 우성과 재혼하여 손자와 손녀를 연달아 낳은 후에도 딸은 약에 손대는 버릇을 고치지 못했다. 딸의 중독 상태를 장시간 보아온 진 회장은 거꾸로 사업 아이디어를 얻었다. 중독성 약물이 돈이 된다는 것을 깨닫고 마침내 제약업까지 사업을 확장하기에 이르렀던 것이다.

흔적을 남기지 않고 사람을 죽이는 약의 살상 능력이 증명되자 고액을 지불하고 구매하겠다는 소수의 특권층들이 접촉해

왔다. PT가 처음 진 회장의 손에 들어오고 나서 채 1년도 지나기도 전부터였다. 주로 정적을 죽이고자 하는 신생 정부 국가나 독재국가의 지도자들이 이 약을 사는 주 고객층이었다. 심지어 사설 정보기관이나 중국의 고위 공직자들에게서도 접촉 시도가 있었다. 접촉자들 중 일부는 자신의 마지막 순간을 위해 이 약을 구입하려 들기도 했다.

제약 회사의 표면상 대표가 된 우성은 사회적인 이목을 핑계로 PT 생산을 잠정 중단하고 중병 치료제 쪽 개발 연구에 치중했다. 혁혁한 성과도 얻었다. 그러나 진 회장은 달랐다. 그는 당장에 병을 고칠 수 있는 약품 A가 이미 개발되어 있음에도 좀 더 효과가 떨어지는 약 A°를 먼저 출시해서 장시간 돈을 버는 쪽으로 전략을 틀었다. 소량의 PT 생산도 꾸준히 지속했다. 우성이 할 수 있는 일은 없었다. 대표 뒤에 군림하는 실제적인 오너는 진 회장이었다.

아이들은 민감하다. 어릴수록 그렇다. 뇌가 이성적인 판단을 내리는 것보다 먼저 몸이 본능적으로 감지한다. 한국 나이로 세 살밖에 안 된 어린아이였지만 지선은 자신을 품에 가득 안고 있는 푸근한 인상의 외할아버지가 사실은 극도로 위험한 인물이라는 걸 알고 있었다. 외할아버지는 사업에 아버지를 개입시켰지만 절대로 어머니를 개입시키지는 않았다.

외할아버지는 다섯 살이나 먹어서 어른들이 말하는 내용의

문맥을 파악할 수 있게 된 손자 준혁보다 말이 좀 늦고 발달이 느리다는 진단을 받았던 지선을 데리고 있는 일이 잦았다. 지선을 특별히 더 예뻐했다기보다 그저 말 못 하고 유순한 인형이라 귀여워했다는 쪽이 맞았다. 외할아버지가 사망하기 직전에 모든 사업체를 외동딸인 어머니가 아닌 사위인 아버지에게 상속한 것과 같은 맥락이었다. 외할아버지는 손자인 준혁을 감추어두고 보호하기 위해서 지선이라는 카드를 대외적으로 내보였을 뿐이다. 정말로 보호하고자 하는 것을 감추기 위한 위장(僞裝). 우성과 지선은 같은 신세였다.

말을 하지 않았을 뿐 지선은 다 알아듣고 있었으며 주요 장면은 뇌리에 박힐 만큼 잘 기억했다. 외할아버지가 지선을 품에 안고 위험인물들을 대면할 때에 아버지 우성의 표정도 당연히 기억해 두었다. 우성의 눈동자는 불안하게 떨리곤 했다. 그 눈빛이 의미하는 바를 지선은 알고 있었고 잊지 않으려 노력했다. 지선은 마음속으로 여러 번의 갈등을 겪으며 성장했다. 외할아버지가 이룩한 천문학적인 부로 건설된 세상의 왕으로 군림할지, 아버지 우성이 앞으로 마련할 세상에서 소시민으로 살아갈지. 우성이 목숨을 부지하면서 외할아버지의 사업체를 잇고 그것을 부풀린다면 다음번 상속자는 지선 자신이 될 수도 있다.

때로는 우성을 건너뛰고 자신이 외할아버지의 왕국을 이어받는 상상을 해보기도 했다. 방법은 간단했다. PT를 아버지에게 먹이면 되었다. 지선이 속내를 내비치면 외할아버지는 약을 내주면서 적당한 시기를 가르쳐줄 수도 있는 인물이었다. 그러나 아버지는 외할아버지의 유산이 제 자식들에게 이어지도록 두고 보지 않을 거고, 자신은 아버지를 따르게 될 거라는 걸 그녀는 알고 있었다. 어머니는 외할아버지의 딸이지만 지선은 아버지의 딸이었다. 지선은 자신이 진 회장의 딸이 아닌 최우성의 딸이라는 것을 늘 기억하려 했다. 진 회장의 '손녀'라는 호칭은 몇 년 안에 없어질 것이었다. 외할아버지는 많이 늙었으니까. 늙은 사람은 조금만 기다리면 죽을 테니까.

살아 있는 인형처럼 외할아버지의 품에 안겨 협상 테이블의 화초 역할을 하고 있는 건 연기에 지나지 않았고, 연기를 이토록 완벽하게 해내고 있는 건 아버지와 오빠와 스스로를 보호하기 위한 위장에 지나지 않았다. 외할아버지가 사망하고 아버지가 대를 잇고 어머니가 자신이 파온 구덩이에 처박히길 자처하는 순간, 지선은 열심히 연기해 온 시간을 지우고 아버지의 조력자가 되면 되는 것이다.

진 회장이 사망한 후, 아버지 우성은 제약 회사를 부도 처리하고 의료 기기 회사를 차렸다. PT 생산은 전면 중지되었고 생산 정보를 담은 자료는 모두 소각되었다. 아버지는 진 회장이 늘어놓은 배설물을 끈기 있게 청소해 나갔다. 초기에는 반대에 부딪혔다. 불법과 합법을 넘나들었다. 목숨을 위협받은 것도 부지기수였다. 그중에는 어머니의 사주를 받은 자들도 있었다. 피가 마르고 살이 베이는 고비를 지나자 점차적으로 불법보다 합법이 차지하는 지분이 늘어갔다. 합법적이라고 모든 사업이 선할 수는 없었다. 그러나 아버지는 나름의 기준 안에서 진 회장의 흔적을 닦아내고 있었다.

지선의 마음속에서 아버지는 청소부였다. 오랜 시간에 거쳐서 아버지는 청소를 했다. PT를 포함해서 진 회장의 지시로 생산해 온 불법적이고 합법적인 약을 찾아내 폐기 처분해 왔다. 그런데 십수 년 만에 그 약이 존재를 드러낸 것이다. 청소해야 할 사람을 청소하기 위해 아버지가 남겨두었던 것이리라.

어머니가 죽어서 발견된 아침, 평소처럼 말끔한 모습으로 등교 버스에서 내린 지선은 생각했다.

'이것으로 아버지는 어두운 흔적을 모두 정리하셨구나. 진 회장의 잔재는 전부 사라졌다.'

우성과 준혁, 지선은 정성껏 가족만의 장례를 치른다. 쓸데없는 논란거리는 만들지 않는다. 지선과 준혁은 아버지에게 아무런 불만이 없다. 남매는 조용히 아버지가 남겼을지도 모를 흔적을 없앤다. 장례식을 치르고 화장을 하여 '집안일'을 마무리하는 순간까지도 세 사람은 한마음으로 움직인다. 오랜 시간이 지난다 한들 남매가 '이 일'로 인하여 우성에게 대항할 일은 없다. 남매는 아버지가 다가올 위험으로부터 자신들을 보호하기 위해 행동했다는 걸 안다.

발인을 마치고 돌아오는 길, 준혁은 개운한 기분으로 차 창밖을 내다본다. 살다 보면 뇌리에 박혀서 지속적으로 떠오르는 기억이 있다. 준혁에게도 그런 기억이 있다. 준혁은 몹시 아팠다가 깨어났던 날을 기억하고 있다. 어머니가 빙수를 사 왔다면서 준혁과 지선에게 먹인 것도 기억했다. 오랜만에 웃는 어머니를 보면서 준혁은 무척 행복했었다.

그날 하얀 우유 얼음이 모래처럼 소복하게 쌓인 빙수를 입에 넣었을 때 준혁은 상상하던 것과 조금 다른 맛을 느꼈다.

"엄마, 맛이 이상해요."

아들의 말에 어머니의 얼굴이 야차처럼 일그러졌다가 곧 펴졌다. 어머니는 시럽을 마구 뿌려주었다. 구긴 종이를 아무리 펼치고 당겨봤자 구김은 남아 있기 마련이었다. 어머니의 입은 활짝 웃고 있었지만 준혁은 그게 진짜 미소가 아닌 걸 알고 있었다. 반쯤은 겁에 질려서 시럽으로 범벅이 된 빙수를 입에 퍼넣었다. 저급한 단맛에 거부감이 일었지만 계속 먹었다. 모골이 송연할 정도의 단맛을 상쇄하기 위해 얼음도 퍼먹었다. 곧 얼음에 마비된 혀와 입술이 얼얼해지면서 아무런 맛도 느끼지 못하게 되었다. 동생을 쳐다보았다. 그 애도 비슷한 상태였다. 두 남매는 어머니의 눈길에 질려 빙수 그릇만 보면서 입 안으로 얼음을 넣고 삼키기를 반복했다. 너무 차가워서 더는 못 먹겠다고, 잠깐만 쉬고 먹겠다고 말하려는 찰나 아버지가 귀가했다.

아버지가 서둘러 외투를 벗으며 식탁으로 다가오던 장면도 준혁은 생생하게 기억하고 있다. 어머니는 아버지가 늦어서 빙수가 많이 녹았다면서 핀잔을 줬다. 아버지는 화기애애한 분위기를 깨지 않으려고 어머니를 꼭 끌어안아 주었다. 아버지는 반쯤 녹은 빙수 한 숟갈을 입 안에 떠 넣음과 동시에 남매의 얼굴에 떠올라 있는 억지 미소를 발견했다. 아버지는 빙수를 뱉었다. 동시에 준혁의 내장이 폭발할 것처럼 아파왔다. 동생을 쳐다보았다. 동생의 오른쪽 눈 흰자위가 피로 붉게 물들고 있었다. 눈앞이 새카맣게 변하는데 귓가에 아버지의 목소리가 들렸다.

"준혁아! 지선아!"

절규와도 같은 소리를 지르는 아버지의 입가에도 검붉은 피가 묻어 있었다.

"방해하지 마! 죽어어어어! 죽으라고오오오오!"

어머니의 괴성이 들렸지만 곧 둔탁한 소리와 함께 멎었다. 아버지가 다시 시야에 들어왔다. 아버지의 팔에 들려 몸이 공중으로 떠오르는 걸 느끼면서 준혁은 그대로 기절했다.

병원에서 깨어났을 때 준혁은 악몽을 꾸었다고 생각했다. 준혁은 어머니가 사 왔던 빙수에 대해서 한 마디도 하지 않았다. 지선도 마찬가지였다. 외할아버지의 유산 상속 과정에 불만을 품었던 어머니는 제 남편과 아이들이 먹을 음식에 약을 탔다. 단순히 재산을 독차지하고 싶어서였다면, 남편을 죽게 하는 것만으로도 가능했다. 대신 그녀는 아이들까지 한데 묶어 죽이는 쪽을 택했다. 사건 이후, 우성은 남매가 먹는 음식을 철저하게 관리했다. 퇴원한 후부터 수년 간을 사 온 음식으로 남매를 키웠다. 남매는 절대로 어머니가 손대거나 만든 음식을 먹지 않았다. 지선과 준혁은 자신들이 생존하기 위해서 아버지의 뒤에 줄을 서야 한다는 것을 알고 있었다. 생존 욕구였다. 이들에게 어머니는 이미 어머니가 아니었다. 생존을 위협하는 위험인물이었다.

아버지는 어머니에게 제안을 했다. 지선이와 준혁이가 성인이 되고 사회에서 자리를 잡을 때까지만 참아달라고. 그 후에는 당신이 원하는 대로 해주겠다고. 어머니는 아버지의 제안을 받아들이는 것 같았다. 외할아버지가 개같이 번 돈으로 정승 같은 교육을 받으면서 자란 어머니는 외부에서 마주하는 인간들 앞에서는 지극히 정상적인 주부를 연기했다. 한동안은 그랬다.

남매의 두려움을 지워주고자 아버지는 가족을 데리고 이사를 했고 평범하게 생활했다. 그러나 오래지 않아 어머니는 다시 약에 손을 댔다. 어머니에게는 지선과 준혁이 자라는 시간이 너무 느렸던 게 분명했다. 인생의 그 어느 때보다 중요한 시기, 공부에 집중하면서 보내야 하는 청소년기에 접어든 때에 문제가 발생했다. 지선과 준혁은 어머니의 상태가 나빠지고 있다는 것을 알 수 있었다. 어머니는 아버지 우성을 향한 증오와 살의를 숨기지 않았다. 우성은 이 아파트 단지로 오면서 2125동 1902호를 매입할 때 아내 몰래 1901호도 매입했다. 아내로 인해 아이들이 위험에 처하는 것을 막기 위해서였다. 아내가 폭력적으로 변할 때 우성은 아이들을 1901호로 보냈다. 청소년이 된 아이들이 호텔을 드나드는 것을 누군가가 목격해서 오해를 받으면 좋을 게 없기 때문이다. 반듯하게 자란 아이들, 모범생인 아이들, 사회의 어디에 내놓아도 흠 없는 아이들의 명예를 우성은 지키고 싶었다.

1901호는 휑했지만 공부방만은 1902호와 비슷하게 꾸몄다. 아이들은 어머니가 진정될 때까지 1901호에서 등하교를 했다. 초등학생 때처럼 어머니를 피해 호텔을 드나들지 않는다는 것만으로도 아이들은 버틸 만했다. 주민들이 보기에는 제때에 집에 들어오고 등교하는 모범적인 수험생 이미지도 지킬 수 있었다. 그리고 적절한 시기를 포착했을 때 셋은 괴물을 시간 속에 묻어버렸다. 그들을 위한 평화로운 시대가 시작되었다. 평범한 삶을 살 수 있게 된 것이다.

평생을 엄마가 해준 음식이라든가 집밥의 맛을 경험한 일 없는 지선과 준혁 앞에 누군가의 엄마가 만들어준 반찬이 놓인다. 반찬을 만들어 보낸 사람은 정하라는 이름의 수수하면서 예쁘장한 아줌마다. 남매는 포장된 즉석 밥을 전자레인지에 돌려서 정하 아줌마가 해다 준 반찬에 밥을 먹는 걸 가장 좋아한다. 아파트의 다른 주민들도 종종 반찬을 해다 주지만 우성은 그것들은 깡그리 내다 버린다. 정하를 제외한 여자들은 모두 한두 번이라도 전처와 교류했던 여자들이었다. 그녀들이 만든 음식에 무엇이 들어 있을지 몰라 우성은 안심할 수 없다. 우성에게 다른 마음을 품고 반찬을 핑계로 접근해 오는 여자들도 있었다. 그녀들의 참견이 점차 줄어들었던 건 우성이 그 반찬을 먹지 않으니 해 오지 말라고 확실하게 선을 그었기 때문이다.

　　정하의 아이들 하원이와 상원이는 지선이 언니네 놀러 오는 게 가장 좋다고 할 정도로 가까워진다. 성장 과정에서 친구들을 집에 데려올 수 없었던 준혁과 지선은 하원이 상원이 남매를 무척 예뻐하게 된다. 하원이는 종종 엄마 몰래 반찬을 더 가져다가 두고 가기도 한다. 지선은 하원이가 두고 간 반찬 통이 조금 더 낡은 통인 것을 보고 정하 아줌마가 그동안 반찬을 나누어 주기 위해서 반찬 통을 새로 샀다는 것을 안다. 하원이 편에 반찬 통을 되돌려 보내야 하는데 빈 통을 보내드리는 것이 지선은 참 죄송스럽다.

하원이에게 어머니가 좋아하시는 걸 물었지만 하원이는 "미안해하지 말아라. 신세 진다고 생각하면 안 된다. 언니와 나는 이미 가족이다."라면서 다소 공격적인 애정 표현을 해댄다. 당시에는 하원이가 정하 아줌마 몰래 들고 나온 반찬 통을 되돌려 놓는 게 쉽지 않아 핑계를 댄 것으로 생각했지만, 나중에 아버지 우성이 정하 아줌마를 좋아한다는 것을 알게 되면서 지선은 하원이의 말의 의미를 어느 정도 이해하게 된다. 라면을 잘 끓이는 상원이는 준혁이 수능을 보러 가기 사흘 전에도 들러서 라면을 끓여주고 가기도 한다. 상원이는 제 엄마에게도 끓여준 적 없는 거라면서 생색을 내어 준혁을 웃게 한다.

우성의 자녀들은 경거망동하지 않는다. 이미 벌어진 일에 대해 반론을 제시하지 않는다. 아이들은 성격부터 외모까지 우성을 쏙 빼닮은 그의 자녀들이다. 외적으로는 하등 문제없는 가정에서 내부적으로는 소리 없는 전쟁을 치르면서 생존한 세 사람에게 정하는 존재 자체로 평화다. 정하가 보내주는 음식을 먹으면 마음이 안정된다. 준혁은 그해에 치른 대학 수학능력 시험에서도 평소처럼 우수한 성적을 거둔다. 지선도 마찬가지다. 아줌마가 만들어준 반찬을 밥에 얹어 먹으면서 언젠가 자신도 평범한 남자를 만나 화목한 가정을 이루고 정하 아줌마처럼 헌신적인 엄마가 될 수 있을 거라는 꿈을 품는다. 우성은 의료 업계에 종사하고 있다는 것 때문에 아내의 죽음에 연관된 게 아니냐는 의심 섞인 눈초리를 받고, 한참 후에는 누군가의 신고로 경찰의 방문 조사도 받는다. 하지만 우성과 한 몸처럼 움직이는 아이들 덕분에 경찰은 도리어 죄송하다는 인사만 남기고 돌아간다.

천만다행으로 경찰이 정하의 집을 들쑤시는 일은 벌어지지 않는다. 적시에 원우를 유인해 보내버린 우성의 계획이 먹혀든 거다. 우성은 신고자가 누구인지 금방 눈치챈다. 수다스러운 자영이 엄마. 그녀의 집에 뻔질나게 드나들면서 소문을 만들어 대는 여자. 그녀, 정하를 은근히 비웃고 깎아내리면서도 질투하면서 열등감을 느끼는 여자. 무엇보다 전처와 우성의 불화를 알고 있던 여자. 그리고 전처가 죽자마자 은근하게 우성에게 접근했던 여자다. 우성은 그 여자를 두고 잠시 생각에 잠기지만 곧 내버려 두기로 한다. 제삼자는 신경 쓰지 않는다.

우성은 천천히 접근한다. 오드리 햅번을 닮은 그녀, 연정하에게. 기회가 된다면 정하의 집에 들어가 원우가 숨겨둔 흉기를 빼내어 버릴 생각이었지만 쉽지 않다. 몰래 그 집에 들어가 보거나 하는 짓을 했다가 이웃의 눈에 띄어 좋을 게 없다. 그래서 우성은 다른 방법을 쓰기로 한다. 집 안에서 흉기를 옮기지 못한다면 사람들을 옮기면 된다. 정하가 마침내 결혼을 승낙했을 때, 우성은 그녀를 드디어 안전한 장소로 옮겨올 수 있다는 게 가장 기뻤다. 문제는 정하의 이전 집에서 아이들과 정하가 이사를 나간 뒤 사람을 보내 찾아보게 했지만 칼이 발견되지 않았다는 것이다. 정황상 죽은 전처가 거짓말을 했을 것 같지는 않다. 그렇다면 칼은 그 집에 있던 누군가가 이사를 나가면서 가지고 나갔거나 이사 도중에 버렸거나 분실한 게 된다.

우성은 하원이가 새 집으로 갈 때 용돈을 두둑이 주면서 살림을 전부 새로 사게 한다. 그렇게 해서 혹시라도 그 칼을 가져갈 가능성을 낮춘다. 하원이 쪽은 걱정할 이유가 없다. 왜냐하면 하원이는 우성과 터놓고 이야기하지 않아도 통하는 면이 있기 때문이다. 하원이는 우성이 정하를 사랑한다는 걸 오래전에 눈치챘다. 우성은 정하를 위한 살림을 전부 새로 장만할 것이기에 정하 쪽 역시 걱정할 필요가 없다. 마음에 걸리는 건 상원이다. 사춘기가 되면서 부쩍 예민해진 상원이가 안정적인 환경이 아닌 고시텔로 간다고 고집을 부린다. 상원이의 태세 전환이 의미하는 바를 우성은 모르지 않는다. 우성은 상원이의 주변을 살필 필요를 느끼지만 일단은 두고 보기로 한다.

우성은 가족 중에 누군가가 칼을 가지고 있다면 그건 상원이일 거라고 추측한다. 상원이가 칼의 용도를 몰랐더라도 어딘가에서 제 아버지가 연관되었던 그 사건에 대해 듣게 된다면, 그 사건의 흉기가 어떤 모양을 하고 있는지 정도는 검색을 통해 알아낼 수 있었을 테니까. 아이들은 생각보다 훨씬 많은 걸 안다.

우성은 전처를 발견한 아침, 그 전날 그가 건넸던 와인 잔이 잘 닦인 채로 진열장 안에 들어가 있는 것을 보았다. 지선이 마무리한 것이다. 와인 잔에 대해 우성은 묻지 않았고 지선은 언급하지 않았다. 미루어 짐작하건대 지선이는 PT에 대해 알고 있었다. 그리고 기억하고 있었다.

만일, 상원이가 제 아버지가 사람을 죽일 때 휘두른 그 칼을 처리해 버리지 않고 갖고 있다면 상당한 딜레마에 빠져 있을 게 확실하다. 신고를 하느냐, 하지 않느냐에 대한 갈등이 그 아이를 괴롭히고 있을 것이다. 상원이가 어떤 선택을 하든 간에 그건 전적으로 그 아이의 몫이다. 우성이 조언을 할 만한 문제가 아니다.

✝

죽은 전처의 잡동사니를 그대로 둔 것은 정하에게 맡기고자 함이었다. 정하를 테스트하려는 게 아니다. 그녀가 치우도록 하고 싶었다. 전처는 죽기 전 몇 년간이나 정하가 버린 것을 수집해 왔고 그로 인해 정하의 삶은 염탐되어 왔다. 정하가 불쾌하게 받아들이든 무덤덤하게 받아들이든 그녀에게 솔직하고 싶었다.

예상대로 정하는 우성이 정하의 집 열쇠라고 추정했던 것을 보고도 별말을 하지 않는다. 우성은 속으로 미소 짓는다. 정하는 우성이 바라던 여자다. 그녀는 지난 일을 흘려보내려는 여자다. 그만큼 과거에 대한 피로도가 높다는 의미다. 물론 장 보기용 가방을 보고 정하가 사시나무 떨 듯 떠는 걸 보았을 때는 조금 마음이 아려오기는 했다. 전처의 흔적을 버림과 동시에 원우의 과오 역시 버린다는 의미로 그 가방을 들어다 버린 것인데 정하는 여전히 그 가방을 공포로 받아들였다. 자신이 무신경했다. 그러니 우성은 정하가 느끼는 공포를 없애주기로 한다. 정하는 이제 우성의 아내이므로 그녀는 불안해할 이유가 없다. 그녀가 불안해하지 않아야 하고 떨지 않아야 한다.

승선했던 원우가 출항 직전에 몰래 배에서 내려 며칠간 지방을 떠돈 뒤, 비자금을 챙겨 들고 다시 밀항선을 탄 것까지는 우성의 계획에 없었던 일이다. 수년 후, 신분 세탁을 한 원우가 아들을 보러 한국에 드나든다는 것도 우성의 계획에 없었다. 그러나 계획에 없었다고 해서 예상하지 못한 건 아니다. 상원의 태도 변화에서 우성은 이미 원우의 접근을 눈치채고 있었다. 뒤로 몰래 아들을 꾀어내려 하는 것도. 그렇지만 놔둔다. 원우는 딱 그 정도 인간이기 때문에. 가족에 대한 책임에서만 벗어날 수 있다면 다른 남자에게 아내를 넘기는 인간이기 때문에. 우성에게는 위협이 될 수 없는 인간이기 때문에. 우성은 신경 쓰지 않고 그대로 둔다. 너무 옥죄면 터질 수도 있기에.

†

물론, 이건 나의 상상일 뿐이다. 내가 모르는 사이에 내 주변 사람들이 벌였을 가능성이 있는 일들에 대한 상상, 우성 씨라면 전부 실행 가능했던 일에 대한 상상, 오랜 시간 내가 외면해 온 소소한 일에서 힌트를 얻어 맞추어본 상상. 그리고…… 이미 전부 실행되었을 법한 일들에 대한 상상. 그간 내가 감지하고도 반응하지 않았던 작은 요소 하나하나가 현재로 오기 위한 실마리들이었다. 내가 기억하면서도 기억해 내려 하지 않았던 건, 생각이 이어진다고 해서 변할 게 없었기 때문이다.

나는 열쇠가 사라졌다는 걸 알고도 전남편의 열쇠를 복사하지 않았다. 어차피 전남편이 잠금장치를 바꿔주지 않을 걸 나는 알고 있었다. 그는 짜증만 부릴 것이고 열쇠를 잃어버린 나를 무능력한 돈 먹는 하마 취급할 테니까. 그 후로는 비밀번호만 누르면서 살았다. 그에게 가족의 안전은 고려할 만한 게 아니었다. 우리 집 비밀번호는 2580이었다. 나를 뚫어져라 감시하던 우성 씨의 전처는 번호를 알고 있었을 가능성이 높다. 그녀는 그 열쇠를 활용해 다양한 일을 벌였을지도 모른다. 예를 들어서 내 예전 집에 들어와서 숨죽인 채 우리를 보고 있었을지도 모른다.

복도식 아파트의 1층. 성인 남자가 없는 모자가정. 참 위험한 환경이었다. 그곳에서 아무 일 없이 살다가 나왔다는 게 어찌 보면 기적이었다. 지금 떠올려 보면, 우성 씨가 아파트 사람들이나 오가는 사람들에게 나와 함께 걷는 모습을 노출했던 건, 나와 아이들을 보호하기 위한 전략이었을지도 모른다. 가장이 부재한 집이지만 가장이 될 사람이 지척에 있으니 건드리지 말라는 경고였다. 그는 보이지 않는 울타리였다.

나는 상원이를 온전히 이해할 수 없다고 여겨왔다. 나의 오만이었다. 나는 아이를 독립된 인격체로 존중한다는 미명하에 조금 더 캐묻고 조금 더 훈육했어야 할 기회들을 놓쳤다. 종종 헛소리처럼 들리던 상원이의 말은 되짚어 보았을 때, 내가 모르던 많은 사실을 포함하고 있었다. 만일 우성 씨의 전처가 예전 집의 문을 열고 들어왔다가 상원이를 마주한 일이 있었다면, 그 여자의 찌를 듯한 시선을 받은 적이 있다면, 상원이가 그 여자에 대해 느꼈던 공포를 이해할 수 있다.

상원이는 아들이었다. 어린 나이였지만 아버지가 없을 경우 자신이 엄마와 누나를 지켜야 한다고 생각했을지도 모른다. 그래서 상원이는 자신이 느꼈을, 아이로서 당연한 공포감을 나에게 털어놓지 못했다. 상원이는 나에게 근심을 주는 대신 외부에서 해결책을 찾았다. 우성 씨를 향해 손을 뻗었던 것이다. 어린 상원이가 앞 동 아저씨였던 우성 씨와 친밀한 관계를 형성했던 건 그의 아내가 두려우니 막아달라고 하기 위함이었을지도 모른다. 내가 엄마를 걱정시키고 싶지 않아서 엄마에게 말하지 못한 것이 많았던 것처럼 상원이도 나를 미덥지 않게 여겨 내가 불안해할 만한 일을 털어놓지 않았을 것이다.

언젠가 전남편이 흘린 증명사진을 봤을 때 나는 이질감을 느꼈었지만 그때는 그게 뭔지 몰랐다. 남편은 승진할 때를 대비해 찍은 사원증용 사진이라고 둘러댔었다. 나중에, 우성 씨 덕분에 내 여권을 만들면서 비슷한 규격, 비슷한 구도의 내 사진을 갖게 되었고 그제야 남편이 흘렸던 사진이 여권용이라는 데에 생각이 미쳤다. 집에 왔던 형사들에게 남편이 여권을 소지하고 있지 않다고, 내가 당당하게 말했던 일이 있다. 그때, 형사들의 묘했던 표정은 어땠나. 그건 나를 딱하게 여기는 표정이었다. 전남편이 숨기기에 급급해하던 사진의 용도를 알았을 때, 나는 이미 혼인신고를 마친 우성 씨의 아내였다. 웨딩 화보를 촬영하면서, 전남편의 행방에 관심을 둔다는 건 현재 남편에 대한 예의가 아니었다.

자영이 엄마가 만들어대는 루머가 우성 씨의 딸이 한 말과 묘하게 상통하는 점이 있었지만 신경 쓰지 않았다. 동선이 겹치지 않는 사람들이 비슷한 종류의 말을 하는 건 믿을 만한 정보는 아니다. 내가 섣불리 우성 씨와 그의 전처 사이를 재단할수는 없기에, 나는 우성 씨 전처의 죽음에 얽힌 가능성 높은 시나리오들을 추측하려 들지 않았다. 사실, 그런 데 관심을 가질만큼 내 삶이 녹록하지는 않았던 탓도 있었다. 우성 씨와 전처의 관계, 그들이 부부였을 때 벌어졌던 일들은 오롯이 그들 사이의 일이다. 나로서는 이해할 수 없는 그들만의 관계를 내가파악할 필요가 있나? 왜 그래야 하나? 우성 씨는 나에게 저리도 충성스러운 남자인 것을. 우성 씨가 타인이었던 시절의 일은 내 관심을 자극하지 않는다. 과거에도, 지금도.

우성 씨의 전처가 감시했던 것은 쓰레기가 아니라 나였다. 우성 씨의 집에 처음 갔던 날, 그제야 그간의 일에 대한 감이잡혔다. 참 늦게도 알아챘다. 생각해 보면 그랬다. 아파트 사람들은 우성 씨의 전처가 쓰레기장을 기웃대는 걸 두고 말한 적은 있었지만 특별하게 불편해하지는 않았다. 그녀를 불편하게여긴 건 내가 유일했다. 우성 씨의 집에서 본 내가 버린 물건들을 보고 확신했다. 우성 씨의 전처가 감시했던 건 나였고 내 쓰레기였다. 나를 보던 소름 돋는 눈빛. 뱀처럼 널름대던 눈빛. 내가 느꼈던 것은 사실이었다. 그녀는 나를 주시하고 있었다. 처음엔 어땠을지 몰라도 시간이 흐를수록 그녀는 '주로' 나를감시하게 되었던 거다. 왜? 그녀는 우성 씨의 관심이 나에게로향해 있다는 걸 알았던 거다. 그래서 뭐? 그녀는 죽었고 나는 살아 있다. 나는 죽은 여자의 특이한 집착이 현재의 내 삶에 영향을 미치도록 두지 않는다. 그녀는 죽었다. 끝난 거다.

나를 향한 우성 씨의 호의는 내 생각보다 훨씬 오래 전부터 시작되었다. 그의 말을 통해서도 확인한 바 있고 그의 행동으로 보건대 이미 드러난 사실이다. 그의 마음을 좀 더 일찍 눈치 챘으면 좋았을 거라고 아쉬운 마음이 들었던 적도 있지만, 지금 돌아보면 내가 그의 호의를 눈치채지 못했기에 우리 사이는 좀 더 견고해질 수 있었다. 그는 내 마음이 열리도록, 내가 그를 신뢰할 수 있도록 오랜 기간을 두고 내 곁에 있었다. 그렇게 하지 않으면 내 마음이 열리지 않는다는 것마저도 우성 씨는 파악하고 있었다.

전남편의 도피 자금 출처에 대해 나는 알아내려 하지 않았다. 내 무의식 속에서 늘 물음표로 남아 있었지만 아이들의 안전을 위해 깊이 파고들지는 않았던 부분이다. 전남편이 사라지고 나서 1년 정도 후에 그의 비자금에 대해 형사에게 들었다. 액수는 보잘것없었다. 그제야 사람이 흔적 없이 사라질 수 있는 요건에 대해 가늠해 보았다. 돈이 있어야 했다. 전남편이 회사의 공금을 횡령했다면 사회적으로 이슈가 되었을 것이고 아파트의 전세금을 빼돌려서 도망쳤다면 가장 먼저 내가 알았을 거다. 마진 건설은 연봉이 높지 않은 회사였다. 문학을 전공했던 전남편이 건설사 내에서 할 수 있는 일은 기껏해야 통역이나 번역이었다. 공학도들 사이에서 그가 수행했던 건 정적인 업무나 잡무였다. 서 부장이라는 여자가 남편을 이용하기 쉬웠던 것도 약자였던 남편의 불안한 심리를 파악했기 때문일 것이다.

전남편의 자금 출처는 확실하다. 그 돈은 우성 씨에게서 나왔다. 이 추측이 가능한 이유는 우성 씨가 나를 향해 품고 있는 마음이 얼마나 크고 깊은지 알기 때문이다. 우성 씨에게는 그 마음을 실현시킬 수 있는 경제력이 있다. 내 상상이나 무의식 속에 묻어두었던 작은 기억들처럼, 우성 씨가 나를 보호하기 위해 지나온 시간과 상황을 구축해 온 것이 맞다면, 남편의 자금 출처는 당연히 우성 씨다. 전남편의 회사가 폐업을 했다고 해도 전남편의 성격상 어떻게든 퇴직금을 받아내려고 했을 거다. 하지만 뜻대로 되지 않았다. 무단결근으로 인한 해고. 회사 내에서도 주요 업무는 하지 못했을 것이고 형사들의 조사로 인해 사내 불륜까지 드러났으니 회사 측에서는 빨리 그를 제거하고 싶었을 거다. 아내라는 여자 역시 더 이상 연락해 오지 않았으니 회사 측에서는 사내 불륜이 드러나면서 이혼을 했다고 여겼을지도 모르겠다. 그런 것을 떠나 남편이 퇴직금을 받지 않고도 조용했던 건 도피 중이라는 상황 때문이기도 했겠지만 우성 씨로부터 받은 자금이 충분했기 때문일 것이다. 그 이유가 가장 컸을 거다.

상원이는 떠나기로 결심하고 나서 우성 씨에게 내 거취를 의논했을 것이다. 상원이는 우성 씨에게 신세 지는 것을 늘 미안해했다. 독립한 후에는 우성 씨가 보자는 걸 여러 차례 거절했다. 그 아이는 아버지가 사라진 환경에서 가장 어리고 약한 존재였으면서도 가장에 필적하는 부담을 안고 있었다. 지금에 와서 그 아이가 무거운 짐을 털고 자유로워지겠다고 하는데 그걸 이해하지 않을 수 없다. 아들이 사라진 급박한 상황에서도 내가 침착할 수 있는 건, 내가 원한다면 우성 씨는 상원이를 찾아내 줄 수 있는 사람이기 때문이다. 우성 씨는 이미 상원이의 신변을 파악해 두고도 남을 사람이다. 그가 침착하다는 건 상원이가 현재 안전하다는 의미다. 어떻게 아느냐고?

우성 씨는 나를 사랑한다. 그는 나에게 상처 주지 않는다. 확실하지 않아도, 확신할 수 있는 것들이 있다. 벌어질 수도 있었던 일이 벌어지지 않았다는 것을 확신한다. 일어나지 않아서 다행인 과거 속의 미래가 그것이다. 우성 씨가 전남편을 빼돌리지 않았더라면, 나는 어떻게 되었을까.

나는 죽었을지도 모른다. 수사가 진척되고 현장에서 전남편의 흔적이 발견되고 전남편의 인상착의를 아는 현장 인부들이 일관된 진술과 증언을 했다면, 상황은 나와 아이들에게 몹시도 불리하게 돌아갔을 거다. 수사관들이 우리 가족마저 조사하게 되면, 내가 목격한 장면을 털어놓을까 봐 전남편은 어떤 행동을 취했을지 모른다. 하원이마저 그날 밤을 목격했으니 경찰로부터 취조를 받았다면 압박감에 전부 털어놓았을 수도 있다.

몸과 마음의 고생은 했을지언정 전남편의 실종은 우리에게 유익했다. 전남편은 분명 존재했지만 사라졌고 존재하고 있으면서도 사라지기를 택했다. 전남편이 나에게 바라는 것은 사라진 존재가 되는 것임을 오늘 상원이의 편지를 읽고 분명히 깨달았다. 그런 이를 계속해서 마음 한구석에 붙들고 염려할 필요는 없다. 사라진 존재가 되길 바란다면 잊어줄 것이다. 나는 과거에 얽힌 모든 것을 지울 것이다.

지금 내 앞에는 무슨 짓을 해서라도 내 옆에 있으려는 남자가 있다. 내가 떠나려 해도 나를 떠나지 않을 남자. 나의 현재 남편이 내 곁에 있다. 내가 우성 씨를 의식하기 시작했던 시기는 전남편이 사라진 무렵이었다. 거리를 벌리지도 좁히지도 않고 내 곁에 머물러준 남자, 나의 남편, 최우성.

남편이 오기 전에 거울 속의 나를 보는 것이 두려웠던 이유를 알 것 같다. 나는 내 얼굴에 드러난 근심과 걱정을 남편에게 보이고 싶지 않았다. 그래서 거울 속 내 표정을 살폈던 거다. 내 문제 때문에 남편을 아프게 하고 싶지 않았다. 아이를 둘이나 낳고 몇 년을 한 집에서 함께 살아도 단 한 번도 의지가 되어주지도 보호받는 느낌을 주지도 않았던 전남편. 그와는 다르게 우성 씨는 생각을 하는 것만으로도 마음이 든든해지는 사람이다. 어떤 위험한 상황이 벌어져도 나를 보호해 줄 절대적인 믿음을 주는 사람이다.

처음 그의 권유에 따라 치킨을 앞에 두고 맥주 한 모금을 마셨던 날이 떠오른다. 그날 내 머릿속을 스치고 지나간 생각이 있었다. 알코올을 지금까지 입에 대지 않았던 건 그게 몸에 맞지 않는다는 일차적인 이유 때문이 아니었다는 것. 나는 함께 마시는 사람을 믿을 수 있는지 염두에 두었던 것 같다. 나는 전 남편과 술을 마시지 않았다. 그건 내가 남편을 의지하고 있지 않기 때문이었다. 내가 혹시라도 취했을 경우 그가 나에게 위해를 가할지도 모른다고, 그가 나를 길에 버려두고 갈지도 모른다고 여겼었다. 그가 미덥지 않았다. 그런데 우성 씨가 권했을 때는 마셨다.

전남편을 기다리면서 살아온 시간 동안 나를 버티게 해준 것은 전남편에 대한 기억이나 그가 돌아올 거라는 희망이 아니었다. 내가 버틸 수 있었던 것은 우성 씨가 앞 동에서 살고 있다는 걸 알기 때문이었다. 아이들에 대한 의무감으로 삶의 끈을 놓지 않으려 부여잡고, 또 부여잡았었다. 웬만한 사람이었다면 망가져 버릴 수도 있는 긴 시간을 견딜 수 있던 것은 늘 먼발치에서 나를 보고 있는 우성 씨가 있어서였다. 알지 못하는 사람들에 둘러싸여 혼자 서 있을 때 그 사람들 사이에 어딘가에서 우성 씨가 나를 보고 있다는 믿음이 나에게서 두려움을 앗아갔다.

죽고 싶은 순간은 수도 없이 많았다. 매 순간이 죽고 싶은 순간이었다. 내가 자살이라는 극단적인 선택을 하지 않도록 내가 나를 지탱해 오도록 만들어준 사람, 우성 씨. 이 사람은 생명의 은인이었다. 내 아이들도 그랬을 것이다. 내 아이들도 이 사람이 있었기에 안전했다. 내가 고마워해야 했다. 그런데 이 사람은 늘 나에게 고맙다고 한다. 뭐가 그리 고마운 걸까? 나는 해준 것도 없는데. 늘 받기만 했는데.

이제는 인정하려 한다. 나 역시 우성 씨에게 그런 존재였을 수도 있다는 것을. 이 사람 역시 죽고 싶을 때도 있었고 무너지고 싶을 때도 있었지만 내가 있어서 살아온 것은 아닐까? 내가 의지가 되어줄 수는 없었더라도 나를 보살펴 주어야 해서 그도 버텨왔던 것은 아닐까? 내가 염려되어서 자신이 무너지지 않았던 것은 아니었을까? 나 역시 우성 씨에게 생명의 은인일지도 모른다고, 그렇게 생각한다면 그건 내가 교만한 것일까. 나는 이제 이 남자가 없이는 살고 싶지 않다.

각기 다른 퍼즐에서 떨어져 나간 한 조각이 완벽하게 맞아 들어갈 확률은 낮다. 그건 퍼즐 조각일 뿐이기 때문에 그렇다. 하지만 우성 씨와 나는 퍼즐 조각이 아닌 인간들이다. 인간이기에 상대방의 굴곡과 틈에 알맞게 자신을 변화시킬 수 있다. 세상 사람들이 우성 씨에 대해 어떤 평가를 내놓더라도, 설사 우성 씨가 어떤 일을 했더라도 나는 이 남자를 놓지 않을 것이다. 그는 가장 어두운 구석에 처박혀 있던 나를 밝히기 위해 다가온 존재다. 그는 나를 비추기 위해 홀로 어둠을 삼켜버리는 사람이다.

나는 전남편만큼이나 지금 남편에 대해 아는 것이 많지 않다. 하지만 이미 결정을 내렸다. 나는 내 방식으로 사랑하려 한다. 이 남자를 지킬 것이다. 우성 씨가 어떤 일을 했든 하지 않았든 그에게 불리한 무언가를 알게 된다면 그것을 지워 없앨 것이다. 주변에 어슬렁대는 누군가가 이 사람을 곤란하게 만든다면 이제는 가만히 모른 척하고 있지만은 않을 것이다. 떠도는 미친개가 짖어댄다고 하면 그 개가 짖지 못하도록 머리를 자를 것이고, 잊어버렸던 과거가 위협한다면 이번에야말로, 과거가 영원히 입 다물게 만들 것이다.

어차피 과거는 서류상으로 사라진 존재다. 내가 두 번 없앤다고 해도 문제될 것은 없다. 물론 우성 씨라면, 그런 지경에 처하기 전에 미리 위험 요소를 없앨 사람이다. 누구를 위해서도 아니고 오로지 나를 위해서. 그러니 나 역시 내가 할 수 있는 한 무슨 수를 써서라도 우성 씨를 보호할 것이다. 세상의 모두가 정의로운 건 아니잖은가. 나에게만 모든 예외가 적용되는 사람, 나에게만 정의로운 사람을 만나는 것도 행운이다. 나는 내 남편에게 그런 행운이 되기로 했다. 그런 것을 사랑이라고 하지 않나.

†

"여보? 정하 씨?"

내가 평소와 다르다고 생각했는지, 우성 씨는 나를 마주 보고 서서 나의 두 눈을 보고 있었다. 그는 마치 내 눈동자 안쪽, 깊은 곳의 뒷면에 드리운 그림자를 들여다보는 것 같았다. 늘 부끄러움에 그의 시선을 먼저 피하곤 했지만 지금은 나도 피하지 않고 마주 보았다. 남편이 원하는 것은 내가 남편을 그대로 바라봐 주는 것임을 이제는 알기에. 그가 원하는 대로 해주었다.

고요히 나를 바라보고 있는 그의 눈에서 희망을 보았다. 내 생각이 옳았다. 우리는 서로에게만 예외가 적용되는 사람들이었다. 남편은 내가 드디어 자신과 같은 마음이라는 것을 알아냈다. 남편의 두 눈동자가 은은하게 광휘를 발휘했다. 그의 두 눈은 이제야 알았느냐고, 10여 년이 지난 지금에서야 알았느냐고, 나에게 웃으며 묻고 있었다. 그는 한 손으로 내 뺨을 부드럽게 어루만지면서 말했다.

"집에 있어줘서 고마워요."

"당연히 집에 있죠. 우리 집인데요."

천연덕스러울 만큼 나는 잘 답했다. 사실이기에.

"그래요, 당연한 일이죠. 그 당연한 일이 계속 당연하도록 허락되는 게 감사한 일이지요."

나는 용기를 내서 물었다.

"나는 당신에게 뭐예요?"

그는 단 1초도 망설이지 않고 대답했다.

"당신은 내 연인이에요. 내가 사랑하는 여자."

"……"

"내 아내가 되어줘서 고마워요. 모든 남자가 사랑하는 여자와 결혼할 수 있는 건 아니거든요. 나는 정말 감사해요. 지금 이 순간에 말이에요."

그는 내 두 손을 잡아 자신의 입술에 갖다 댔다. 어색하게 둥글게 말려 있던 내 두 손은 그의 손안에서 온기를 받아 금세 부드럽게 풀어졌다. 우성 씨를 만나고 나서 겪는 모든 것이 처음 경험하는 일이었다. 내 몸에 박혀 있던 모든 끈이 잘려져 나갔다. 몸이 날아갈 듯이 가벼워졌다. 그를 행복하게 할 수 있다면 뭐든 할 수 있다. 뭘 해줘야 할까? 나도 모르게 물었다.

"뭐 먹고 싶어요? 뭐 만들어줄까요? 다 해줄게요."

바보 같은 질문에도 그는 전혀 망설이지 않고 장단을 맞추어 대답했다.

"난 당신이 해준 건 다 맛있어요! 그 중 된장찌개가 최고지요!"

"알았어요, 맛있게 보글보글 끓여줄게요!"

"오늘은 외식할까 생각했는데!"

"집밥 먹어야죠. 그래야 건강해요. 우성 씨는 날 위해서라도 오래 살아야 돼요."

"하하. 걱정 말아요. 내가 예쁜 마누라 두고 일찍 죽을 수는 없지. 120살까지 살리다. 약속해요."

"130살이요. 약속해요."

내가 120살까지 살고, 우성 씨가 130살까지 살고. 그러면 딱 맞는다! 그가 빙긋 웃었다. 내가 무슨 생각을 했는지 또 전부 알아버린 표정이었다.

"약속합니다. 최우성은 연정하에게 한 약속을 꼭 지킵니다."

그는 다가와 상체를 숙여 내 이마에 입술을 꾹 내리찍었다. 뺨이 얼얼했다. 내가 광대가 아플 정도로 환하게 웃고 있다는 걸 남편의 입술이 양쪽 뺨을 오갈 때에야 알았다.

쌀뜨물이 든 뚝배기를 인덕션에 올린 후, 스위치를 켰다. 냉장고에서 차돌박이와 애호박과 두부를 꺼냈다. 세라믹 칼을 느슨하게 쥐고 두부를 살짝살짝 썰었다. 칼이 닿는 곳마다 두부가 일정한 크기로 잘리면서 다소곳하게 옆으로 누웠다. 가지런한 하얀 두부 조각을 보면서 내 마음이 편안해졌다. 한 숟갈 담뿍 뜬 된장을 체에 거르면서 풀었다.

집 안에 '문 리버'가 흐른다. 뒤를 돌아보지 않아도 남편이 리모컨을 들고 서 있다는 것을 나는 안다. 내 등 뒤에서는 더 이상 전쟁이 벌어지지 않는다. 그곳에는 내가 기울어질 때면 언

제든 기대설 수 있는 단단한 평화가 자리 잡고 있다. '문 리버'
의 멜로디를 흥얼거리는 소리가 들렸다. 내 목소리였다.

남편에게 조만간 이사를 하자고 할 것이다. 이곳을 벗어나
조용한 곳으로, 다른 곳으로, 미친개가 짖는 소리가 들리지 않
는 어딘가로, 과거의 그림자가 드리울 수 없는 장소로, 우리 둘
이 자유로울 수 있는 세상으로, 앞으로의 100년을 평화롭게 보
낼 수 있는 바로 그런 곳으로 가자고 할 것이다. 그리고 우성
씨라면, 이미 그런 곳을 마련해 두었을 것임을 나는 안다.

〈끝〉

배니시드

2023년 2월 15일 초판 1쇄 발행

지은이 김도윤
펴낸이 박시형, 최세현

책임편집 김명래 **디자인** 임동렬 **교정교열** 이민영
마케팅 권금숙, 양근모, 양봉호, 이주형 **온라인마케팅** 신하은, 정문희, 현나래
디지털콘텐츠 김명래, 최은정, 김혜정 **해외기획** 우정민, 배혜림
경영지원 홍성택, 김현우, 강신우 **제작** 이진영
펴낸곳 팩토리나인 **출판신고** 2006년 9월 25일 제406-2006-000210호
주소 서울시 마포구 월드컵북로 396 누리꿈스퀘어 비즈니스타워 18층
전화 02-6712-9800 **팩스** 02-6712-9810 **이메일** info@smpk.kr

ⓒ 김도윤 (저작권자와 맺은 특약에 따라 검인을 생략합니다)
ISBN 979-11-6534-692-8 (03810)

쌤앤파커스(Sam&Parkers)는 독자 여러분의 책에 관한 아이디어와 원고 투고를 설레는 마음으로 기다리고 있습니다. 책으로 엮기를 원하는 아이디어가 있으신 분은 이메일 book@smpk.kr로 간단한 개요와 취지, 연락처 등을 보내주세요. 머뭇거리지 말고 문을 두드리세요. 길이 열립니다.